LA DETTE

Collection Hugo Poche dirigée par Franck Spengler

34-36, rue La Pérouse
75116 Paris
www.hugopublishing.fr

Ouvrage dirigé par Lea Mariani et Luce Valli
Conception graphique : Marion Rosière
Image de couverture : © Shutterstock

ISBN : 9782755697858
Dépôt légal : septembre 2022
Imprimé en Espagne en janvier 2023 par Liberdúplex

MARJY NONAME

LA DETTE

Hugo Poche

NEW ROMANCE®

À toutes les femmes
qui se sacrifient pour leur famille
et ceux qu'elles aiment,
n'oubliez pas que vous comptez
vous aussi.

PROLOGUE

SELENNE

Six ans plus tôt,
commissariat, Chicago

L'agent me retire les menottes et appuie sur mon épaule pour que je m'asseye. Je n'ai droit qu'à une simple chaise en bois à la peinture noire écaillée avec un dossier droit, inconfortable et pareil à mon statut : bancal. Je transpire d'angoisse, mes paumes sont moites de sueur. Je les frotte discrètement sur mes genoux puis cache mes mains sous mes fesses. Mon gardien est attentif et je ne veux pas qu'il remarque mes tremblements. Les minutes s'égrènent, l'aiguille de la pauvre horloge qui décore le mur gris avance lentement. Je n'ai qu'elle à regarder, aucun autre objet n'est présent pour me distraire. Un miroir sans tain recouvre un des côtés de la pièce. Une poubelle comble un coin et… c'est tout. Rien, juste une table, deux chaises, l'agent de police et moi. Je lève les yeux au plafond et compte les taches jaunâtres qui le constellent. Le néon clignote de façon irrégulière et me donne un début de mal de tête. L'électricité crépite le long du tube de lumière et joue sur mes nerfs déjà tendus à l'extrême.

Je sursaute quand la porte s'ouvre sur un homme en costume trois pièces. Sa cravate est si droite qu'elle a dû être amidonnée. Son visage est de marbre, vide de toute expression qui pourrait me donner une indication quelconque. Il me fait froid dans le dos, je crains que cet homme n'apporte que des mauvaises nouvelles. Qu'il aggrave ma situation déjà bien merdique.

– Je suis le directeur adjoint Edge, je dirige la section des crimes technologiques et des réponses cyber.

Il me montre un badge officiel, muni de sa photo et du logo tant redouté du FBI. Aïe… Les fédéraux. Contournant la table, il s'installe sur la sœur jumelle de ma chaise et dépose entre nous un attaché-case noir. Les clics d'ouverture résonnent dans la pièce. Mon malaise s'accentue. Je pensais que j'aurais affaire aux flics comme toujours, pas aux hommes en noir. Une boule se coince dans ma gorge et des frissons me traversent. Je suis dans un beau merdier ! Elias va me tuer.

– Votre nom ? m'interroge-t-il, en sortant un dossier épais qu'il ouvre devant lui.

– Selenne Garrison.

Ma voix tremble comme celle d'une petite fille apeurée. Il faut que je me ressaisisse… Je me redresse et lui jette un regard que j'espère assuré.

– Vous avez…

Il marque une pause et vérifie les données.

– Seize ans.

– Dix-sept, l'interromps-je.

– Pas tout à fait encore, mademoiselle, me corrige-t-il. Vous êtes orpheline, un demi-frère, Elias Connolly. Vous avez un dossier bien rempli, le sien aussi, même si le type de délits diffère. Il est plus dans les magouilles et les arnaques. Pas très jolie, votre famille !

– Vous êtes qui pour juger ma vie et ma famille ? Un saint ?

Il hausse les épaules et continue de détailler mes exploits informatiques.

– Hackeuse depuis vos douze ans, arrêtée à de multiples reprises jusqu'à aujourd'hui. Vous avez franchi tous les garde-fous d'une agence gouvernementale sensible.

Il me scrute, semble essayer de percer l'image de gentille fille modèle que je renvoie pour découvrir mon vrai visage.

– Pourquoi voler et pirater, mademoiselle Garrison ? Vous avez un QI élevé, vous pourriez avoir une belle carrière !

– On n'a pas tous la chance de naître dans les beaux quartiers, vous savez !

– Vous venez de hacker nos services. Joli tour de passe-passe, mais totalement illégal.

Non ! Comme si je ne le savais pas ! Je lève les yeux au plafond et lui offre un sourire narquois. C'est le but du jeu : entrer par effraction, passer les portes et foutre le bordel. Tellement amusant et facile. Enfin, en temps normal, mais je me suis fait attraper. Quelle naze !

– Vous pouvez sourire, mais vous risquez au minimum vingt ans ferme. La prison à votre âge ne pardonne pas.

Je le regarde dans les yeux, je ne lui ferai pas le plaisir de lui montrer que j'ai peur.

– Qu'est-ce que vous voulez ? Des aveux ? Je ne dirai rien, je ne suis pas une balance.

– Je vais vous donner une alternative ma petite, votre aventure s'arrête ici. Vous êtes douée, très douée, je le reconnais. Votre choix est simple : travailler pour nous pendant six ans ou partager une cellule minuscule avec une ou deux autres prisonnières qui feront de votre vie un enfer.

– Quoi ! m'exclamé-je en posant les mains sur la table. Vous rêvez, ma parole ! Je ne travaillerai pas pour le gouvernement. Jamais !

Je secoue la tête et me recule. Les pieds de la chaise grincent, je suis stoppée par l'agent qui bloque ma fuite d'une main de fer.

– Vous n'avez pas le choix, nous avons besoin d'experts comme vous. Sinon vous irez passer les meilleures années de votre vie derrière les barreaux.

Je grogne et marmonne quelques insultes en croisant les bras.

– Je refuse.

L'homme en costume soupire et détache une feuille du dossier. Il la fait glisser en travers de la table. Je l'observe sans ciller, je refuse de lui montrer mes émotions ; cette feuille sera la fin de ma résistance, il en est persuadé.

– Oh non, vous allez accepter, et avec enthousiasme même ! Vous êtes intelligente et vous pouvez imaginer ce qui arrivera à votre frère en cas de refus.

Il pointe du doigt le papier et je me glace à ses propos. Le rapport de police qui se trouve sous mes doigts n'est pas accablant, mais…

– Vous ne pouvez pas prouver son implication ni sa culpabilité, affirmé-je d'un ton plus ferme que je ne le ressens réellement. Ces preuves ne sont pas suffisantes !

– On peut faire dire ce que l'on veut aux preuves, réplique-t-il avec un sourire froid. Nous lui collerons sur le dos suffisamment de charges pour l'envoyer sous les verrous un certain temps. Nous avons un procureur efficace pour ce genre d'affaires.

Elias risque la prison, et pour un bon moment. Il sera envoyé dans un centre de redressement ou dans une prison d'État et je ne le reverrai plus. Je ferme les paupières et tente de respirer lentement. Quelle bande de pourris ! Ils me manipulent comme leurs dossiers !

– Je… C’est du chantage ! Vous ne pouvez pas, vous devez suivre les règlements et la loi. Je suis mineure.

– Vous êtes assez âgée pour prendre des décisions. Et votre cher frère est adulte, lui, réplique-t-il, acide. Ce que la population ignore ne peut nous être reproché.

Quel ignoble individu, quel salopard ! Il me sourit, froid et sans une once de remords. Je n’ai pas le choix.

– Allons, mademoiselle Garrison, décidez-vous. J’attends votre réponse.

– Vous la connaissez, ne m’obligez pas à la dire.

– Il m’en faut une et une signature… ici, précise-t-il en désignant la feuille qui scellera mon avenir.

CHAPITRE 1

SELENNE

4 avril,
siège du FBI, Washington D.C.

J'entre dans le repaire redouté de la direction, j'ai reçu une convocation inhabituelle. Jamais je ne franchis ces portes. Et je n'en ai jamais eu l'envie, car cela aurait signifié des ennuis. Qu'ai-je bien pu faire ? Rien, à ma connaissance !

Le directeur adjoint Edge est derrière sa table de travail. Ses cheveux grisonnants coupés presque à ras, son costume bleu foncé et sa cravate noire lui donnent cet air sévère qui m'impressionne depuis mon arrivée. Il dégage l'assurance de celui qui sait qu'il sera obéi.

– Mademoiselle Garrison, asseyez-vous, ne restez pas debout.

Je prends place et essaie de paraître sereine. Au fond de moi, c'est la panique. Pourtant, je n'ai pas dévié d'un iota de ma ligne de conduite. Malgré mon ennui et mes doigts qui frétillent de frustration, j'ai résisté à la tentation de partir à la recherche de sites interdits ou proscrits. Je n'ai plus hacké pour mon plaisir depuis six ans. Depuis mon arrivée, contre mon gré, j'ai réussi à ne pas merder. Alors pourquoi cette convocation ?

– Comment se passe votre travail ? Votre mission avance ?

– Comme d'habitude, lui réponds-je avec une note d'aigreur dans la voix. Mes recherches se poursuivent en solo, vu que votre personnel est toujours aussi froid avec moi.

Je hausse les épaules, tentant de paraître blasée. Depuis mon intégration dans ce service, tout le monde me surveille, personne ne me fait confiance. J'ai toujours l'impression qu'ils pensent que je suis une bombe à retardement et que je vais exploser à tout moment. Mouais… Je ne suis pas la pire criminelle qui existe sur terre, je n'ai fait que du piratage informatique. Pas la mort quand même ! Malgré cela, je n'ai pas réussi à me faire des amis, ou au moins à lier des relations amicales avec mes collègues. Ils sont froids, suspicieux, méfiants et surtout ils se sentent supérieurs à tous points de vue.

– Vous ne pouvez pas leur reprocher d'être méfiants.

– Si, je le peux ! Ça fait six ans quand même, j'ai fait mes preuves, non ?

J'ai tenté d'être la plus discrète possible, la plus serviable. J'ai mené toutes les missions d'infiltration de programmes avec succès, sans pour autant en tirer ne serait-ce qu'une once de sympathie ou de reconnaissance de mes chefs ou collaborateurs.

Non, pour eux, je suis et resterai une vulgaire criminelle qui doit payer. Je le fais depuis mon arrivée et je commence doucement à me lasser de voir mes efforts ne servir à rien. Je compte les jours jusqu'à ma relaxe. Il ne m'en reste que quatre-vingt-dix. Après, je quitte cet enfer et je refais ma vie. Loin et sans surveillance de tous les instants.

Un coup à la porte nous interrompt.

– Entrez !

Dans le siège libre à mes côtés, faisant face au bureau de bois rouge, s'installe une vieille connaissance. Celui-là, je me serais passée de le croiser. Moins je le vois, mieux je me porte. L'agent spécial Richard Matthew, Rick pour les intimes, me jette un regard ouvertement salace, que son supérieur direct ne remarque pas. Hélas ! La petite trentaine, les cheveux blonds et le corps musclé, il se sait sexy et en profite. Il saute sur tout ce qui bouge. Son inspection visuelle me tire un frisson de dégoût. Il a tenté sa chance et je l'ai envoyé paître, mais il n'est pas du genre à s'arrêter au premier obstacle ou refus. Ni au deuxième, ni au troisième…

Un vrai lourd, ce gars-là. Je soupire intérieurement, me blinde contre les émotions négatives et me demande pourquoi sa présence est requise.

Que se passe-t-il pour que ce merdeux soit heureux de me voir ? Le directeur adjoint Edge me tire de mes pensées, en s'adressant de nouveau à moi.

– Mademoiselle Garrison, j'ai une mission pour vous.

– Une mission ? Mais je suis encore sur le dossier mexicain, mes PC sont tous occupés.

– Non, une mission d'infiltration pour une fois. Et j'espère que vous ne me décevrez pas.

Le soulagement me traverse et une certaine fierté me gagne. Ainsi qu'une méfiance légitime, car je n'ai travaillé jusqu'à présent que sur des dossiers ou des cibles, jamais sur des missions d'infiltration. Je suis cloîtrée dans un bureau cinq jours sur sept, depuis six ans, jamais sur le terrain !

– Merci, monsieur. Vous pouvez compter sur moi.

Je n'ai jamais rien sans contrepartie donc je reste sur mes gardes, surtout avec Rick qui écoute sagement à mes côtés.

– Vous avez un frère, Elias… Elias Connolly.

Il regarde dans son dossier, faisant mine de chercher son nom. Je sais pertinemment qu'il le connaît.

– Un demi-frère, confirmé-je. C'est pour cela que nous n'avons pas le même patronyme.

Je suis surprise, et pas dans le bon sens. Pourquoi évoquer ma famille ? Nous sommes au FBI où je bosse comme experte en piratage et crimes informatiques. Quel est le rapport avec Elias ? L'épce de

Damoclès qui est suspendue au-dessus de sa tête me force à rester dans les clous et à fermer ma bouche sur ce que je pense de leur manière de procéder. Face à leur chantage odieux, je ne pouvais que m'incliner et obéir. Donc j'ai disparu de la circulation et je me suis mise à leur service. Changement de nom, d'adresse, mensonges en pagaille.

Et là, après six longues années, le directeur adjoint me parle de lui comme si j'avais une relation fraternelle normale. Il connaît mon dossier, il sait tout.

– Selon nos sources, il travaille pour Anton Yourenev, un mafieux russe installé à Milwaukee. Je veux que vous repreniez contact avec Elias.

– Je vous rappelle que j'ai pris mes distances avec mon ancienne vie. Vous m'avez ordonné de couper les ponts avec ma famille.

– Je me souviens, vous n'avez qu'à trouver une idée, une raison de le revoir.

– J'ai soutenu à Elias que je ne supporterais pas de le voir derrière la vitre d'un parloir, que je ne voulais pas qu'il soit le témoin de ma tristesse et de ma déchéance, que c'était au-dessus de mes forces de lire dans ses yeux ses remords de ne pas avoir su anticiper et prévenir cette incarcération… Il a tempêté, râlé, menacé, mais a fini par s'incliner. Comment voulez-vous qu'il pardonne mon comportement ?

Depuis, j'ai le cœur gros à force de refuser de le voir ou de lui donner de mes nouvelles. Je n'ai même pas introduit son nom dans mes programmes, de peur de craquer et d'être tentée de le retrouver. Ça fait mal de penser à lui, il me manque tous les jours. Que fait-il à bosser pour un criminel, bon sang ?! Je me suis sacrifiée pour qu'il ne se retrouve pas derrière les barreaux et lui, il est l'employé d'un mafieux.

– On vous libère officiellement de prison. Reprenez contact, réintégrez sa vie.

– Moi ? Et lui dire quoi, monsieur ?

Il faudrait que je la ferme, mais là, je sens monter la moutarde. Ils m'ont volé ma vie, je n'ai plus de famille, pas d'amis et mes « collègues » me suspectent dès que je bouge le petit doigt. Je ne vois vraiment pas comment me retenir, alors je bombarde le directeur adjoint de sarcasmes :

– Salut, ça fait longtemps ! Tu sais, c'est moi ta sœur. Non, je ne viens pas pour toi, mais tu aurais des infos sur ton patron ?

Je raille, mais j'ai mal. Le revoir pour me servir de lui ! Le dégoût me remonte dans la gorge.

– Ça suffit, me coupe-t-il, débrouillez-vous ! Renouez avec lui, il est le comptable du Russe. Il est nécessairement au courant de tout. On veut tous les détails sur son patron. Et les preuves de ses malversations.

– Vous ne préférez pas que je pirate son ordinateur ? Ce serait plus simple et rapide.

– Yourenev travaille à l'ancienne. Il n'utilise jamais l'informatique et les réseaux.

Je grimace. Là, je ne peux rien y faire !

– En effet, ça complique la tâche. Je dois donc reprendre contact avec Elias.

Ce que je vais faire à contrecœur, songé-je.

– Et trouver un moyen de… d'approcher ce Yourenev, continué-je tout haut.

Je réfléchis à haute voix. Si, pour avoir la permission de revoir mon frère, je dois accepter de trahir le diable, je le ferai. Sans hésitation ! Mais penser que je vais le décevoir, encore une fois, en revenant vers lui pour de mauvaises raisons m'attriste.

– On vous fournira un passé carcéral et comme soutien, l'agent Matthew. Il jouera le rôle de votre agent de probation après votre sortie de prison. Il vous viendra en aide quand vous le demanderez et vous apportera tout ce dont vous aurez besoin.

Merde, il n'y avait personne d'autre que ce con pour le job ? Il me sourit froidement et je devine qu'il est déjà en train de cogiter pour trouver un moyen de flirter avec moi. Sans hiérarchie à proximité, c'est pour lui l'occasion de me harceler sans impunité et me forcer à lui obéir.

Mais chaque problème en son temps, s'il faut le remettre à sa place, je n'hésiterai pas. Un coup de genou est si vite arrivé.

– Et pour Elias ? Vous…

– Il aura ce qu'il mérite, me coupe-t-il sèchement. Si vous faites du bon boulot, on pourra peut-être passer un accord. Son témoignage contre une remise de peine.

Ouais, « peut-être », comme pour moi, ce qui veut dire qu'il sera autant à leurs bottes que je l'ai été quand ils m'ont recrutée. Ils s'en serviront et puis il ira en prison, je dois trouver une solution. Je l'ai amer, mais je n'ai pas le choix. Je ne peux pas refuser et je n'ai aucune idée pour l'instant de comment sortir mon frère de ce piège.

Je laisse glisser le sujet épineux de la culpabilité d'Elias et change mon approche pour obtenir plus de détails. Edge ne me promet rien de concret pour le moment.

– Donc, je suis en solo. Comme ça, sans préparation ?

– Nous ne pouvons pas être trop voyants sur cette affaire. Donc vous serez indépendante mais pas isolée pour autant. C'est une mission sur le long terme et ces mafieux flairent le gouvernement à cent mètres. Si vous êtes trop entourée, vous serez démasquée facilement. Et croyez-moi, il vaut mieux éviter ! Nous vous fournirons un appartement sur place et des leçons de maintien.

– De maintien ? le questionné-je, surprise.

Rick sourit en détaillant ma tenue. Elle est pourtant classique et passe-partout. Un tailleur foncé, un chemisier blanc et des chaussures plates. Je fronce les sourcils, sentant venir une remarque sur mes vêtements.

– Pour approcher Yourenev et naviguer dans ce monde de luxe, vous devrez être plus élégante.

– Tu auras besoin de cours pour marcher en talons hauts, se moque Rick.

La façon dont il vient de pointer une de mes plus grandes lacunes me fait grimacer.

– Je m'entraînerai autant qu'il le faut pour mener à bien cette mission, répliqué-je.

Surtout pour être libérée de cette vie et de ce mec. Ma résolution est au maximum, si je dois marcher sur des échasses et porter des robes plus courtes que mes shorts, je le ferai sans sourciller.

– Ce sont des détails, je n'ai aucun doute que Mlle Garrison sera opérationnelle en peu de temps.

– Merci de votre confiance, monsieur. Je ne vous décevrai pas.

Il referme le dossier de mon frère et me le tend.

– Au travail !

Il me congédie comme une moins que rien. Mais c'est ce que je suis depuis toutes ces années, j'obéis aux moindres de ses ordres dans l'espoir d'obtenir un compliment ou un début de reconnaissance.

– Monsieur ? Il ne me reste que trois mois à travailler pour vous, je n'aurai sûrement pas fini cette mission…

Je tente ce dernier recours pour échapper à ce boulot de merde. Le directeur adjoint me foudroie du regard, j'ai osé mettre ses directives en doute.

– Débrouillez-vous, tant que vous n'avez pas de résultats, je ne vous fournirai pas vos papiers de libération.

– Et le dossier sur le cartel mexicain de la Mano de Sangre ? Ses membres sont des ordures – désolée pour ce mot –, et leurs pratiques sont barbares. Nous devons absolument les arrêter. Cette violence gratuite, leurs réseaux de prostitution et leurs trafics d'organes sont horribles. J'en fais des cauchemars depuis que j'ai lu les dossiers et vu les photos.

– En effet, pendant la préparation de la mission, vous pouvez continuer. J'ai confiance en votre capacité à la multitâche. Je compte sur votre implication.

– Bien entendu… Mais… je n'ai aucune idée de la réaction de mon frère. Je ne sais pas s'il va m'aider ou me rejeter, monsieur. Donc je ne peux vous promettre des résultats.

– C'est votre problème, mademoiselle Garrison. Si vous vous plantez, je coffre votre frère et rallonge votre peine.

Je suis dans la merde ! Elias et moi, ça n'a jamais été l'amour fou, mais la famille, c'est la famille. Soudés depuis l'enfance, même quand on s'engueulait. Faire le coup de me servir de lui pour approcher son patron, c'est un cran au-dessus des saletés que je lui ai déjà faites. Je laisse tomber. Inutile d'argumenter avec Edge, il est impitoyable.

Devant la porte, sans que j'aie eu le temps de remettre mes idées en ordre, voilà ce lourdaud de Rick qui me bouscule.

– On va bosser ensemble, ma belle. Et tu vas devoir me rendre des comptes, jubile-t-il avec un sourire sadique.

Quelle malchance que ce soit lui qui soit affecté à cette mission !

– Si tu m'ennuies trop, pour rester polie, je pourrais te balancer aux Russes.

– Moi également, tu ne voudrais pas devoir t'expliquer face à Yourenev.

Franchement, je crois que je préférerais, mais pas lire la déception ou la douleur dans le regard d'Elias s'il apprenait ma traîtrise.

– On peut jouer à qui se fera descendre en premier, moi, ça me va.

Je hausse les épaules et essaie de paraître indifférente.

– Ce n'est pas tout ça, mais on a du boulot : me trouver un appartement, recontacter mon frère, faire tomber des mafieux. La routine, quoi…

Je lui tourne le dos et pars retrouver mon PC. Sinon je vais lui envoyer mon poing dans la figure comme j'en ai envie.

CHAPITRE 2

SELENNE

12 avril,
Washington D.C.

– Encore !

Je hais ce mot, il me file des cauchemars. Je me repositionne, souffle en tentant de détendre mes épaules et ma nuque. Et je fais un pas.

Je traverse la salle de danse qui nous sert de lieu pour mes leçons de maintien depuis une semaine. Mon reflet me dérange, je n'aime pas ce que je vois. Une nana en tenue de sport avec des chaussures de luxe qui claquent sur le parquet. Ma déconcentration ne dure que deux secondes. C'est suffisant pour que ma cheville vrille et que je fasse un faux pas.

– Selenne ! Pense à ce que tu fais !

– Je ne fais que ça ! Je serais déjà dans le plâtre dans le cas contraire, maugréé-je en dissimulant une grimace.

Mike lève les yeux en l'air, m'ayant entendue. Il scrute le moindre de mes mouvements depuis l'autre côté de la salle. Appuyé contre le rebord de la fenêtre, il pianote au son de la musique qui joue en sourdine. Le rythme est censé me faciliter la tâche.

– Déroule le pied.

– Oui, grommelé-je.

Je répète la suite du discours que je connais par cœur maintenant : « Pose ton talon en premier… On s'ancre bien dans le sol… Sans sautiller. »

Il fait toujours une pause avant ces derniers mots. C'est facile à dire pour lui. Il ne porte pas ces foutues chaussures de la mort. Je ne compte plus les heures d'entraînement pour marcher comme « une femme ». D'abord des talons compensés, puis de cinq centimètres et pour finir des talons aiguilles vertigineux. Mon problème est que je suis une fille simple, je marche pieds nus dès que je le peux. Cette mission n'a pas encore commencé que j'ai mal partout.

– Voilà ! Comme ça, mais moins raide.

– Je t'en foutrais, des « moins raide ». Mes cuisses tremblent et mes chevilles vacillent.

– Bon, souffle mon instructeur, dépité. Je vais valider ta formation, bien que ce ne soit pas parfait.

– Oui, on doit avancer. Merci pour ta patience.

– Sans problème, ma belle. Tu es censée sortir de prison, donc marcher de façon élégante ne doit pas être ton principal atout.

– Oui, c'est vrai, mais sans toi, je ne serais même pas capable de tenir debout avec ces instruments de torture.

Je lui donne une accolade et le serre quelques instants contre moi. Ça fait un bien fou d'avoir une personne qui ne me considère pas comme une menace, mais comme un être humain. Mike est instructeur à Camp David, il est amusant que ce soit lui qui me forme à marcher de façon sexy car il est spécialiste des arts martiaux. Quand je lui ai fait la réflexion, il a juste haussé les épaules. Pour lui, l'équilibre est essentiel, que ce soit pour se battre ou se maintenir en talons hauts. Il me l'a démontré en me donnant quelques leçons de défense avec mes chaussures. Je me souviendrai toujours que plus c'est pointu, plus c'est douloureux. Viser les yeux, la gorge ou les parties fragiles.

– N'oublie pas que le plus difficile est de rester en position statique. Entraîne-toi le plus possible dès que tu as un moment. Sinon tu auras mal comme pas possible. Et ne regarde pas tes pieds !

Je ris de sa dernière remarque. Combien de fois n'ai-je pas trébuché pour cette raison ?

– Bon allez, j'y vais. Merci encore pour ton aide.

– C'est avec plaisir. Quelle est la suite du programme pour toi ?

– Ma mission est à Milwaukee, je prends l'avion demain. Je passe par les bureaux de Chicago pour étudier les dossiers et puis je m'installe dans l'appartement que les services m'auront trouvé.

– Ça se concrétise.

– Oui, il n'y aura plus qu'à reprendre contact…

Je retire mes chaussures et me détourne, profitant de ce geste pour m'éloigner et cacher mes émotions.

– Je te souhaite une bonne mission.

– Je croise les doigts. C'est ma chance.

Je dois réussir absolument, je suis motivée au possible. Une opportunité d'en finir avec le FBI et ma peine de travail forcé, mais aussi de renouer avec mon frère. Une opportunité de retrouver ma famille tout en montrant ce dont je suis vraiment capable au directeur adjoint. Et si pour cela, je dois m'en prendre à un mafieux russe… il ne sait pas ce qui l'attend.

CHAPITRE 3

SELENNE

13 avril,
bureau du FBI, Chicago

Je souffle doucement et me lance. Formant le numéro de mes doigts tremblants, je vérifie que personne ne peut entendre ma conversation. Je suis dans un open space, dans les bureaux de Chicago. Le chef de service nous a fourni, à Rick et à moi, un emplacement libre un peu à l'écart du reste de son personnel. Les murs gris sont sans âme et les fenêtres énormes qui longent l'étage sont quasiment les mêmes qu'à Washington. Le gouvernement recherche pour ses agents un cadre strict, toujours le même quelle que soit la ville. Les sonneries s'enchaînent dans le vide, un nœud se forme dans mon estomac. Je les compte en silence, ma peur de tomber sur son répondeur augmentant avec les chiffres. Cinq, six, sept… allez, s'il te plaît, réponds.

Je sursaute quand le déclic annonce la fin de mon attente.

– Hello frérot.

Ma voix est faible, un peu tremblante.

– Selenne, c'est toi ?

La surprise et l'incrédulité se font entendre dans le timbre rauque d'Elias. Il inspire fortement. J'entortille le fil du téléphone du bureau autour de mon doigt, je n'arrive pas à me calmer. Mes mains tremblent, une boule s'est logée dans ma gorge, l'inflexion de ma voix est étranglée et pathétique.

– Oui, salut.

Que pourrais-je dire d'autre ? Je suis mal à l'aise à un point.

– Bon Dieu ! Mais… mais… ça fait…

– Je sais, plus de cinq ans. C'est long…

Là, je dis n'importe quoi, quelle connerie de sortir ça !

– Long ? Long ! Tu te fous de ma gueule ? Oui, ça fait un putain de temps que tu as disparu !

Il est furieux, le son de sa voix augmente au fur et à mesure. Je comprends, je réagirais pareil à sa place.

– J'ai coupé les ponts avec toi, je sais, c'est… c'était cruel. Mais je voudrais…

J'hésite sur la formulation, comment lui dire que les fédéraux ne m'ont pas laissé le choix, que je devais le renier, l'éloigner ? Je reprends vite avant de perdre tout courage :

– Je ne supportais pas l'idée que tu puisses me voir là-bas.

– Tu as refusé catégoriquement toutes mes tentatives pour rester près de toi et pour te soutenir. Bon sang ! Tu… tu peux imaginer ce que j'ai ressenti quand tu m'as blacklisté ? Quand tu as refusé mes visites ?

L'amertume et la douleur dans ses mots me font tressaillir. Je m'énerve à mon tour.

– Je ne voulais pas que tu me voies comme ça ! Les visites en prison sont si horribles, si…

– Et le téléphone ? me coupe-t-il, hargneux. Les lettres ? C'est pour les chiens ? Tu ne les as pas ouvertes, pas une seule ! Toutes me sont revenues non décachetées !

Ah ! Je ne pouvais pas lui répondre. Vu que je n'étais pas en taule. Mais ces lettres, je ne les ai jamais eues. Ils auraient pu faire en sorte de me les transmettre et j'aurais trouvé une solution. Même si un supérieur avait lu par-dessus mon épaule.

La colère qui vit en sourdine depuis longtemps en moi remonte à la surface. Aucune compassion de leur part, ces fédéraux n'ont rien d'humain. Je ne compte pas pour eux, je suis un numéro, ou pire, un moyen d'arriver à leurs fins sans état d'âme, mes sentiments n'ont aucune valeur à leurs yeux.

Si je pouvais, je laisserais tout tomber, je m'enfuirais et je préviendrais mon frère et son patron. Mais il n'y a aucun doute que je suis surveillée étroitement. Déjà par Rick !

Je ne voulais pas le faire souffrir ni lui mentir. Ni par le passé, ni maintenant. Une boule d'amertume et de rage face à notre destin me tord le ventre.

– Je suis désolée…

Je ne peux que murmurer, une larme coule sur ma joue, elle me chatouille et me gêne. Je renifle et la chasse du dos de la main. Si je commence à pleurer, je n'arriverai plus à m'arrêter.

Il souffle, crache une bordée de jurons et me raccroche au nez. Non, merde ! Pas ça ! Il ne veut pas entendre mes excuses. Bien que ça ait été à prévoir, la douleur qui me traverse est foudroyante. Son rejet… Je comprends ce qu'il a dû ressentir face à mon silence. Mes doigts tremblent au point que je dois m'y reprendre à trois fois pour relancer l'appel. Les sonneries dans le vide me stressent.

Allez, réponds, ne me fais pas ça ! J'ai besoin de toi et si tu savais comme toi aussi tu as besoin de moi. Ton avenir dépend de cet appel. Décroche ! Je ne veux pas que tu te retrouves en taule, et je veux réussir cette mission.

Je me ronge l'ongle du pouce en priant et en envoyant des ondes positives à travers le réseau téléphonique.

– Allez Elias ! murmuré-je, le cœur écrasé dans ma poitrine.

Il palpite douloureusement et ma gorge est si serrée que j'ai du mal à respirer. Il décroche d'un geste que je devine brusque et le soulagement me submerge. Les larmes coulent, je les frotte vivement et prends une grande inspiration.

– Merci… merci de me donner une chance.

– Non, pas moyen, je… Tu m'as blessé, Selenne. J'ai besoin de temps.

La tonalité occupée résonne à nouveau. Il a encore coupé la communication. Je laisse ma tête retomber contre le dossier de mon siège et ferme les yeux. Une migraine pointe derrière mes paupières et agresse mes tempes.

Un rire sarcastique derrière moi me met mal à l'aise. Rick se moque, il a entendu la conversation, il est toujours là quand je suis en mauvaise position !

– Quoi ?

Je ne le regarde même pas, pas envie de souffrir plus.

– Ce n'est pas l'amour fou dans ta famille !

– Tu pensais que ce serait aussi facile de reprendre contact après autant de temps ? Moi, je ne me faisais pas d'illusions. Mon frère a raison d'être en colère.

– Oh, le pauvre, ironise-t-il la voix dégoulinante de sarcasme. La vie est dure pour un mafieux.

– Je t'interdis de parler de lui comme ça !

– Tu n'en as pas le pouvoir. Tu n'es qu'une repris de justice en recherche de réhabilitation. Tu n'as aucun poids décisionnel.

Rick pose une fesse sur mon bureau et croise les bras d'un air suffisant. Hors de question que je laisse son discours méprisant m'atteindre !

– Je vais laisser couler et retenter ma chance ce soir. Et maintenant, casse-toi de là, j'ai du boulot, je dois terminer mes recherches sur le dossier de la Mano de Sangre.

Il jette un coup d'œil aux écrans multiples de mon PC et fronce les sourcils.

– Tu as trouvé quelque chose ?

Je peux penser ce que je veux de Rick du point de vue personnel, mais je dois admettre que pour le travail, il est efficace.

– Il semblerait qu'ils aient toujours une longueur d'avance sur nous. Comme si quelqu'un les informait de nos descentes. Dès que l'on a un indic prêt à témoigner, il se fait descendre ou il devient muet. Ils menacent les familles ou, pire, enlèvent un enfant ou la femme du témoin. Ils ont une taupe, voilà ce que je pense.

Je me frotte les paupières et me redresse.

– Tu en as déjà parlé au directeur adjoint ?

– Je dois faire mon rapport avant ce soir. Mais je n'ai pas encore trouvé l'identité du traître.

– N'oublie pas que ta priorité, c'est ton frère et Yourenev.

– Edge m'a ordonné de travailler sur les deux affaires. Je peux gérer sans soucis.

Je suis persévérante et un peu butée aussi. J'aime relever les défis qui me donnent du mal. Bon, mon frère disait obstinée et entêtée, mais moi, je trouve que je suis juste déterminée et curieuse.

Mon interlocuteur s'éloigne puis revient et pose une main sur mon épaule. Se penchant, il me souffle à l'oreille, beaucoup trop près pour que je sois sereine.

– Un conseil… laisse tomber, il ne te reste que quelques jours. Tu devrais te concentrer sur la mission russe.

Il sort du bureau sur un regard appuyé. Il me met mal à l'aise, ce mec, et je suis obligée de bosser avec lui. Je hausse mentalement les épaules et me plonge dans les données. Ce qui peut me permettre de ne pas réfléchir à mon avenir et à ma vie merdique est ma priorité.

En plus, ce cartel mexicain doit être démantelé. Ils n'ont aucun respect pour la vie. Ils tuent, se vengent, enlèvent et torturent. Sans distinction. Hommes, femmes, enfants. Les photos dans le dossier m'ont retourné l'estomac et j'ai eu du mal à dormir. La vente d'organes est un trafic lucratif, plus peut-être que la drogue. Même ce Yourenev ne doit pas être pire qu'eux.

Je lance des recherches et programme un virus qui va tourner dans les softwares de notre réseau. Il ne va pas attaquer, non, juste surveiller et donner l'alerte dès que notre traître enverra des infos *via* son adresse e-mail. Qu'il ouvre des dossiers sur la Mano de Sangre, qu'il ait une accréditation ou non, je le chope. Bien sûr, certains pourraient être innocents, mais ce sera déjà un premier tri. Un virus pour attraper une saleté de pourri.

Il est dix-huit heures quand je retente ma chance avec Elias. Les bureaux sont calmes, le personnel administratif est parti, les agents sont en réunion. Je me sentirai moins épiée pendant cet appel. Elias décroche assez vite, à mon grand soulagement.

– S'il te plaît ! Écoute-moi, supplié-je avant qu'il ne prenne la parole. Pardon. Je ne voulais pas te faire de mal. J'ai besoin de toi… de te voir. Elias… S'il te plaît.

Après un blanc qui me met les nerfs à rude épreuve, il me répond :

– OK… Tu es sortie depuis quand ?

Il suppose que j'ai eu une remise de peine et que je suis libérée. Normal, vu que je ne l'ai jamais appelé pendant toute ma fausse incarcération.

– Ce matin.

– Et tu as trouvé mon numéro ?

Bonne question ! Je dois improviser.

– Ah… eh bien, je sais toujours utiliser un ordinateur. Retrouver ta trace n'était pas si difficile.

– Toi ! Tu sors de prison pour piratage et tu recommences direct !

Il se marre, mais je vois qu'il est fier de sa petite sœur. Sa voix s'est réchauffée et il est plus détendu.

– Hmm…

– T'inquiète, je ne te balancerai pas.

– Merci, grogné-je.

– Donc, tu as besoin de moi ?

– Comment ? Je n'ai pas le droit de téléphoner sans avoir d'idées derrière la tête ? Je pourrais juste vouloir savoir comment tu vas, m'exclamé-je, faussement choquée.

– C'est ça, sœurette ! Je te connais encore, ose dire que tu n'as pas quelque chose à me demander.

– Pfff…

Il a deviné, comme d'habitude.

– Tu as un endroit où dormir ? Il te faut un job ?

– Oui, ce serait un premier pas. Mon agent de probation a l'air d'un parfait salopard, tu n'as pas idée. Pas commode, une vraie tête de con !

Le ton de ma voix dépeint parfaitement mon avis sur Rick, je ne dois pas jouer la comédie sur ce point-là, au moins.

– Je m'en occuperai s'il le faut, ne te fais pas de souci.

– Merci.

J'ai l'impression de me répéter. Et ne pas réussir à utiliser d'autres mots ne m'aide pas. Il aurait le droit légitime d'être furieux contre moi, mais la première chose qu'il fait est de me proposer son soutien. C'est mon frère, mais j'en suis surprise. Je pensais qu'il serait plus rancunier. D'un côté, il me rassure sur le fait qu'il m'aime toujours, mais d'un autre, la situation n'en devient que plus oppressante. Devoir renouer avec lui pour infiltrer cette association de mafieux pour laquelle il bosse et prendre le risque de le faire tomber lui aussi.

– Je t'envoie l'adresse d'un appartement déjà meublé, que je connais et qui est libre, je t'y retrouve dans deux heures.

J'accepte sa proposition qui me touche profondément. Son geste me redonne foi en la gentillesse dans ce monde. Il pourrait me repousser et ne pas m'aider, mais il ne le fait pas. Il me tend les bras comme le frère qu'il a toujours été. L'appartement mis à disposition par le Bureau fédéral ne m'aura finalement pas servi ; il est plus logique que j'accepte son aide que de lui avouer que j'ai déjà un logement. Il se demanderait comment je l'ai trouvé si vite et avec quel argent.

– Merci Elias, lui soufflé-je, reconnaissante.

– De rien, mais… ne me fais plus jamais le coup de disparaître sans donner de nouvelles. Compris ?

CHAPITRE 4

SELENNE

13 avril,
appartement de Selenne, Milwaukee

Mon cœur bat de façon erratique à l'idée de le revoir, ici, à Milwaukee. J'attends, la gorge serrée, devant la porte de l'appartement, l'écho de mes coups résonne encore dans mes oreilles bourdonnantes. Ses pas assourdis se font entendre de l'autre côté. Le temps semble s'étirer, le battant s'entrouvre et la silhouette de mon frère se profile dans l'espace créé.

Je le dévore des yeux, il est tel que dans mon souvenir. Ah non, plus balèze, plus musclé. Quelques rides d'expression au coin des yeux, mais elles lui donnent un air plus mûr, plus mature. Nous partageons la même couleur de cheveux, roux foncé, les siens sont bien coupés, lisses et coiffés en arrière. Ses yeux sont plus durs qu'auparavant, comme s'ils avaient déjà trop vu d'horreurs. Leur teinte chocolat doit en faire tourner, des têtes !

Son job de comptable pourrait en surprendre plus d'un. On a tous en tête le cliché du petit scribouillard pâle et chétif et mon frère le fait mentir en beauté. Ou alors, il est l'exception qui confirme la règle. Ses muscles se devinent sous sa chemise bleu clair. Il a toujours été sportif, passant énormément de temps dans le garage des parents qu'il avait à l'époque transformé en salle de boxe.

– Je…

– Tu…

Nous parlons en même temps et nous nous arrêtons au même moment. Je piétine, ne sachant pas comment réagir. Je rêve de le serrer dans mes bras. J'ai besoin de son réconfort, de sa présence et de sa protection. Comme dans le temps. Cependant, je redoute encore sa réaction, il a toutes les raisons de m'en vouloir. Mais c'est le seul membre de ma famille qu'il me reste.

– Tu m'as manqué, avoué-je dans un souffle, la voix tremblotante.

Il tend soudain la main, agrippe mon épaule et me projette dans le creux de son étreinte. Il me serre fort et l'oxygène vient à manquer. Je l'ignore, le réconfort qu'il me procure est bien plus important que ma respiration. Mes doigts accrochent sa chemise, mon cerveau enregistrant machinalement la qualité supérieure du tissu. Il a réussi, lui, au moins, à bien vivre.

– Petite sœur !

Il tremble légèrement et respire trop fort.

– Elias !

Nous restons bien cinq minutes dans cette position. Je frotte ma joue humide contre son torse, des larmes coulent contre ma volonté. Je n'arrive pas à me contrôler. J'ai tant souffert de son absence… Elle a creusé un trou profond qui a englouti des émotions que je ne pouvais plus connaître : la tendresse, la confiance dans l'affection que l'on me porte, le simple bonheur d'avoir de la famille. Cette séparation volontaire de ma part a détruit quelque chose en moi, brisé mon sentiment de sécurité. Il était mon unique foyer, mon seul rempart contre le monde et je m'en suis éloignée pour le protéger des conséquences de mes actes. Peut-être aurais-je dû lui parler à l'époque, lui avouer mes peurs et mes craintes. Mais le gouvernement m'a interdit de le voir, ne me laissant aucune chance de m'enfuir avec lui loin de tout. Pour qu'il reste libre, j'aurais signé avec le diable et vendu mon âme. C'est ce que j'ai fait, finalement, et ce fut la décision la plus difficile de ma vie, avant aujourd'hui du moins.

Ce choix, je ne le regrette pas, seulement la tristesse de ces jours passés sans lui ou sans nouvelles. Maintenant, je dois lui mentir encore une fois pour le préserver. Je prends pleinement conscience de cette douleur sourde que je ressens au niveau du cœur. Elle était là depuis longtemps, tapie dans le tréfonds, silencieuse et mauvaise comme un cancer. Telle une gangrène qui me rongeait petit à petit, jour après jour. Maintenant que j'ai retrouvé Elias, je peux me permettre d'en reconnaître l'existence.

Mon frère me relâche, visiblement à contrecœur, et recule d'un pas. Il détaille ma tenue en fronçant les sourcils. Pour ces retrouvailles, je me devais de ressembler à une fille sortant de prison. Je me suis donc habillée avec de vieilles fringues retrouvées dans le fond d'un placard. Un vieux jean, un T-shirt froissé qui sent le renfermé et des baskets si usées que les coutures s'effilochent. Le tout date d'il y a six ans, quand j'ai dû renoncer à mon ancienne vie. Mes cheveux sont attachés avec un élastique et je porte en bandoulière un sac informe contenant les quelques objets qui me tiennent à cœur et les faux papiers de sortie de taule. Je n'ai même pas pris une veste, je me suis souvenue de mon arrestation où il faisait si chaud que je ne portais rien de bien couvrant. Je dois rester au plus près de la réalité et donc ne pas avoir tout le confort que je voudrais. Juste le minimum pour que mon frère soit ému de mon sort. Déjà un mensonge en soi, le premier d'une longue série, à mon avis. Sous l'effet de la culpabilité qui m'assaille, je me tords les doigts nerveusement en baissant les yeux.

– Tu as une tête de déterrée, sœurette.

– Hey ! Tu pourrais être plus sympa, je ne sors pas du Spa non plus.

Mon menton se lève en signe de défi et je plisse les yeux en lui jetant un regard mauvais. Il me sourit, effronté et sans remords, comme au temps où il me lançait des piques pour me faire réagir. L'amour fraternel dans toute sa splendeur !

– Allez viens ! Entre, mets-toi à l'aise.

Je lui obéis et observe mon futur environnement.

Appartement standard meublé sobrement, mais de qualité. Je devine une chambre et une salle de bains au fond du couloir attenant à la cuisine ouverte. Elias passe derrière le comptoir et ouvre le frigo, jette un regard à l'intérieur et prend une bière.

– Tu veux ? Il y a de tout. Bière, jus, et plein de bouffe. J'ai pensé que tu serais reconnaissante envers mon humble personne pour ma générosité.

Il ouvre une bière qu'il me donne. Si je n'avais pas eu autant envie de cette bière, je la lui aurais balancée à la tête pour sa remarque.

– Merci, tu es devenu un vrai gentleman, je vois.

L'ironie est mon arme favorite face à son attitude. Je retrouve mes anciens réflexes et je me sens enfin de retour à la maison. Cette sensation est tout de même assombrie par la menace de cette épée de Damoclès qu'est le FBI. S'il apprend, non, plutôt, quand il saura la raison de mon retour, il comprendra toute la perfidie de ma trahison. Et j'ai peur qu'il ne puisse jamais me pardonner.

– Et toi, je constate que tu n'es pas plus mature, renchérit-il en prenant une gorgée, souriant et détendu.

Je prends place sur un des tabourets hauts qui longent le comptoir et observe le salon, simple, mais confortable.

– Bon alors, raconte-moi. Tu as un agent de probation ? Il est comment ?

Voilà déjà l'interrogatoire qui commence.

Respire Selenne et ne pense pas que tu joues un rôle.

– C'est une vraie enflure, un salaud de première. Il m'a déjà mis la pression. Il exige que je me trouve rapidement du boulot.

– C'est son job de te donner un coup de main, il doit te proposer quelques trucs, non ?

– Mouais… mais non. Il m'a dit que je devais me débrouiller seule et que je n'avais pas intérêt à traîner.

– Quel connard !

– Et je dois lui communiquer le plus vite possible mon adresse. Si tu n'avais pas répondu à mon appel… soupiré-je en grimaçant. Il m'a fourni deux noms de foyer pour les premières nuits.

Elias se redresse et fait craquer sa nuque. Signe de stress ou de colère, je me souviens qu'il le faisait déjà, adolescent. Il a toujours eu un caractère volcanique. Il s'emporte vite et prononce des paroles qu'il regrette ensuite. Je me souviens qu'il travaillait à canaliser cette colère, pour rester plus calme en toutes circonstances. J'espère que mon retour ne foutra pas tout en l'air.

– Tu as tout mon soutien, donc tu n'as pas à te soucier de ton logement. Le loyer est payé pour trois mois, c'est meublé et le frigo est plein.

Il sort son portefeuille de la poche arrière de son jean et l'ouvre. Il empoigne une liasse de coupures et la glisse vers moi sur le plan de travail. Ma respiration se coupe sous l'émotion et les larmes me viennent. Il ne dit rien, ne demande rien, mais il agit.

Je secoue la tête pour refuser. Ça me fait mal de profiter de lui, d'autant qu'il ne connaît pas la vérité. Je n'ai pas besoin d'argent, tout cela est un mensonge. Les mots se bloquent dans ma gorge avant que je ne fasse la gaffe de lui révéler les raisons de ma présence ici.

– Non ! Tu les prends, m'ordonne-t-il. Ce n'est pas grand-chose et tu en auras plus besoin que moi.

Il hausse les épaules et se détourne. Il évite mon regard pour ne pas devoir supporter mes larmes et surtout ne pas me montrer ses émotions. Il n'a jamais été à l'aise avec les démonstrations affectives. Pas de câlins ni de grandes effusions de tendresse, non. Mais des actes simples tous les jours qui sont autant de marques d'affection sans pour autant le crier sur tous les toits.

– J'aurais dû être présent pendant toutes ces années d'épreuves. Tu me les as refusées, tu m'as éloigné. Maintenant tu me dois bien ça, sœurette. Accepte mon aide.

J'ai la nausée sous la pression de mes sentiments. Il réagit comme je l'espérais, mais en même temps ça me tue qu'il soit si bon envers moi. Il m'ouvre la porte pour que je puisse les approcher au plus près, lui et son patron, et au final les trahir. Le goût de la bière devient aigre dans ma bouche, la culpabilité n'est pas une bonne amie de l'alcool.

– Merci, Elias.

Ma voix tremble et une larme finit par passer la barrière de mes paupières.

– Pas de quoi. Et le boulot ? Tu cherches quoi ?

– Le juge m'a interdit toute technologie. Donc rien qui ne requière un PC ou Internet, ça ne me laisse pas beaucoup de choix.

– Mmh.

Pensif, il se frotte la mâchoire, hésite à dire quelque chose et se met à faire les cent pas dans l'étroit espace qui sert de cuisine.

– Je vais voir si je peux te trouver un job dans un bar que je connais.

J'acquiesce sans oser lui demander lequel. Comment amener mon frère à me proposer un emploi au plus près de Yourenev ?

– Et toi, tu fais quoi comme travail ?

– Je suis comptable pour une organisation.

– C'est chouette ça, très stable. Pas trop ennuyeux ? Quelle société a réussi l'exploit de te donner envie de rester à son service ?

Je me rappelle nos discussions, il y a quelques années quand il étudiait. Il m'affirmait alors qu'il ne resterait jamais dans un boulot routinier, et il s'en souvient aussi, à voir la grimace qu'il me fait.

– Pas vraiment une firme, je dirais plutôt un organisme familial qui n'aime pas trop les étrangers.

Cette réponse floue aurait titillé ma curiosité même si je ne connaissais pas les détails de cette « famille ».

– Euh… ne me dis pas que c'est illégal, ton taf ?

Je hausse les sourcils et fais une moue surprise. Il rit et se positionne face à moi.

– Ce n'est pas toi qui vas me jeter la pierre quand même ? me taquine-t-il.

– Tu as vu ce que j'ai récolté avec mes conneries, je m'inquiète pour toi, je ne te juge pas !

Mon frère le comprend bien, car il pose une main sur mon épaule en un geste d'apaisement. Je me secoue et m'arrache à son étreinte.

– Je sais ce que je fais et en plus la loyauté que j'offre à mon boss est à double sens. Il me protège autant que je le fais avec ses secrets.

« Loyauté », ce mot résonne en moi. J'ai peur pour mon frère, mais je ne peux pas le forcer à changer de direction. C'est un adulte.

– OK… nous sommes une famille et on se soutient. Je ne dirai plus de mal de ton job. Ça ne me convient pas, mais tu n'as pas tort.

– Houlà ! Tu viens de dire quoi, là ? Répète ! J'adore quand tu reconnais ma supériorité.

Il s'amuse et je souris. J'aime qu'il soit suffisamment à l'aise pour plaisanter. Ça veut dire qu'il pardonne mon absence. Je dois profiter de ces moments précieux. Il me reste si peu de temps avant qu'il ne comprenne toute la vérité.

– Bon, tu veux manger quoi ce soir ? me demande-t-il.

– Pizza ? J'en rêve depuis que je suis sortie.

– Va pour de l'italien.

CHAPITRE 5

SELENNE

26 avril,
appartement de Selenne, Milwaukee

– Non, Rick… Je ne l'ai pas encore rencontré, soupiré-je de frustration.

Il me tient le même discours depuis des jours, il me saoule à la fin !

– Tu te fous de moi, Selenne ! Tu peux me dire quelle excuse tu vas me pondre cette fois ?

– La même que la précédente. Je ne suis pas Houdini, je n'ai pas appris à sortir un lapin d'un chapeau. Vous ne m'avez pas vraiment aidée sur ce coup. J'essaie du mieux que je peux.

– Ton mieux est médiocre, ma chérie.

Quel connard ! Je déteste qu'il me donne du « chérie ».

– Comme prévu dans notre plan, j'ai réussi encore une fois à me faire virer du boulot que mon frère m'avait trouvé. Il faudra bien qu'il me propose un poste plus près de lui et donc du Russe. Un peu de patience !

– Tu es douée pour rater un travail, je vois.

Il rit, cet imbécile. Nous sommes au téléphone depuis un bon quart d'heure, lui, à me râler dessus et à me dénigrer et moi, à chercher à l'apaiser. Je suis censée travailler en équipe avec cet énergumène. Depuis ma « sortie » de prison, il est sur mon dos tous les jours. Il vérifie le non-avancement de ma mission. Comme si ces étapes n'étaient pas attendues. Ces missions sont sur du long terme, il devrait le savoir pourtant.

D'une main, je change de côté mon téléphone et de l'autre, j'ouvre le dossier posé sur mes genoux. Je suis installée sur le canapé avec un plaid. Dans ces quelques pages se trouvent toutes les infos que l'on m'a fournies pour connaître au mieux ma cible.

Anton Yourenev, né à Novossibirsk sur les bords de l'Ob, trente-deux ans, un mètre quatre-vingt-dix, brun, yeux bleu clair. Ne sourit pas souvent si j'en crois les photos. Je les connais presque par cœur à force de les détailler. Ses traits bien nets, sa carrure imposante, le tout emballé dans des costumes de luxe sont mes seuls compagnons depuis deux semaines. Je pourrais fermer les yeux et voir son visage comme s'il était dans la même pièce que moi. Ça tourne à l'obsession. Il dégage une aura impressionnante de contrôle et de confiance en lui. Cette certitude que tout se passera comme il le désire sans problème, une attitude provenant de la puissance de sa position. En plus de ses traits virils et séduisants, il ne porte pas de tatouages visibles, au contraire de ses hommes. Le dossier mentionne une marque au poignet, qu'il dissimule le plus souvent par un large bracelet en cuir foncé. Une colombe en plein vol. À cela, s'ajoutent des étoiles à huit branches aux genoux, code démontrant qu'il ne s'abaissera ni ne s'agenouillera jamais devant quiconque. Ses hommes ont tous le même oiseau sur le corps, symbole évident d'appartenance à son clan.

Selon les sources du document que j'étudie, Yourenev décide de l'endroit où apposer ce dessin, aucun de ses hommes n'a le droit de refuser ou de discuter, c'est une preuve de fidélité et d'allégeance. Je me demande où se trouve celui de mon frère.

Arrivé aux États-Unis à vingt ans, il a directement intégré un gang et gravi les échelons assez vite. Entouré par ses concitoyens, très intelligent, il a réussi à prendre la tête de son clan. Aucune preuve contre lui, jamais, pas l'ombre d'une contravention.

Yourenev est passé entre les mailles du filet. Soupçonné de détournements d'argent, de combats illégaux, de racket et aussi de trafic de drogue. Il ne s'embarrasse pas des mauvais payeurs, leur corps est retrouvé la plupart du temps froid et en décomposition le long de la berge du lac Michigan. Leur seule marque distinctive est qu'il manque systématiquement un doigt à leur main. Coupé net.

Mais les soupçons ne suffisent pas, il faut des preuves tangibles et irréfutables face à un tribunal pour pouvoir l'arrêter et ce mafieux venu de Sibérie est retors. Personne n'a réussi à le faire tomber jusqu'à présent. L'ampleur de la tâche me submerge d'un coup et me décourage.

– Le directeur adjoint veut absolument des progrès, reprend Rick.

Il me sort de mes pensées et je grimace.

– C'est facile à dire pour Edge, il n'est pas sur le terrain.

– Attention, ma belle, tu frises l'insubordination.

– Et ? Il est au chaud dans son bureau, moi, je suis censée faire ami-ami avec un mafieux sans perdre de morceaux. Tu crois que le directeur adjoint Edge ou toi m'impressionnez plus que ce Yourenev ?

Je ne me laisse pas intimider par Rick. Si je lui permets de prendre l'ascendant dans notre relation de travail, il en profitera tel un requin sentant le sang.

– Si je ponds un mauvais rapport, tu auras plus de problèmes.

– Pfff… un peu plus, un peu moins.

– Et je voudrais vraiment finir cette mission rapidement, tu as donc intérêt à ne pas la saborder, sinon je te ferai vivre un enfer.

Ses menaces m'énervent plus qu'elles ne m'effraient.

– Écoute, ne viens pas toujours me fliquer et je pourrai avancer dans mon job. Et il n'y a pas plus pressé que moi de terminer cette mission, car après je serai libre de partir loin de vous. Fini de voir vos têtes, je serai libre !

– C'est mon travail de te surveiller et ma couverture aussi. Si je ne ressemble pas à un flic de bas étage, je serai repéré rapidement. Tu ne veux pas ma mort, hein ?

Je laisse passer quelques secondes pour bien lui faire comprendre que je me tâte. J'aime moi aussi jouer avec ses nerfs, et le titiller me ravit.

– Mmmh… je ne sais pas. Si tu n'étais plus là, je serais heureuse, à bien y réfléchir.

– Tu es une emmerdeuse, Garrison !

– Oui, et sans regret !

Je raccroche avant qu'il ne réplique. Je n'ai pas de temps à perdre. Il faut que je cache le dossier avant l'arrivée de mon frère. Il vient de m'envoyer un texto pour me dire qu'il avait une dernière proposition d'emploi, je croise les doigts.

Je range les documents en terminant de mémoriser les traits de la belle blonde au bras d'Anton Yourenev sur la dernière photo. Elle a l'air heureuse de sa vie, ne semblant avoir aucun souci ni emmerdeur sur le dos. C'est vrai, qui viendrait chercher des noises à la nana d'un parrain de la mafia ? Pas beaucoup de monde, à mon avis. Ou alors de véritables inconscients ! Mon plan prend forme petit à petit. L'évincer serait le meilleur moyen d'approcher Yourenev. Devenir sa maîtresse et le faire parler sur l'oreiller.

CHAPITRE 6

SELENNE

3 mai,
7 Péchés Capitaux, Milwaukee

– Tu ne fais pas tout foirer cette fois-ci ! m'ordonne mon frère en me tenant la porte pour que j'entre.

Je lève les yeux au ciel et lui fais une grimace.

– Ce n'était pas ma faute si ce client voulait des services en nature. Et s'il n'a pas compris quand j'ai dit « non ».

– C'est sûr. Mais avais-tu besoin de le mettre à terre à coups de genou ?

Il détourne le regard en parlant de mes exploits. Les hommes n'aiment pas penser à la douleur d'un coup placé sous la ceinture, même si c'est un congénère qui est visé. Peut-être une sorte de solidarité masculine, ou alors ils sont douillets ?

– Bien sûr que je devais le faire ! J'ai survécu à pire en prison, ce n'est pas pour permettre à des poivrots pervers de me tripoter.

– Tu n'avais qu'à me le dire, je me serais occupé de son cas, grommelle mon frère.

– Bien sûr, tu aurais tout arrêté et serais arrivé en vitesse pour sauver mon honneur. Mais ces situations doivent être gérées dans l'instant. Et je n'aime pas compter sur autrui pour ma sécurité.

Il hausse les sourcils. Oui… enfin, je n'ai plus l'habitude de laisser quelqu'un me protéger et mon frère l'a bien compris.

– Je ne suis pas *autrui*, je suis ta famille et la famille, c'est sacré. N'oublie jamais.

Pour ne pas m'étendre sur cette remarque, je détourne le regard et fais mine de ne pas avoir pigé le sous-entendu. Je marque un temps d'arrêt et admire le lieu où nous nous trouvons. Quel luxe ! Ces mafieux savent y faire quand ils veulent jeter de la poudre aux yeux. *Les 7 Péchés Capitaux* sont magnifiques et décadents. Et je n'en vois qu'une infime partie. De ce qu'Elias m'a décrit, les sous-sols regorgent de trésors de luxure et de dépravation en tous genres. Il a fini par jeter l'éponge et me proposer de travailler dans l'établissement de son patron. À contrecœur !

C'est peu dire qu'il est venu avec des pieds de plomb jusqu'ici et n'a pas arrêté de me prodiguer des conseils. Ou plutôt des ordres. Ne pas me mêler des affaires internes, ne pas écouter aux portes, ne pas sortir avec Youri ou un des hommes d'Anton. Aucun pari… En fait, juste bosser et rien de plus.

Il ouvre la bouche pour me donner une nouvelle vague d'instructions, mais s'interrompt en voyant arriver une armoire à glace au visage effrayant. Je le reconnais pour être celui qui joue le rôle de bras droit dans l'organisation : Youri Krytchek.

Les deux hommes se saluent sobrement d'un signe de tête et d'un check du poing.

– Tu es en retard, Elias. Anton est déjà en bas, il récupère les gains des paris.

Il montre d'un mouvement du menton une direction dans laquelle je peux apercevoir une porte. Mon frère hausse les épaules face à la critique et ne semble pas anxieux de s'attirer les foudres de son patron.

– Voici Selenne, ma sœur. Elle…

– Je n'ai pas besoin de toi pour lui faire passer un entretien d'embauche et elle est assez grande pour se présenter. Le boss attend !

Sur ces mots, il congédie mon frère avec un sourire. Il parle avec une voix tonitruante qui me donne des frissons dans le dos. Ce mec fait peur, c'est comme un instinct de survie qui te crie de t'enfuir en courant. Un prédateur très dangereux et qui ne s'en cache pas. Elias me jette un regard lourd de sens puis me laisse dans la fosse aux lions. Je le lui rends avec pour message un : « Mais oui, je ferai gaffe. »

– Alors comme ça, notre ami a une petite sœur…

Mon Dieu, cette phrase me terrifie. Juste quelques mots qui me figent et donnent un rythme erratique à mon cœur. La menace sous-jacente est spontanée comme s'il ne savait pas mettre les gens à l'aise naturellement. Cela dit, il ne doit pas en avoir souvent l'occasion, il sert d'exécuteur pour sa « famille ».

– Oui, nous ne sommes plus que nous deux.

– Pourquoi tu veux travailler ici ?

– Eh bien… J'ai un peu de mal à garder un job et Elias pense que je serais bien mieux aux *7 Péchés Capitaux*.

– Explique-moi tes problèmes professionnels et je te dirai si je te garde.

– Mon premier patron voulait m'exploiter. Des heures non payées, se faire crier dessus tout le temps et pas de contrat !

Je compte sur mes doigts pour ne pas laisser paraître ma frayeur. Devant un prédateur, c'est la meilleure façon de survivre, j'ai regardé assez de documentaires animaliers pour le savoir.

Il lève un sourcil pour me pousser à continuer.

– Il a exigé que je travaille pour le minimum légal et ne me payait pas mes heures supplémentaires. Quand j'ai réclamé ce qu'il me devait, il m'a virée.

– OK, suivant.

Le mec est assez cassant, minimaliste en paroles. Il ne cause pas beaucoup, sachant faire passer le message en peu de mots.

– Le deuxième voulait que je bosse pour un client épris de pieds. Son fantasme était de me lécher la plante des pieds et de sucer mes orteils. Impossible pour moi ! m'exclamé-je en frissonnant de dégoût.

– Bon, je vois. Tu as des idées très arrêtées sur ce que tu ne veux pas.

Il croise les bras et mon regard est attiré par les tatouages sur les muscles hypertrophiés de ce tueur. Ils recouvrent une grande surface de sa peau, pour ceux que je peux apercevoir. Ses poignets sont entourés de menottes, ses phalanges sont décorées d'étoiles et des caractères cyrilliques marquent le dos de ses mains. Le symbolisme de ces dessins à jamais gravés dans sa chair est clair, il a tué, fait de la prison et ne regrette rien. La colombe est nettement mise en avant sur le côté du cou musculeux de ce criminel. Il revendique fièrement son appartenance au clan. Je détourne le regard avant qu'il ne me surprenne à le dévisager. Un frisson me coule dans le dos, me représenter ses états de service suffit à me glacer le sang. Car si Anton n'a pas de casier, celui de Youri est vraiment épais. Note pour moi-même : ne pas le contrarier.

– Je veux bien travailler dur, mais pas à n'importe quelles conditions.

– Mmh, grogne-t-il.

Je garde un visage que j'espère impassible, mais je flippe.

– Et j'ai perdu mon dernier job à cause d'un client qui volait. Je ne supporte pas qu'on prenne ce qui appartient à un autre. Il a menti en disant que j'avais encaissé l'argent. J'avoue que je n'ai pas réussi à me contenir et je l'ai frappé.

Quand j'y réfléchis, je n'ai même pas eu à trouver d'excuses ou à déclencher de catastrophes pour me faire virer. Non, il n'y a eu qu'à attendre de voir venir ces hommes. Ils se sont cru tout permis et je les ai repoussés vivement.

– Et tu as fini sans boulot encore une fois, car tu as répondu par la violence, ricane-t-il.

Son expression semble plus détendue, comme si je l'amusais.

J'ouvre de grands yeux innocents et imite la surprise. Mes dons d'actrice s'améliorent avec le temps.

– Ici, tu as deux choix. Le premier, c'est d'être serveuse. Uniquement ça, rien d'autre. Le deuxième, strip-teaseuse. C'est mieux payé, mais – il insiste en tendant un doigt vers moi – si le client exige plus, interdiction de refuser.

J'ouvre la bouche pour intervenir, mais il me fait signe de me taire, donc pour ma santé, je le laisse terminer son laïus.

– Ton frère est protecteur, je comprends ça. Il ne veut pas te voir autrement qu'en serveuse. Et vu tes antécédents, je préfère aussi.

Mon attention est attirée malgré moi derrière celui qui peut m'ouvrir les portes de mon futur. Si je bosse ici, je trouverai le moyen d'approcher le Russe, il le faut. C'est Youri que je dois convaincre, s'il rejette ma candidature, je ne sais vraiment pas comment je pourrai atteindre mon objectif. Je l'écoute, mais mon cerveau a dévié, comme le reste de mon corps, car celui qui vient d'apparaître dans le fond de la pièce par une porte discrète n'est autre qu'Anton Yourenev. Ma cible, mon obsession.

Il se frotte les mains sur un mouchoir, les taches sombres sur le tissu ont sûrement pour origine du sang. Je ne dois pas me faire d'illusions. Et le fait que mon frère le suive et qu'il n'ait pas l'air troublé par cette situation me rend dingue. Il fricote avec le crime pur et dur.

Cet homme est beau à se damner, ses traits, même de loin, me donnent des frissons. Mes doigts me picotent, fébriles. Je suis loin, et pourtant si près de lui. Je pourrais peut-être le rejoindre et le toucher, vérifier enfin si la barbe qui ombre la ligne brute de ses pommettes et de sa mâchoire les rend rugueuses ou si la douceur de sa peau domine.

– Hey !

Les doigts de Youri claquent à quelques centimètres de mon nez, me ramenant à la réalité de façon abrupte. Je sursaute tout en retenant le couinement qui n'aurait pas manqué de me faire passer pour une fillette.

– Reste concentrée ! Je t'embauche à l'essai. Tu bosses ce soir à dix-huit heures. Sans faute ni retard.

– Ne vous inquiétez pas, s'il n'y a pas d'embrouilles et que je ne dois rien vendre d'autre que des boissons, on s'entendra bien.

– Ici, c'est moi qui gère la sécurité. Mes filles n'ont jamais eu à se plaindre. Tu ne seras pas la première.

Il me laisse en plan et rejoint son boss. Mon frère le croise et ils échangent quelques mots. Elias rit en me regardant puis revient vers moi. Toutefois, il traîne le pas en croisant la superbe blonde qui vient d'entrer. Si je ne le connaissais pas aussi bien, je pencherais pour un béguin, un gros. Quand la beauté embrasse Anton, il se détourne. C'est la nana du patron de la pègre russe, celle qui figure sur les photos du dossier que j'étudie depuis quelques jours.

Avoir envie de la nana du parrain de la mafia, même mon frère qui n'est pas le plus malin quand il s'agit d'histoires de cul doit se douter que ce n'est pas recommandé. Elias joue un jeu dangereux, autant que le mien, en fait. Notre famille est à désespérer ! L'avenir est sombre pour nous. Je devrais lui parler, lui dire de ne pas draguer cette fille, mais qui suis-je pour me mêler encore de sa vie ?

– Qu'est-ce qu'il t'a dit ? demandé-je, curieuse.

Je n'évoque pas ce que je viens de surprendre, ce n'est pas à moi de lui faire la leçon sur sa vie. J'ai déjà assez à faire avec la mienne.

– Tu ne veux pas le savoir, me nargue-t-il en riant.

Oh si, je le veux et je lui tirerai la vérité tôt ou tard. Je lui souris et il recule en levant les mains, mimant l'innocence.

CHAPITRE 7

SELENNE

12 mai,
7 Péchés Capitaux, Milwaukee

Le début de soirée est calme, les clients se font encore rares. J'écoute les directives de Krystal qui est responsable de la salle pour cette nuit. Gentille fille, mais pas mon style. Trop maquillée, avec une préférence pour les microjupes, sûre d'elle et de ses charmes. C'est une « ancienne », pas vieille, non, mais elle a déjà grimpé les niveaux dans la hiérarchie. Comment ? En donnant de sa personne, il me semble. Elle a été serveuse puis « entraîneuse ». Elle connaît les ficelles du métier et sait très bien quand ouvrir sa jolie bouche rouge ou la fermer et détourner les yeux. Il faut dire que *Les 7 Péchés Capitaux* sont l'antre de la mafia russe. Trop en savoir peut vite devenir embarrassant ou même dangereux.

Elle assigne le boulot aux barmans puis passe aux serveuses.

– Donc toi, tu travailles devant, des tables une à vingt, indique-t-elle à l'une d'elles.

Krystal surveille chaque recoin, note sûrement les habitués, repère les mecs déjà trop bruyants et soupire. Elle continue son briefing et ses recommandations. Chaque fille s'en va sans demander son reste, semblant soulagée de je ne sais quoi.

– Toi, la nouvelle, m'interpelle-t-elle en me fixant.

– Oui ?

– Tu iras dans la zone des tables privatisées. Ne me fais pas regretter ma décision.

– Pourquoi ? J'ai bien travaillé la semaine passée, non ?

Elle me scrute et détaille ma tenue.

– Oui, à part ton problème d'équilibre sur talons.

Elle se moque, mais comment tenir sur ces échasses sans se fouler une cheville ? Encore plus après avoir passé huit heures de service dessus, en tenant un plateau chargé à ras bord. Si elle y arrive, eh bien moi, je n'en suis pas encore là, malgré l'aide de Mike.

– Désolée, mais je ne suis pas Superwoman, il me faut encore un peu d'entraînement pour tenir sur ces instruments de torture.

Je hausse les épaules d'un air désinvolte.

– Un peu de sérieux ! Ta zone ne sera pas de tout repos. Tu vas servir le boss et je ne veux pas de conneries.

Ah ! Enfin ! J'attends de l'approcher depuis mon arrivée. Le boulot est crevant, je rentre à l'appartement tellement sur les rotules que je ne sais rien faire d'autre que m'écrouler et dormir. Pas de passe-droit ni de tapis rouge, malgré le fait que je sois la sœur du comptable.

Le seul qui ait des contacts avec le personnel est Youri, cette armoire à glace qui n'a sûrement jamais appris à sourire. Et pas très causant non plus. Mon frère n'est pas d'une grande aide, il est quasi absent, toujours à l'extérieur pour son travail ou dans les sous-sols où je n'ai pas encore le droit d'aller.

Rick me téléphone tous les matins à heures régulières pour avoir mon rapport. Il s'énerve déjà, après seulement une semaine, de mon manque d'informations. Mais comment infiltrer l'entourage de Yourenev ? C'est le boss, il a une blonde à ses côtés, un bras droit, des hommes de main… sans oublier le va-et-vient de personnes qui lui sont redevables. Je n'ai rien pour l'intéresser. Pas de moyens financiers, pas de statut social. Et surtout aucune lueur de début d'idée. Et puis, Anton n'est pas arrivé en haut de la chaîne alimentaire en se laissant approcher en seulement une semaine par une inconnue… quel nigaud, ce Rick !

Krystal me pousse au niveau de l'épaule et je reprends pied dans la réalité. Je n'ai pas écouté ses recommandations. Merde !

– Tu vas te retrouver dehors plus vite que ton ombre si tu n'es pas concentrée. Il exige du silence, de la rapidité et pas d'erreur.

Je hoche la tête et essaie de faire bonne figure.

– Tu le sers en premier, dès qu'il est dans la salle, le barman te préparera sa boisson. Tu laisses tomber tes clients et tu y vas. Pas de regards aguicheurs, pas de blablas, et surtout, insiste-t-elle, ne jamais te mêler de la conversation. Tu n'écoutes pas et tu ne retiens rien de ce que tu entends !

Je mime une fermeture Éclair au niveau de ma bouche. Ma supérieure lève les yeux au ciel et continue son laïus.

– Fais la maline, mais ce n'est pas parce que tu es la sœur d'Elias que tu ne peux pas disparaître sans trace.

Aïe… Être engagée grâce à un piston familial n'est pas bien vu. Je ne me fais pas d'amis avec ça. Mais bon… je n'arrive jamais à m'intégrer, je devrais le savoir et me faire une raison, à force !

– Et s'il veut quelque chose de plus particulier, tu as le choix, mais si tu le repousses, il est bon pour ta santé de mettre des formes à ton refus.

– Euh… le droit de cuissage, c'était au Moyen Âge, non ?

Ce qu'elle vient de me dire me trouble. C'est le moyen pour arriver au plus près de lui, mais est-ce que j'aurai le courage de le faire ? Anton Yourenev est charismatique. Beau et sexy. Sa carrure et son aura de danger attirent tous les regards, y compris le mien. Il a édicté ses propres lois, et même s'il ne montre ici que son visage civilisé, ses gestes et actions démontrent qu'il règne sur son monde. Tout obtenir sans lever le petit doigt, cela semble facile, mais derrière la façade se trouve celui qui ne pardonne pas, qui tue ou mutile pour se faire obéir.

– Tu es fascinée par lui, reconnais-le. Toutes les filles le sont.

– Même toi ? demandé-je, curieuse.

– J'ai été une nouvelle aussi, mais pas aussi innocente que toi. Tu n'es pas très discrète, depuis le premier jour, tu le suis des yeux.

Elle a raison, dès qu'il entre dans une pièce, une vague de chaleur envahit mon corps. Et le fait que je le surveille pour le boulot n'est qu'une excuse pour pouvoir le déshabiller du regard sans remords.

– Il n'y a pas de mal à se faire plaisir. Regarder n'a jamais tué personne.

Elle rit de ma réplique et s'en va en secouant la tête.

CHAPITRE 8

SELENNE

15 mai,
7 Péchés Capitaux, Milwaukee

Ma soirée passe vite, entre les tables et les commandes. Pas le temps de souffler, je parcours des kilomètres et mes cuisses me brûlent.

Le barman me fait des signes frénétiques comme si j'avais fait une erreur monumentale. Je regarde mon plateau, calculant mentalement mes commandes et ce qui me reste dessus. Non, pas de souci par là, je hausse les sourcils et lui demande de façon muette : « Quoi ? » Il me désigne le fond de la salle et je vois que la table est prise. Mince ! Je ne les ai pas vus arriver et Anton Yourenev me fixe en tapant des doigts sur la table pour montrer son impatience.

Je traverse la marée humaine pour rejoindre le bar, récupère le verre et la bouteille de vodka de luxe et fais un demi-tour impeccable sur mes talons.

Donc en cas de stress ou de danger, je sais à présent courir sur ces machins, j'en rirais presque si mon cœur n'essayait pas de se barrer au travers de ma poitrine.

Arrivée à LA table, je dépose la bouteille et me détourne sans oser même m'excuser du retard. Comment se faire remarquer d'entrée de jeu ? En faisant attendre celui qu'il ne faut absolument pas énerver. Bien joué, Selenne !

Je m'éloigne avec une pointe douloureuse entre les deux omoplates, le poids de son regard. Comme une idiote, je viens de rater une occasion de l'approcher.

***

Trois nuits d'affilée, trois longues nuits. Je suis censée être professionnelle, être fixée sur mon objectif qui est d'approcher cet homme. Et non pas frémir à chaque regard échangé à travers cette salle. Pour une raison inconnue, je suis toujours engagée. Krystal ne m'a pas fait la leçon sur ma bourde et Youri semble ignorer que je mate son boss. Car il faut être honnête, c'est bien ce que je suis en train de faire. Dès que Yourenev se pointe dans la salle, je suis aux aguets. J'en oublie presque la raison de ma présence.

Son regard intense embrouille mes pensées. Je le suis des yeux dès qu'il s'installe à sa table. Il s'amuse de mes réactions, j'en suis certaine. Comme en cet instant précis, où mon cœur bat à toute vitesse alors que je tente de paraître indifférente. Je ne sais pas comment l'aborder de façon naturelle. Je ne peux que déposer son verre devant lui, éviter que ma main ne tremble sous la puissance de son charisme. Il serait préférable que je me ressaisisse, ma mission est importante. Je ne dois pas me comporter comme une fille fragile et innocente. Je ne le suis pas, mon caractère est plus fort que ça.

Je pose le verre dans un geste brusque tant je suis plongée dans mes réflexions. Le liquide ambré déborde et coule le long de la paroi.

– Fais attention ! grogne Youri qui accompagne le patron.

Je sursaute et relève les yeux. Deux iris aussi bleus que les glaciers me fixent.

– Désolée, murmuré-je en attrapant une serviette sur mon plateau pour essuyer mon méfait.

– Je te pensais plus aguerrie, *dochka*[1].

– Je le suis, ça ne se reproduira plus.

Si Youri me prend en grippe, il peut me réaffecter à d'autres tables ! Je me penche exprès en direction de Yourenev et lui dévoile mon décolleté. Peut-être cela suffira-t-il pour retenir son attention ?

– Laisse-nous maintenant, m'ordonne-t-il avant de se tourner vers Youri. Nous devons parler du North Side Gang. Ces Irlandais de Chicago sont une épine dans mon pied.

1. Fillette.

Il me congédie sans un sourire. Raté pour la vue plongeante. J'obéis aussi vite que possible et retourne à mon poste d'observation près du bar. Ce que je viens de surprendre n'aide pas, mais c'est un début.

Tant qu'il sera assis à sa table, je dois rester à l'affût d'une commande de leur part. Il suffit que l'un ou l'autre soulève un doigt en direction du barman pour que je me mette en route. La tension entre mes omoplates ne retombe pas. Elle s'insinue dans tous mes muscles, jusque dans ma nuque, créant un début de migraine. Je note ses habitudes dans un recoin de mon cerveau. Dans le même temps, je mémorise les détails plus personnels. Je suis fascinée par sa présence, son autorité naturelle. Je suis certaine qu'il me traque. Il ne se cache pas de m'observer et s'en amuse même. C'est effrayant et excitant. Mon ventre se serre de crainte et des papillons s'éparpillent dans mon estomac. Ces sensations contradictoires me donnent le vertige. Peur et désir, c'est un mélange explosif.

Repensant au but de ma mission, je plaque un sourire sur mes lèvres rouges. Autant me servir de ces sentiments pour le séduire. Le flirt n'est pas ma spécialité, mais j'irai jusqu'au bout. Il se redresse, ayant capté un changement dans mon attitude.

Anton porte le verre à ses lèvres, me déshabillant du regard. Un frisson agréable dévale le long de mon dos. Je dois me faire désirer, car c'est un chasseur.

L'intérêt qu'il me portera sera proportionnel à l'effort fourni.

Il me pointe du doigt et agite sa boisson à moitié vide. Youri continue de parler pendant que je m'approche d'un pas plus lent, bien plus langoureux qu'avant. Mike serait fier de ma prestation. Mes hanches se balancent au rythme de mon cœur. Arrivée devant le Russe, je verse l'alcool et dépose la bouteille sur un sous-verre. Il tend les doigts pour récupérer sa boisson et j'en profite pour les lui effleurer. Mes cils baissés masquent ma réaction au contraire de mes joues qui prennent une teinte rouge malvenue. La chaleur qui me monte au visage est caractéristique de mon émoi.

Je me détourne rapidement, stressée par ce double jeu. Pourtant, j'ai la sensation que cette nouvelle approche est un succès.

CHAPITRE 9

ANTON

20 mai,
7 Péchés Capitaux, Milwaukee

Je m'ennuie facilement depuis quelque temps. Du coup, j'ai pris l'habitude d'observer les serveuses qui travaillent pour moi. Du fond de mon fauteuil, un verre à la main, je les regarde filer dans tous les sens pour offrir les services exigés par la clientèle. Elles sont toujours une source d'amusement. Surtout les nouvelles. Une, en particulier.

Depuis quelques jours, elle s'occupe de la zone de ma table. Cette petite rousse, aux yeux bien trop fiers, apporte mes consommations en faisant mine de ne pas me reconnaître. Sans donner de signe de respect. Pour cette jolie poupée, je ne suis qu'un simple client. Enfin, c'est ce qu'elle essaie de me faire croire. Mais je ne suis pas dupe.

Dès qu'elle imagine que je ne la vois pas, elle me scrute, me surveille. Rien qu'à penser à sa bouche… Elle me tente bien, cette petite. Depuis son sourire et ses petites caresses sur ma main, je sais qu'elle veut plus. Elle tente de m'appâter, de me faire courir après elle. J'aime ce jeu du chat et de la souris. Surtout quand le résultat est connu d'avance. Je l'aurai dans mon lit bientôt. Mais avant, je vais trouver un moyen pour faire durer un peu cette traque. Elle doit avoir plus de nerfs qu'Helena pour lancer ce duel entre nous.

Hier encore, cette allumeuse m'a ignoré une fois sur deux quand elle daignait venir me servir. Pas un regard, pas une parole, mais rapide et efficace. Je n'aime pas être invisible, moi, le boss. Un sentiment d'incrédulité m'a traversé. Je suis rarement surpris, pourtant. Au contraire quand elle était loin, perchée sur un des hauts tabourets alignés au bar, elle me jetait des regards si brûlants que je sentais leur chaleur jusqu'ici. Ses doigts fins jouaient à faire le tour d'un verre puis à y repêcher un glaçon. Quand elle l'a inséré entre ses lèvres boudeuses pour le lécher, j'ai cru un instant que j'allais craquer et lui sauter dessus comme un collégien. Son geste était empreint d'une telle sensualité qu'il m'a fallu toute ma discipline pour ne pas bouger d'un centimètre. Je décide quand et où, et je ne me laisse pas manipuler aussi facilement.

En pensant à cette rouquine, je regarde autour de moi pour la repérer, mais ce que j'aperçois me file de l'urticaire.

– C’est qui celui-là ? demandé-je à Youri.

Il suit mon regard. Je fixe un mec, en jean et blouson de cuir. Pas trop mal physiquement, musclé, mais nerveux. Et trop propre sur lui. Il sent les emmerdes à plein nez.

– Lui ? C’est un flic, me répond-il tranquillement.

– Et ? Que fait-il ici ? Chez moi ?

– Ah… c’est ta petite serveuse. Tu sais, celle qui te fait baver depuis quelques jours, se moque-t-il.

Il peut se marrer. Cette nouvelle, rousse, petite, au corps de rêve, est une bombe.

– Que fait-elle avec un poulet ? Elle le baise ?

Je calcule déjà comment me servir de cette information pour avoir la mainmise sur le mec. Une erreur et c’est vite dans la poche. Le flic saute la fille, on le chope, puis il raque pour ne pas être viré de la police. Rien de mieux que le chantage. Je suis satisfait de cette idée, j’aime avoir des poulets en main, pouvoir leur filer des ordres… Elle entre dans la salle et apporte des verres vides au comptoir, sans nous avoir remarqués. Encore une fois.

– Non, c’est son agent de probation. Il est déjà venu deux fois pour vérifier son travail. Il lui met la pression, ce connard.

– Tiens, *malen’kaya kukla*[2] a un casier… Tu me donneras son dossier. Ça m’intéresse.

Savoir pourquoi on l’a engagée, si elle attire les flics, est le plus important.

---

2. Petite poupée.

– Il y a un détail que tu dois connaître, me précise-t-il.

Je hausse les sourcils pour l'inciter à continuer. Il sourit froidement, pas impressionné par mon impatience.

– C'est… la petite sœur d'Elias.

– Elias ?

Il hoche la tête pour confirmer, amusé de ma réaction.

– Quelle surprise ! Mon comptable a de la famille. Il m'avait caché ça.

Je la suis des yeux et sens une onde de satisfaction me traverser.

– Tu t'occupes du flic, je ne veux plus le voir traîner ici. Et je veux un dossier complet sur lui, tu mets notre expert là-dessus.

– C'est comme si c'était fait.

CHAPITRE 10

SELENNE

20 mai,
7 Péchés Capitaux, Milwaukee

Rick me pousse dans les vestiaires assez sèchement. Je trébuche, freine des quatre fers et me retourne. Il ne réagit pas à mon regard qui le fusille. Cet agent est vraiment sur mon dos. Il prend son rôle bien trop au sérieux. Sa tenue est le cliché vivant du flic en civil qui vient surveiller une ex-taularde : veste en cuir, T-shirt avec le logo d'un groupe de rock ringard, jean élimé. Les mains dans les poches, il sourit, heureux de cette comédie.

Dès le départ, notre relation n'a pas été au beau fixe. Tout ça parce que j'ai refusé de sortir avec lui !

– Salut, beauté !

– Rick, que fais-tu ici ? Je ne t'ai pas appelé.

– Non, mais je viens surveiller ton travail. Voir où tu en es. Tu traînes, je trouve.

Il se rapproche et m'oblige à reculer. Il plaque une main contre la porte d'un casier au-dessus de mon épaule, me faisant sursauter. Il découvre ses dents dans un sourire qu'il utilise pour draguer. Son regard devient plus chaud et moins professionnel.

– N'oublie pas que je te surveille. Tu ne pourras pas faire un pas hors du droit chemin sans que je le sache.

– Qui te dit que je vais faire une connerie ? grogné-je.

J'essaie de me calmer. Il joue avec moi. D'un côté son attitude séductrice, de l'autre ses insinuations sur mes motivations. Ça m'énerve qu'il voie que je flippe. Je n'ai aucune confiance en lui. Il me rend nerveuse et il le sait pertinemment.

– Oh, mais j'y compte bien. J'aime les méchantes filles et mon petit doigt me dit que tu n'es pas aussi sage que tu le prétends. Je pourrais faire un rapport sur ton attitude à Edge. Ou… tu peux changer d'avis et accepter un dîner en ma compagnie.

– Quoi, c'est du chantage ! Alors là, mon gars, tu peux attendre qu'il gèle en enfer ! Notre relation ne sera que professionnelle, ça n'ira jamais plus loin.

– Mais si, tu verras que tu accepteras avec le sourire.

Il pose sa main sur mon cou, son geste me paraît plus dangereux que dominateur. De son autre main, il caresse ma mâchoire et ma lèvre inférieure avec son pouce. Je sens son souffle contre ma joue, lourd et perturbant. Il me donne la nausée.

– Dégage, lâché-je difficilement.

– Force-moi, raille-t-il en se poussant contre moi.

OK... si tu me le demandes, tu vas le regretter ! Je souris à cette pensée. Je lui balance mon genou le plus fort possible dans les parties. Il ne fallait pas me le dire deux fois.

– Approche-moi et touche-moi encore, craché-je, hargneuse. Et je te fais bouffer tes roubignoles !

Rick ne me répond rien, trop occupé à chercher à respirer, les mains plaquées sur ses parties malmenées, et plié en deux.

– Salope !

Je me casse avant qu'il ne reprenne assez de vigueur pour se venger. Pourquoi les mecs traitent-ils les femmes de salopes à chaque fois qu'elles disent non ou qu'elles marquent comme moi leur opposition d'un geste redoutable ?

En sortant, je bouscule une masse imposante qui me retient avant que je ne tombe.

– Hey ! Où vas-tu aussi vite ? me demande la voix de son propriétaire avec un accent prononcé.

C'est le bras droit du Russe... Youri. L'armoire à glace distante et peu causante. Il veille sur le personnel d'une main ferme, mais assez juste. Mon cœur bondit dans ma gorge sous la surprise et le choc de notre rencontre.

– Hum, je suis en retard... je dois y aller.

J'évite son regard et me faufile sous son bras, je ne veux pas lui parler de mes problèmes. Après mon entretien d'embauche, il a plaisanté avec mon frère, et j'ai réussi à connaître le fin mot de l'histoire : il se moquait de lui, affirmant que j'allais apporter plus de problèmes qu'un chien dans un jeu de quilles. Quel mufle ! Il me fait froid dans le dos et j'ai déjà Rick à gérer. Trop d'ennuis pour moi !

– OK… file alors, acquiesce-t-il.

Une expression pensive apparaît sur son visage et il regarde vers le vestiaire. Avant qu'il ne change d'avis, je prends mes jambes à mon cou.

Mais je m'arrête dès que le couloir tourne. Je laisse quelques instants passer puis reviens sur mes pas. Je suis curieuse de voir ce qui se trame. À l'approche de la porte, je me fais discrète comme une souris et tends une oreille plus qu'attentive.

– … tu n'es pas le bienvenu ici, tu n'as aucun droit de venir dans la partie réservée au personnel et d'emmerder mon employée.

La voix basse et rauque de Youri gronde comme une avalanche. Mais pour une fois, ce son m'est agréable.

– Je fais ce que je veux, cette fille est un de mes dossiers. Je suis son agent de probation et je viens vérif…

La phrase est coupée. Mon chef ne doit pas apprécier le ton employé par Rick. Dédaigneux et sans respect. Ni pour lui ni pour moi. Je jette un coup d'œil et aperçois mon collègue se faire étrangler contre le mur. Ses pieds pendent à quelques centimètres du sol, ses mains agrippent les poignets de son agresseur sans résultats visibles. Il n'en mène pas large. Pour une fois que c'est lui qui est du mauvais côté, qu'il se retrouve être la victime au lieu du prédateur. Ses yeux sortent de ses orbites et il change de couleur. Le manque d'oxygène fait déjà son effet. La satisfaction m'envahit et je suis soudain plus amicale envers cet homme de main. Je lui offrirais bien un verre, moi !

– Je ne me répéterai pas, ici, tu n'es rien. Les flics qui posent problème ne le font pas longtemps. Tu la laisses tranquille. Elle bosse et reste discrète.

– Arf…

– Comment ? questionne-t-il, ironique, en penchant la tête. Oui, tu peux venir de temps en temps, mais je ne veux plus que tu l'approches sans témoin ni qu'elle se plaigne de toi. *Ponyal*[3] ?

Il le secoue comme si c'était un chiot inoffensif. Puis le relâche d'un air dédaigneux. Rick se frotte la gorge et lui jette un regard assassin. Il devrait être plus prudent, sinon il finira au fond d'un lac !

– Compris, le poulet ?

– Oui, grommelle-t-il. Ça va. Mais elle doit se tenir à carreau. Je n'ai pas confiance.

Il a du mal à parler, la voix cassée par la douleur et le souffle court.

– Rien à foutre. Nos employés sont bien traités ici, et si tu l'emmerdes, tu auras des ennuis.

Youri fait craquer ses doigts de façon menaçante. Je sens que c'est le moment de partir, je ne voudrais

3. Compris ?

pas que Rick me voie et comprenne que j'ai assisté à son humiliation. Je jubile, ça lui apprendra à me secouer et à me menacer. Maintenant, j'ai un levier contre lui. Je peux faire l'innocente auprès de Youri et me plaindre de lui s'il vient trop me mettre la pression.

Finalement, la journée n'est pas si mauvaise.

CHAPITRE 11

ANTON

22 mai,
7 Péchés Capitaux, Milwaukee

J'observe mon royaume depuis ma table habituelle, un peu retirée et stratégiquement placée pour avoir une vue dégagée sur la salle, un verre de cognac frais entre les doigts. Pour ma plus grande satisfaction, j'agite le liquide ambré et fais tinter les glaçons contre les parois. Youri grogne, agacé par mon manège, il n'a aucune patience et s'énerve de mon silence. La salle est comme une marée humaine. Des moutons qui courent d'un côté à l'autre. J'aime surveiller la foule, j'apprends et garde précieusement les secrets de mes clients. Pour mieux m'en servir plus tard. Avoir un moyen de pression est une obligation dans ma situation. Toujours conserver une longueur d'avance, c'est ma devise. Mes hommes savent que je ne plaisante pas avec la sécurité. Le clan passe avant tout, car c'est ma famille. Je ne protège que les miens. Personne d'autre. Et la trahison se paie dans le sang et les hurlements.

– Tu as les instructions, il me faut rencontrer le parrain. Giuseppe Balisteri devra reconnaître que le cartel de la Mano de Sangre est un problème.

– Je m'occupe d'organiser une rencontre. Au club ?

– Oui, fais-lui savoir que le lieu sera sécurisé, réponds-je distraitement.

Une silhouette blonde que je connais bien traverse la salle en contrebas et éloigne mes pensées des Italiens. Helena, mon ancienne maîtresse. Notre séparation n'est pas encore officielle, bien que datant déjà de quelques mois. Je ne la révèle pas pour des raisons de politique intérieure. Il est plus facile pour moi d'avoir sous la main une femme comme elle. Je me sers d'Helena sans vraiment de remords. Je n'ai aucune mauvaise conscience. Pourquoi m'encombrer de problèmes d'éthiques ? Je suis tout-puissant. Et si cela fait de moi un salaud, ça ne peut que renforcer ma réputation.

Helena est jeune, ambitieuse, mais manque de nerfs. Je la garde pour sa beauté. Elle me sert à ferrer mes interlocuteurs. Son sourire, ses beaux yeux et sa plastique magnifique font d'elle un phare, une lumière dans la nuit, attirant les regards comme des insectes fascinés par une flamme pendant que je fais ce pour quoi je suis né : m'emparer de leur argent, leur promesse et leur dette.

Elle passe d'un couple à un groupe, flirtant, riant, une coupe de champagne en main. Sa robe blanche préférée la moule comme une seconde peau, ses chaussures aux talons vertigineux lui donnent une allure de princesse. On ne couche plus ensemble, mais ça ne m'empêche pas de l'admirer et de reconnaître ses atouts.

– Tiens… elle parle avec Elias, fait remarquer mon exécuteur.

– Je ne pensais pas qu'ils se connaissaient suffisamment pour avoir une discussion.

Enfin, mon comptable est un homme, il ne peut résister à l'attrait d'Helena !

– Il ose quand même franchir les limites. Il piétine tes plates-bandes, patron.

C'est vrai, tout le monde pense qu'elle est encore à moi et même d'ici, je peux voir sur son visage le désir qu'il ressent. Il va tenter de s'emparer d'un de mes biens. Je fronce les sourcils, irrité par cette attitude.

– Ou ce mec est inconscient, ou il a la plus grosse paire de couilles de la ville, s'exclame Youri, admiratif.

La main d'Elias se pose sur la hanche ronde de mon ex et il sourit à celle qui sera la cause de sa mort. Tout bon comptable qu'il soit, il n'est pas indispensable et mon orgueil ne supportera pas l'affront public qu'il me porte en ce moment.

Je resserre mon emprise sur le verre et je suis tenté de le balancer à travers la pièce. J'y renonce, car l'alcool contenu dedans est rare et hors de prix. On ne gâche pas un bon verre, sûrement pas pour un imbécile. De plus, c'est un bon collaborateur, il est fidèle et plein de ressources. Je ne vais pas perdre un de mes hommes pour des jambes, aussi interminables qu'elles soient, et ma fierté bousculée. Ce serait admettre qu'elle compte pour moi.

Une tornade rousse surgit soudain entre les deux fous. Des boucles qui reflètent la lumière, une peau laiteuse, des courbes sensuelles, je reconnais leur propriétaire facilement. C'est ma petite serveuse en action. Elle penche de façon délibérée son plateau. Les verres basculent, tombent et tachent la tenue d'Helena.

– Bien joué ! dit en riant mon voisin.

Il commente trop, je préférerais être seul pour profiter du spectacle.

– La ferme, Youri !

Mon ex est furieuse, la rousse n'a pas l'air impressionnée par son attitude agressive. Elle me paraît amusée, moqueuse, mais en aucun cas contrite. Son geste était réfléchi et assumé. Elle a observé, décrypté la situation, et a agi.

– Tu me disais que c'est la sœur d'Elias ? questionné-je Youri qui essaie de se fondre dans l'ombre pour se faire oublier.

Il temporise avant de me répondre, fâché de ma remarque sur sa tendance à parler à tort et à travers.

Il joue avec mes nerfs pour se venger. Pire qu'un gamin ! Je souris et le fixe dans les yeux. Il se soumettra le premier, c'est pour ça que je suis le *vor*[4], il reconnaît ma domination. Il finit par craquer et détourne le regard.

– *Da*[5] *!* Petite, mais du caractère. Pas comme… marmonne-t-il entre ses dents.

Sa réprobation face à l'affront public se répand dans l'air. L'orage couve, mon bras droit a horreur que l'on se paye ma tête.

– Elle a le droit de voir d'autres hommes… mais elle aurait dû attendre que notre rupture soit officielle, je te l'accorde.

Je ne permettrai jamais que l'on me donne une image de cocu ou de dindon de la farce.

– Cette… Selenne est maligne.

Mon regard se porte vers le duo féminin. Pour un peu, ça tournerait au combat.

– Je devrais peut-être ouvrir les paris, me moqué-je.

– Ton ex perdrait en moins de vingt secondes. Regarde, me presse-t-il.

La serveuse vient d'attraper la blonde qui s'apprêtait à la gifler. D'une torsion, elle lui bloque le bras dans le dos, puis sourit et lance une pique à son frère.

---

4. Le terme *vor* est utilisé pour désigner un chef de la Bratva, le nom donné à la mafia russe.

5. Oui !

– Qu'a-t-elle pu lui dire ?

Ma curiosité me surprend, cette femme m'intrigue de plus en plus.

– Aucune idée, mais vu la tête d'Elias, ça ne devait pas être gentil.

De fait, Elias les regarde s'éloigner, embarrassé. Sa sœur pousse mon ancienne maîtresse en direction des toilettes. Croisant une collègue, elle attrape des serviettes sur son plateau et tamponne la tenue complètement fichue. J'apprécie qu'elle joue la comédie de l'empressement. Elle mime l'embarras et les regrets pour ce pseudo-accident. Cette mise en scène fera taire les mauvaises langues qui oublieront l'affront qui m'a été fait. Cette fille a du plomb dans la cervelle et elle me fait bander. Je devrais peut-être lui trouver un autre poste, plus en adéquation avec son QI. Et plus près de moi…

Cela pourrait également être un avertissement envers Elias. Tu testes les limites ? N'oublie pas qui travaille aussi pour moi !

– J'aime le sourire qui vient d'apparaître sur ton visage, boss, se délecte Youri. C'est toujours le signe que je vais m'amuser.

CHAPITRE 12

SELENNE

22 mai,
7 Péchés Capitaux, Milwaukee

Je claque la porte des toilettes du talon et lâche la blonde d'un geste sec. Je suis furax et elle piaille comme une dinde. Mais quel con ! Comment Elias peut-il se mettre en danger comme ça, juste pour une paire de seins ?

– Mais qu'est-ce qui vous prend ? hurle la pouffe du Russe. De quoi vous vous mêlez ?

– Je vous sauve la vie, répliqué-je. Enfin… vous, je n'en ai rien à faire, mais je ne supporterai pas qu'Elias se fasse flinguer parce que vous lui faites les yeux doux.

Je m'appuie sur le bord du lavabo et fixe mon reflet. Mes phalanges blanchissent, tellement je me retiens d'imprimer la trace de mes doigts sur son visage lisse et parfait. Elle ne se rend pas compte des risques, cette petite fille gâtée ! Je me concentre sur ma respiration au lieu d'imaginer ma satisfaction si je la giflais.

– Vous êtes jalouse ?

Je me détourne, surprise par sa question. Mais… quoi ? Elle s'approche et commence à frotter sa robe avec du papier imbibé d'eau. Elle étale plus les taches qu'elle ne les efface. J'analyse mentalement sa tenue, son attitude, jusqu'à ses ongles manucurés et peints en rouge vif. Elle n'est que sophistication. Belle, gracieuse et totalement consciente de ses charmes. Je pourrais la haïr, si elle ne pensait pas ce qu'elle vient de dire. Cette femme est tout à fait à sa place ici, la pièce est luxueuse, dorée, emplie de miroirs et de décorations qui font de cet endroit un lieu de rencontres cossu, et non pas simplement fonctionnel.

– Comment ? Moi, jalouse ? C'est risible. Si vous saviez, marmonné-je en secouant la tête.

Je ricane et la pousse d'une saccade à l'épaule. Elle ouvre de grands yeux, décontenancée par mon attitude agressive. Si elle savait que ce sentiment petit et mesquin m'a traversé quand Yourenev l'observait. Ne plus avoir son regard intense sur moi, mais focalisé sur une autre, n'était pas agréable. Je mets de côté cette réflexion, je me pencherai sur ce problème plus tard.

– Je le protège, je ne permettrai pas qu'il se foute dans la merde pour une pétasse comme toi.

À chaque mot, je lui enfonce un doigt rageur entre les seins. Elle recule et finit contre le mur.

Elle commence à avoir peur bien qu'elle soit plus grande. Elle n'est pas une fille de caractère, elle ne s'est sûrement jamais battue pour sa survie.

– Mais… on n'a rien fait !

– Mon Dieu ! Tu es naïve à ce point ? Ou tu es simplement conne ?

Le choc sur son visage est risible. Personne ne doit l'injurier ou s'en prendre à elle, la chérie de Yourenev.

– Je ne te permets pas !

– Non ? Et qui vous observait de loin, hein ? Dis-moi ! Tu n'as même pas remarqué que le patron, ton amant, j'insiste sur le pronom, te fixait et commençait à réfléchir au meilleur moyen de se débarrasser d'Elias.

Le discernement apparaît dans le bleu de ses iris.

– Oui, voilà, tu étais en train de signer son arrêt de mort, et pour toi… je ne connais pas ton destin et je m'en fous. Mais lui, je l'aime trop pour le perdre encore une fois. Donc tu arrêtes ton petit jeu et tu ne t'approches plus d'Elias, ordonné-je en levant la main.

Elle pense que je vais la frapper et esquisse un mouvement de recul, mais je me retiens. Elle ne mérite pas que je perde ma place, je dois me contrôler et ne pas oublier mes objectifs. Si cette scène pouvait avoir un point positif, comme la séparation d'Anton et de cette femme, j'aurais la voie libre pour m'approcher de lui. Je croise les doigts mentalement.

– Je te préviens, tu auras affaire à moi si tu continues.

– Mais qui es-tu pour lui ? balbutie-t-elle, déconcertée.

Je pars, ouvre la porte violemment. Mon frère attend, les bras croisés, contre le mur. Son costume sur mesure ne cache pas sa carrure musclée. Sa montre brille dans la lumière du couloir, signe discret du luxe dont il s'entoure. Il me fait face et hausse les sourcils. Je jette un coup d'œil par-dessus mon épaule et remarque l'air perdu de la blonde.

– Je suis sa sœur et la famille, c'est sacré, la mets-je en garde.

Je me retourne et jette à mon frère un avertissement :

– Fais gaffe ! La nana du patron, tu veux mourir ou quoi ?

Il voudrait argumenter, je le vois, mais mon air déçu l'en empêche. Je me barre, les laissant seuls avec leur décision. Au moins, ils ne sont plus visibles de tous.

De retour dans la salle, je remarque Krystal qui me fait signe de venir. J'ai peur d'avoir foutu ma mission en l'air en tentant de sauver mon frère.

– Youri te demande à sa table.

Mince ! Voilà, je m'en suis prise à la nana du patron, je vais devoir assumer.

– Tout de suite ?

– Ce n'est même pas une question à poser, affirme-t-elle en me poussant dans la bonne direction.

Je prends mon courage à deux mains et me dirige donc vers Youri. Son visage ne montre rien, je n'arrive pas à décrypter ses intentions.

– Monsieur ? Vous vouliez me parler ?

– J'ai vu ce que tu as fait.

– Je peux expliquer…

Ma voix n'est pas aussi stable que je le voudrais.

– Le boss n'est pas mécontent de toi, ne t'inquiète pas. Tu as géré cette situation correctement. Il veut te récompenser.

– Moi ?

– Qui d'autre ? se moque-t-il. Tu as droit à une journée de repos en plus. Payée, bien entendu.

– Je voudrais le remercier, tenté-je avec mon plus beau sourire et les yeux humides.

Mon soulagement est intense. Il m'a remarquée et ne m'oubliera pas. Si je peux lui parler, en privé en plus, ce serait l'occasion idéale pour devenir plus proche de lui.

– Tu en auras l'occasion, ne t'en fais pas, me répond Youri. Elias est-il au courant que tu craques pour le *vor* ?

– Ce ne sont pas ses affaires.

Je hausse les épaules, faussement indifférente. L'exécuteur du clan se doute de mes intentions, ayant vu nos regards échangés et ma tentative de flirt. Heureusement, il n'a aucune idée de ma vraie mission.

CHAPITRE 13

ANTON

25 mai,
port de Chicago

Installé sur le pont de mon yacht, j'observe la scène qui se déroule en contrebas. Le bateau bouge à peine, les bruits de la nuit sont apaisants. Cette ambiance est tellement plus calme que celle de mon établissement que ça me perturbe presque. Nous avons donné rendez-vous aux Irlandais en terrain neutre. Ils peuvent surveiller les alentours dégagés facilement et moi, quitter les quais en quelques minutes. Mes hommes sont sur le qui-vive et mon pilote est prêt à partir à tout moment.

Je laisse Elias parler, c'est son boulot et il gère sa partie comme à son habitude. Il est posé, calme et froid. Sous cette façade, j'ai appris avec le temps qu'il cache un caractère explosif. Il le contrôle d'une main de fer en toutes circonstances. Elias a horreur de ne pas maîtriser ses réactions. Quand je l'ai connu, c'était un jeune homme colérique et frustré. Il désirait faire ses preuves, s'intégrer dans notre clan. Un étranger à la Bratva, d'origine irlandaise, c'était une énigme doublée d'un défi. Il a enduré des épreuves comme tous ceux qui veulent entrer dans mon clan. Il a dû démontrer sa valeur en réussissant nos défis : à vingt ans, fougueux et prêt à tout pour trouver sa place dans mon organisation, il m'a juré fidélité. Six ans plus tard, je compte autant sur lui et ses conseils que sur ceux de Youri.

– Nous ne sommes pas ici pour négocier, annonce Elias d'une voix neutre, mais ferme.

– Si ! Vous avez besoin de nous, contre Luc O'Banion. Donc vous devrez accepter nos conditions.

Elias ricane en dévisageant l'héritier du North Side Gang. Ce petit homme fluet, nerveux, est engoncé dans un veston mal ajusté. Il se redresse pour le toiser, tel un coq sur ses ergots.

– Pourquoi me parler de cette façon ? J'exige de discuter directement avec Yourenev.

Je hausse les sourcils, attendant la réponse de mon homme. L'Irlandais ne peut me voir, car je surplombe le pont. Il se croit tout permis en présence d'un homme de main inférieur à lui.

– Je suis celui qui mène cet entretien. M. Yourenev n'a pas de temps à vous consacrer. Si vous n'êtes pas satisfait, rentrez chez vous la queue entre les jambes et allez pleurer dans les jupes de votre père.

Son interlocuteur se lève, les poings serrés et le visage pâle. Il est prêt à exploser.

– Ou bien, reprend Elias en dressant un doigt, vous vous rasseyez et vous écoutez jusqu'au bout. Votre gang tient le port de Chicago. Nous sommes les maîtres de Milwaukee et du nord de votre ville. Votre intérêt est de travailler avec nous, non de vous battre contre nous. Vous savez pertinemment qui gagnerait dans cette guerre.

L'héritier agrippe le dossier de la chaise, son visage reflétant sa colère. Il a des directives de son père et ne peut se permettre de me contrarier. Il prend sur lui pour ne pas quitter le bateau.

– Vous n'avez pas honte de bosser pour les Russes ? Vos ancêtres doivent se retourner dans leur tombe, crache-t-il avec ressentiment.

Elias rit, rejetant sa tête en arrière, ces arguments infantiles ne le touchent pas.

– Mes origines ne me définissent pas. J'ai juré allégeance à Anton Yourenev, car je suis certain qu'il me protégera comme je le ferai en retour. Que je ne sois pas Russe n'a aucune sorte d'importance. Seul ce que j'apporte à notre clan compte. Mon clan.

– Traître !

– Jamais ! Je n'ai pas d'obligations envers vous. Personne ne m'a jamais soutenu ni défendu quand j'en avais besoin. Aucun d'entre vous ! Donc maintenant, tu prends ces feuilles, tu les apportes à ton père et vous les signez.

Elias le plante là et monte l'escalier pour me rejoindre, laissant Luc avec ses deux gardes du corps. Ils seront reconduits par mes hommes dans quelques instants. Les pas de mon comptable se rapprochent, je me retourne pour l'accueillir.

– Désolé pour cette escarmouche, s'excuse-t-il en remontant les manches de sa chemise. Je suppose que tu as entendu ses propos ?

Il se concentre sur ses gestes, ralentissant le mouvement en même temps qu'il se calme. Les pliures de ses manches sont de taille égale, et nettes. Un signe du retour de son contrôle et de son côté maniaque.

– Oui, mais ne t'inquiète pas. J'ai toute confiance en toi. Ce n'est pas un petit arriviste de son genre qui me fera douter de ta fidélité.

– Merci Anton. Tu sais combien cela compte pour moi.

– Oui, confirmé-je. Mais je suis surpris d'une chose. Je pensais que tu n'avais aucun secret pour moi.

– C'est le cas.

Il fronce les sourcils, perplexe. Je lui tape sur l'épaule et lui offre un de mes rares sourires. J'ai envie de le taquiner pour détendre l'atmosphère :

– Tu m'avais caché que tu as une sœur.

– Ah ! Tu l'as rencontrée.

Je secoue la tête d'un « oui » faussement affligé. Je l'ai remarquée et je n'arrête pas d'y penser. Je ne vais pas lui avouer qu'elle m'attire pour autant.

– J'espère qu'elle ne te causera pas trop d'ennuis, ajoute-t-il.

– Un peu d'animation n'est pas pour me déplaire, tu le sais.

Elias lève les yeux au ciel, sachant très bien que je ne plaisante qu'à moitié.

– Bonne chance alors, car tu vas en avoir besoin.

CHAPITRE 14

ANTON

28 mai,
7 Péchés Capitaux, Milwaukee

J'ouvre avec force la porte du bureau et m'arrête net. Mon bras droit, qui me suit de près, manque me rentrer dedans. Tout est en désordre. Un vrai bordel : une chaise renversée, des papiers à terre, les notes et carnets de mon comptable dans tous les sens. Bordel ! Qu'est-ce que c'est que ce foutoir ?

– Youri ?

Je n'élève pas la voix, les questions qui m'envahissent m'en empêchent.

– Où est Elias ?

Je déplace le bracelet de cuir qui entoure mon poignet gauche et frotte le tatouage qui s'y cache. C'est nerveux, personne ne me voit en ce moment donc je peux me permettre ce signe de faiblesse. Le dessin représente une colombe qui s'envole. Tous mes hommes portent cette marque sur leur corps. Je choisis le motif et son emplacement, c'est une de mes prérogatives de chef. Je suis le seul à avoir le privilège de l'exhiber à l'endroit de mon choix.

– Aucune idée, il devait attendre ton arrivée pour te faire le résumé des affaires de la semaine, te rendre compte de nos bénéfices issus de la vente des armes au cartel de la Mano de Sangre et discuter de leur projet de traite des blanches. Il est du même avis que nous, c'est inacceptable ! Je vais me renseigner.

Je ne le regarde pas partir, je ramasse les papiers. Le classement ne m'intéresse pas, mais je les rassemble pour ne rien perdre. J'ai un mauvais pressentiment. Elias n'est pas quelqu'un qui laisse tout en plan comme s'il y avait eu un imprévu et qu'il n'avait pas eu le temps ou l'opportunité de prévenir le moindre garde. Il connaît ma politique. Ne jamais rien laisser de visible ni à portée de main. Qui pourrait entrer ici sans autorisation ? Pas énormément de personnes, mais un traître est toujours envisageable. Je me perds en conjectures dans l'attente du retour de Youri. Mon humeur déjà mauvaise s'effrite encore. Prenant place dans mon siège derrière le bureau, je détaille celui-ci. Une calculatrice, des crayons, un reste de feuilles. Il était occupé à terminer la comptabilité. Je me relève et ouvre le coffre incrusté dans le mur. Il est vide !

Pizdec[6] *! Quel bâtard !*

---

6. Putain !

Youri arrive au moment où je renverse le bureau et éclate une statuette en porcelaine contre le mur. La rage m'a aveuglé une seconde et j'ai renoncé à me contenir. Me tournant vers lui, je grogne plus que je ne parle.

– Alors ?

– Les images de vidéosurveillance du couloir donnant sur ton bureau sont irréfutables. Elias est arrivé il y a deux heures et quelque. Il est entré seul avec ses dossiers. Une heure après, Helena a suivi.

– Helena ? Mais pourquoi ? Elle n'avait pas demandé une entrevue ?

– Non, elle avait pris deux jours de congé et même si tu ne la vois plus… Je ne me suis pas inquiété plus que ça qu'elle soit dans le bâtiment aujourd'hui.

– On est restés en bons termes même si je ne la baise plus. Que venait-elle faire là ?

– Ils sont sortis seulement six minutes après. Elle le collait comme si sa vie en dépendait. Le bras autour de lui comme si le lâcher était impossible. Un vrai coup de foudre.

Il se moque, mais je sens dans le ton employé et sa posture qu'il ne me dit pas tout. Qu'il se sert de l'ironie pour masquer sa nervosité. Je viens de saccager mon espace de travail et il me connaît suffisamment pour craindre mes réactions.

– Et ?

Même si la savoir avec un autre me fait chier, je ne peux pas l'empêcher de vivre. Ma possessivité doit être pour un moment bridée. Nous ne sommes plus en couple, donc il y a plus la moindre raison d'être jaloux.

– Et… Elias avait une mallette à la main. Celle dans laquelle tu ranges le liquide non blanchi.

– Le bâtard ! Le coffre est vide, il manque deux cent cinquante mille dollars. Ils se sont barrés avec ! Il n'a pas pu me trahir ! J'avais une confiance totale en lui !

– Les preuves sont là pourtant, contre Youri.

– Nous avons encore discuté il y a peu de loyauté au clan, je n'aurais jamais cru qu'il me menait en bateau.

– Je lance Gregor à leur poursuite. Ils ne doivent pas être si loin.

– OK. Fais donc ça. Puis, envoie Krystal pour ranger le bordel, tu la surveilleras.

Il fait demi-tour, mais je l'arrête avant qu'il ne soit trop loin.

– Et tu veilleras à ce qu'on m'amène la petite sœur.

Youri me jette un regard par-dessus l'épaule et hoche la tête. Il a compris que la jolie rousse va devoir être très convaincante si elle veut vivre.

***

Je tourne en rond en attendant mes hommes. Je pensais Elias plus loyal. Il sait que je possède un dossier sur chacun. Il connaît la sentence. Il m'a vu à l'œuvre. Si ce n'est pas lui qui paie, ce sera sa famille ou ses amis. J'espère pour lui qu'il a mis sa petite sœur à l'abri. Ça me rend dingue de devoir sévir et de m'en prendre à cette fille, j'avais des projets plus intéressants pour elle, pour nous.

On frappe à la porte de mon bureau, celle-ci s'ouvre directement. Youri prend l'initiative de faire entrer mes hommes de main. La fille se trouve entre eux, plutôt petite, un mètre soixante à tout casser. Entre mes gars, elle a l'air d'une poupée, mais elle ne semble pas trop effrayée. Je jette un regard à Georgy. Il hausse les épaules pour me faire comprendre qu'ils ont bien secoué la nana, mais pas de larmes, pas de cris, rien. On se comprend juste d'un regard, il y a longtemps qu'on se connaît tous les deux.

Je reporte mon attention sur elle. À la voir vêtue d'un simple pantalon de yoga, d'un débardeur blanc collant qui découvre son nombril, les pieds nus, je me dis que Georgy et Alexeï l'ont sûrement sortie du lit et ne lui ont pas laissé le temps de se changer pour lui mettre la pression. Se retrouver à moitié à poil dans un bureau avec quatre hommes ne peut que lui foutre les jetons.

Je sens poindre un sourire sadique.

– Dis-moi qui je suis, ordonné-je d'un ton sec.

– Vous êtes Anton Yourenev, le patron.

Elle me répond de façon calme, mais ses yeux sont agrandis, les pupilles ouvertes au maximum, et sa respiration est assez superficielle. Ses seins comprimés dans son bout de tissu se soulèvent de manière précipitée et je perds un instant le fil de ce que je voulais dire. C'est qu'elle a des courbes là où il faut, la demoiselle.

– Selenne, sais-tu où se trouve Elias ?

Je me penche en arrière et je croise les doigts devant moi, les coudes sur les bras du fauteuil. L'image que je renvoie doit être assez effrayante. Mon visage doit être sombre et glacial.

– Non, pourquoi ? Que se passe-t-il ?

Elle joue l'innocente, veut me faire croire qu'elle ignore tout de cette histoire. Je lui lance un regard dur. La petite rousse est assez mal à l'aise, elle se trémousse et devient pâle.

Elle sait ce qu'il en coûte de me doubler. Des rumeurs courent sur les représailles que j'ai déjà lancées et sur celles que je suis susceptible d'engager. Je laisse le silence s'installer, car plus le temps passe, plus Selenne risque de craquer et de me révéler ce que je désire. Ce serait dommage d'abîmer sa si jolie peau.

– Que voulez-vous que je vous dise ? finit-elle par lâcher. Je suis en congé, un jour offert par vous en plus, et ne suis au courant de rien. Si mon frère est absent, je ne sais rien. S'il a fait une connerie, non plus.

– N'oublie pas à qui tu parles !

Youri s'avance et l'agrippe au coude. Il la secoue presque gentiment. On pourrait croire que mon bras droit est sous le charme. Je le connais plus brutal. C'est amusant de le voir faire gaffe à ne pas marquer sa peau.

– Je fais attention là, vraiment ! lui rétorque-t-elle. C'est facile pour toi, tu es du bon côté des poings… pas moi. Je n'ai que ma parole pour rester en vie. Je dis ce que je pense, et comme je le veux.

J'esquisse un geste du menton et mes gars pigent qu'ils doivent sortir. Il est temps d'accélérer un peu.

Pendant qu'ils se retirent, je coule mon regard sur elle et je l'inspecte minutieusement. De la tête aux pieds, pour qu'elle comprenne bien où mes idées se dirigent et quand je croise ses yeux, je lui souris méchamment. Elle a un corps fait pour rester au lit pendant des jours, des nuits. Je suis déçu de devoir la punir pour en faire un exemple. Mes projets de flirt s'envolent.

– Tu es au courant qu'il s'est enfui avec Helena et deux cent cinquante mille dollars ?

– Je ne comprends pas… Pourquoi mon frère agirait ainsi ? Il aime travailler pour vous, il est bien ici. Jamais il ne trahirait.

– C'est le cas, pourtant.

– Non, il doit y avoir une raison. Je n'y crois pas.

Elle secoue la tête et fronce les sourcils. Son expression sérieuse m'intrigue. Veut-elle vraiment me persuader de l'innocence de son frère ou essaie-t-elle de se convaincre ?

– Les preuves sont accablantes, il s'est tiré avec mon argent et Helena.

– Mais je vous assure que j'ignore où est Elias.

– Si tu ne peux pas m'aider, que vas-tu faire pour éviter que je perde la face… et me rembourser ?

CHAPITRE 15

SELENNE

28 mai,
7 Péchés Capitaux, Milwaukee

– Moi, je dois vous rembourser ?

Mon souffle se fige, mon cœur s'emballe. Je le regarde et je vois un homme de pouvoir.

Qui prend, ordonne et surtout à qui l'on obéit. Il ne fait pas ses trente-deux ans, les cheveux noirs et raides, coupés court. Ses yeux bleu clair sont si froids que je sens un frisson de panique descendre le long de ma colonne vertébrale.

Que faire ? Je suis informaticienne, un peu hackeuse sur les bords, enfin, pas que… d'accord, tout à fait. Ça fait longtemps que je n'ai pas piraté pour quelqu'un d'autre que le FBI, mais je pourrais peut-être lui rendre des services ? J'ai toujours eu des mains en or avec les ordinateurs et les codes sources.

Elias m'a accueillie à bras ouverts, m'a offert différents emplois que j'ai rejetés, j'ai insisté pour venir ici. Pour être plus près de lui et de son boss. Il était contre ce travail. Je suis sûre qu'il savait ce qui allait se passer. Il aurait pu me dire directement de faire profil bas ! Je suis là pour approcher Yourenev, mais je ne pensais pas finir dans cette position. C'est la merde ! Lui devoir du fric et que mon frère l'humilie publiquement.

– J'attends, reprend-il, en tapant des doigts la surface plane et brillante de son bureau en acajou.

– Je réfléchis, laissez-moi un instant.

Je serre les bras autour de moi.

– Je ne suis pas à l'aise dans cette tenue et mes pieds sont gelés. Je ne…

Je m'arrête de bafouiller en le voyant se lever et contourner le bureau. Il dégage une aura de puissance. Il fait très mâle, avec son costume hors de prix et sa barbe naissante qui jette une ombre sur sa mâchoire carrée.

– Je veux mon argent et je veux que ton frère paie pour cet affront.

Plus il parle, plus son accent russe devient évident. Je recule et il me pousse vers la porte. Je finis contre elle et je retiens mon souffle.

– Je n'ai pas deux cent cinquante mille dollars.

Une évidence, sinon pourquoi avoir un job de serveuse ? Il le sait très bien. Il connaît tous les détails de la vie de ses employés. J'en suis persuadée.

Je l'ai servi à table, il ne peut pas m'avoir oubliée ! Surtout avec tous nos échanges ces temps-ci.

Il lève la main gauche et frappe la porte juste à côté de ma tête. Je sursaute et mon cœur essaie de s'échapper de ma poitrine.

– Rien à foutre ! crie-t-il.

Bon, là, c'est officiel, j'ai peur. Ce mec est si grand, comparé à moi, il doit faire trente centimètres de plus. Au moins.

Il se rapproche et me met la pression. Je vois bien sa stratégie. Elle fonctionne du tonnerre. Mon rythme cardiaque frôle des records. Je fais presque de l'hyperventilation.

Du calme ! Du calme ! Il ne va rien se passer, n'est-ce pas ? Il a besoin de moi pour récupérer son fric, mon frère… et sa maîtresse.

– Je peux vous les procurer si vous le souhaitez, mais il faudra attendre un peu.

Ma proposition est sortie très vite dans un filet de voix. Il hausse un sourcil.

– Bien sûr, et les intérêts aussi, précise-t-il, ironique.

– Oui. Je suis douée avec un ordinateur. Une banque, la Bourse, Fort Knox ? Tout ce que vous voulez, je n'ai besoin que de quelques jours.

– C'est vrai. J'ai lu que tu as eu des petits problèmes avec les flics dans ta jeunesse et que tu sors de taule. Tu vas pirater de nouveau ? Juste pour moi ?

– Non, pas pour vous, pour mon frère.

– Tu es prête à retourner en prison pour ta famille si tu es arrêtée par les flics ?

– Je ferai tout pour mon frère, avoué-je le plus sincèrement du monde, ce qui doit se voir dans mon regard.

– Et comment comptes-tu effacer mon humiliation publique ? Son vol et son départ avec Helena ?

Et là, c'est moi qui le coupe. Comme une gourde, je le reprends. Bien sûr, je n'ose pas entendre la suite. Je n'ai pas l'intention de la remplacer.

Quoique… C'est mon plan depuis le début. Et si… et si je le poussais à me prendre comme amante ? Si j'arrivais à le manipuler et lui faire croire qu'il se sert de moi comme d'une otage ou d'une prisonnière en attendant qu'Elias soit attrapé ? Aurais-je le cran de le faire ? Ma mission n'est pas perdue, pas encore.

– Allons ! Vous avez toutes les femmes que vous voulez. Ne me dites pas que vous allez être en manque…

N'appréciant pas le ton que j'utilise, Anton me coupe la parole d'un geste. Il m'attrape au cou d'une main, serrant juste ce qu'il faut pour couper ma respiration et le flot de paroles. De l'autre, il pose un doigt sur mes lèvres.

– Chut ! Tu veux vraiment que je me fâche. Tu veux savoir ce qu'il se passe quand je m'énerve ?

Sa voix basse avec son accent rauque me file des frissons de terreur. Non, pas du tout ! Je ne veux pas me retrouver démembrée aux quatre coins de la ville. Non, non… sans façon !

Je viens de trouver la solution à mes problèmes, malgré le fait que ce sera dangereux. Merci Elias !

– Vous voulez quoi ? Je ne suis pas une grande blonde à forte poitrine. Je ne pense pas être au niveau. Et puis me baiser pour vous venger, ce n'est pas très reluisant.

Je marmonne pour le provoquer, le regard baissé à moitié et le menton relevé en signe de défi.

Il resserre sa poigne sur mon cou, ça fait mal. Je cherche de l'air désespérément. Il rapproche son visage du mien et me souffle tout bas :

– De un, personne ne me dit quoi faire, toi encore moins. Tu es là pour la dette d'Elias. Tu la rembourses à sa place, sinon tu finis en petits morceaux. De deux, tu feras le job que je t'ordonnerai pour compenser l'absence d'Helena. Que ce soit pour gérer les clients ou pour me tenir compagnie, tu le feras. De trois, quand Elias sera devant moi, si je décide de te faire la peau pour lui faire comprendre ce qu'on risque à me doubler, je le ferai. N'aie aucun doute là-dessus.

– Par contre, reprend-il en me dévisageant, je ne force pas les femmes. Je n'ai aucun besoin de ça, je ne suis pas un violeur. Comme tu l'as dit, j'ai toutes celles que je désire. Tu m'intéresses, mais ne crois pas que j'oublierai ce que ton frère m'a fait juste pour tes yeux ou ton joli cul.

C'est bien dommage, mon plan pour le manipuler serait plus efficace si je pouvais le mener par le bout du nez. Notre attirance mutuelle était un plus.

Et si je poursuivais ? Je suis heureuse de ne pas me retrouver dans une cellule ou au sous-sol, à servir d'exemple pour tous ceux qui auraient l'idée de trahir le Russe. Je dois pousser ma chance, le séduire pour rester le plus près de lui possible. Pour avoir un jour accès à ses papiers, ses dossiers et sa comptabilité.

Pourquoi je ressens une pointe de regret pour la façon dont tourne cette histoire entre nous ? Je me sers de lui afin d'accomplir ma dernière mission, ma conscience ne doit pas jouer contre moi. C'est un criminel, même s'il aurait pu être plus cruel envers moi.

– Commençons tout de suite, ordonne Anton. Tu vas me montrer ta motivation à payer ta dette, tu vas te trouver un ordinateur et récupérer l'argent.

Je dois commencer maintenant. Et pour cela, je tords ma bouche en une moue déçue, laisse mes doigts remonter le long du pan de sa veste comme ils le désiraient depuis un moment. Il se fige et penche la tête. Ce geste me permet de prendre l'ascendant sur la situation, le Russe me donne le temps de continuer, voulant sûrement comprendre où je veux en venir.

– Moi aussi, je suis…

J'hésite sur le terme, jouant la timidité.

– … je suis dépitée, j'avais envie de…

– Vas-y, exprime-toi. Tu es pour moi une otage, une assurance que ton frère reviendra. Je ne te ferai pas de mal pour autant.

Il mord à l'hameçon, pensant que j'ai des remords et un cas de conscience. Que je suis attirée par lui et en même temps apeurée par la situation. Il n'est pas aussi dur et méchant que je le croyais.

– Eh bien, j'aurais aimé continuer à… je ne sais pas, à avancer, à flirter avec vous.

Je continue de caresser sa chemise et je le sens se tendre. Il est aux aguets, il a flairé une ouverture. C'est un chasseur, il a compris que sa proie est prête à être capturée.

– Tu veux être mon amante ?

Son ton est suspicieux. Je dois avoir raté ma comédie, mon cœur bondit dans ma poitrine et cogne trop fort.

– Oui, même si ça semble effronté.

Je tente le tout pour le tout en le regardant dans les yeux. Faire passer dans mon regard l'envie folle d'être à lui et de devenir sa maîtresse est difficile. Je pense aux répercussions si j'échoue et les larmes humidifient mes cils. Cela semble le faire fléchir. Ses doigts caressent ma joue avec douceur.

– Il va falloir me convaincre de ta sincérité. Montre-moi ta motivation à coucher avec l'ennemi de ton frère.

– Je pourrais peut-être vous faire changer d'avis ?

– N'y crois pas trop, Selenne. Quand je dis que je me vengerai, je le ferai. Je n'ai qu'une parole.

Il glisse la main qui entoure ma gorge vers l'arrière et la place sur ma nuque. Ma tignasse est douce et bouclée, une des seules choses que j'aime chez moi. Il a l'air d'apprécier son geste, alors que moi, c'est tout le contraire. Mon cœur bat trop vite et ma respiration est aléatoire. La panique fait trembler mes genoux. Vais-je être assez forte pour manœuvrer un homme de sa trempe ?

– Tu vas m'apporter l'argent. En attendant, ce soir sera ton premier test, me dit-il en resserrant sa prise.

Je me mets à secouer la tête en signe de dénégation. C'est dangereux de le contredire, mais mon cerveau s'est fait la malle, je commence même à bégayer.

– Je travaille en soirée. Pour vous. Je ne pourrai pas…

– Je sais très bien où tu remues ton joli cul, grogne-t-il. Ton petit jeu de séduction n'est pas passé inaperçu. Ose dire le contraire, ose affirmer que tu ne voulais pas passer du temps dans mon lit. J'ai vu tes manières et ton sourire pour me chauffer.

Il me bouscule encore. Si j'osais, je croirais qu'il est déçu que mon intérêt pour lui soit motivé par la sécurité de mon frère et non par mon attirance envers lui.

– Qui est le patron ? Moi. Donc, si je dis ce soir ?

Son regard bleu très clair croise le mien. J'avale ma salive et hoche vivement la tête.

– Ce soir, répété-je.

– OK, reprend-il. Tu viens aux *7 Péchés* cette nuit, je t'y retrouve et on verra comment tu te fais pardonner. Mais si je dois te répéter les règles, ça se passera moins bien. Je suis un homme qui aime être obéi. Maintenant… donne-moi ta bouche.

Anton n'attend pas de réponse et fond sur moi. Il se permet de me bâillonner sensuellement. Mes mains s'accrochent à son torse de leur propre initiative, tandis que mes lèvres frôlent les siennes. Sa langue s'insinue et vient se battre en duel avec la mienne. Oui, en duel, je ne me laisse pas faire, mais je me sens frémir. Je ne désire pas lui permettre de se servir, de prendre ce que j'aurais pu lui donner de mon plein gré.

Je l'ai observé et j'ai flirté avec lui de loin au bar. J'avais même fantasmé sur lui en étudiant son dossier. Maintenant, je souhaite surtout ne pas apprécier ce qu'il me fait. Cet homme m'attire naturellement, mais pour le principe, je ne veux pas lui céder. C'est à moi de le manipuler. Mes hormones devraient la mettre en veilleuse, il n'y a rien de sexy dans le chantage et la peur. Je dois me servir de cette situation pour lui soutirer des informations et réussir à le confondre. Si j'y arrive, plus de dette et un mafieux derrière les barreaux.

– Tu as joué avec moi pendant des nuits, maintenant il est temps de payer, ma belle.

Il me plaque plus fort contre son torse et pousse ses hanches pour me faire sentir comme il est dur pour moi. J'ai un hoquet de surprise et mes mains s'aplatissent, le caressent et cherchent un point d'ancrage dans son col. Il me chope la cuisse et la dirige vers le haut. J'enroule mes jambes autour de sa taille. Mes réactions contradictoires me chamboulent, je le désire malgré moi.

Je ne peux nier ce que je ressens, que j'en ai envie. Tout prouve ma convoitise : mon souffle saccadé, mes doigts crispés, ma langue dans sa bouche. Je suis folle, il me menace, me terrorise, veut tuer mon frère et moi je suis mouillée, trempée.

– Bordel ! Tu es chaude, toi, constate-t-il en me mordillant la ligne de la mâchoire. J'en étais certain.

Je reprends bien vite ses lèvres et ne le laisse presque plus respirer. Tant pis pour la morale, je débattrai avec elle plus tard. Il se frotte sur moi. Son membre si dur se presse sur mon entrejambe, il est juste au bon endroit. Je deviens hypersensible. Je suis envahie de frissons. Les sensations ne sont plus que physiques, mon intellect s'est fait la malle.

Il tire sur mes cheveux et m'oblige à ployer le cou, la route est libre et il laisse des traînées de baisers jusqu'à la limite de mon débardeur. Je bous littéralement, la chaleur qui se dégage de moi est hallucinante. Il m'a mis le feu.

Une goutte de sueur coule le long de ma fine bretelle et vient se nicher entre mes seins. Anton la suit des yeux comme si sa vie en dépendait. Il tend un doigt et taquine le rebord du tissu. Il m'effleure et je frissonne. Je resserre les jambes, il appuie encore à cet endroit précis qui me fait chavirer. Il continue ses mouvements de hanches entre mes jambes. Je me sens au bord de l'explosion, bousculée entre peur et plaisir, je vais jouir.

On frappe fort à la porte contre laquelle je suis collée. Mon cœur fait un saut périlleux.

Je reconnais la voix de Youri. Il parle en russe. Anton lui répond dans sa langue et me regarde.

– Il va falloir remettre à plus tard, ma belle. J'ai des rendez-vous plus importants.

Pu… Non ! Il ne peut pas me laisser comme ça… le salaud ! Il n'a même pas l'air d'être déçu. Moi, je suis frustrée. J'y étais presque.

Je me cogne la tête contre la surface de bois et souffle pour décompresser. Je me force à lâcher ses épaules et je repose les pieds au sol. Les pulsations me provenant d'entre les cuisses ne se calment pas.

Je lui fais un sourire crispé et me dégage de sa présence. La porte s'ouvre sur Youri. Qui sourit comme un idiot, selon moi ! Il voit bien que je suis rouge, les cheveux en bataille et les poings fermés.

Ils continuent de discuter en russe, se foutant allègrement que je ne pige rien. Il y a une pause et les deux hommes se retournent pour me regarder.

Quoi ? On parle de moi ?

Je suis furieuse envers moi-même. Je ne suis pas une sentimentale, mais être traitée comme une marchandise me met très mal à l'aise. Ils me prennent pour qui, pour quoi ? Je ne suis qu'une otage et non une personne qu'ils apprécient, je ne dois plus l'oublier.

Il me faut espionner cet homme dangereux, lui soutirer des informations, et éviter qu'il ne me surprenne sous peine de me retrouver torturée, au minimum. En même temps, je lui « dois » un quart de million et suis obligée de jouer à la Barbie. Et pour compliquer cette situation, je suis excitée et attirée par ce mafieux malgré son chantage et ses menaces.

– Youri va te faire raccompagner. Ce soir, tu t'habilles pour le service, mais à partir de demain, je te veux en robe de soirée. Tu resteras à côté de moi. Helena occupait le rôle d'observatrice et déconcentrait mes interlocuteurs. Tu feras de même.

Il se détourne sans un regard. Moi, je reste sur le pas de la porte, déstabilisée.

Froid, chaud et puis encore froid !

Qu'il aille se faire foutre !

Je craque et sors du bureau en claquant le battant de porte aussi fort que mes bras le peuvent. Je n'ai jamais aimé les montagnes russes, sans mauvais jeu de mots, et ce n'est pas maintenant que ça va commencer !

Surtout pas avec lui !

CHAPITRE 16

SELENNE

28 mai,
appartement de Selenne, Milwaukee

« *Ce n'est pas malin, ça !* »

Cette phrase de Youri va me hanter toute la journée, je le sens. Quand l'homme de confiance du Russe vous le dit, ça ressemble à une menace.

En plus, il m'a regardée comme si j'avais perdu la tête, ce qui n'est pas faux. On ne claque pas la porte au nez de celui à qui l'on doit un quart de million et qui a le pouvoir de faire de votre vie un enfer.

Ce n'est pas intelligent, mais c'est fait ! À mon retour chez moi, énervée comme je le suis, le rangement du bordel foutu par les gorilles ne m'a pris qu'une heure. Depuis, je me ronge les sangs en y repensant sans cesse.

– Rick ? Nous avons un problème.

Je commence mon appel au collègue chargé de me soutenir dans cette affaire par cette phrase banale. Mais je doute fort d'avoir son aide.

– Comment ça, nous ? Si tu as merdé, tu penses que je vais faire quoi ? Te sortir du trou sans compensation ?

Voilà, je le savais, il m'enfonce sans prendre le temps de connaître la situation. Il est déjà en train de jouir de mon malheur !

– Bon, raconte-moi.

Il jubile, je peux l'entendre dans sa voix. Je grince des dents en lui expliquant mon dilemme, je ne peux rien faire sans lui rendre de comptes, et ça m'agace. Les rouages de son cerveau tournent tellement fort que le bruit passe même au travers de la ligne.

– Donc… tu dois trouver un quart de million et coucher pour garantir la sécurité de ton frère.

– Je dois me rapprocher d'Anton pour gagner sa confiance et réussir la mission, rectifié-je, ne voulant pas admettre que mon but est réellement de le séduire. Mais il faut impérativement que je le rembourse, je n'ai pas le choix. Tu connais ce milieu, il n'y a pas d'alternative. Donc, si le service me donne de l'argent…

– Oh non, ma belle ! me coupe-t-il. Tu te débrouilles, personne ne va t'avancer une somme pareille. Le directeur adjoint refusera, sans hésiter. Débloquer autant, aussi vite et pour une telle raison, c'est utopique. Le règlement est sévère, ne compte pas là-dessus.

Merci du soutien ! Je ne me suis jamais sentie à ma place ni acceptée, mais être envoyée au front avec ce Richard qui ne se battra pas pour me couvrir, autant me jeter dans la fosse aux lions.

– Et je fais comment, moi ?

– Ton plan tient toujours la route, même si ça m'ennuie que ce soit ce Russe qui profite de ton temps. Mais ce n'est pas comme si tu allais apprécier de coucher avec lui. Froide comme tu es, vous irez bien ensemble. Lui qui vient de Sibérie et toi, frigide comme un cône de glace, se moque mon collègue.

– Ce n'est pas amusant, Rick. Flirter et le manipuler ne me dérange pas, mais devoir coucher avec lui n'est pas mon fantasme.

Je lui mens sans vergogne. Il est déjà assez susceptible face à mes refus de sortir avec lui. Si je lui avoue que je suis attirée par Yourenev plus que par lui, il serait capable de commettre une erreur et de dévoiler la véritable raison de ma présence auprès de mon frère.

– Il faudra bien te débrouiller avec lui. Tu as des doigts, tu es capable de te procurer ce fric avec une connexion internet, j'en suis persuadé.

– Si je le fais, je retourne en prison, même si c'est une mission pour le Bureau.

– Je ne citerai pas la provenance dans mon rapport, si tu es gentille avec moi.

Salaud ! Si je hacke pour avoir cet argent, je serai à sa botte, il aura un levier pour me faire chanter. Si je ne le fais pas, le Russe me tuera.

– Tu te rends compte de ce que tu me suggères, là ? Je n'ai pas envie de foutre en l'air tous les efforts que j'ai fournis depuis des années. En plus, tu vas profiter de cette histoire pour me contrôler !

– Bien sûr ! J'ai essayé d'être compréhensif et gentil avec toi. Rien n'a fonctionné. Tu ne veux pas sortir avec moi, pas de problème, je comprends. Tu voudras peut-être reconsidérer ta position si je perds les preuves de ton retour dans le piratage.

Je lui raccroche au nez, ce manipulateur me dégoûte. Je vais me débrouiller toute seule, mais je me promets qu'il ne m'aura jamais.

Je pense à faire comme Elias et à m'enfuir, mais en regardant par la fenêtre, je vois M. Muscle numéro un, deux… je ne sais plus, qui observe la façade de mon immeuble, posté sur le trottoir d'en face. Où se trouve le deuxième ? Pas loin, sûrement ! Je ne ferais pas cent mètres si j'essayais de m'échapper. Mon statut de garantie au retour d'Elias est évident, je suis sous surveillance étroite.

C'est foutu ! Quand je pense que mon frère ne m'a pas envoyé de texto, ni d'appel. Je m'inquiète pour lui. J'ai cru un instant qu'il se vengeait de mon silence pendant six ans, mais le fait que je sois toujours sans nouvelles m'inquiète maintenant. Il n'est pas aussi rancunier, il a plutôt tendance à dire ce qu'il a sur le cœur directement au lieu de tout garder pour lui. Ce n'est pas dans son caractère d'être mesquin. Donc son absence est alarmante.

Il a dû balancer son téléphone pour plus de sécurité. Je n'ai ni explications ni assurance qu'il va bien.

Ce n'est pas malin, ça ! Encore cette phrase ! Toujours cette phrase qui vagabonde dans mon esprit !

Je dois avancer. Une chose à la fois. Je m'installe devant mon ordinateur. Il me faut de l'argent et j'en aurai. Ce n'est pas compliqué si je sais où chercher.

Devant mon PC, j'entre dans les programmes, passe les pare-feu et accède aux codes sources. Mes doigts filent sur le clavier, je suis en mode automatique, mes anciens réflexes ressurgissent. Ce « travail » ne me demande pas d'efforts et mes pensées reviennent donc aux problèmes du jour.

Cette phrase me trotte dans la tête.

Mon angoisse reprend de plus belle. Je me lève. L'estomac en vrac, les mains tremblantes, je me mets à tourner en rond dans l'appart. Je n'ai pas le choix. Je sais qu'il me faudra faire l'amour avec Anton. Enfin, faire l'amour, ce n'est pas la bonne expression. Se faire baiser, plutôt ! Bon, ce n'est pas un grand sacrifice, ce mec est à tomber. Je dois reconnaître qu'il embrasse comme un dieu. Si je l'avais rencontré dans d'autres circonstances, j'aurais fait le premier pas sans hésiter. Ça y est, je recommence ! Je vais finir par baver, en plus.

Il faut que je trouve une parade, sinon je vais devenir folle. Voilà, c'est décidé. Je vais faire en sorte de le charmer, de le subjuguer. Qu'il soit obsédé par moi. Pour cela, il faudra que je sois douce, gentille, sensuelle. D'accord, le « douce et gentille » va être le plus difficile à obtenir. Mon caractère ne me pousse pas à la soumission. En revanche, séduire est pour moi naturel.

Le casse du siècle étant en cours côté informatique, maintenant, le grand jeu de la séduction peut commencer. Je n'ai pas vraiment de stratégie, je vais improviser. C'est bien connu, les meilleurs plans sur papier sont ceux qui foirent dès la première embrouille.

Je me prépare donc. Je me déshabille lentement et pour chaque vêtement retiré, je laisse mes angoisses de côté. Je me dirige vers la salle de bains, fais couler l'eau et ajoute mon bain moussant préféré. Alors que la baignoire se remplit, je me tourne vers le miroir pour m'observer.

Ma peau est parsemée de quelques taches de rousseur. Je regarde mes mains qui remontent comme d'elles-mêmes vers ma poitrine. Et commencent à la malaxer et à en pincer les extrémités. Mes paupières se ferment à demi. Je sens mes seins se gonfler, les pointes se durcissent et deviennent agréablement douloureuses. Un vide se fait entre mes jambes, la tension de ce matin revient.

Mais je fais quoi, là ? Je me caresse en pensant à ce type ! Je n'y crois pas ! Il y a vraiment trop longtemps que je n'ai pas eu d'amant pour être dans cet état.

Je me détourne et plonge dans l'eau fumante. Les bulles me recouvrent et glissent doucement sur moi. Ça me fait un bien fou, je sens la chaleur de l'eau détendre un à un mes muscles noués. Je rejette la tête en arrière et retiens ma respiration le plus longtemps possible.

Je refais surface et commence lentement à me savonner. D'abord les bras, puis la poitrine.

Encore !

L'éponge glisse au fond de l'eau et je continue sans. Mes doigts frôlent, caressent et se dirigent vers le bas. Là, sous l'eau. Des frissons recouvrent ma peau mouillée, parsemée de bulles.

Je me souviens des baisers d'Anton et de la sensation de son sexe se frottant contre moi. Mon index a trouvé le chemin de mon clitoris. J'hésite. Que faire ? Quand je le reverrai, je dois être en possession de tous mes moyens. Si je suis frustrée, je ne saurai pas lui tenir tête. Je laisserai mes désirs me gouverner au lieu de mes neurones.

Mais si je me fais du bien en pensant à lui, je ne sais pas comment je me sentirai face à son sex-appeal, son odeur, son parfum piquant. Son regard si intense et concentré uniquement sur moi. Tout se mélange, je sens encore sa bouche sur la peau sensible de mon cou.

Comment résister à sa façon de s'approcher en conquérant, sûr de lui et de sa réussite ? Son physique avantageux, ses vêtements hors de prix ne sont pour moi que la surface visible de l'iceberg. Je suis fascinée par son charisme. Je ne sens chez lui ni hésitation ni remords. Ses mains sur moi étaient fermes, sans concessions.

Tout m'attire en lui, mais c'est un salaud de première et ça me ferait mal de me soumettre à ses désirs, ses volontés, sans au moins lui remettre les idées en place. Qu'il paye lui aussi et, pourquoi pas, qu'il se retrouve à genoux.

Pendant toutes ces réflexions, mon doigt effleure toujours cet endroit si sensible, le contourne, le titille. Finalement, mon corps prend les commandes et j'oublie mes hésitations. La chaleur monte, je palpite. Mes jambes tremblent et se resserrent sur ma main. Je m'essouffle et j'agrippe le rebord. Ma tête part en arrière et se pose sur l'émail, un gémissement sort de ma bouche et je jouis.

Fort.

Mon corps est secoué de spasmes et je glisse doucement vers le fond de la baignoire, les doigts toujours entre les jambes.

Un orgasme pareil juste en pensant à lui ! Bon sang, en vrai, ce sera comment ? Non, je ne suis pas censée désirer cet instant.

Je finis par sortir du bain. Les genoux tremblants et le cœur palpitant, j'attrape un peignoir et l'enfile. Je vais dans ma penderie et j'y cherche des sous-vêtements sexy. Puisque je dois travailler ce soir, ma tenue n'a pas d'importance.

Mais mes dessous, eux, vont avoir le premier rôle. Pour le manipuler, je dois commencer par le frustrer et l'obséder.

Il me faut rendre mon corps absolument fascinant. Je prends ma crème hydratante et commence à m'enduire la peau. Le parfum qui se dégage arrive doucement à m'apaiser. Au tour de mes cheveux : je les sèche sans les lisser. Anton avait l'air d'aimer ma crinière. Je vais la laisser libre, il pourra fantasmer dessus. À présent, le maquillage : pour ce soir, je dois me faire un regard envoûtant. L'eye-liner glisse avec sûreté.

Je suis très satisfaite du résultat. Je souris à mon reflet. Anton Yourenev, tu me veux ? Tu auras droit à ma version explosive. Tu ne sais pas ce qui t'attend !

CHAPITRE 17

ANTON

28 mai,
7 Péchés Capitaux, Milwaukee

Elle, Selenne, son regard sauvage. Sans intention de rendre les armes. Je ne pense qu'à elle. Cette femme, je veux la voir à genoux, l'entendre me supplier. Pas pour sa vie ni celle de son frère. Mais pour que je la fasse gémir, crier et jouir. Je veux sa bouche sur moi et voir son regard se troubler.

Je dois avouer que j'ai été déçu, être attiré par la sœur d'un traître, ce n'est pas bon pour mon image. Je me sers de ma réputation pour pouvoir la garder près de moi, pour ne pas avoir à la punir physiquement du vol de son frère. Passer pour un homme qui garde les femmes en otage, qui les baise pour effacer une dette ne me gêne pas. Plus on me craint, plus j'ai de pouvoir. Mes ennemis réfléchiront à deux fois avant de frapper s'ils pensent que je n'ai aucune limite. Je ne la forcerai pas à coucher avec moi, mais… si elle succombe à mes avances, je prendrai ce qu'elle m'offrira.

Ces pensées périphériques parasitent ma journée. Je me souviens de la douceur de sa peau, de ses frissons sous mes doigts, de sa chaleur. Le grain de beauté juste entre ses seins m'obsède. Je veux le lécher, le titiller du bout de la langue. J'ai besoin d'observer, sentir et apprécier ses réactions à mon contact. Ce soir ! Cette nuit sera notre première et j'en ferai une nuit blanche remplie de gémissements et de cris si elle me laisse agir.

Je me rends aux *7 Péchés Capitaux*, la partie visible de mon empire. La voiture s'arrête et je regarde par la fenêtre en attendant que l'on m'ouvre. La façade de briques rouges rappelle les anciens entrepôts de marchandises que l'on trouvait dans cette partie du quartier. J'ai choisi de m'installer ici, près du port. L'accès y est facile et les rénovations entreprises par la ville depuis quelques années ont amené les investisseurs à renflouer l'économie et ont incité un retour de la population.

Cet immeuble à grandes fenêtres ne possédait que deux étages quand je l'ai acheté. Depuis, j'y ai fait ajouter des sous-sols. L'enseigne lumineuse brille dans le noir. Les couleurs et les volutes attirent l'œil. Je sors de la voiture et monte les quelques marches qui mènent aux doubles portes rouges. Elles sont immenses, provenant d'arbres rares et exotiques, décorées de clous en bronze. J'aime l'effet que cette entrée a sur les clients.

La première partie de mon domaine est un bar lounge. Tout simplement. Il y a de la musique douce, la lumière y est feutrée. Toutes les personnes importantes de la ville viennent ici. Pour réussir, il faut se pavaner, se montrer en bonne compagnie.

On y trouve bien sûr des politiciens, des hommes et des femmes d'affaires, des sportifs et des artistes. Ils désirent passer une bonne soirée avant d'aller vers des destinations plus sombres, plus secrètes.

Que bien entendu, je leur fournis.

Mon club est voué aux péchés capitaux, j'ai donc fait en sorte de leur offrir toutes les tentations possibles. Les parties à l'accès plus restreint se situent dans les sous-sols. Plus on s'enfonce dans les tréfonds, plus il faut payer pour avoir le droit d'assouvir ses fantasmes et tomber dans la dépravation.

J'ai mis au point un système de bracelets qui donne un droit d'entrée dans ces zones. La couleur cuivrée du premier permet d'accéder aux salles appelées *La Luxure* et *L'Envie*, dédiées bien entendu aux corps dénudés. Les filles dansent, se déshabillent, et plus si l'on ajoute quelques billets. La décoration y est plus chaude, faite de rouge et d'or, de satin et de velours. Il y a aussi des salons privatifs et des alcôves pour plus d'intimité. Les serveuses portent des tenues légères, les danseuses vont et viennent entre les tables, entraînant les clients à boire et à dépenser. Il y a, de part et d'autre, des scènes où les filles se trémoussent autour d'une barre. Des fêtards se rassemblent devant pour admirer leur show et agiter leurs billets. Si on descend encore d'un niveau, on arrive dans l'antre des bracelets argentés.

La Gourmandise et *La Paresse* sont les tentations offertes aux chanceux qui y ont leurs entrées. Tous les fantasmes y sont permis. Cela va du donjon BDSM de base aux demandes les plus particulières. La maison ne recule devant rien, comme on dit. Les pièces principales ressemblent à un lupanar romain à l'ère de la décadence. Des couchettes et des canapés invitent à la débauche. Ici, le personnel donne de sa personne. Rien n'est refusé. Les clients peuvent y venir masqués s'ils le souhaitent, la discrétion est assurée.

Le dernier étage, le plus bas, ne s'ouvre que pour les détenteurs du bracelet doré. Cette zone est très sélective, il faut être parrainé pour y accéder. Ce lieu est appelé officiellement *La Colère* et *L'Orgueil*, il faudrait y ajouter l'avarice, mais certains clients y verraient sûrement un affront. Il faut avoir suffisamment d'argent pour oser participer. Jeux de cartes, combats, paris en tous genres. Pour ma part, je nomme le deuxième sous-sol *L'Enfer*, et j'en suis le gardien. Cela résume bien l'ambiance. Elle est sombre, brute. Ces murs ont été témoins de tant de cris, de sang et de violence qu'on ressent encore certaines scènes, comme si elles venaient de s'y dérouler. Tout y est fait pour que le client s'oublie et soit poussé dans ses derniers retranchements. La colère et l'agressivité y sont décuplées, magnifiées et dirigées vers le ring central de *free fight*. Et qui dit combats, dit paris. Il ne faut pas sous-estimer l'attrait de l'argent facile. Dans l'ambiance surchauffée d'un combat, beaucoup sont tentés de miser des fortunes pour espérer gagner le gros lot. Ils viennent voir le sang couler. Le revers de la médaille apparaît s'ils perdent. Ici, on paie *cash* ses dettes sinon on ne ressort pas entier.

Ce sont mes *règles*. Voilà mon œuvre. Mon empire. Je possède d'autres biens, d'autres business. Mais *Les 7 Péchés Capitaux* représentent l'aboutissement de mon travail : j'ai instauré une spirale diabolique, vertigineuse et addictive ; j'incite ces hommes et ces femmes à dévoiler leurs côtés les plus sombres, je les entraîne toujours plus bas, aux portes de l'enfer, et une fois celles-ci franchies, il n'y a pas de retour ni de pardon possibles.

Je traverse le lounge et entre dans *L'Envie* et *La Luxure*. Tout de suite, je cherche celle que je convoite. Elle est de service, je devrais la trouver facilement.

Je l'aperçois au loin, dans une des tenues réglementaires. Des talons vertigineux, une jupe noire fendue qui lui arrive à mi-cuisses, et un petit haut noir fait de dentelle et de rubans. Il donne cette impression qu'on pourrait sans effort le défaire en tirant sur le bon nœud. Ses jambes sont gainées de bas résille avec une ligne de petits nœuds rouges courant sur l'arrière de celles-ci en une touche terriblement coquine.

Je la regarde en m'asseyant avec Youri à ma table. Je la suis des yeux. Cette nuit, Selenne est ma proie. Je ne la lâcherai pas tant que je ne serai pas rassasié. Une serveuse apporte des verres. Pas besoin de commander, on connaît mes goûts. Je ressens une pointe de déception quand je remarque que ce n'est pas Selenne. Youri tente de m'intéresser aux affaires en cours, mais je l'ignore. J'ai mieux à faire.

– Tais-toi, le rabroué-je.

– Tu es le *vor*, je suppose que tu sais ce que tu fais. Mais à mon avis, cette fille ne t'apportera que des ennuis.

Il sourit en avalant une gorgée de sa vodka. Il sait pertinemment que je ne me détourne pas facilement de mes obsessions. Et cette situation me permet d'obtenir ce que je désire, et de sauver la face du même coup. Me servir de Selenne et me venger de son frère.

Je repars en chasse. La jeune femme est légère, elle semble glisser entre les tables. Selenne est joueuse aussi, sensuelle et coquine. Elle rit, plaisante et flirte. Mais je remarque qu'elle évite les mains baladeuses. J'apprécie qu'elle ne se laisse pas toucher par n'importe qui. Elle secoue sa crinière aux reflets changeants, hausse les épaules et retourne s'occuper d'autres commandes.

– Il faut reconnaître qu'elle a du charme, reprend mon compagnon.

– Tu es bien bavard ce soir, Youri ! Arrête de me chercher ! Je ne suis là pour personne cette nuit.

– À part pour elle ? me provoque-t-il.

Oui, juste pour elle. Ma vengeance va être si savoureuse. Je souris, rien que d'imaginer la suite de ma soirée.

Je reporte mon attention sur la salle et je me raidis.

– Mais c'est qui, ce con ?

CHAPITRE 18

SELENNE

28 mai,
7 Péchés Capitaux, Milwaukee

Cet abruti m'a suivie jusqu'au bar. Un dur à la compréhension. Je lui ai pourtant bien expliqué, je lui ai gentiment dit : « Non merci », sous-titré : « Va te faire voir ! »

Il me colle au train. Littéralement. Pourtant, ce n'est pas le moment pour une prise de tête. Mes nerfs sont tendus à craquer. Entre mon frère qui est aux abonnés absents et Richard le Connard avec un grand C, j'ai un peu de mal à garder le sourire. Au lieu de me soutenir, il m'enfonce et se sert de la situation pour essayer de me manipuler et me forcer à sortir avec lui. Et pour couronner le tout, je doute de mon plan de séduire Anton. Quel chef mafieux se laisserait tourner la tête par une paire de seins ? Aucune idée, et j'ai de plus en plus de mal à me convaincre que ma stratégie sera payante.

– Eh, ne me tourne pas le dos !

La poigne brutale de ce client agrippe mes cheveux. Il tire dessus et se plaque contre mes fesses. Il bande en plus.

– Aïe !

Je ne peux pas m'empêcher de crier. J'arrive à me retourner, mais il me tient et se jette sur ma bouche. Je me débats et il me mord méchamment la lèvre.

Ça suffit ! Je lui mets un coup de genou bien placé et il se plie en deux. Ce bâtard me lâche et s'accroche d'une main au comptoir.

– Pétasse ! Pourquoi tu as fait ça ? crie-t-il d'une voix aiguë.

Je vais lui répondre quand une ombre tombe sur nous. Nous sommes entourés par Anton et ses hommes. Youri fait une clé de bras au client et colle fort sa main restée libre sur le rebord du bar.

– Eh ! Arrêtez ! Vous n'avez pas le droit.

Il commence à paniquer quand il reconnaît ses agresseurs. Youri le rabroue, avec un sourire sadique.

– On a tous les droits ici. Toi non, tu connais les règles. Si la petite demoiselle repousse tes propositions, elle en a la possibilité. Les danseuses sont là pour baiser, les serveuses peuvent refuser qui elles veulent.

– Elle m'a allumé, c'est sa faute.

– Je n'ai rien fait ! Si tu ne penses qu'avec ta queue, c'est bien dommage pour toi, réponds-je, énervée en avançant vers lui, la main levée. Tu vas voir si je t'ai excité, moi…

Je suis interceptée par Anton qui est resté muet jusque-là. Il m'attrape le menton et le dirige vers la lumière. Ma lèvre inférieure saigne un peu et me lance. Le pouce d'Anton vient doucement frotter ma blessure. Son visage est inexpressif, je ne sais pas à quoi il réfléchit, mais je ne voudrais pas être dans son collimateur à l'instant.

Et la suite me donne raison. Le regard du Russe me quitte et passe au-dessus de moi. Je l'entends aboyer un ordre dans sa langue, ce qui déclenche les cris de mon agresseur.

– Mais…

– Non, s'il vous plaît ! Pitié !

Nous parlons en même temps. Je sens que je vais tourner de l'œil. Youri a plaqué un couteau sorti de nulle part sur le petit doigt de mon agresseur.

– On ne touche pas à ce qui m'appartient.

La voix d'Anton, glaciale, résonne près de mon oreille. Comment ça, ce qui lui appartient ?

Que faire ? Bien que ce con se croie tout permis – je parle de monsieur « mains baladeuses » –, il ne mérite pas cette situation. Si mon coup de genou ne lui avait pas suffi, j'aurais encore pu me débrouiller pour lui refaire le portrait. Pas besoin de chevaliers servants pour me défendre… enfin, pour défendre leur territoire en montrant les dents.

Qu'on lui coupe un doigt, c'est plutôt extrême comme solution.

Je me retourne vers Anton et lui fais mon regard de biche. Les yeux mouillés, cachés à moitié derrière mes cils, je lui adresse ma moue de petite fille triste. Ma lèvre blessée pourra finalement être utile.

– S'il vous plaît, non ! Ne lui faites pas ça.

– Il mérite ce qui lui arrive, réplique-t-il sans le quitter de ses pupilles bleu clair.

Il est furieux. Je sens presque des ondes de colère se diffuser dans son corps. Je dois désamorcer cette situation, sinon ça va mal finir.

– Oui, je suis d'accord.

Il détourne le regard de ce minable et lève un sourcil pour saluer ma contradiction.

– Mais, si vous lui coupez le doigt, il y aura du sang partout. Et j'aurai des problèmes avec le barman, moi ! Il va penser que c'est de ma faute, cette histoire.

Je fais un geste de la tête pour le désigner. Le pauvre ! Il se tient coi derrière son comptoir et me dévisage comme si j'étais folle. Normal, je viens de le mêler à une affaire dangereuse.

– Vous voyez, reprends-je, le sang, c'est difficile à nettoyer. Ça coule partout, ça colle. En plus, si les services d'hygiène débarquent, on pourrait avoir des problèmes. Ils voudront fermer l'établissement. Donc, ne lui faites pas de mal. Pour le barman, pour moi.

J'essaie l'humour en espérant le détendre suffisamment pour empêcher que la situation ne se dégrade. Je m'accroche à son col et lui refais le coup de la lèvre tremblante.

– Tu es dingue, tu le sais ?

– Ce n'est qu'un peu d'humour, vous allez devoir vous y habituer, je suis comme ça quand je stresse, répliqué-je en haussant une épaule.

Il soupire et dit quelque chose en russe à Youri. J'entends l'autre homme crier et je me détourne en sursautant.

– Mais… ?

– Ne t'inquiète pas, *dochka*. Ce n'est que cassé, me dit l'homme de main en souriant à pleines dents.

Il aime tant son job qu'il en est effrayant.

– Faudrait remercier la petite dame, tu ne penses pas ? apostrophe-t-il le pleurnicheur de service. Elle a sauvé ton doigt.

Il est vraiment pathétique et le prouve en me débitant à toute vitesse :

– Merci, merci, je ne recommencerai plus…

Je n'y crois pas une seconde, donc je ne l'écoute déjà plus. Je défroisse la veste d'Anton, que j'avais mise à mal. Ce geste m'apaise et calme les palpitations de mon cœur.

Mon Russe me prend la main, sans un mot, et m'entraîne vers sa table au fond de la salle. Il attrape son verre abandonné et se dirige vers une porte marquée « Privé ». Un de ses hommes nous précède et lui ouvre.

Il me tire derrière lui et me fait monter un escalier. L'étage est pour moi un lieu inconnu. Depuis mon arrivée, on m'a toujours bien fait comprendre que c'était zone interdite. Je vais finalement visiter le saint des saints. Les appartements du boss.

Atteignant le haut des marches, nous entrons dans un loft moderne. Pour ce que j'en vois du moins. Anton n'allume pas. Seuls les rayons de la lune et les lumières de la ville éclairent doucement les meubles. Tout y est clair-obscur. Il s'avance au milieu de la partie salon et me libère.

Je dois impérativement reprendre la main, sinon mon truand en costume Armani se fera un plaisir de croire qu'il peut me manipuler et me posséder. Si je veux le séduire, c'est le moment. Pour garder un tant soit peu la situation sous contrôle, je vais devoir y mettre du mien afin qu'il soit envoûté. Avant qu'il n'esquisse un geste, je me rapproche et colle mon corps au sien. Je subtilise son verre, bois une gorgée pour me remettre de mes émotions et le dépose sur une table basse. Je reviens lentement vers lui. Je le regarde et effleure son bras. Je me prends au jeu et commence à tourner autour de lui.

Anton ne dit rien, observant et choisissant délibérément de me laisser faire. Mes doigts s'insinuent sur sa poitrine, mes mains s'étalent. Mmmh, il est musclé là-dessous. Je passe sous le revers de sa veste et remonte vers ses épaules. Je la fais glisser en arrière et elle tombe dans un bruit doux. J'enroule mes bras autour de son cou et le repousse sur le siège derrière lui.

Il s'assied et écarte les jambes pour me permettre de m'y faufiler. Penchée sur lui, je l'embrasse par petits baisers, sa bouche m'attire et essaie de prendre le dessus. Je me recule et lui souris. Je ne veux pas aller trop vite. Mon souffle est déjà plus rapide. J'attrape son verre, le goûte à nouveau. C'est fort. Je tousse un peu, manquant de m'étrangler avec le breuvage, et j'aperçois un rictus moqueur soulever le coin de ses lèvres. L'alcool fait couler mon sang plus vite dans mes veines.

Je reviens vers mon… comment dire ? Mon adversaire, mon partenaire et je lui rends sa vodka. Je me mets à genoux entre ses jambes dans un mouvement fluide.

Je pourrais penser à mon job, à ma mission, à mon frère. Je dois le manipuler mais je désire aussi le séduire pour ma satisfaction personnelle. Tirer parti du peu de pouvoir que je peux avoir sur cet homme. Après je verrai ce que je peux faire pour me sortir de cette situation. Maintenant, ici… je veux juste savourer ce moment. Pour une fois dans ma vie, ne pas réfléchir aux conséquences.

Il se tend, dans l'attente de mes prochains gestes, ses mains se crispent sur l'accoudoir et le verre. Le tissu de son pantalon se gonfle à l'entrejambe. Monsieur apprécie l'idée de me voir à ses pieds ! Et moi, j'avoue que j'aime jouer avec les hommes, j'aime les voir attendre, se contraindre à l'immobilité ou même parfois craquer et ne plus savoir se retenir. Pour une fois que je maîtrise ma vie, j'en profite.

Je passe les paumes sur ses genoux, griffant le tissu luxueux de mes ongles. Et je remonte sans le quitter des yeux. Mes mains arrivent au niveau de sa ceinture et je contourne la protubérance qui se niche juste là.

Il a un mouvement involontaire. Ses hanches se soulèvent et il glisse son corps vers moi. Mais non, pas encore, je veux m'amuser, le faire languir. Je continue mon ascension. Les bras étirés vers son col, mes seins se pressent contre lui. Il doit sentir mes pointes tendues et dures. Je me surprends à les frotter en mouvements concentriques. La sensation des couches de tissu m'excite et me fait frissonner.

Anton bouge une main que j'attrape et plaque sur le fauteuil.

– Chut… laissez-moi faire, ordonné-je.

– Tu veux jouer, constate-t-il, un peu surpris de mon attitude. *Shalun'ya*[7] !

– Oui, profitez du moment, murmuré-je en commençant à déboutonner sa chemise.

Un à un, les boutons se détachent, mes doigts dévoilent son torse et frôlent sa peau. Il est chaud, doux. Il a du muscle où il faut et les quelques poils qui le parsèment me chatouillent. À chaque parcelle découverte, je laisse mes lèvres déposer des baisers.

---

7. Coquine !

Le chemin mène à ses abdominaux où les creux et les bosses m'incitent à mordiller. Mes doigts ne sont pas en reste, je trouve ses tétons, petits, masculins. Je joue avec, je les pince et les frotte. Je l'entends gémir tout bas. Il se retient.

Il se maîtrise encore.

Mon propre souffle s'est accéléré, je me sens à l'étroit dans ma peau. Mes effleurements me donnent aussi envie, je veux sentir ses mains, ses caresses. Mais pas maintenant.

Pas tout de suite. Lui d'abord.

J'arrive de nouveau à sa ceinture et cette fois je ne l'ignore pas. Je suis prise à mon propre jeu, j'ai besoin de le sentir, de le toucher. Je la défais et le claquement du cuir me fait sursauter. Je croise son regard bleu glacier. Il m'observe comme si tout ce qu'il voulait, tout ce dont il rêvait, se trouvait devant lui. L'intensité du moment me fait gémir. J'ouvre sa braguette à tâtons, je caresse sa verge dure de haut en bas à travers le tissu.

La respiration saccadée, je ne peux pas me détourner de son visage. Je descends son pantalon et son boxer dans un même mouvement et il se soulève légèrement pour m'aider.

Par réflexe, je regarde et je me retrouve sans voix.

Il n'a pas à avoir de complexe d'infériorité, il est dans la bonne moyenne comme on dit. Je ne peux m'empêcher de serrer les jambes sous la sourde brûlure qui irradie depuis mon bas-ventre. Je l'imagine déjà en moi, j'ai envie de lui.

Je le prends et le caresse, je le sens palpiter sous mes doigts. J'étale la goutte de son plaisir sur la peau sensible de son gland. Sa main revient vers moi et je relève les yeux. Il interrompt son approche.

– Allez, m'intime-t-il, vas-y, ne me fais pas attendre.

Il me trace le contour de la joue du dos de la main et descend vers ma gorge, serre légèrement, le geste dominateur dévoilant son besoin d'en avoir plus.

Par pur esprit de contradiction, je me fais douceur, lenteur. Il me parle en russe, on dirait des insultes. Ça me fait sourire. Je prendrai le dessus, il finira par faire tout ce que je veux.

La tête d'Anton part en arrière contre le dossier et il écarte un peu plus les jambes, basculant le bassin. Sa peau est vierge de tatouages sauf au niveau des genoux. Une étoile noire à huit branches, telle une rose des vents, recouvre chacun d'eux. Symbole de sa fierté, de son orgueil. Il ne pliera jamais devant personne.

Finalement, je me penche, et du bout de la langue, je goûte sa saveur. Un sentiment de pouvoir m'envahit. Pouvoir de choisir le rythme, choisir le moment du plaisir de l'autre et surtout entendre supplier.

– Encore, gémit-il.

Ma langue s'amuse à explorer sa longueur, à glisser autour de son extrémité. Tous les muscles d'Anton se contractent.

– Suce-moi, je veux être dans ta bouche, m'ordonne-t-il.

Mon souffle chaud sur sa peau mouillée le fait frémir. Je ne peux que continuer, ma main libre descend vers ma propre zone de turbulences. Je pourrais jouir comme ça, juste en m'effleurant par-dessus ma jupe et mon string, juste en lui faisant plaisir avec ma bouche.

Je taquine le bout de son sexe avec mes lèvres et finalement je le pousse à l'intérieur. J'entends le verre tomber et se briser.

Sa main vient attraper mes cheveux et ramène ma tête au plus près. La douleur infligée me procure des frissons qui courent le long de ma colonne et se dirigent tout droit vers le point le plus sensible de mon corps. Je gémis autour de lui et accélère les mouvements de va-et-vient.

Je le sens gonfler et se durcir encore plus, il est proche de l'orgasme.

La pièce se remplit de ses halètements, de mots grognés en russe. D'autres gémissements accompagnent ceux d'Anton, ce sont les miens.

Il s'immobilise en moi, sa main crispée sur mon cuir chevelu. Il jouit avec des mouvements frénétiques. Mes doigts frémissants sur mon clitoris se figent et m'envoient le rejoindre dans l'extase.

Nous reprenons notre souffle difficilement. Lui, affalé dans son fauteuil en cuir, une main sur ma nuque. Moi, essoufflée et bouleversée par la puissance de mon plaisir solitaire.

– Tu es très motivée à rembourser la dette de ton frère, je vois.

Sa voix rauque me tire des brumes bienfaisantes de mon orgasme, ses paroles me font grincer des dents. Quel con, au lieu de se réjouir, non, il faut qu'il me malmène et m'humilie !

– Tu es un… un…

Je n'arrive même pas à trouver un terme qui ne soit pas trop vulgaire.

– … tu me dis que l'on peut être ensemble et puis tu me balances une horreur. Je ne suis pas une prostituée. Si j'ai fait le premier pas, c'est parce que je le désirais, pas pour te rembourser ! Quel que soit l'homme qui m'attire, je ne serai jamais la fille sage qui attend sans rien faire.

Je me redresse et me détourne. Les poings serrés contre mes flancs, je me retiens de lui balancer ma main à la figure. Ça me fait mal de retomber sur terre. La réalité est brutale, j'ai pris mon pied en essayant de le manipuler par le sexe. Et il me rembarre en se moquant. Foutu mafieux !

– Avec ton enthousiasme, je peux t'affirmer que je vais te garder pour moi. De toute manière, je suis assez possessif, je n'aime pas partager. Le premier qui te touche aura affaire à moi, grogne-t-il.

Les bruits derrière moi m'indiquent qu'il s'est levé et qu'il se réajuste. La fête est finie. Je n'ai plus envie de jouer. Il me faut une bonne excuse pour me barrer. Il a eu ce qu'il voulait, il peut aller se coucher maintenant. Et moi, je dois ranger mes illusions de normalité et revenir à la réalité. Ça fait mal, j'aimerais pour une fois qu'on me considère comme une personne qui compte. Et ne pas être juste un jouet bon à jeter après utilisation.

– Tant mieux, lui balancé-je sèchement. Va te bagarrer, ça te détendra. Mais je t'avertis, je ne suis pas de celles qui passent d'un mec à l'autre, tu n'auras pas beaucoup de travail avec moi.

De mes mains fébriles, je remets ma jupe en place, la tirant vers le bas inutilement au vu de sa pathétique longueur. Je défroisse mon haut et cale une mèche de cheveux derrière mon oreille.

– Voilà… bon, je vais y aller. Le service n'attend pas.

Sans le regarder, je me dirige vers l'entrée de son loft, priant pour qu'il ne se vexe pas de mon départ précipité. Mais bien entendu, mes souhaits sont vains.

– Où crois-tu aller ? *Glupaya malen'kaya devochka*[8] !

Il gronde dans sa langue natale, je ne le comprends pas, mais j'imagine que ce ne sont pas des compliments. Rien à faire, je me tire ! Mais sa main vient me bloquer, stoppant net ma fuite. Il resserre ses doigts autour de mon coude et je dois me retenir de gémir.

– Je vais bosser, faut bien payer le loyer.

Je lui réponds en lui offrant un visage lisse d'émotions, pas question qu'il sache que j'ai peur de

8. Petite fille stupide !

lui ou que je suis déçue par ses propos. La douleur dans mon bras est un brusque rappel de ma situation. Je n'ai aucun choix, aucune voix au chapitre. Je dois la fermer et lui sourire.

– Je n'en ai pas terminé avec toi, ma belle. On ne fait que commencer.

Il me pousse contre le mur, sa main vient se nicher contre ma gorge en signe d'autorité. Sans serrer, il marque son territoire. Sa bouche se promène entre mon oreille et ma mâchoire.

– Qui a dit que tu avais le droit de te vexer de mes paroles ? Tu n'es ici que pour me servir.

Sa voix rauque, teintée de son accent de l'Est, me donne des frissons. Ce qu'il insinue me met en rage, ce foutu bâtard pense que je lui appartiens et veut que je lui obéisse au doigt et à l'œil. Cette menace au-dessus de ma tête, comme une épée de Damoclès, va me pourrir la vie.

– Tu crois que je vais rester ici à m'humilier devant toi ?

– Tu viens de le faire avec brio, ma jolie.

Je me raidis et tente de me libérer, mais Anton est bien plus fort que moi. Il sourit, heureux de pouvoir me dominer.

– Eh bien, c'est la dernière fois que je m'abaisserai devant toi.

Ce moment était magique avant qu'il ouvre sa grande bouche ! J'avais réussi à ne pas penser à la réalité crue de la situation et à y trouver du plaisir. Qu'il vient de gâcher avec ses paroles sales et machistes. Comment le manipuler alors que son attitude me froisse ? Comment arriver à le faire tomber si c'est lui qui dirige nos interactions ?

Anton se colle contre moi, appuyant de tout son poids, sa main libre se pose sur ma taille. Il frotte son entrejambe contre mes hanches et essaie de m'échauffer. Je n'ai pas envie de lui montrer l'effet qu'il me fait, son ego est déjà bien trop grand. Mon corps est toujours bouillant et sous le coup des hormones du plaisir. J'aimerais tant avoir un homme dans mon lit, mais un mafieux n'est pas le meilleur choix.

– Si tu ne veux plus jouer ce rôle, on peut inverser sans problème… Je ne suis pas contre l'idée de donner aussi de ma personne.

Il me souffle cette proposition surprenante en me mordillant le long du cou. Ma respiration se bloque sous le choc. Le ferait-il vraiment ? Me laisser avoir la main ? Aurais-je réussi à lui retourner le cerveau seulement en me mettant à genoux devant lui ? Et accessoirement en lui offrant une gâterie ?

– Qu… quoi ? Tu veux me donner du plaisir ?

Je lui jette un regard par-dessous mes cils, la bouche boudeuse laissant dépasser l'extrémité de ma langue. Ses yeux se fixent dessus, brûlants de désir. Ses pensées sont lisibles, tel un miroir où elles se refléteraient, je peux les décrypter et elles me donnent encore plus la fièvre.

– Oui, je peux très bien m'occuper de toi et de tes désirs.

– Mmh, je n’en suis pas certaine. Toi, le grand chef mafieux… qui ne partage pas, et qui ne peut sûrement pas faire passer le plaisir de sa partenaire avant le sien… tu t’abaisserais à vouloir me faire grimper au rideau ?

Je suis consciente que je joue avec le feu, en insinuant qu’il n’en est pas capable. Mais le défier peut être un bon moyen de le garder sous mon charme.

– Tu vas voir de quoi je suis capable.

C’est donc un homme qui ne résiste pas devant un défi. Anton m’entraîne à travers l’appartement, me dirigeant vers sa chambre à reculons. Il m’embrasse de façon agressive, mais sensuelle. À chaque pas vers la pièce voisine, il fait glisser une bretelle de mon épaule, puis l’autre. Ses doigts s’insinuent dans mon décolleté, plongeant entre mes seins serrés et engoncés dans le haut de ma tenue de travail.

Mon futur amant défait lentement les rubans de mon bustier, découvrant ma peau et la parsemant de baisers chauds et sexy. Ses doigts me tiennent, me caressent, me poussent et me retiennent. Il décide de la marche à suivre. Je bute contre la table du salon, il me cale un instant entre lui et le meuble en bois pour faire tomber ma jupe. Je me tortille pour qu’elle descende et la lance vivement au loin d’un coup de pied.

Anton revient vers ma bouche, l’envahissant de sa langue. Il bataille pour prendre le dessus. Je gémis et lui mords la lèvre inférieure, tirant vicieusement avec mes dents. Il gronde et enfonce ses doigts dans mes hanches.

– Selenne…

Il détaille mon corps dénudé, semble apprécier mes courbes mises en valeur par mon ensemble de dentelle noire. Juchée sur mes talons aiguilles, je me sens diablement perverse et sexy. Son visage tendu de désir et de convoitise me promet des heures de plaisir.

– Viens, je te veux allongée sur mon lit dans moins de vingt secondes.

– Tu as un préservatif ? lui demandé-je dans un murmure.

– J'ai ce qu'il faut, ne t'inquiète pas.

CHAPITRE 19

SELENNE

29 mai,
7 Péchés Capitaux, Milwaukee

– Tu sais, hier, ce que je t'ai dit…

– Mmh, murmuré-je, trop intéressée par sa main.

Celle-ci frôle mes épaules, me donnant la chair de poule. Je sens les draps glisser vers le bas de mon dos, la fraîcheur de l'air contrastant avec le souffle qui suit le mouvement du tissu. Je reste le plus immobile possible et garde les yeux fermés. Je cache mon sourire dans l'oreiller. Anton serait trop content s'il le voyait.

– Je ne voulais pas paraître méprisant. Je te veux, tu me plais.

– Tu m'as humiliée.

– J'ai été surpris que tu prennes les devants. Que tu sois si entreprenante et volontaire. Mes réflexes ont foiré, je le reconnais. Je suis parfois un connard.

Il hausse les épaules, pas plus désolé que ça.

– Et quand tu es surpris que ça se passe bien, tu dis des méchancetés ?

– J'ai l'habitude des coups fourrés, toujours à attendre que l'on me poignarde dans le dos. Désolé, si je t'ai soupçonnée.

S'il savait qu'il a raison, je ne serais pas dans son lit, au chaud.

– Et… pour mon frère ?

Je sais que j'aborde le sujet qui fâche et je le sens se raidir.

– C'est entre lui et moi. Tu me dois l'argent que tu as promis et tu travailles pour moi. Tu obéiras à mes ordres, énonce-t-il d'un ton plus froid.

– Je ne suis pas quelqu'un qui suit bien les règles, le taquiné-je.

Sa main se fait plus insistante quand il atteint mes reins, j'oublie ce que je voulais ajouter. Sa bouche me mordille le haut des fesses et je ne peux pas retenir les petits sursauts qui m'agitent. J'étouffe mes cris involontaires dans le coussin. Tant pis pour l'indifférence que je voulais afficher !

Il m'empoigne la taille et me déplace. Je sens une de ses mains descendre vers ma cheville gauche, il la masse et remonte en caressant la peau à l'arrière du genou. J'écarte les cuisses pour lui donner libre accès, sa main folâtre continue son ascension et atteint mon entrejambe brûlant et humide. Ses doigts tournent, contournent et jouent. Et il repart vers ma jambe droite. Arrivé au pied, il le chatouille et s'amuse avec mes orteils, passant entre eux et les cajolant. Il monte finalement et recommence à me taquiner. Mes fesses se lèvent de leur propre volonté. Il s'approche de mon clitoris puis s'en éloigne pour mieux y revenir. Il me torture. Je suis ses mouvements de mes hanches pour maintenir le contact.

Je frémis de frustration et de plaisir mélangés. Son rire satisfait résonne contre ma colonne.

– Si tu veux quelque chose, tu dois me le demander.

– Tu sais ce que je désire, répliqué-je d'une voix rauque.

– Bien sûr, nous le savons tous les deux. Mais j'exige de l'entendre.

– Et si je ne veux pas, tu t'arrêteras ?

– Mmmh, c'est possible.

Je sens ses doigts qui me taquinent, l'un d'eux me pénètre.

– Vas-y, s'il te plaît, Anton, gémis-je.

– Quoi ?

– Fais-moi jouir, pitié !

Depuis que je suis dans son lit, il m'a donné tant de plaisir que je peux me permettre de lui laisser les rênes de cette manche. Perdre une bataille n'est pas perdre la guerre.

Il introduit un second doigt. Je me crispe autour d'eux, mes mouvements s'accélèrent. Je me laisse entraîner par cette vague de volupté. Ses dents reprennent le chemin de mon dos et arrivent aux épaules. Sa barbe naissante me brûle la peau. Je sens son poids à moitié sur moi, sa main entre mes jambes et son sexe tendu contre ma hanche. J'adore cette sensation. Il dégage ma nuque et dépose des petits baisers tout du long. Il se frotte contre mon flanc. Je frissonne en continu. Il augmente le rythme et me laisse crier ma jouissance dans le coussin.

Les spasmes de mon plaisir me traversent encore quand il me pénètre. Anton m'entoure de ses bras et se plaque contre mon dos, me bloquant contre le lit. Son étreinte est lourde. Il est si grand par rapport à moi que je ne sens plus rien d'autre que lui.

Autour de moi, sur moi, en moi.

Il commence ses va-et-vient, sa bouche rivée à mon cou. Je respire difficilement, le plaisir revenant à nouveau. Je le sens au plus profond de moi. Il accélère et se redresse sur ses mains, décollant son torse de moi. Ses mouvements se font plus rapides, plus brusques. Je tends les mains pour me retenir. Anton tremble, il est sur le point de jouir.

– Attends-moi, lui crié-je.

– Maintenant ma belle, je ne peux plus tenir, bordel !

Et il se tend, se met à donner des coups de boutoir tellement fort que je m'en souviendrai demain. Mais je m'en fous, le plaisir me prend, le cœur fébrile, la respiration bloquée. Je ferme les yeux et je vois des flashs de lumière sur le fond de mes paupières.

Anton s'effondre sur mon dos en sueur, le souffle court. Il m'entoure de ses bras et nous fait rouler sur le côté. Il s'endort ainsi, coincé en chien de fusil derrière moi. Je remarque distraitement l'heure sur le cadran de sa montre, retirée et déposée religieusement sur la table de chevet avant nos ébats, en tentant de reprendre mon souffle.

Je reste encore cinq minutes et je me casse, c'est décidé.

***

Cinq minutes ! Oui, bien sûr ! Bravo ma fille ! J'ai dormi au moins deux heures !

Je me lève, me coulant doucement en dehors du lit et pose les pieds à terre. Je suis furax, quelle perte de temps !

Je jette un regard à mon amant. Il est toujours dans les bras de Morphée. Sur le ventre, les fesses à l'air. Mmmh, et quelles fesses ! Elles sont rebondies et musclées, on y mordrait. Ça y est, je beugue. Il faut que je parte avant de remettre le couvert. Comment ai-je pu me laisser aller à apprécier ces moments avec lui ? Pourquoi y prendre du plaisir ? Suis-je folle ou tordue pour avoir aimé partager son lit ou ne suis-je qu'une femme qui profite des instants volés avec le premier venu sans penser au lendemain ? Dans l'espoir d'oublier pour quelques heures tous les mensonges, menaces et autres joyeusetés qui ternissent ma vie.

Je retrouve mes vêtements là où je les ai semés hier. Comme le Petit Poucet, je refais le chemin inverse jusqu'au salon et je me rhabille. Son loft est grand, luxueux et moderne. Mais je n'ai pas le temps de faire du tourisme.

Je rejoins le rez-de-chaussée. C'est vide depuis quelques heures. Les seuls bruits que l'on entende sont ceux des verres que l'on range et de l'aspirateur. Je me faufile dans les vestiaires pour récupérer mes affaires. J'y laisse le haut et la jupe et je reprends mon bon vieux jean et le T-shirt de la veille. Je suis en train de passer mes cheveux par-dessus le col quand je me sens attrapée et poussée contre les casiers.

– Alors tu me quittes déjà ? Sans un au revoir ? Tss-tss… Vilaine fille.

Anton murmure à mon oreille, ses mains trouvant le chemin de mes seins.

– Je ne voulais pas te réveiller.

Je dépose ma tête sur son torse et me laisse aller contre lui. Il pétrit ma poitrine et joue avec mes tétons, qui pointent depuis que je l'ai entendu avec son accent si viril. Il me retourne et je vois qu'il a remis son pantalon et sa chemise, qui est non boutonnée. Mes doigts me démangent, ils voudraient repartir à l'aventure et explorer ce territoire. Ma langue aussi… J'attrape chaud tout d'un coup. Il faudrait que j'arrête de le mater et que j'écoute ce qu'il a à me dire.

– Ce soir, tu mettras une robe sexy, mais classe, pas de vulgarité surtout.

– OK, rétorqué-je d'un ton traînant, tu veux Ava Gardner mais pas Marilyn…

Il me coupe et se colle contre moi. Je lève la tête et il m'embrasse. Son baiser est autoritaire et chaud. Je lui rends caresse pour caresse. Je le mordille, lui suce la lèvre, me retire puis reviens. Nous finissons à bout de souffle. Il a passé une jambe entre les miennes et je me frotte dessus, à la recherche de sensations. La couture de mon jean appuie au bon endroit et me rend fébrile. Une de ses mains est sur mes fesses pour m'inciter à y aller plus fort. Il me relâche, haletant, et me dit :

– Le parrain de la mafia italienne, Giuseppe Balisteri, vient dîner ce soir, je veux que tu te joignes à nous. Tu ne lui parles pas business, tu dois le distraire pendant que je place mes pions.

– Donc je fais un numéro de pétasse, mais avec classe ?

Sa main remonte et il tire mes cheveux en arrière. Son regard se fixe dans le mien.

– N'oublie pas ta situation, ma belle, tu fais ce que j'ordonne, jusqu'à ce que je récupère ton frère.

Il me plaque un baiser brutal sur la bouche et me laisse plantée là comme une cruche. Il faut que je retrouve Elias au plus vite. Je dois savoir ce qu'il s'est passé et comment sortir de cette embrouille.

CHAPITRE 20

SELENNE

29 mai,
appartement de Selenne, Milwaukee

Le retour chez moi se fait dans un brouillard de pensées. Comment ai-je pu prendre autant de plaisir avec un mec qui menace la vie de mon frère et ma propre sécurité ? Me sacrifier encore une fois pour Elias me fait rager. Mais je ne peux pas tourner le dos à celui qui a pris soin de moi pendant mon adolescence. À la mort de nos parents, je n'avais plus que lui, j'aurais dû aller en famille d'accueil. Il a manigancé et trouvé des moyens de me garder près de lui et m'a protégée jusqu'à ce que je fasse la connerie de m'attaquer à un site gouvernemental.

Et puis, même si je l'abandonnais à son sort, le Russe ne me laisserait pas fuir. L'humiliation qu'il a subie de la part d'un membre de ma famille est telle qu'il perdrait la face s'il mc permettait de ne pas le rembourser. Jamais il ne se montrera magnanime, pas dans son milieu. Car son geste le désignerait comme faible. Cet homme est orgueilleux, obsédé du contrôle, j'ai pu le constater cette nuit. Un frisson sensuel me parcourt à ces souvenirs.

J'arrive à l'appartement et monte l'escalier lentement, car je suis fourbue de ces longues heures nocturnes. Mes muscles n'ont plus l'habitude d'être aussi sollicités. Les « exercices » en chambre et le boulot de serveuse en talons aiguilles sont des nouveautés encore assez récentes pour moi. Je n'ai pas eu d'amant depuis plusieurs mois, en y réfléchissant mieux, je dirais même plus de deux ans. Éviter le flirt perpétuel de Rick et travailler d'arrache-pied ont été mes priorités. J'avais mis de côté ma vie sexuelle. La tenue obligatoire aux *7 Péchés Capitaux* est une torture pour les pieds et les chevilles. Je ne porte jamais de talons aussi vertigineux ; m'entraîner et prendre l'habitude de marcher avec a déjà été pour moi un véritable exercice périlleux. Donc en additionnant tous ces éléments, je me retrouve lasse et courbaturée au petit matin.

Mes réflexions reviennent à Anton. Je me suis délibérément jetée dans son lit, j'ai même été à l'origine de ce rapprochement de ma propre volonté. Pour le surprendre, pour l'envoûter et le manipuler. Mais je ne pensais pas autant apprécier ces moments. J'ai baissé la garde sans regrets ni remords, car ce diable de Sibérie m'a donné du plaisir. Contrôler mon corps et ses réactions, que je n'ai pu feindre ou dissimuler, face à ses gestes expérimentés est pour lui aussi important que jouir de moi. Il a retardé puis accéléré des étapes de mon plaisir, jouant avec comme un maestro dirige son orchestre. Il a pincé les cordes de mes nerfs avec brio, les titillant juste comme il le fallait. Anton semble anticiper mes réactions mieux que moi. Comment alors ne pas vouloir continuer à partager son lit ? Mais je me rappelle ma mission. Je ne suis là que pour l'approcher, l'espionner, et l'envoyer en taule. Je ne dois voir en lui que ma cible, rien d'autre. Ne pas m'attacher à lui juste parce qu'il s'est préoccupé de me donner des orgasmes.

J'introduis la clé dans la serrure et ouvre. Je reste interdite un instant, j'étais persuadée d'avoir fermé à double tour. C'est bizarre !

Je pousse la porte doucement et jette un coup d'œil à l'intérieur. Il fait encore sombre dans les pièces et je ne distingue rien de particulier. Je passe dans l'entrée, dépose mon sac et mes clés sur la tablette. Je laisse mon téléphone sur le dossier du canapé. Mes baskets sont abandonnées au milieu du chemin, je n'ai jamais été une fée du logis et tant que le désordre ne m'empêche pas de vivre, il peut bien rester comme ça.

– Tu rentres tard, dis-moi.

Mon cœur se retrouve dans ma gorge. Je sursaute et me retourne vers la porte de ma chambre. Cette voix est celle de Rick.

– Mais qu'est-ce que tu fous chez moi ? Et pourquoi viens-tu de ma chambre ?

– Je t'attendais. Et tu n'es pas rentrée après ton service. Tu as découché, petite dévergondée.

Je suis surprise de son vocabulaire. Pourquoi est-il si brusque d'un seul coup ? Il s'avance lentement vers moi, une étincelle mauvaise dans le regard. Son pas prédateur me prévient qu'il a une idée derrière la tête. Je contourne les meubles pour l'éviter. Un jeu du chat et de la souris s'enclenche. Il sourit de façon sadique, prenant plaisir à mon malaise.

Abruti !

– J'ai fait ce qu'il fallait pour que Yourenev ne me tue pas et que je reste assez proche de lui maintenant qu'Elias a disparu. C'était le plan.

– Je vois que tu mets du tien pour ça. Je suis certain que tu te donnes à fond !

– Oui, et alors ?

Le menton relevé en signe de combativité, je lui réponds sans me démonter.

– Et tu as pris ton pied avec le mafioso ou tu as pleuré ?

– J'ai fait ce qu'il fallait, le reste ne te regarde pas. Pourquoi es-tu si agressif ?

– Je vois que ça n'a pas été un gros sacrifice pour toi. Donc ce n'est qu'avec moi que tu joues à la sainte-nitouche, à la mijaurée… Tu refuses mes avances, mais tu baises un criminel.

– Si je t'ai repoussé, c'est parce que tu ne m'attires pas.

Mon esprit tourne à cent à l'heure. Pourquoi ce changement d'attitude ? Cette jalousie ? Comment et pourquoi Rick est-il passé du collègue un peu lourd à cet homme vulgaire et malveillant ? Il se rapproche sournoisement, j'esquisse un mouvement de retraite sans le quitter des yeux. J'ai l'espoir de deviner ses prochains gestes et de le contrer.

– Ou alors tu es attirée par les mafieux, car tu es, toi aussi, une criminelle.

– Quoi ? Tu insinues que je suis toujours du mauvais côté de la barrière ! Que tous les efforts fournis pendant ces années de travail ne prouvent rien ? Je me suis tuée à la tâche pour vous démontrer ma bonne foi.

Je suis furieuse et dégoûtée. Et lui, il rit.

– Bien sûr que oui. Tu resteras toujours suspecte et c'est pour ça que tu vas venir ici, te mettre à genoux et ouvrir ta petite bouche de salope pour me faire une pipe. Celle dont je rêve depuis des mois.

– Jamais !

Il est devenu fou. Je refuse dans un cri venant du cœur et cherche du regard mon téléphone. Il est trop loin, il faut absolument que je l'atteigne. Mais Rick est malin et il se place entre mon salut et moi. Je ne le reconnais plus, ni son comportement, ni son vocabulaire. Où est passé l'agent froid et sérieux ?

– Oh si, et tout de suite ! Sinon je te dénonce au superviseur, tu seras très vite en taule.

– Il ne te croira pas, objecté-je en secouant la tête. Tu es censé me soutenir et tu n'as rien fait pour cette dette d'argent.

Ma voix que je voudrais forte et assurée se fissure. Même moi, je crains la réaction du directeur adjoint. Il part dans un rire sadique et comble l'espace entre nous, m'obligeant à reculer précipitamment pour éviter qu'il ne me touche.

– Qui mettra ma version en doute ? Je suis un agent sans problème avec de bons résultats, et toi ? Toi, tu n'es rien d'autre qu'une hackeuse et la sœur d'un criminel. Tu envies et imites notre vie, mais tu ne l'auras jamais, personne ne te laissera atteindre ces rêves. Tout le monde pense que tu ne le mérites pas et tous tes efforts resteront vains, ma poulette. Fais le calcul, tu n'as aucune chance, chérie…

Merde, il a raison. Comment lutter contre tous ces préjugés ? Mon cœur se serre à cette idée et cette douleur au milieu de la poitrine me déconcentre une seconde, ce que Rick perçoit. Il tente d'en profiter et continue à me poursuivre dans le salon, tentant une feinte pour que je fuie d'un côté, mais je passe entre la table basse et le meuble télé pour lui échapper. Par malheur, mon pied tape dans le coin du fauteuil et je trébuche.

Je sens sa main accrocher le haut de mon T-shirt, l'encolure tire sur ma gorge et m'étrangle. Je pars en arrière et Rick agrippe mes cheveux, ce qui m'arrache un cri.

Sa seconde main écrase ma trachée, son souffle envahit le creux de mon oreille et me donne un frisson, mélange de dégoût et de haine.

– Tu as l'air d'avoir pris ton pied cette nuit. Ton teint rose le prouve et tes cernes aussi, me susurre-t-il en resserrant ses doigts.

Je cherche frénétiquement de l'oxygène.

– Tu es une belle salope… tu couches avec ce mec, mais avec moi tu refuses. Tu me regardes de haut comme si j'étais une merde.

Ça ! Une vraie raclure, oui ! S'il pense que je vais le laisser poser ses sales mains de pervers sur moi ! Il se met le doigt bien profond. Je me secoue pour le faire dégager, mais il me tient bien. Il connaît les techniques de combat.

Il se frotte contre mes fesses, le dégoût me submerge, la bile remonte dans ma gorge. Je le frappe du coude dans les côtes et me sauve dès qu'il relâche sa prise pour récupérer son souffle. Mais je n'ai pas fait deux pas qu'il me pousse violemment contre le fauteuil. Le meuble se renverse lorsque je tombe dessus. Je m'écrase de tout mon long et je déguste. Je vois des étoiles et gémis de douleur.

Ce salopard m'empoigne, sans attendre que je recouvre mes esprits, me retourne d'un coup. Je le frappe, le griffe, le repousse. Malgré ma résistance, il parvient sans peine à me retenir, à m'immobiliser. Son entraînement au corps-à-corps, sa taille et son poids sont à son avantage.

– Arrête ! hurlé-je, désespérée.

Il me plaque durement au sol, ma tête cogne contre la surface lisse du parquet en chêne de mon salon et l'obscurité prend le pas quelques secondes sur mon champ de vision. Quand je reprends conscience, il m'a enjambée, ses genoux bloquent mes bras en appuyant lourdement dessus, empêchant toute fuite. Ma respiration se fait difficile sous son poids et la panique générée par la crainte de ses intentions.

– Rick ! Arrête, merde !

– Tu as aimé baiser le Russe ? Hein !

Ses mains entourent mon cou.

– Une salope comme toi peut bien le préférer, mais tu vas goûter à ma queue. Comme ça, tu pourras comparer !

Son sourire me fait peur, il est très sérieux.

– Non… Je ne veux pas.

– Tu vas aimer, tu vas voir. Comme avec lui. Dès qu'on ne te laisse pas le choix, tu jouis, sale pute.

– Non !

Il est cinglé s'il croit réellement ça ! Anton ne m'a pas forcée. Il ne m'a pas fait de mal. Je le comprends au vu de la nuit passée. S'il l'avait désiré, il m'aurait utilisée puis jetée. Il ne se serait pas préoccupé de mon plaisir.

Tout le contraire de Rick. Sous ses faux airs avenants d'homme bien, de gentil agent du gouvernement, c'est un monstre. Me bloquant toujours, il m'étrangle d'une main pendant qu'il se redresse pour mieux accéder à sa ceinture de l'autre. Je dégage un bras, griffe le poignet, tente de le détacher de ma gorge, tape des pieds contre le sol et essaie vainement de le faire basculer en projetant mon bassin de gauche à droite.

La terreur noie ma conscience et mes facultés de réflexion, je n'arrive ni à réfléchir, ni à hurler pour alerter les voisins. L'oxygène s'amenuise et mes poumons me brûlent. Par-dessus ma respiration sifflante, le bruit de sa ceinture qui claque me fait l'effet d'une bombe. Il va le faire ! Il va me forcer. Ses mouvements se font hachés et précipités, il triture sa braguette, l'ouvre et sort son… sa… Non ! Je me débats de plus belle. Jamais ! Je ne le supporterais pas !

– Allez ! Sois une gentille petite salope et ouvre la bouche, m'ordonne-t-il d'une voix rauque d'excitation.

Quoi ? Non, pas question ! Plutôt l'émasculer à coups de dents et m'étouffer dans son sang que de subir ça.

Ses doigts relâchent mon cou et viennent agripper en étau ma mâchoire. Ils s'enfoncent durement dans la chair de mes joues. Il se rapproche et je serre les dents. Je préfère qu'il me casse ou me déboîte la mâchoire qu'ouvrir ma bouche pour cette raclure d'humanité.

– Tu vas me sucer et tu n'as pas intérêt à mordre. Sinon ton frère sera arrêté, emprisonné, et je me ferai une joie de l'interroger personnellement.

Je secoue la tête, je ne le crois pas.

– Je sais parfaitement où il se trouve en ce moment. Des hommes le suivent. Je n'ai qu'un appel à donner et il pourra apprécier mes techniques pour les interrogatoires musclés.

Merde, il est connu pour faire avouer les suspects les plus récalcitrants, c'est la seule tache dans son dossier. Rick est trop violent parfois avec les prisonniers. Il menace encore Elias, jouant de mon point faible. Les larmes coulent, nombreuses et amères. Je ne peux pas faire ça, même pour sauver mon frère. Je viens de passer la nuit dans le lit d'un homme pour éviter sa mort et réussir ma mission, mais je ne supporterai jamais ce que Rick veut me faire endurer.

Il resserre son emprise et diminue la distance entre son membre dressé de façon obscène et moi. La douleur dans ma mâchoire inférieure m'oblige à desserrer les dents. J'ai tellement envie de vomir que la bile remonte dans ma gorge. La transpiration qui me colle au corps se glace tant je suis terrifiée. Je ne pourrai jamais. Mais… c'est en train de se produire, il est presque sur moi. Je n'ai aucune échappatoire. Mes larmes de rage et de détresse coulent à flots. Je ne le supplierai pas, car j'ai encore un peu de fierté, mais la jubilation dans son regard indique qu'il a compris qu'il a gagné.

Soudain des coups fermes et déterminés résonnent à la porte. Je me fige, me demandant si ce que j'entends est bien réel. Mon esprit imagine peut-être des secours sous l'effet du stress, qui sait ? Mais non, car mon agresseur stoppe son attaque. Il regarde d'un air mauvais la porte d'entrée et réfléchit.

Les coups recommencent. Mon sauveur qui s'ignore est impatient. La sonnette prend le relais et le bruit aigu agresse joyeusement mes tympans. Le soulagement se répand dans mes veines et mes muscles se relâchent d'un seul coup. Par contre, ma respiration ne ralentit pas. Au maximum et anarchique, elle offre à mon corps un trop-plein d'oxygène et la tête me tourne. Rick se penche vers moi en me secouant méchamment pour attirer mon attention.

– Tu vas aller ouvrir et voir qui t'a sauvé la mise. Tu as intérêt de ne rien révéler sinon tu le regretteras ! siffle-t-il entre ses dents.

Il me libère et se rhabille. Je suis fébrile, sans savoir comment réagir. Je me lève très vite et mets le plus de distance possible entre nous. Il me dégoûte, si je pouvais, je l'abattrais sur-le-champ comme le chien enragé qu'il est.

– Dépêche-toi, m'ordonne-t-il, ton visiteur va rameuter tout le quartier.

Et quoi ? Il est agent au FBI, il trouverait une parade, j'en suis certaine. Je me frotte fébrilement les mains sur mon pantalon puis sur le visage, emportant les traces flagrantes de mes larmes.

Je souffle et essaie tant bien que mal de respirer normalement. Le contrôle de mes réactions physiques est impossible. Comment ne rien montrer ? J'aimerais me rouler en boule et hurler mais je dois faire comme si de rien n'était. Je sens sa présence derrière moi, il me colle au battant de la porte et jette un coup d'œil par le judas. Un sourire narquois apparaît sur sa gueule d'ange. Agrippant le haut de mon bras et y imprimant ses doigts, il insiste tout en chuchotant :

– C'est une des putes du Russe, je la reconnais. Tu dis ce que tu veux, mais tu la fais dégager. Je reste en retrait.

Qui ? Et pourquoi une des filles serait chez moi ? J'ouvre, intriguée.

– Oui ?

Je tente de calmer mes pulsations, et de prendre un visage serein. C'est Krystal. Bien qu'elle ne porte plus son maquillage trop marqué de la nuit, son teint respire la bonne santé, je l'envie à cet instant. Je me sens mal, salie et au bord de la crise de nerfs. Sa présence surprise sur le pas de ma porte est une bénédiction, je serais prête à en faire ma meilleure amie si elle me laissait faire.

– Hey, salut ! Tu as une tête de déterrée !

Bon, pas ma *best*, finalement.

– Et ? Je sais à quoi je ressemble, merci ! Tu es venue jusqu'ici pour te foutre de moi ou tu as une raison plus précise ?

Je suis agressive, mais derrière moi, Rick m'empêche de courir le plus loin possible, je dois d'abord la faire déguerpir pour qu'elle ne soit pas la prochaine victime de ce salaud.

– Moi, ce que j'en dis, me répond-elle avec un haussement d'épaules. Youri m'a demandé de passer pour vérifier que tu as ce qu'il te faut pour la soirée.

– Demander ou ordonner ?

– Pas faux, oui, mais ça revient au même. Tu vas me laisser sur le pas de la porte ou je peux faire mon job ?

– Non…

J'hésite en regardant par-dessus mon épaule.

– Je… Je ne suis pas seule.

– Ah !

Elle me scrute, me scanne de ses yeux pleins d'expérience de la vie, comprend sûrement que je ne passe pas un moment joyeux. Son regard passe sur ma joue, ma gorge, puis mon bras. Je sais de quoi je dois avoir l'air, un sentiment de honte se répand en moi. Alors que je suis la victime, pourquoi est-ce que je ressens ça ? Je n'ai rien à me reprocher, mais la sensation m'étouffe et me déstabilise.

J'avance d'un pas et me cache de Rick en passant derrière la porte. J'articule sans émettre un son :

– Va-t'en, s'il te plaît.

Son visage se ferme quand elle lit sur mes lèvres. Elle se redresse, un sourire tout ce qu'il y a de plus faux apparaît, et me fait un clin d'œil.

– C'est Vassili qui m'a accompagnée, car je ne connaissais pas ton adresse. Il attend en bas, au cas où il faudrait aller faire les boutiques. Anton tient absolument à ce que tu en jettes ce soir.

Elle me repousse dans l'appartement et entre comme si elle était chez elle. Marquant un arrêt en apercevant Rick, elle mime l'intérêt face au beau visage que présente mon agresseur. Elle devrait être comédienne !

– Oh ! Salut beau mec. Je ne savais pas que tu avais de la visite ? ajoute-t-elle à mon intention.

Elle joue l'ingénue, celle qui ne comprend pas, tentant de l'obliger à se présenter, quitte à passer pour une écervelée. Elle le détaille de ses beaux yeux bleus écarquillés. Sa bouche mime un sourire séduit et Rick ne se prive pas pour lui retourner ses attentions d'un regard salace. Il dérive sur ses courbes mises en valeur par sa robe ultracourte et près du corps. Ses talons vertigineux soulignent le galbe de ses jambes.

– Euh… C'est Richard, mon agent de probation, il était sur le point de partir.

Je fronce les sourcils et espère qu'il comprendra le message, croisant les doigts mentalement pour qu'il se casse.

– Enchantée Richard…

Sa voix est un appel au sexe, elle le manipule sans une once de gêne, je commence à apprécier cette nana.

– Oui, nous avons fini pour aujourd'hui, Selenne. Mais, n'oublie pas…

Il vient murmurer la fin de sa phrase à mon oreille en écrasant mon épaule entre ses doigts cruels.

– Tu ne m'échapperas pas la prochaine fois. Tu y passeras !

– N'y compte pas trop !

Ma voix que je voudrais forte est tout le contraire, brisée, fébrile, bien trop fragile. Il sourit, suffisant, et s'en va en claquant la porte. Je me plaque contre le battant, jette un regard par le judas. Il est en train de parler au téléphone, je veux savoir s'il appelle le directeur adjoint donc je colle mon oreille pour vérifier.

– *Hola amigo*[9]… Oui… J'y travaille. C'est pour bientôt. Ne me presse pas, oui… Je sais… tu auras ce que tu veux.

Il passe la main dans ses cheveux. Il a l'air frustré et anxieux. Il n'a aucune intention de me balancer au directeur. Logique, sinon je ne serais plus à sa botte. Je ne connais pas son interlocuteur, mais il a l'avantage sur lui et le mène à la baguette. Tant mieux, j'espère qu'il lui en fera voir de toutes les couleurs, à ce pourri. Rick s'éloigne et moi je suis libre.

---

9. Salut l'ami.

CHAPITRE 21

SELENNE

29 mai,
appartement de Selenne, Milwaukee

Je m'écroule dans le fauteuil intact dès son départ. Krystal approche, redresse celui qui est renversé et s'y installe.

– Donc… Il te met la misère.

Si elle savait ! Un rire hystérique sort de ma bouche. J'ai toujours les mains qui tremblent, le cœur fébrile et mes larmes sont prêtes à couler. Je ne comprends pas ce qu'il s'est passé. Cet homme est devenu fou à lier.

– Oui, c'est un salaud. Je…

– Ma belle, je ne suis pas ici pour écouter tes malheurs, j'ai un job et pas beaucoup de temps, moi ! Je voudrais bien aller dormir, car je bosse cette nuit et un physique comme le mien, ça s'entretient.

En fait, son arrogance et sa prétendue indifférence ne sont pas choquantes. Elles me permettent de garder mon sang-froid. Krystal a raison, pas besoin de ressasser mes problèmes, je ne peux de toute façon pas lui raconter la vérité. Donc, restons sur du concret. Je m'effondrerai plus tard. Je dois tenir, je ne dois plus y penser maintenant.

– OK. Anton veut quoi, alors ?

– Savoir si tu as une robe de soirée.

– Je sors de taule, il devrait se douter que non ! Et il t'envoie pour vérifier ?

Même dans ma « vraie » vie, je n'ai pas de robe de soirée. Je n'ai jamais eu l'occasion d'en avoir besoin.

– Exact, et faire les boutiques… j'ai le précieux sésame.

Tel un prestidigitateur, elle fait apparaître une carte noire entre ses doigts aux ongles manucurés.

– Tu as même un chauffeur, veinarde.

– Vassili ?

– Tu as dû faire forte impression au patron pour qu'il te gâte comme ça.

Et voilà, les mauvaises langues ont déjà fonctionné. Les rumeurs sur mon statut sont en route. Je me hérisse, piquée au vif. Mes nerfs sont sur le point de craquer.

– Il veut juste ne pas avoir honte si je ne suis pas bien sapée, c'est tout ! Il pense plus à lui qu'à moi.

– Houlà ! Ne t'énerve pas ! Moi, ce que j'en dis… profite de pouvoir dépenser l'argent que l'on t'offre. C'est ma façon de vivre, prends tout ce que tu peux gratter sans poser de questions ni avoir de fierté mal placée.

Dans une certaine mesure, elle doit être plus heureuse que moi avec cette manière de raisonner.

– Merci pour le conseil, je vais me rafraîchir et on y va.

Je pars vers la salle de bains et, avec le manque total d'inhibition dû à son travail, ma nouvelle « amie » me suit. Elle ne se gêne pas et me regarde retirer mon haut. S'appuyant contre le chambranle, elle suggère :

– Pour ce soir, tu devrais utiliser le fond de teint du boulot. Il couvre très bien.

Elle prononce ces mots sans pitié ni commisération, ce qui prouve qu'elle a déjà connu ou vu pas mal de saloperies dans sa vie.

J'admire l'œuvre de Rick dans le miroir après avoir passé de l'eau sur mon visage. Ma joue gauche est rouge, des traces de doigts entourent ma gorge et des bleus commencent à apparaître sur le haut des bras. Elle n'a pas tort, tout ça va faire tache avec une robe de soirée.

– Oui, je dois encore te remercier… pour ton aide.

Je lui exprime ma reconnaissance, pas juste pour ses conseils esthétiques, mais aussi pour son arrivée providentielle. Elle hoche la tête, consciente des non-dits. Une fille qui a un tel métier est confrontée régulièrement aux salauds et connards en tout genre et donc elle comprend bien ma situation.

– Je ne te poserai pas de questions. On a de la chance d'avoir un bon service de sécurité aux *7 Péchés*, Youri n'aime pas qu'on nous malmène. Il n'est pas stupide, des filles stressées ou blessées rapportent moins de fric. Mais toi… C'est un problème perso, tu devrais en parler au boss.

– Non ! Je… je me débrouillerai, répliqué-je vite, effrayée à l'idée qu'Anton s'occupe de mon collègue.

Ce serait pour moi un soulagement d'être débarrassée de lui, mais ma conscience m'empêche d'en discuter. S'il lui arrivait quelque chose, ce serait encore moi qui paierais. Complicité de meurtre, ça peut coûter cher. Je ne suis pas une tueuse, même par personne interposée. Et puis, qui me dit qu'Anton ne me demandera pas plus en contrepartie ?

– Et puis, pourquoi se préoccuperait-il de mes problèmes ? murmuré-je plus pour moi que pour répondre à Krystal.

– Tu le baises, non ? Alors tu es sa protégée, il ne laissera personne te faire des ennuis.

– Euh, en fait, c'est plutôt le contraire, mon frère… Tu sais, Elias, il…

Je suis gênée d'avouer ma situation.

– Oh ! Oui, tout le monde est au courant, mais tu plais au patron, sinon tu serais morte depuis longtemps. D'habitude, il n'est pas aussi conciliant. Si tu ne lui avais pas tapé dans l'œil, Elias n'aurait plus de sœur.

Mon plan est-il en train de fonctionner ? Mon charme opère-t-il sur Anton ? Après toutes les émotions de cette journée, je ne sais plus que croire.

– Bon, ce n'est pas tout, mais le temps passe ! On y va ?

– Oui… allons faire des folies.

S'il veut vraiment me voir sur mon trente-et-un, il va devoir débourser un paquet. Mince vengeance quand on sait que je lui dois un quart de million. Mais l'ironie fait qu'il me paie pour que je le rembourse.

***

Cette robe. Celle que toute femme, dès qu'elle la voit, en tombe éperdument amoureuse. Chacune a la sienne. On se fige, le cœur s'emballe. On ne peut pas faire autrement que se l'approprier. Dès qu'on l'aperçoit, on est persuadé qu'elle est faite pour nous. Si on ne peut pas l'acquérir, on déprime, plus rien n'a de goût.

Eh bien, j'ai cette Robe avec un grand R ! Je l'ai achetée, sans remords pour son prix. C'est un coup de cœur. Je l'ai même laissée sur un cintre hors de ma penderie juste pour l'admirer à tous moments. Seul point positif de ma journée, elle l'embellit à chaque fois que je la contemple.

Une robe d'un gris bleuté comme celle des chartreux, faite de soie sauvage et de dentelles, un bustier avec un décolleté en cache-cœur, tout de tissu plissé, qui me fait une poitrine de rêve ; elle est asymétrique, plus courte devant, s'arrêtant juste sous les genoux et à l'arrière au niveau de mes chevilles ; elle a un effet de traîne quand je marche avec des talons et a la longueur idéale pour m'aider à paraître plus grande.

Le tissu retombe à partir de la taille en plis souples et les couches superposées me donnent une allure de princesse sexy et conquérante. Les épaules se dévoilent sous de la fine dentelle brodée de paillettes. Le dos est plus coquin avec son décolleté profond qui montre ma peau jusqu'au bas de mes reins.

Avec cette merveille, j'ai aussi la paire d'escarpins idéale. Il me les fallait, bien entendu ! Qui oserait porter LA robe sans avoir les chaussures assorties ? Quinze centimètres de talons, une folie pour moi ! Argentés, avec des brides décorées de brillants pour rappeler les cristaux nichés sur mes épaules.

Un vrai bonheur, juste à la regarder. Alors quand je la mets, je suis au paradis.

Je me sens belle, sensuelle et prête à faire tomber Anton à genoux ! Ce soir, je serai ce qu'il attend de moi : belle mais pas vulgaire. Je me souviens de ses paroles et je compte bien le prendre à son propre jeu. Cet homme n'est pas un sentimental, mais il devra ramper cette nuit s'il veut plus qu'une poupée à son bras. J'ai besoin de sa protection tout autant que des infos sur son commerce illicite. Je dois trouver un moyen de découvrir des preuves, et le plus vite possible. Je vais terminer cette mission, le faire tomber et mettre le plus de distance possible entre Richard, le FBI et moi dès que je serai libre.

CHAPITRE 22

ANTON

29 mai,
7 Péchés Capitaux, Milwaukee

Mis en retard par un sportif qui désirait absolument être introduit dans le cercle des bracelets dorés sans être parrainé par un membre, j'entre dans le lounge de mauvaise humeur.

Je n'ai pas accueilli Giuseppe en personne.

J'ai envoyé Youri à ma place, mais ce *durak*[10] est revenu en me disant que Selenne s'était déjà occupée de lui. Comment ça, occupée de lui ? Je me demande ce que ça peut vouloir dire. Il souriait en me le racontant. C'est toujours mauvais signe quand il trouve la situation amusante.

Je cherche l'Italien et ma belle rousse. Youri m'indique une direction d'un mouvement du menton.

10. Cet abruti.

Celui-là, il va me le payer s'il se fout encore de moi !

Je me tourne vers leur table. Je croise le regard de Balisteri et il lève son verre pour me saluer. Il a l'air très content de lui. Ses hommes postés à une table voisine surveillent mon approche. Selenne se lève et attire mon attention. J'ai un blanc. Je ne sais plus pourquoi je suis énervé. J'essaie de ne rien montrer, de garder un visage neutre.

Mais bordel ! Elle est éblouissante, fascinante, dans cette tenue. Mon argent n'aura pas été inutilement dépensé. Cette robe, sexy en diable et mondaine, me donne envie de la lui retirer, de jeter ce bout d'étoffe à terre, où il serait très décoratif. Ou de la lui remonter jusqu'à la taille, pour la prendre sur une table devant tout le monde. Juste pour bien faire comprendre à l'assemblée que cette femme est à moi. Mon amante, ma maîtresse.

Je la dévisage tandis qu'elle s'avance lentement vers moi. Je me suis figé et la laisse combler la distance entre nous. Ses cheveux sont relevés en un chignon flou avec plein de petites mèches folles qui lui retombent sur la nuque. Elle ne porte aucun bijou, à l'exception de quelques bracelets à un poignet. Cette sobriété souligne encore plus la classe qui se dégage de sa tenue.

J'admire cette robe qui dévoile sans rien montrer. Elle me met l'eau à la bouche. Je veux repousser les pans de son bustier pour voir ses seins. Mais il ne faut pas y penser sinon je ne commencerai ni ne finirai jamais cette entrevue avec Giuseppe.

Mon regard est attiré par les mouvements de sa robe qui se balance autour de ses hanches et qui lui fait une silhouette de sirène. Je peux baver, comme tous les hommes de cette salle, sur ses jambes et ses chevilles magnifiques.

Ça y est. Mon nouveau fantasme. Je veux ses chevilles ornées de ces chaussures décadentes sur mes épaules ou derrière mon dos.

Elle arrive à ma hauteur et je l'attrape à la taille pour la coller contre mon bassin. Elle ne peut pas ne pas sentir mon excitation. Elle passe un bras autour de mon cou, me griffe la nuque de ses ongles et se frotte à la partie de ma personne qui ne sait pas jouer l'indifférence en sa présence.

– Hello, me susurre-t-elle, le regard charmeur et la bouche boudeuse. Je constate que tu es très heureux de me voir.

– Très heureux, confirmé-je. Tu es superbe, *moya krasavitsa*[11].

Je l'embrasse longuement, les mains partant vers l'arrière de son corps. Les doigts écartés au maximum pour avoir le plus de surface possible en contact avec sa peau. Pour toucher le bas de son dos nu et ses fesses. C'est stupide, je suis possessif et autoritaire, mais je ne me savais pas si territorial.

---

11. Ma belle.

Je suis comme un chien grognant après tout le monde pour ne pas partager son os.

Quelles conneries ! Je lui ordonne de jouer un rôle, d'envoûter par son charme et son physique mon invité. Et à peine arrivé, je suis jaloux du regard que les Italiens posent sur elle, car je sens Giuseppe et ses hommes mater son cul et baver d'envie.

Je mets fin au baiser et constate avec satisfaction que ses yeux sont troubles et ses joues, roses. Le trouble est partagé. Je laisse une main sur la peau découverte de ses reins et la dirige vers la table. Je la fais s'asseoir sur la banquette en velours, face à notre invité. Je me pose près d'elle et colle ma jambe à la sienne. Elle me regarde par-dessus son épaule et me sourit. Je passe mon bras sur le dossier derrière elle.

– Comment allez-vous, Giuseppe ?

– Très bien, je viens de faire la connaissance de Selenne. Cette *ragazza*[12] est charmante.

Ma voisine lui répond avec une moue coquine :

– Avec un gentleman tel que vous, c'est naturel. On ne peut qu'être bien disposée.

Cette pique m'est destinée sans l'ombre d'un doute. Cette *krasivaya kukla*[13] voudrait du sentiment ou du romantisme ? Je ne suis pas ainsi. Elle devra s'y faire.

12. Jeune fille.
13. Jolie poupée.

J'ai de la loyauté envers le peu de famille et d'amis que je possède. Je vis dans un milieu qui ne pardonne pas. Il y a toujours le risque que si je m'attache à quelqu'un, on se serve de cette personne pour m'atteindre ou que celle-ci me trahisse. Je ne peux donc pas me permettre d'avoir un cœur. Je ne pense pas en avoir un.

Par contre, je ne partage pas. Je ne laisse personne convoiter ce qui est à moi, pouvoir, argent ou femme. C'est un principe pour rester en haut de la pyramide, ne pas partager, se servir en premier. Même Helena, bien qu'elle soit trop gentille et trop douce, il m'a fallu du temps pour tolérer son départ. On ne baisait plus depuis longtemps, mais je ne voulais pas qu'un autre prenne ma place. Je ne regrette pas, mais je pense que si j'avais été moins possessif, elle ne m'aurait pas trahi en filant avec Elias.

Reprenant la conversation, je lance Giuseppe Balisteri sur les affaires en cours. Ses problèmes avec les flics, mon besoin de m'étendre vers Chicago, et surtout l'émergence des Mexicains du cartel de la Mano de Sangre qui veulent s'implanter dans le nord des États-Unis.

– Oui, ce Gómez devient un problème. Nous nous partageons ce territoire et il n'y a plus trop de problèmes entre nous. Mais eux…

– Ils sont violents, je suis de ton avis. Ils ne respectent rien. Encore moins un accord, tacite ou non.

– En Californie, ils sont responsables de ravages innombrables. Ils s'en prennent à la famille si leurs concurrents refusent de ployer devant eux. Je pense qu'il faut absolument que nous restions solidaires et francs l'un envers l'autre. Je te connais, tu partages les mêmes valeurs que moi. La famille passe avant tout. Je ne respecte pas ceux qui vendent les leurs pour du fric ou du pouvoir.

Giuseppe est d'accord et me serre la main. Une poignée ferme et virile qui démontre son implication dans cette prise de décision. Il ne reviendra pas en arrière, il est loyal.

Il fait signe à un de ses hommes qui lui apporte un cigare, je ne lui refuse pas ce privilège de fumer à l'intérieur, c'est un signe de respect que je lui concède.

Pendant ce temps, j'observe Selenne. Elle commande un dessert. Nous nous contentons de prendre à boire. Dès qu'elle reçoit son assiette, elle nous ignore complètement. La tête un peu penchée en avant pour manger, elle a la nuque dégagée. Pour moi, c'est un appel, une invitation.

Je me rapproche encore et je ne peux pas m'empêcher de jouer du bout des doigts avec ses cheveux. Les petites mèches qui bouclent à l'arrière de sa tête sont irrésistibles. En les frôlant, je ressens leur douceur et elles me donnent des frissons qui remontent vers mon épaule. Le parfum qui s'en dégage me tourne la tête et m'enivre. Des images de mes mains agrippées dans ses mèches durant nos ébats traversent mes pensées.

Elle a la chair de poule, s'agite et se tortille. Ça lui plaît, mais elle ne veut pas se laisser détourner de son dessert. J'observe du coin de l'œil et je découvre ce qu'elle a choisi : un fondant au chocolat recouvert de crème anglaise et de chantilly.

Giuseppe et moi perdons un peu le fil de notre conversation. Difficile de parler quand on la voit. Elle mange comme elle fait l'amour. Elle est en extase devant le chocolat. Elle prend de délicates bouchées et les savoure. Sa langue sort parfois pour venir lécher la crème sur sa fourchette. Ses petites dents s'enfoncent dans le gâteau, elle ferme les yeux et soupire. Selenne mordille sa lèvre inférieure pour récupérer une goutte de crème. Elle est totalement concentrée sur son plaisir gustatif. Elle me chauffe de façon délibérée, je n'en ai aucun doute. Le sang a quitté depuis quelques instants mon cerveau pour se diriger plus au sud. Je fantasme d'être cette fourchette. Je me souviens de sa langue sur moi. Des sensations et du grain de sa peau. Je veux aussi la lécher comme elle le fait en cet instant.

Selenne remarque le silence qui s'est instauré, interrompu par le tintement de son couvert et des bracelets à son poignet. Elle tressaille en levant les yeux. Nous avons fini par nous taire. Notre regard ne peut se détacher d'elle. Elle est un pur fantasme pour un homme. La regarder déguster est pour moi plus bandant qu'un strip-tease.

– Oh, pardon, je mange toute seule, c'est un peu gênant, s'excuse-t-elle en sursautant.

Elle semble légèrement ennuyée. Je ne suis pas sûr que ce soit vrai, elle peut jouer les filles effarouchées si ça lui chante. Je n'y crois pas une seconde, mais Giuseppe a l'air conquis.

– *Cara mia*[14] *!* Ne vous inquiétez pas. Continuez, je vous en prie. Vous êtes délicieuse, lui avoue-t-il, fasciné.

Je poursuis mon idée de départ, qui est de lui faire accepter que je prenne plus de place dans les ventes de Chicago. L'Italien me confirme son accord, le regard rivé sur le décolleté de Selenne. Dès que celle-ci pose son couvert sur la table, Balisteri se recule et lui demande :

– Voulez-vous danser ?

Elle ne me jette même pas un regard avant de répondre.

– J'en serais ravie, monsieur Balisteri.

– Appelez-moi Giuseppe, nous sommes amis à présent, insiste-t-il, charmeur.

– Avec plaisir… Giuseppe, reprend-elle d'une voix suave.

Je suis obligé de me mettre debout pour lui permettre de le rejoindre. Mes doigts se pressent sur sa hanche et je croise son regard. J'essaie de lui faire passer le message. Je ne veux pas qu'elle se laisse aller avec lui. Mais ma jolie garce fait l'innocente.

---

14. Ma chère !

Elle lève un sourcil interrogateur, faisant mine de ne pas me comprendre.

L'Italien la guide vers la piste de danse, une main sur son dos. Bien trop basse, la main. Je ne suis pas jaloux, non. Mais je ne veux pas qu'il la serre de trop près, que son empreinte remplace la mienne, que son odeur recouvre la mienne.

Selenne lui sourit, dépose ses doigts fins et délicats sur son épaule et lui donne son autre main. Ils commencent à danser. Elle est superbe et bouge avec grâce et légèreté. Ce qui m'énerve, c'est cette impression qu'elle donne d'être à l'aise avec lui. Elle lui sourit et rit même à ce qu'il lui dit.

Et moi, je suis là comme un con, à les regarder !

Je me vois les rejoindre, repousser la main de Giuseppe, la jeter sur mon épaule comme un barbare et l'emmener dans une chambre. Loin de tout. Juste nous deux. Mais je ne peux pas me le permettre. J'ai besoin de rester en bons termes avec les Italiens. Je n'aurai pas de brouille pour une femme.

Je les laisse à leur danse, serrant les dents. Je force ma respiration pour qu'elle devienne plus profonde, mon cœur se calme et je décontracte les poings que j'avais crispés sur mes genoux.

Youri s'assied à mes côtés. Il les regarde et me lance :

– Je vois que ta belle remplace à merveille Helena. Elle me paraît avoir plus de caractère.

Il est amusé et comprend bien qu'il y a quelque chose qui me fait chier. Il ne dira rien de plus, il sait jusqu'où aller.

– Prépare la chambre Caraïbes.

– OK, je vais faire passer le message. Tu vas t'amuser un peu ?

– Oui, m'amuser. Je sens que cette nuit va être longue.

– Krystal m'a fait des révélations sur ta petite *kukla*[15], il est préférable que tu sois au courant.

– Ah ?

Les commérages ne m'intéressent pas d'habitude, mais tout est bon à prendre pour mieux comprendre Selenne. Si je souhaite me l'attacher, je dois pouvoir lire en elle et traduire ses réactions.

– Son agent de probation lui rend la vie difficile.

– Ce flic ? Tu devais l'éloigner.

Qu'un autre que moi puisse la surveiller, qu'il ait du pouvoir sur elle ne me convient pas. Je veux être le seul qui la contrôle, elle ; ses faits et gestes, jusqu'à ses sentiments.

– Ici oui, mais je n'ai pas la possibilité de l'empêcher de lui rendre visite chez elle.

Je grogne de frustration, ce type fait trop de zèle et je ne peux rien pour le contrer ? C'est inacceptable.

– Krystal m'a informé que ce poulet l'avait bien secouée, il lui a laissé des traces sur le corps. Donc, ne sois pas surpris si tu découvres des bleus.

15. Poupée.

– Nous en reparlerons demain, je vérifierai tout à l'heure. Il ne va pas rester en bonne santé, s'il continue.

Selenne m'a accueilli sans rien montrer d'autre qu'un visage serein. Si son agent de probation lui mène la vie dure, elle a des nerfs d'acier pour être parmi nous sans se démonter. Elle sourit, plaisante, ne semble pas malheureuse de son sort. Son masque doit tomber, je la veux tout entière et quand elle me dévoilera ses faiblesses et ses peurs – et ça arrivera tôt ou tard –, elle sera à moi.

Toujours à les observer, je ne fais plus attention à mon voisin, je ne remarque même pas son départ. J'ai déjà en tête ce que je vais lui faire et imagine les réactions qu'elle aura.

Oui, elle est indépendante et forte. La dompter et la faire plier sera jouissif. Pour tous les deux.

CHAPITRE 23

SELENNE

29 mai,
7 Péchés Capitaux, Milwaukee

Anton a fini de discuter avec Giuseppe, mettant au point les quelques détails restants. J'ai écouté attentivement leur conversation. Ils montent une alliance contre le cartel mexicain que je poursuis en parallèle de ma mission. Je note d'en faire part, non pas à Rick, mais directement à Edge. Si je peux faire d'une pierre deux coups en glanant des informations capitales sur eux, j'en profiterai. Rien qu'à penser à mon collègue, mon dessert remonte de mon estomac. Je serre les dents pour garder un masque neutre.

Anton raccompagne le parrain de la famille Balisteri à l'entrée du club et ils se disent au revoir en se serrant la main. Puis, il se retourne vers moi. J'ai remarqué son attitude : il a aimé ma tenue et il a apprécié mon show avec le dessert.

Je vois bien qu'il est chaud maintenant. Il va vouloir me faire payer ma comédie. Jouer avec lui me donne une impression de pouvoir, ou du moins de contrôler les événements. Le manipuler est excitant et me permet d'oublier mes peurs et mes malheurs de la journée. Quel contraste entre les deux situations, je devrais le craindre alors que je me sens à l'aise en sa présence.

J'ai adoré faire monter la température, Giuseppe aussi. Quand nous avons dansé, il m'a mise en garde. Il m'a dit connaître mon amant depuis longtemps et que le fait de m'intéresser à un autre ne lui plairait pas. Justement, voilà ce que je recherche. Il faudra bien qu'il y ait des inconvénients pour lui à cette « relation » entre nous.

Il revient et son regard sur moi est intense et affamé. Il m'emmène au premier sous-sol, celui de *La Gourmandise* et *La Paresse*. Nous traversons les pièces pour rejoindre un couloir éclairé de lampions chinois. L'ambiance est calme et feutrée, les bruits s'estompent. Ne reste que le cliquetis de mes talons sur le carrelage.

Il m'arrête devant une porte de bois imitation bambou. Le battant s'ouvre et sa main me pousse dans la chambre. Je me fige après trois pas et jette un regard autour de moi.

Les lumières sont douces, la pièce imite les îles et le climat tropical. La température est élevée, l'air est humide. Un grand ventilateur tourne paresseusement au plafond, les murs sont décorés de grandes fresques de ces endroits paradisiaques et d'un immense aquarium rempli de poissons colorés. Des plants de palmiers et des fleurs exotiques parsèment la chambre. Celles-ci sont de toutes les couleurs et embaument la pièce. Je reconnais des fleurs de frangipaniers, d'hibiscus et de vanille. Un lit immense à baldaquin se trouve au milieu, entouré de sable fin très clair. Il est fait en bambou, les draps ont l'air d'être fabriqués dans le plus riche des cotons. Ses colonnes supportent des voiles fins et semi-opaques. Ils sont agités par une brise légère dont j'ignore la provenance. Le bleu est dominant. Il est omniprésent : le lit, les soieries, les rideaux, les coussins… C'est paisible et langoureux, un parfum de vanille presque oppressant sature l'air. Une musique douce et lancinante à base de percussions se fait entendre en arrière-fond. Tout dans cette pièce invite à la paresse et à la sensualité.

Anton se place derrière moi, me prend par les hanches et colle sa tête contre la mienne. Je sens toute la chaleur qui émane de lui dans mon dos.

– Tu t'es bien amusée ce soir, me fait-il remarquer.

– Hmm, réponds-je, les yeux fermés.

Le parfum de son après-rasage mélangé à la vanille me monte à la tête et me distrait. Je m'alanguis contre lui.

– J'ai eu l'impression que je ne te captivais plus, continue-t-il en baissant la voix, un peu boudeur. Après une seule nuit de baise, ton intérêt semble déjà se porter vers un autre. Je pourrais croire que tu n'as pas été satisfaite la nuit passée, mais je suis sûr du contraire.

– Ah bon ? Tu es bien suffisant, je trouve.

J'aime lui envoyer des piques, le chauffer et l'énerver. Il me fait faire un demi-tour. Son visage est grave, sérieux. Son regard bleu glacier pourrait faire fondre la banquise. Ses doigts tirent sur le haut de mon épaule en dentelle, puis glissent en longeant le tissu vers le centre de ma poitrine. Touchant à peine ma peau, il suit des yeux sa main et me prévient :

– Si tu aimes ta robe, tu as cinq secondes pour l'enlever.

– Ma robe est bien là où elle est, rétorqué-je du tac au tac. Tu penses que je vais la retirer aussi facilement ? J'ai peut-être éprouvé du plaisir hier, mais quelques orgasmes ne règlent pas tout.

– Que veux-tu que je fasse ? Tu veux que je te câline, que je te charme, que je te caresse, te frôle, t'embrase de mes baisers et que je te conquière ? Être la seule au centre de mes attentions ?

Ses propositions me tentent, diffusant des frissons dans tout mon corps et faisant couler mon sang plus vite. Une chaleur langoureuse se propage en moi. Rien qu'à imaginer ce qu'il pourrait me faire s'il le souhaitait, je me liquéfie.

– Oui, je peux faire cela et même plus, mais le vouloir, c'est autre chose. Tu es déjà là, à moi. Pourquoi ferais-je un effort ? Tu préfères aller dans le lit d'un autre ? termine-t-il sa tirade en me menaçant.

Il tourne autour de moi tout en me parlant, il tire sur ma robe, relâche le tissu. Promène son doigt le long de mon dos. J'essaie de rester droite et de ne pas bouger, ne pas lui montrer qu'il me trouble et me fait frissonner. Quelle différence avec Rick ! Je suis excitée par ce jeu de pouvoir et non terrifiée comme ce matin. Ce n'était pas un jeu, c'était une agression.

– Pas spécialement, il y avait longtemps que je n'avais pas baisé, comme tu le dis si bien. Je ne couche pas avec tous les mecs que je croise.

– Et si j'arrive à te convaincre, à te conquérir cette nuit, tu viendras de ton plein gré après ? Plus de jeu entre nous ?

– C'est toi qui en as fait un marché, rétorqué-je. Ma vie, mon frère, l'argent. Tu me prends en otage.

Ma réplique pour le pousser à bout fonctionne. Il m'empoigne aux épaules en grognant, se colle à moi et rapproche son visage du mien.

– D'accord, reconnaît-il. Ce que je t'ai imposé était indécent.

– Plus que ça, oui !

Ses émotions sont palpables, je commence à savoir les interpréter. De plus, dès qu'il est excité ou énervé, son accent revient. Comme en cet instant.

– D'accord, répète-t-il, je n'aurais pas dû t'humilier et donner l'impression au monde que tu me baises pour sauver ta vie. Mais le reste tient toujours, je veux l'argent et ton frère me devra plus qu'une explication. Maintenant, déshabille-toi.

– C'est ça, pas de pression, pas d'obligation.

Je hausse les épaules pour me dégager et lève les yeux ironiquement au plafond.

– Tu es stupide, Anton, continué-je. Dans d'autres circonstances, j'aurais été sous ton charme. Ton physique de beau ténébreux qui tire la gueule et ton caractère dominant… tout ce que j'aime. Mais là, tu es insupportable !

Je le pousse dans ses retranchements en lui révélant mon intérêt pour lui et en l'injuriant. Je veux savoir comment il va réagir. Il aurait pu être plus dur la veille. J'ai bien vu qu'il s'est préoccupé de moi. Il aurait pu se contenter de me prendre sans rien donner. Au contraire, j'ai reçu des attentions tendres. Il n'est peut-être pas aussi insensible qu'il le prétend.

– Prouve-le, m'ordonne-t-il. Vas-y, montre-moi que tu me fais confiance cette nuit et je ferai un pas vers toi.

Ses mains montent et descendent sur mes avant-bras, il se serre contre moi. Voilà, je l'ai poussé à me faire une promesse. Il me veut et il finira par me donner accès à ses secrets. Ma mission avance.

– Que pourrais-tu faire de plus que de ne pas me forcer à te rembourser ou à te servir de moi pour punir mon frère ?

– Je peux déjà te traiter comme une amante et non comme une garantie.

– Ah…

Que répondre à une telle offre de sa part ? C'est énorme, comme concession. Mon cœur rate un battement, affolé et troublé. J'ai peur d'avoir trop d'attentes, trop d'espoirs. J'ai été tellement de fois déçue par mes proches. Sauf Elias, lui ne m'a jamais laissée tomber. Je continue de croire qu'il n'est pas parti de son plein gré, que sa disparition est étrange.

– Retire cette robe, continue-t-il, et allonge-toi.

Mon plan est de l'obliger à reconnaître que son comportement laisse à désirer. Qu'il me montre plus de compassion ou de considération. D'entrer dans son cœur ou à défaut d'avoir sa confiance.

Je n'attends pas d'excuses de lui. Non, il est trop fier pour cela. Mais en cet instant, qu'il veuille me convaincre d'avoir confiance en lui, de lui laisser carte blanche, c'est un grand pas dans la bonne direction. Il pourrait très bien me forcer, je suis en position de faiblesse en réalité, mais il l'oublie. Ces concessions sont surprenantes en soi, et un avantage dont je dois tirer profit. Je pourrai bientôt avoir accès à ses affaires, je pourrai trouver les preuves que l'on me demande. Et être celle qui sera responsable de son incarcération. À cette idée, j'ai un petit pincement au cœur, mais il m'est nécessaire de réussir la mission. Je dois continuer cette comédie.

Je me recule, le regard rivé au sien. Un sourire ironique sur les lèvres et le menton bien haut, je m'éloigne de lui. Il fait mine de me retenir, mais se fige dès qu'il me voit porter les mains à l'arrière de ma robe.

Je fais un pas en arrière, puis deux. Je me tourne lentement pour qu'il apprécie le spectacle. Je détache ma robe, une main sur l'épaule, je repousse le tissu vers mon bras. Je lui jette un regard. Il retire sa veste et desserre sa cravate. Je continue et dégage mon bras de la manche. Je lui tourne toujours le dos, je retiens le devant de ma robe et je fais de même avec l'autre côté.

Je fais une pirouette et des petits pas pour m'éloigner de lui. Il me suit avec une démarche de prédateur. Totalement concentré. Par ses approches, il me dirige, me pousse dans la direction du lit, me coupant toute possibilité de fuite.

Je retire mes chaussures en me penchant de côté, puis je pose mes pieds sur le sable chaud qui recouvre le sol. Les grains coulent entre mes orteils et me chatouillent. Soudain, des cris d'oiseau résonnent, me faisant sursauter. Ce sont des appels, d'autres leur répondent. Ils sont tellement réalistes que je doute de leur provenance. Il n'y a quand même pas des aras sur cette île des tentations ?

Il ouvre les trois premiers boutons de sa chemise sans pour autant enlever sa cravate. Arrivée près du lit, je lâche ma robe… Elle s'étale en corolle à mes pieds. C'est très poétique, mais ni l'un ni l'autre n'y prêtons attention.

Je me retrouve topless, en culotte de dentelle noire échancrée. Anton prend son temps pour me contempler. Je sens le cheminement de son regard sur mon corps. Le picotement que je ressens à son passage se transforme en chair de poule et fait pointer mes tétons.

J'enjambe ma tenue et m'agenouille sur le matelas. Je dois me retenir de tomber, bloquant mes mouvements pour tenir en équilibre. Le lit est composé d'un matelas d'eau, restant dans le thème de l'océan.

Il continue à s'avancer et se serre contre moi, enroulant un bras possessif autour de ma taille. Le tissu de sa chemise contre ma poitrine est si doux qu'il me fait gémir. Je me presse plus fort et porte les mains à ses pectoraux.

– Chut, c'est moi qui gère, me rappelle-t-il. Je m'occupe de tout.

Sa voix basse contre mon cou et son souffle qui descend vers ma clavicule me font chavirer. Il me pousse pour que je me couche. Je me laisse tomber et il m'accompagne en m'embrassant.

Il est au-dessus de moi, ses genoux enserrant mes hanches. Il mordille ma lèvre inférieure et tire dessus, se dirige le long de ma mâchoire, contourne le lobe de mon oreille avec sa langue. Je ne peux que lui offrir mon cou. Il y laisse un chemin humide de baisers et se lance à l'assaut de ma poitrine. Puis, il se redresse à genoux et ancre son regard au mien. Tous ses gestes sont empreints d'une lente assurance pour me faire attendre, espérer et même supplier le prochain toucher.

Il tire doucement sa cravate. Le bruit du frottement du tissu sur le col est le seul que l'on peut entendre à cet instant. Ma respiration s'est bloquée et je suis dans l'expectative. Je ne bouge pas, comme paralysée, je ne veux pas briser ce moment et perdre ces sensations. Il me sourit et attrape mes poignets. Il les place au-dessus de ma tête et d'un geste sûr et rapide les noue à la tête de lit avec sa cravate hors de prix. Je me raidis en me sentant vulnérable. Ce matin, j'étais aussi dans une situation où l'on m'a arraché le contrôle. Mon subconscient fait le rapprochement et coupe mes envies. La peur revient soudain.

Il m'empêche de protester en plongeant durement sa langue entre mes lèvres. Il semble lire en moi et comprendre mes frayeurs et mes hésitations, bien qu'il en ignore les origines. Cet assaut a pour objectif de me faire oublier mes craintes et il y arrive complètement.

– Ne tc débats pas, laisse-moi une chance de t'offrir du plaisir.

– Je ne t'ai pas donné la permission de m'attacher, répliqué-je dans une tentative de courage.

Il se redresse, part fouiller dans le tiroir d'une commode et revient avec un foulard de couleur foncée.

Je rejette la tête sur le coussin. Il met un genou à côté de moi et se penche, le matelas suit nos mouvements et me donne le sentiment d'être sur un bateau. Le rectangle de soie voyage entre mes chevilles et ma poitrine. C'est frais, c'est doux. Une vague de sensations glisse et me traverse, contourne mes monts et mes vallées, coule sur mes hanches, remonte vers mon nombril et s'échoue entre mes seins.

Ma respiration se fait erratique, mon cœur bat si vite. Le tissu continue d'explorer mon corps, effleure mes tétons dressés, et vient mourir autour de mon cou. Sa sensualité me déroute et me détend.

– Tu me laisses te bander les yeux ?

Cette fois, Anton demande, il n'ordonne pas. Cette différence lui fait gagner ma confiance, partielle du moins. Comment croire qu'il ne profitera pas de la situation ?

– Oui, murmuré-je.

Je ne peux pas faire plus, ma voix est partie avec mes pensées, loin de nous. Il me cache le visage avec la soie. Je le sens s'incliner sur moi et ses mains m'entourent la tête. Je me soulève légèrement et il noue le bandeau. Fort. Je n'y vois plus rien. Le noir. Mes sensations sont accrues. Les sons sont amplifiés. Une brise lèche ma peau et hérisse celle-ci de chair de poule.

Je tente de deviner ce qu'il fait. Le matelas penche du côté où il a posé son genou. Mes bras relevés au-dessus de ma tête tirent un peu. Cet inconfort n'est pas gênant en soi mais il me donne l'impression de ne pas avoir la situation en main.

Je veux savoir ce qu'il se passe et essaie de calmer ma respiration ainsi que mon rythme cardiaque. Je n'aime pas l'incertitude.

Anton se relève, je l'entends bouger dans la chambre. Le frottement de ses pieds sur le sable m'indique son éloignement. Que fait-il ?

Je l'écoute se déplacer vers la porte. L'ouvrir. Puis il parle exprès en russe pour que je ne comprenne pas. Je m'agite sur le lit, frotte ma tête contre mon avant-bras pour retirer le bandeau. Rien à faire. Je ne vois rien.

Anton revient. Je sens une main sur ma cheville. Je sursaute. C'est lui ? Le doute m'assaille. Des mouvements dans l'air me déstabilisent, je sens une respiration près de mon cou, les doigts serrent à présent mon mollet et remontent. Je ne reconnais pas son toucher. Il me semble différent. Je me fais peut-être des idées. Comment savoir ? Mon sang coule plus vite dans mes veines. Je suis parcourue de frissons chauds et froids qui me laissent tremblante.

Je n'aime pas cette ambiguïté.

– Tu m'as permis de t'attacher, t'aveugler, murmure-t-il derrière mon oreille.

Son visage effleure ma mâchoire, ses cheveux sont doux contre ma joue.

– Tu me dis que tu ne veux que moi. Tu es sûre, tu ne désires personne d'autre ? Je peux faire un effort et t'offrir à un autre. Ou à plusieurs, si tu préfères.

Je sursaute à ces paroles. Quoi ? Non, il ne peut pas, il ne sait pas partager. Il bluffe.

– Non, gémis-je. Tu ne le veux pas.

– Moi non, mais toi ? Que veux-tu ? Ici, tout est possible justement. Nous sommes dans la chambre tropicale. Je peux laisser de côté mes envies pour tes fantasmes.

Le matelas bouge, je suis perdue dans cette obscurité. Je ne sais plus.

Qui est à côté de moi ? Suis-je seule avec lui ou a-t-il fait entrer un inconnu ? Cette présence muette est-elle réelle ou sort-elle de mon imagination débridée ? Ou veut-il me donner une leçon ?

Je me détends d'un coup. Oui, c'est ça ! Il essaie juste de me faire avouer que j'ai confiance en lui. C'est un test. Que faire ? Le lui dire ou jouer encore et lui mentir en disant que je désire un autre ? Cela pourrait se retourner contre moi. Il pourrait se sentir obligé de réaliser ce vœu.

Non, je vais être franche, c'est mieux. Fini de jouer !

– Je sais qu'il n'y a que nous deux dans cette chambre, dans ce lit et… je ne veux que toi, Anton.

Dans ce noir, cette obscurité qui m'entoure, je ressens son soulagement palpable. Sa respiration qu'il avait retenue discrètement se relâche. Il se fait plus lourd sur moi. Une main vient se poser en coupe sur ma joue, un pouce se frotte sur ma pommette. Jamais il n'aurait pu me regarder prendre du plaisir avec un autre, le laisser me faire monter jusqu'à l'extase sans intervenir.

Sa langue vient jouer sur mes lèvres. Il me mord jusqu'à ce que je gémisse. Il est pris de frénésie. Il descend vers ma poitrine. Il continue ses morsures et laisse sans l'ombre d'un doute des traces de son passage sur ma peau. Il me lèche pour apaiser le feu de chaque meurtrissure. Mon ventre se contracte, le besoin de lui se fait plus pressant, plus criant.

Anton arrive à mes seins, il poursuit ses attaques du bout des dents, passe de l'un à l'autre, tourne autour des mamelons. Je voudrais tant qu'il se décide à prendre en bouche un de mes tétons. Ils pointent et se tendent vers lui. J'ondule et essaie de le toucher. Mais dès que tout autre contact que celui de ses lèvres s'établit, mon Russe se recule. Je me tortille, sens la chaleur se répandre.

Ses mains retiennent mes seins l'un contre l'autre et les pressent, les malaxent. Il passe sa bouche entre eux, son souffle me fait vibrer. Il recueille de la pointe de la langue les gouttes de ma transpiration.

Comment fait-il ? En n'embrassant que mes seins, il va parvenir à me donner un orgasme. Si seulement il pouvait s'occuper de mes tétons. Je crois, non je suis persuadée qu'un geste de lui me ferait partir. Il continue encore et encore. Le temps n'est plus réel, j'ai perdu mes repères. Une heure, un jour, je ne sais plus depuis quand il me torture.

S'il veut que je supplie, je le ferai, j'ai atteint mes limites.

– Pitié, Anton, je n'en peux plus…

À peine ai-je parlé qu'il se jette sur un téton. Ses lèvres l'entourent, sa langue appuie. Puis il aspire fort. Presque jusqu'à la douleur. Mon corps se cabre, hors de contrôle, des vagues de plaisir partent de ma poitrine tel un tsunami sur les récifs de mon entrejambe.

Je pense que j'ai hurlé ma jouissance. Mon souffle erratique a du mal à se calmer. La béatitude rend mon corps mou et détendu.

– Bien, ma belle ! On ne fait que commencer.

Sa voix rauque est remplie d'une suffisance pleine de fierté et d'orgueil. Je ne peux pas le contredire, il m'a presque tuée de plaisir.

***

Je suis toujours dans le noir. Anton est près de moi. Il est essoufflé et tendu. Mais je le sens prêt à tenir encore longtemps à ne pas prendre son plaisir. Il est têtu, buté, je devrais dire.

Il veut continuer à me torturer. Il n'est que touches délicates, effleurements discrets. De l'extrémité de ses doigts, il parcourt mon corps, mes cheveux, mes joues, le relief de mes oreilles. On pourrait penser que c'est lui qui est aveugle et qu'il cherche à découvrir mes traits. Il me masse les épaules et part le long de mes bras. Ses doigts me touchent, légers comme une plume. Ils remontent vers le pli du coude, me chatouillent presque. La limite est fragile entre le rire et le manque. Je voudrais qu'il y aille plus fort.

Il aime me rendre accro. Il rejoint mes poignets, liés par sa cravate, masse mes paumes et mes doigts et refait le chemin inverse. Quand il atteint mes clavicules, je perçois sa bouche qui prend le relais. Il recommence le même parcours.

Un bras après l'autre. Il est d'une patience infinie. Sa langue me taquine de temps à autre. J'essaie de ne pas le supplier d'accélérer ou d'arrêter son petit jeu. Je veux tout connaître avec lui, même la frustration.

Après une éternité, il s'occupe de mes mains. Il les lèche, l'une après l'autre, suce mes doigts, chacun à son tour. Je me contracte, me tends et me tords. Je ne savais pas que je pouvais être sensible à ces endroits-là. Mon cœur est fou, battant la chamade, à un rythme trop élevé pour être raisonnable.

Mon tortionnaire se replace au-dessus de moi. Je le perçois à travers la soie de mon bandeau comme une ombre à contre-jour, il me respire, me goûte.

Il a dû décider que pas un centimètre carré de mon corps ne lui échapperait, ne lui resterait inconnu. Ses mains sur mes flancs me retiennent et m'empêchent de bouger. Il les caresse d'un geste qui se veut apaisant.

Il s'éloigne d'un coup, sans dire un mot.

Je suis perdue. Où est-il ? Que fait-il ? Pourquoi m'abandonner ? J'ai besoin de lui, de sa présence mâle au-dessus de moi, sur moi. Je me retiens, je ne dirai rien. Je dois avoir confiance. Il ne va pas me laisser dans cet état fébrile et d'intense frustration. Il reviendra, cette certitude s'impose à moi en un éclair. J'écoute. Un bruissement, du tissu qui se froisse. Il se déshabille ?

Mmh... Il revient, s'agenouille à mon côté, attend que le lit s'arrête de remuer, et puis...

Rien.

Toujours rien.

Les muscles raidis par l'attente, je commence à trembler. Je tente un mantra en silence pour m'apaiser.

Arrête, calme-toi, respire lentement. Voilà, profondément.

J'écoute mon cœur battre, son ralentissement se fait perceptible. Anton me laisse le temps de me détendre. Je suis certaine qu'il est tendu, mais déterminé à prendre toutes les mesures pour me donner du plaisir. Si pour cela il doit mettre son désir de côté, il le fera.

J'entends le rythme lancinant de la musique d'ambiance, mon audition fonctionne de nouveau. Je peux davantage me prêter aux détails. Mon amant, sentant mon état d'esprit plus serein, se remet en mouvement et je le sens passer la main par-dessus ma peau enflammée et frémissante. Je me languis de son toucher et j'ai hâte de connaître la prochaine zone de mon corps qu'il prendra pour cible.

Soudain, je sursaute. Une goutte glacée est tombée sur mon estomac, contraste violent avec la chaleur de la pièce et la température de mon corps. Je creuse le ventre, mes muscles se tétanisent. Mon souffle se bloque.

– Oh…

– Chut, exige-t-il.

Et de nouveau le froid m'envahit. Cette fois, il caresse mon ventre avec un objet dont la surface est dure, mouillée et gelée. On dirait que je brûle, que je me glace, c'est douloureux et en même temps délicieux. Son souffle me réchauffe et sa langue vient récupérer l'eau dans le creux de mon nombril.

– C'est froid…

Il s'agit d'un glaçon, ça ne peut être que ça. Il trace des formes étranges et fantasques sur ma peau. Il évite la brûlure en restant juste assez longtemps pour me faire frémir et apaise mes frissons de sa bouche et de sa langue. Il me rend folle sans atteindre une fois encore mes zones plus critiques. Comme si en les évitant il ne faisait qu'augmenter mon envie de le sentir. Il fait mine de descendre vers mon volcan miniature. Je suis au bord de l'explosion, de l'éruption. J'écarte les jambes pour lui montrer le chemin. Je prie pour qu'il arrête les tortures et qu'il transforme ses promesses en actes. Je gémis, mes hanches se balancent d'elles-mêmes. Anton laisse planer le doute en contournant mon entrejambe. De rage, je lui balancerais bien mon genou si je ne savais pas ce qui risquerait d'arriver en représailles de mon geste. Ou plutôt ce qui ne se passerait pas.

En désespoir de cause, je gémis son nom. Le procédé a déjà fonctionné. Et ça marche ! Il retourne vers mon centre de gravité et glisse le glaçon à moitié fondu sur cette chair chaude et brûlante comme la lave. Ma respiration se coupe, reprend de plus belle, des spasmes me font frémir. Mon bas-ventre en feu se contracte. J'ai mal du besoin que j'ai de lui. Sa bouche vient vite remplacer cette brûlure. Je ne me retiens pas et me déhanche. J'arrive à passer une jambe sur son épaule et le pousse plus près de moi. Sa langue est divine, mais j'en veux plus. Je le veux, lui. En moi.

Maintenant.

– Anton, viens s'il te plaît. Tout de suite. Je veux te sentir au fond de moi.

Il se décolle vivement. Le bruit d'une ceinture qui s'ouvre parvient jusqu'à mes oreilles bourdonnantes. Il y a des mouvements, le matelas s'affaisse. Un bruit de plastique déchiré. Il doit être en train de mettre un préservatif. Puis ses mains sur mes hanches me préviennent de son retour. Au moment où je sens qu'il va me pénétrer, il s'arrête.

Je hurlerais bien ma déception, lui donnerais des coups si…

Sa main me caresse la joue et interrompt mes pensées assassines. Il me retire le bandeau, je cligne des yeux pour me réhabituer à la lumière de la chambre.

– Je veux te regarder dans les yeux et te voir jouir, me confesse-t-il.

Son visage est figé, dur. Il se retient de me sauter. Il veut un partage. Je peux lui donner ce qu'il souhaite. Je le parcours des yeux, il est nu, en sueur, les muscles bandés, son sexe prêt à me prendre. Je remonte vers son visage et ancre mon regard dans le sien. Je souris et lui dis :

– Alors viens, admire.

CHAPITRE 24

SELENNE

30 mai,
7 Péchés Capitaux, Milwaukee

C'est le petit matin, je me lève et il me retient par le coude, m'obligeant à rester couchée.

– J'ai ta confiance maintenant ?

– Oui, Anton.

Je n'ajoute rien, pas besoin.

– Alors, pour que celle-ci soit partagée, tu n'as rien à me dire ?

Sa voix rauque résonne sourdement à mon oreille, se détachant dans la semi-obscurité. Il se place au-dessus de moi, les mains encadrant ma tête. Son regard dérive vers mon cou. Merde !

Son pouce entame une caresse tout sauf innocente sur les traces de doigts de Rick. Avec nos ébats, le fond de teint a probablement disparu. J'espérais naïvement qu'il ne remarquerait rien. Je me redresse, le repousse et entoure mes genoux de mes bras. Il me laisse faire et vient se placer à mes côtés. Ma position proclame mon manque de certitude, mon besoin de réconfort. Le comprenant, il me masse le cou légèrement et attend que je parle.

– Alors ?

Comme rien ne sort de ma bouche, il insiste. Il ne lâchera pas l'affaire. Je crains les conséquences de ce que je vais annoncer. Il est possessif. Comment réagira-t-il ?

– Hmm... en fait, je me débrouille. Je n'ai ni l'envie ni le besoin de me confier à toi.

Son doigt suit ma colonne vertébrale et entraîne dans son sillage un flot de frissons.

– Tu m'appartiens, quiconque te maltraite sera puni.

– Je quoi ? Ah non ! Je te dois du fric, je couche avec toi, mais jamais tu ne me posséderas.

– Si ! Même si tu le refuses, un jour tu seras consciente et même heureuse d'être à moi. Je t'ai choisie, je te désire, tu m'appartiens. Tu n'as pas le choix, c'est comme ça.

Il est d'un sérieux, putain ! Il croit absolument ce qu'il me déclare. Calme, posé, certain de son bon droit. Ce mafieux me veut et donc il s'empare de ma personne. Je secoue la tête et ricane.

– Les femmes sont libres, tu sais. On a le droit de faire nos propres choix et même de voter.

– Arrête de changer de sujet, ma belle. Dis-moi qui a osé s'en prendre à toi.

– Non !

Ma réponse a fusé, simple, nette et directe. J'aimerais tellement que Rick paie pour ses actes, mais si je raconte sa tentative de viol, je serai certainement responsable de sa mort ou plus probablement de séquelles physiques. Il n'y aura pas de procès, pas d'avocat, juste les hommes de main d'Anton et du sang. Vu comme ils voulaient couper le doigt du connard au bar au seul motif qu'il m'avait touchée, que feront-ils à mon collègue pervers et très tordu ?

La mafia russe ne s'embarrasse pas d'un simple flic. Et c'est ce que pensent ces hommes de Rick. Ils ignorent que c'est un agent du FBI. S'il disparaît, tous mes efforts pour rester dans le droit chemin auront été vains. De plus, qui sera suspectée ou au minimum, mise à l'écart pour son implication ? Le directeur adjoint Edge trouverait certainement quelque chose à me reprocher. Et il n'aurait pas tort !

– Que feras-tu si je te raconte ? Tu me laisseras gérer mes problèmes ou tu t'en mêleras ?

Je ne nie pas, il sait, il a vu les marques sur ma peau. Je ne le prends pas pour un imbécile.

– Il aura ce qu'il mérite. Donne-moi son nom, exige-t-il en grognant presque.

Sa voix me donne envie de me blottir contre lui et non de fuir. Je suis folle, c'est confirmé !

– Non !

Il attrape ma nuque, me projette sur le matelas de façon que je me retrouve sur le dos et sous lui. Je rebondis doucement sous le mouvement aquatique de notre lit. Ses prunelles bleu glacier me transpercent. Elles brillent de colère.

Ma réponse le met en rogne.

– Tu me désobéis ! Tu me donnes accès à ton corps, tu affirmes me faire confiance, mais tu refuses de parler. *Upryamyy*[16] !

– Oui, je…

– Tais-toi ! Tu m'appartiens. Je décide. Mais tu ne daignes pas partager tes problèmes avec moi, tu refuses.

Il fulmine, il faut que je l'apaise. Anton me surplombe et bien que sa fureur lui donne un aspect terriblement menaçant, je sais viscéralement que je ne risque rien de sa part. Je dois le calmer et garder sa confiance. Je souffle et lui avoue, la voix tremblante :

– Anton… écoute-moi.

Mes mains se posent sur son torse nu et mon esprit combat mon corps qui a encore soif de lui. Je me retiens de planter mes ongles dans ses pectoraux musclés, de le caresser et de le parcourir comme je rêve de le faire. Ça pourrait le calmer, mais on doit clore cette conversation. Avec un effort de concentration, je continue :

– Si je t'en parle, j'ai peur que tu fasses une bêtise. Que, sous l'effet de la colère, tu le fasses tabasser, ou pire.

16. Tête de mule !

– Et alors ? C'est mon privilège, personne ne te fait souffrir.

À part lui. Anton se réserve le droit de tout sur ma vie.

– Je sais de qui il s'agit, poursuit-il. Il me suffit d'une confirmation et ce sera la preuve que tu me fais confiance.

– Je ne veux pas retourner en prison !

Mon dernier argument. Que dire d'autre ? « Ne lui fais pas de mal à ce salopard, c'est mon collègue ? » Non, je ne crois pas qu'il goûterait la plaisanterie.

– Tu ne seras jamais suspectée, je peux te l'affirmer.

Il me cajole tendrement et remet une mèche de cheveux derrière mon oreille. Le contraste entre cette douceur et la promesse d'un raid punitif me secoue. Je ne devrais pas apprécier ses attentions. Je devrais être choquée qu'il trouve normal de régler les différends par la violence. Qu'il veuille venger mon honneur et que sa première solution soit d'éliminer toute menace, même potentielle.

Mais non, un sentiment de bien-être, la sensation de compter pour quelqu'un, pour une fois, s'épanouit au creux de mon ventre. Une chaleur douce m'envahit. Mis à part Elias, personne ne s'est jamais inquiété pour moi de la sorte. La tentation de me laisser faire, d'accepter son aide est trop forte. Je passe la main derrière sa nuque et le tire vers moi. Fixant son regard, je lui murmure :

– Je ne te dirai rien… Mais ! insisté-je sur le mot pour l'empêcher de me couper, je te remercie. Savoir que ma sécurité te tient à cœur est très important pour moi. J'arriverai à résoudre mes problèmes. Seule ! Et je te promets, en échange de ta patience, de te prévenir directement si j'ai de nouveaux ennuis.

Cette concession paraît le détendre. Je tente de faire passer dans mes yeux toute la reconnaissance dont je suis capable.

– Tu n'es pas seule, Selenne, m'assure-t-il d'un ton sérieux.

– Ah ! J'ai mon frère, seulement lui… Tu ne peux pas me demander de te rembourser, de te servir, d'être ta maîtresse et en même temps de te faire confiance pour me protéger. Tu dois faire un choix, me menacer ou me…

– La famille est ma seule préoccupation.

– Ceux qui en font partie doivent être heureux d'avoir un défenseur tel que toi.

Je transmets dans le ton de ma voix toute ma sincérité et un peu de ma jalousie. Mon manque de tendresse et de soutien transparaît de plus en plus. Même les mafieux ont plus de relations saines dans leur « travail » que moi.

– Promets-moi seulement que tu ne le tueras pas… ni un de tes hommes.

Il observe mon cou et pour couper court aux réflexions qui assombrissent son regard, j'humidifie du bout de la langue mes lèvres en soupirant.

Ce simple geste le ramène à moi, diminuant encore la distance entre nous. J'effleure sa bouche de la mienne, entremêlant nos souffles. Je lui souris dans une moue coquine, les cils papillonnant à grande vitesse, et lui passe les bras autour du cou.

– Deal ?

Il se jette sur ma bouche, l'envahit pour y apposer ses propres marques en mordant et en léchant.

– Deal, me répond-il en écartant mes cuisses et en s'immisçant entre elles.

CHAPITRE 25

ANTON

4 juin,
Fisher Island, Miami

Sur un coup de tête, je décide de lui faire une surprise : lui offrir un week-end hors de notre quotidien aux *7 Péchés Capitaux*. Ce sera bon pour établir ma relation avec Selenne sur des bases plus saines. Après réflexions, j'ai choisi un séjour dans ma maison de Fisher Island, près des côtes de Miami.

Je tends la main à Selenne pour l'aider à descendre sur le ponton. Notre voyage n'a pas été très long, quelques heures à peine, mais le contraste est flagrant entre la grisaille de Milwaukee et cette île paradisiaque. Le soleil se couche et offre à notre vue des myriades de couleurs au milieu des nuages.

– Fais attention, la préviens-je quand elle pose le pied sur le bois vieilli du quai.

– Où m'as-tu emmenée ? me demande-t-elle à nouveau.

Elle m'a posé cette question à plusieurs reprises pendant le trajet, j'ai évité de lui répondre juste pour la taquiner. J'aime quand ce petit bout de femme s'énerve et fulmine. Ce petit jeu a rendu le voyage agréable et intéressant.

– Nous sommes au sud de Miami, sur une île privée pour personnes très riches, précisé-je avec un sourire suffisant. J'avais besoin d'un peu d'air. Et ma villa est abandonnée depuis bien trop longtemps, c'est l'occasion de venir. Un petit moment privilégié entre nous.

– Pour mieux nous connaître ?

Son sourire est coquin. Je devine ses pensées et les miennes les rejoignent.

– On peut aussi apprendre à se parler.

Elle lève les yeux au ciel, mettant en doute mes dires sans un mot. Nos pas s'accordent sur le même rythme pendant que je la dirige vers ma propriété. Selenne reste bouche bée devant le style de ma demeure donnant sur Bay Biscayne. Je redécouvre cette maison à travers ses yeux émerveillés. C'est calme et luxueux, la lumière de fin de journée apporte une touche exotique à l'ensemble. J'ai choisi cette demeure pour son style méditerranéen, sa grande cour et ses jardins entretenus qui donnent sur une plage de sable blanc.

Les toits orangés contrastent avec les murs et les colonnes blanches. Nous montons l'escalier et les portes s'ouvrent pour nous. Les domestiques sont prêts à nous recevoir. Mes hommes se déploient. Les uns pour la sécurité, les autres pour les bagages.

– Explique-moi, pourquoi vivre à Milwaukee, avec ses hivers si rudes, si tu es le propriétaire de ce palais magnifique ?

Je ris de cette question et l'entraîne à travers le hall immense. Selenne laisse courir ses doigts sur la rampe de l'escalier monumental qui dessert l'étage. Je lui montrerai bientôt ma chambre.

– Je peux voir l'océan ?

– Bien entendu, suis-moi.

Je l'emmène donc sur la terrasse qui surplombe la plage de sable blanc. Les palmiers s'agitent doucement sous la brise de l'Atlantique. Elle s'installe dans un transat pendant que je reste adossé à la rambarde de marbre.

– J'adore la vue, déclare-t-elle.

Elle m'observe au lieu des vagues. Je secoue la tête, amusé par ses déclarations.

– J'apprécie beaucoup de venir ici, mais j'ai un faible pour ma ville, lui avoué-je enfin.

– Je ne comprends pas pourquoi, la chaleur, le sable, cette île luxueuse, c'est quand même mieux.

– Je te concède que c'est plus facile de sécuriser cette propriété, mes hommes sont plus sereins ici, bien que toujours aussi vigilants. Mais mes origines m'ont laissé le goût du froid et de la neige.

Son rire se répand dans l'air, joyeux et plus naturel. J'admire sa silhouette mise en valeur par sa tenue décontractée. Elle est à l'aise ici. C'est comme ça que je la veux.

– Ah oui, tu es le « Sibérien ».

– C'est mon surnom ? Je ne le connaissais pas, celui-là.

– Seulement celui que je t'ai donné, réplique Selenne en jouant avec ses sourcils.

Si elle me taquine, je ne peux pas lui résister.

– Sérieusement, raconte-moi !

– Je suis fidèle à la famille, commencé-je à expliquer. J'ai passé mon enfance à me battre pour survivre. La Bratva en Russie est plus violente et dangereuse que chez nous. Je suis orphelin, ce qui veut dire que j'étais au bas de l'échelle.

Elle se redresse et tapote le matelas à côté d'elle. Je m'exécute et m'installe au plus près. Selenne se blottit dans le creux de mon bras et me laisse continuer. J'aime comme elle écoute.

– Je suis monté en grade. De simple soldat, je suis passé *voin*, guerrier, puis *glavnyi*, chef.

Je traduis chaque terme pour qu'elle comprenne et continue mon explication.

– Quand j'ai pu atteindre le niveau supérieur, celui de bras droit haut placé, il y a eu une trahison. Un homme que je considérais comme un ami était jaloux de mon parcours.

– Tu n'as rien vu venir ?

Sa voix étouffée est éraillée. Je caresse le côté de son bras pour l'apaiser. Mes souvenirs ne me blessent plus, pas besoin que Selenne s'inquiète pour moi. Ma fierté refuse la pitié.

– Non, rien. Dimitri a bien joué la comédie, la surprise a été totale. J'ai survécu, pas lui. Je me suis exilé aux États-Unis pour éviter d'être exécuté. Je suis arrivé sans un sou, blessé. Mais j'avais en moi la rage de vaincre. J'étais fort, j'ai réussi à rassembler des compatriotes et à reformer un clan.

– Youri ?

– Oui, lui en premier, il m'a suivi et a tout abandonné pour moi. Nous nous sommes soutenus et avons réussi à bâtir un empire. Milwaukee est devenue ma ville, ma maison.

– Je comprends. C'est là que se trouve ta famille.

– Oui, tout à fait. Toi aussi, tu as un lien profond avec ton frère. Tu saisis la valeur de la famille et du sacrifice. Protéger et soutenir ceux qui comptent pour toi. Nous nous ressemblons sur ce point.

Elle se raidit puis soupire. Je lui ai rappelé le sort que je réserve à Elias. Malgré notre situation, j'admire cette femme qui ne recule pas et prend ses responsabilités.

– Donc, reprends-je d'un ton plus léger, j'aime le sable chaud de cette île, mais je suis mieux près du lac Michigan.

– C'est dommage, je suis certaine que tu aimerais me voir en bikini plus souvent.

Sa réplique me fait rire. Du coin de l'œil, je remarque un de mes gardes posté à la lisière de la plage. Il semble choqué par mon attitude sereine et apaisée. Selenne m'amuse, ce qui fait une vraie différence avec Helena.

– Tu te trompes, c'est nue que je veux te voir.

Que d'autres hommes l'admirent sur une plage ne me plaît pas, ma possessivité revient en force à cette pensée. L'enfermer dans ma chambre, dans des draps de soie, est une meilleure idée. Je l'embrasse pour couper toute tentative de réplique. Et j'oublie mes problèmes pour quelques heures.

CHAPITRE 26

ANTON

12 juin,
7 Péchés Capitaux, Milwaukee

Je suis assis dans mon bureau, l'après-midi vient de commencer. Je me sens calme, serein, aucun bruit ne vient entacher mon humeur.

Depuis la nuit dans la chambre Caraïbes, j'ai une étrange impression, un sentiment de clarté et de contentement. Selenne est partie en me disant qu'elle revenait ce soir. Que je ne sois pas obligé de lui soutirer une promesse de retour, qu'elle le propose d'elle-même est pour moi le signe d'un changement.

En mieux.

Je n'ai pas l'habitude de prendre en compte les sentiments de mes partenaires. Mais ici, je sens que nous ne faisons pas qu'échanger du sexe. L'avoir dans mon lit ne me suffit plus, je veux qu'elle me parle, me raconte sa vie et ce qu'elle ressent. Je sais qu'elle ne m'apprécie pas autant que je le voudrais. Nous avons parlé pendant notre séjour à Fisher Island et je me rends compte qu'elle ne s'est pas autant livrée que moi. Malgré ce fait, le rapprochement est visible.

On n'oblige pas à aimer, on ne force pas les sentiments. Surtout avec du chantage, de la peur et de la contrainte, je ne peux pas garder mon rôle de mafieux avec elle. Cette poursuite, excitante et addictive pour remporter sa loyauté et son affection sera mon plus beau trophée. Selenne n'a pas froid aux yeux, elle a du cran. Ce n'est pas une petite innocente perdue dans un monde impitoyable.

Elle fait face à l'adversité, moi en l'occurrence, avec courage, surmontant ses peurs et ses angoisses sans les montrer. Elle a même suffisamment de caractère pour me dire ses vérités et ses colères. Personne ne s'est permis de me tenir tête comme elle. Youri ne compte pas, tel un frère, il a toujours été près de moi. Les femmes qui ont pour un temps partagé ma vie étaient soumises, peureuses ou vénales. À chercher l'argent ou la reconnaissance. Ma rousse est tout le contraire, ne voulant rien, ne me réclamant rien.

J'ai cru un instant qu'elle serait assez forte pour repousser le plaisir que je lui offrais. Mais, chanceux que je suis, elle a accepté le seul cadeau qui ait de la valeur pour moi. Elle pourrait me faire regretter mon comportement.

Presque. Comment en déplorer les conséquences ?

Si je l'avais voulue dans mon lit uniquement pour rembourser sa dette, nous n'aurions jamais partagé ces moments hors du temps. Elle m'aurait haï à raison. Ma valeur et mon honneur auraient été salis par ce geste.

En plus, mon sentiment de possessivité s'est accru. Je ressens de la rage au souvenir des traces bleues sur son cou. La couleur de sa peau assombrie et enlaidie par les doigts de ce chien de flic. Et sa joue n'était pas mieux. Selenne a résisté, n'a pas voulu me parler ni accuser ce salopard. Elle ne veut pas avoir sa mort sur la conscience. Je peux le comprendre, mais je ne le cautionne pas. Il a porté la main sur elle et il le regrettera. Je peux être très patient ! Dès qu'il fera la connerie de se pointer sur mon territoire, il apprendra ce que ressent celui qui est en position de faiblesse. Je ne suis pas certain de laisser Youri s'en charger. J'ai bien envie de lui donner une leçon moi-même. Mes poings se serrent à l'avance. Oui… Quel pied ce sera de lui faire mordre la poussière ! Le seul problème est que j'ai fait la promesse de ne pas le tuer. Et je tiens toujours parole.

La sonnerie de mon téléphone brise le silence bienfaisant et m'expulse de mes pensées de façon abrupte. Sur l'écran apparaît le numéro d'Helena.

Tiens, qui voilà ? Je laisse passer quelques instants avant de décrocher. C'est toujours bien de mettre la pression dès le début d'une conversation.

– *Da !* dis-je sans autre précision.

– Anton, c'est Elias.

La voix d'Elias est claire, dépourvue de peur ou de nervosité. Ça ne m'étonne pas outre mesure, ce mec a des couilles en béton armé et le prouve en prenant les devants avec cet appel.

– Mon comptable préféré. Comment vas-tu, espèce de sale voleur ?

Il y a un blanc. J'entends un bruit de fond. On dirait qu'il est en voiture.

Il me contacte en continuant sa cavale. Il ne veut pas laisser de traces et être trop facilement repérable. Il est malin ! Je n'engage que les plus intelligents et celui-ci m'a toujours paru être d'un niveau supérieur. Il ne se laissera pas attraper facilement.

Pour preuve, mes hommes n'ont pas encore mis la main sur eux. Il faut l'appâter par la ruse. Il doit revenir de sa propre initiative.

Un soupir se fait entendre.

– Je ne suis pas un voleur. Il y a eu un… comment dire… un concours de circonstances, qui a voulu que… soyons francs, Helena a un besoin vital d'argent.

– Et toi, pour ses beaux yeux ou plutôt pour son cul, tu t'es servi dans la caisse, *pizdec* !

– Non, elle est venue te voir pour t'en parler ce matin-là. Elle voulait te demander de l'aide. Tu n'étais pas dans ton bureau. Moi oui, je terminais les comptes de la nuit. Et… elle m'a braqué.

– Quoi ? Tu te fous de ma gueule ! Helena ne ferait pas de mal à une mouche, tu me prends pour un imbécile.

– Je sais, enfin, je le sais maintenant, me répond-il en soupirant et en insistant sur le dernier mot.

Il continue sur sa lancée, nettement embarrassé.

– Je ne pouvais pas le deviner avec un flingue pointé sous le nez. Elle était paniquée et je la voyais bien me descendre dans l'affolement. Elle a trouvé des menottes sur un meuble et m'a attaché comme je ne voulais pas donner le code de la mallette. Elle m'a embarqué et je l'ai laissée faire, ne voulant pas me prendre une balle. Nous sommes partis assez vite. Je ne suis pas un voleur. Elle non plus. Elle s'est affolée et a merdé dans les grandes largeurs.

J'entends vaguement des mots en sourdine, mon ex a l'air de ne pas être d'accord avec son analyse. Elias reprend :

– Je ne veux pas… nous ne voulons pas de problèmes avec toi. Sa sœur a maille à partir avec des Mexicains, des hommes de la Mano de Sangre. Ils veulent l'argent, sinon ils utiliseront la fille pour récupérer la somme. On peut trouver une solution pour l'aider, mais si je reviens rendre l'argent… Chut, tais-toi ! Je voudrais avoir la certitude qu'il n'y aura pas de représailles.

Il a des difficultés à museler Helena pendant qu'il me parle. Si la situation n'était pas si merdique, je le plaindrais presque de l'avoir sur le dos. Mais il m'apporte encore plus de problèmes avec son histoire. Le cartel est partout, dès que je tourne le regard dans une direction, ils sont présents. De vrais parasites. Comme si j'avais besoin de ça en ce moment !

– Tu te fous de qui là, Elias ? Pas de représailles ? Toi ou elle, je me fous de qui est responsable, vous m'avez pris plus que de l'argent. Vous m'avez fait perdre la face. Quand vous serez devant moi, de retour de gré ou de force, je vous le ferai payer. Son problème familial, je m'en tamponne ! Si elle voulait du fric, elle n'avait qu'à me demander un prêt, maintenant c'est trop tard pour les regrets !

Je commence à m'énerver. Je suis obligé de sévir sinon mes hommes, mes alliés ainsi que mes ennemis verront dans ce manquement une marque de faiblesse. Je ne peux pas paraître modéré. J'ai une réputation à tenir, je ne suis ni médiocre ni flexible.

– Alors, nous ne reviendrons pas de nous-mêmes, me répond-il.

– Si je dois faire retourner les États-Unis pour vous retrouver, je le ferai.

Puis pour appuyer ces menaces, j'utilise mon argument de choc à contrecœur.

– Et, plus ça prendra du temps, plus je profiterai de ta sœur donc…

– Ne mêle pas Selenne à ça. Elle n'y est pour rien.

Elias ne sait pas que je bluffe et ça s'entend dans le ton de sa voix. Il est tendu, nerveux maintenant.

Mais je le veux en rage, hors de lui, pour qu'il fasse la connerie de revenir chercher sa sœur.

Je m'adosse plus confortablement au dossier de mon fauteuil et le fais tourner pour avoir une meilleure vue sur le miroir sans tain qui surplombe *L'Envie* et *La Luxure*. Je ricane et lui souffle :

– Tout l'argent que tu me dois, elle le paie en nature et je peux te dire que ta sœur est la meilleure pour rembourser. Elle a un don pour écarter les cuisses et sa bouche fait des merveilles. Une vraie *souka*[17].

Je me dégoûte en lui parlant d'elle en ces termes. C'est comme si j'entachais les instants passés ensemble par la laideur de mon monde.

J'entends Elias qui reprend son souffle et m'insulte copieusement :

– Bâtard, fils de garce, pourriture…

BANG !!!

---

17. Chienne.

CHAPITRE 27

SELENNE

12 juin,
7 Péchés Capitaux, Milwaukee

La nuit s'est passée dans les bruissements des draps et de nos murmures. Au matin, je l'ai embrassé, et je suis partie. Je suis rentrée chez moi sans courir ni m'échapper. Je suis lasse, mais à bien y réfléchir, contente de moi, de lui. Nous avons avancé dans notre relation. Enfin, moi, son amante menteuse et lui, la cible de ma mission. Je dois me souvenir que je le manipule, qu'il me parlera bientôt de ses affaires. Et que j'aurai assez de preuves pour l'envoyer en prison. De très bonnes bases pour tenir sur la longueur ! Notre histoire est vouée à l'échec le plus total et le plus douloureux. Je ne dois pas m'attacher.

Il a l'air plus humain et je suis moins en colère, c'est ce qui compte pour le moment. Notre séjour sur cette île paradisiaque m'a donné à réfléchir. Cet homme a un passé douloureux. Il a dû se battre, devenir froid et sans remords pour gagner sa place. Ce qu'il m'a raconté au sujet de son ami qui l'a trahi… J'y vois un parallèle avec mon propre comportement. S'il découvre mon double jeu, il sera impitoyable. Et mon cœur s'en attriste car j'aimerais être du côté de ceux qu'il protège, cela voudrait dire qu'il m'apprécie et peut-être m'aime. Ce n'est pas un homme mauvais mais il le cache bien. Il a gardé si longtemps son masque de prédateur dangereux qu'il oublie parfois qu'il peut le retirer.

C'est dimanche, j'ai donc passé une partie de ma journée à dormir et l'autre à réfléchir. Je doute de plus en plus du bien-fondé de ma mission. Pourquoi fournir des efforts de droiture et d'honnêteté si je suis toujours la perdante ? Et puis, Rick ne mérite pas les lauriers qu'il recevra sans nul doute. Grâce aux fruits de mon travail, de mon sacrifice. Et rien pour moi. Jamais. L'attitude suspicieuse du FBI me pousse sur le chemin du retour à la délinquance. À force d'être traitée en criminelle, je me dis qu'il est préférable d'avoir aussi les bons côtés et pas uniquement les inconvénients.

J'ai décidé de mettre un terme à au moins un des points noirs de ma relation avec Anton, l'argent. J'ai récupéré centime par centime, dans les méandres des administrations, le quart de million de dollars que me réclame mon amant. Avec, en bonus, les intérêts. J'arrive en tout à trois cent cinquante mille.

Je me suis servie d'un compte fantôme. Et maintenant dans une tenue sportswear, baskets et sweat à capuche, je passe, dans toute la ville, à chaque distributeur d'argent que je croise pour récupérer la somme en billets. Je suis certaine qu'Anton ne voudra pas d'un simple virement bancaire. Pas de trace. Il n'a aucune confiance dans le système et il a raison. Les fédéraux savent pister l'argent et peuvent le faire tomber facilement par ce biais. Car au final, même Al Capone est allé en prison pour fraude fiscale !

Étant une spécialiste en informatique, je pourrais lui concocter un programme indétectable. Mais l'effort n'est pas envisageable, il me dira qu'il préfère que je lui rende l'argent en mains propres et que la somme soit blanchie en passant par *Les 7 Péchés Capitaux*.

Ma promenade me fait un bien fou. Récupérer mon sommeil en retard pendant la journée a déréglé mon rythme et revoir le soleil me redonne la pêche. J'ai beaucoup réfléchi à ma position face à Rick. S'il est un agent, il est aussi un criminel. Tentative de viol et menace, voilà ce qu'il m'a fait. Je n'avais aucune confiance en lui et plus jamais je ne le laisserai m'approcher. Le directeur doit se douter de sa véritable nature, il ne peut pas être aveugle à ce point. J'ai fait tellement d'efforts pour un pardon hypothétique et une veine intégration dans leurs rangs. Maintenant, je laisse tomber. Je veux finir ma mission, sans y laisser mon cœur. Anton provoque en moi des sentiments inattendus et surprenants. Je ne pensais pas être aussi sensible à son charme. Je voulais le manipuler pour le séduire et le faire parler et non lui trouver des qualités. La meilleure option qui se présente à moi est de partir dès la fin de ma collaboration forcée avec le FBI. Je m'éloigne de ces hommes et j'oublierai mon début de béguin pour ce mafieux.

J'arrive au bureau d'Anton, le sac de sport contenant ma dette sur l'épaule. La porte est entrouverte et j'entends sa voix. Elle est belle et grave. Son timbre rauque me donne des frissons et me rappelle nos nuits blanches. Je rêvasse en écoutant la musique de ses mots.

Jusqu'à ce que le prénom de mon frère claque et résonne dans la pièce. Il me percute et je reprends le fil de la conversation.

– Tu te fous de qui là, Elias ? Pas de représailles ? Toi ou elle, je me fous de qui est responsable, vous m'avez pris plus que de l'argent. Vous m'avez fait perdre la face. Quand vous serez devant moi, de retour de gré ou de force, je vous le ferai payer. Son problème familial, je m'en tamponne ! Si elle voulait du fric, elle n'avait qu'à me demander un prêt, maintenant c'est trop tard pour les regrets !

Il s'énerve, sa voix est dure. C'est mon frère à l'autre bout du fil. Il est vivant et a osé appeler Anton. Ça m'attriste qu'il l'ait contacté avant moi, mais je sais qu'il préfère toujours régler ses affaires en priorité. Il y a un blanc, je n'entends pas ce que lui répond mon frère.

– Si je dois faire retourner les États-Unis pour vous retrouver, je le ferai.

Ah, il ne compte pas revenir de sitôt et va faire courir les chiens de chasse de mon amant. Je sourirais bien de cette situation si elle ne pouvait pas se finir que mal.

– Et, plus ça prendra du temps, plus je profiterai de ta sœur donc…

Espèce de con, il ne sait pas que je l'entends !

Il se recule dans son fauteuil et le fait tourner, je me décale pour mieux le voir et entrouvre la porte un peu plus. Il ricane méchamment.

– Tout l'argent que tu me dois, elle le paie en nature et je peux te dire que ta sœur est la meilleure pour rembourser. Elle a un don pour écarter les cuisses et sa bouche fait des merveilles. Une vraie *souka*.

Putain, ça fait mal de l'entendre parler de moi ainsi ! Je ne connais pas le mot russe qu'il a employé, mais ça ne doit pas voler haut ! Ça ressemble à une insulte.

D'accord, je ne suis pas sa femme, il n'est peut-être pas amoureux de moi, mais il y a un monde entre son discours et ce qu'il se passe réellement entre nous. Même si c'est mon plan de le manipuler pour qu'il soit séduit, je me rends compte que ce jeu se retourne contre moi. Je me suis attachée à lui à cause de son intérêt pour moi, sa possessivité et sa rare gentillesse.

Quel connard ! Mon cœur se serre. Cette sensation de brûlure, que j'ai au milieu de la poitrine, est remplacée par la colère qui monte. Lui aussi se sert de moi, ce que je savais, mais naïvement j'espérais qu'il était un minimum intéressé par ce que je suis. Il m'a fait croire que j'étais spéciale pour lui. Pas juste pour le sexe. J'ai l'impression d'avoir reçu des coups.

J'ouvre grand cette saleté de porte, avance à pas rapides et jette le sac de sport contenant cet argent maudit sur le bureau.

BANG !!!

Tout vole à terre. Je n'en ai rien à faire ! Si je pouvais provoquer autant de dégâts que ses paroles, j'en serais satisfaite. Il sursaute, en perd le téléphone et se retourne vers moi. Il observe le sac sans comprendre.

Je perçois le moment où il capte que j'ai entendu ses paroles dégueulasses à mon sujet. Je sens surgir des mots que je ne veux pas retenir. Il m'a fait mal et je n'ai plus rien à faire des conséquences.

– Espèce de porc ! Si tu veux tant ton argent, le voilà. Tu voulais ma confiance, tu voulais me baiser sans contrainte. Tu m'as convaincue que tu voulais de moi, pas te venger. Salaud ! Ton fric, tu peux te le mettre où je pense et crever avec ! Tu n'auras plus rien de moi ! Tu m'as eue une fois, pas deux !

Il se lève à demi et fait mine de me rejoindre, je le stoppe de la main.

– Je ne suis pas naïve d'habitude, mais là… Tu me dégoûtes !

Je fais demi-tour et lui claque de nouveau la porte au nez. Je sens monter les larmes que j'ai retenues pendant que je lui crachais ma colère. À présent, elles peuvent bien couler, personne ne les verra.

Je traverse les salles de *L'Envie* et *La Luxure*, je croise des collègues à ma grande surprise.

Putain, je ne veux pas les voir, je ne veux pas qu'ils me voient. Encore moins avoir à leur répondre si, par curiosité mal placée ou fausse compassion, ils me questionnent sur mes pleurs. Je change de trajectoire et me réfugie dans les sous-sols. La zone *Gourmandise* et *Paresse* est vide et sombre. Je trouverai bien un lieu pour me calmer et repartir plus tard. Je marche vite, à la limite de courir, pour fuir mes sentiments piétinés. J'ai besoin d'être seule !

***

Je suis passée de salle en salle. Rien ne me convient. Ici, tout rappelle la luxure, le sexe et mon Russe. Au final, je pousse une porte au hasard.

La décoration est décadente, un lit surélevé garni de draps de satin, des instruments qui hésitent entre le bondage et la torture. Une croix de Saint-André. Des cordes et des menottes pendent à un mur. Les parois sont habillées de pierres grises à l'aspect ancien. Des glyphes sont creusés dans la surface et donnent à cette chambre une ambiance terrifiante, presque gore. Les dessins représentent des visages grimaçants, des animaux fantasmagoriques, des dieux oubliés. Des plantes grimpantes en recouvrent quelques pans. On se croirait dans des ruines, un autel présente des objets qui ont l'air authentiques, des coupelles, des poignards, des fouets à lanières de cuir. Un terrarium regorge de mygales. Je frémis, j'ai horreur de ces bestioles à faire froid dans le dos. Il n'y a pas de musique dans cette pièce, juste le silence. La chaleur humide et lourde, l'odeur de terre et de plantes en décomposition rendent l'expérience encore plus réelle et angoissante.

Mais je m'en fiche, je m'écroule sur le matelas et me recroqueville. Les bras sur le visage, je souffle pour me reprendre. Je ne veux penser à rien. Je reste là, dans la pénombre bienfaisante et le calme relatif de cette chambre. Le temps passe, je n'écoute que le bruit de mon pouls qui résonne dans mes oreilles. Mes paupières se ferment et je flotte entre veille et demi-sommeil.

Je revois des images de ces quelques jours. Cela ne fait qu'une semaine que notre relation s'est concrétisée. Des nuits d'exception. De frayeur et de plaisir. Je me revois à genoux devant lui. Lui, au-dessus de moi. Lui contre moi. Parfois dans le noir, parfois à contre-jour. Sur le sable blanc ou dans l'océan.

Je me souviens de ses paroles, de ses gestes et de ses caresses. Comment croire ce qu'il vient de dire, le pense-t-il vraiment ? Ou n'a-t-il fait qu'agiter un chiffon rouge devant les yeux d'Elias pour le faire réagir ? Pour qu'il s'énerve et revienne.

Que j'aie été témoin de ses paroles ne veut pas dire qu'il faut que j'y croie. Anton est malin. On ne reste pas à sa place, en position dominante dans un monde dangereux tel que le sien, sans être rusé et intelligent. Sans scrupule aussi ! C'est douloureux même si je comprends sa stratégie.

La porte s'ouvre en grinçant, j'ignore l'homme qui vient d'entrer. Ses pas sont silencieux, mais sa présence se fait sentir, son aura de pouvoir se déploie et il prend possession des lieux sans effort. Je garde les paupières closes et tente de respirer de façon régulière. Une main se promène sur ma peau. Un souffle léger court le long de ma nuque. Je veux connaître ses futures actions. Je veux savoir s'il souhaite se faire pardonner ou s'il a encore une exigence qui lui permettra de se sortir de cette situation. Mon esprit me rappelle que j'ai une mission et qu'elle n'est peut-être pas perdue s'il m'a suivie jusqu'ici. Je dois oublier mon cœur et reprendre le travail.

Il s'est agenouillé à côté du lit. Je ne peux pas voir son visage pour surveiller ses expressions. En revanche, je l'entends soupirer.

– Je sais que tu es éveillée, me dit-il avec son accent rugueux.

Mes épaules se raidissent. Je me tends, les muscles douloureux.

– Ce que tu as surpris, quand tu m'as espionné, reprend-il, n'était pas ce que je pense. Juste une manière de mettre en rage ton frère, pour le pousser à réagir. Je ne te considère pas comme une *souka*. Tu es forte et honnête. Tu sais ce que tu veux et ce qui te fout en colère. Je ne veux pas que tu croies ce que tu m'as entendu dire. Ce n'était que mensonges.

Mon silence perdure. Je le laisse parler. Il n'a qu'à m'expliquer son raisonnement. Plus il le fera, plus il sera en position de faiblesse et je pourrai alors me venger. Et frapper là où ça fait mal.

– Réponds-moi, tu dois admettre que ce que je disais ne t'était pas destiné… Je mens souvent, c'est préférable plutôt que tuer et torturer, non ? Tromper, duper, trahir, c'est mon quotidien. Putain, mais dis quelque chose ! Tu es aussi en tort que moi de toute façon, tu n'avais pas à m'épier ! s'énerve-t-il en me secouant l'épaule.

Je sursaute et me redresse à genoux, face à lui. Je le menace d'un doigt.

Oui, ce n'est pas grand-chose, mais j'accompagne ce geste d'un regard meurtrier.

– De un, je t'arrête tout de suite, je ne t'espionnais pas. Tu m'accuses un peu vite ! C'est un pur hasard si je t'ai entendu. Tu avais laissé cette porte ouverte. Tu te permets de parler de moi, à mon frère, qui plus est d'une façon qui devrait te faire honte. Je pensais qu'on était dans un début de relation. Mais là, tu as perdu toute la confiance que je pouvais avoir en toi.

Je le coupe avant qu'il ne puisse dire quelque chose pour sa défense.

– Non, ne m'interromps pas ! De deux, je suis venue pour te rendre l'argent que je te devais, selon toi. Toute la dette payée, nous aurions pu repartir sur une bonne base. Ton foutu fric ! Ton argent maudit !

Pour m'arrêter dans ma tirade, Anton m'attrape les épaules et me secoue. Il se redresse de toute sa hauteur et me surplombe. Il veut m'intimider.

Je crochète ses poignets de mes mains et le force à me lâcher. Petite victoire, il aurait pu sans mal me maintenir. Je comprends qu'il se laisse faire pour ne pas me meurtrir. Il pense à protéger mon corps, mais pas mon cœur. Homme stupide !

– Cet argent n'est rien pour moi, m'avoue-t-il. Il faut que je sauve la face. Si tu le veux, je te le laisse. Tu peux le prendre.

– Je ne suis pas comme ça ! Je ne veux rien de toi.

– J'ai bien compris que tu ne veux rien, tu me méprises. Mais cet argent provient de tes efforts. Tu l'as mérité.

– Je ne suis pas à vendre, je te l'ai déjà dit. Rien à foutre de l'avoir mérité ! Ce que tu viens de dire me prouve ton manque de respect. Ta vie est sordide, si tu crois que je serais heureuse d'être rémunérée une fortune pour être avec toi.

Je crache ces mots pour le blesser, lui faire mal autant que j'ai souffert. Comment ose-t-il me sortir des insanités pareilles ?

Il se recule, blanc comme un linge. Son visage devient d'un seul coup stoïque, sans émotion apparente. Il se penche et ramasse le sac de sport. Il l'ouvre en grand, le retourne et en déverse le contenu sur le lit.

Les billets non attachés s'envolent et tombent comme des feuilles en automne. Il y en a partout. L'image est impressionnante, même pour une fille qui vient de dire qu'elle se fout d'être riche. La décadence à l'état pur !

– Tu es sûre de ne pas vouloir de ça ? Que penses-tu en les voyant ? Tu ne veux pas être avec moi, même si je te paie ? rage-t-il en les soulevant et les rejetant en l'air.

– Mais tu es stupide ou quoi ?

Je ne devrais pas l'injurier, il est connu pour son caractère impulsif. J'en suis à un point où cela m'est égal qu'il réagisse. Tant qu'il le fait !

– Je n'ai pas dit que je ne voulais pas de toi, crétin ! J'ai affirmé que je ne voulais pas être payée pour coucher. Tu es tellement égocentrique, tu n'écoutes pas mes paroles. Tu interprètes trop vite et tu te vexes.

Il se fige et ancre son regard dans le mien. Sa respiration s'approfondit. Son regard brille et déverse ses sentiments. Il me crie qu'il me veut, qu'il me désire. J'ai un mouvement de recul et perds l'équilibre. Je tombe sur ce matelas recouvert de billets verts. Ils crissent et se plient de façon désagréable dans mon dos.

Je n'ai pas le temps de me relever qu'Anton se retrouve au-dessus de moi. Les mains autour de ma tête. Les genoux encerclant mes hanches. Son visage se rapproche du mien au point que je peux compter les éclats de couleur dans ses iris bleu glacier.

Il me montre presque les dents, il est hors de lui. Il doit reconnaître ses torts et il n'en a pas l'habitude.

– Tu veux vraiment être à moi ?

Je ne reculerai pas devant lui. Il ne respectera jamais la faiblesse.

– Non, je ne suis à personne, mais je désire une véritable relation basée sur la confiance et surtout pas sur un échange de services. Tu ne me paies pas, tu n'es ni mon maître ni mon patron. J'obéis à Youri pour mon boulot de serveuse et tu ne t'en mêles pas !

– Et donc je suis quoi pour toi ? Ni ton boss ni ton… ?

– Tu ne me possèdes pas, mais tu peux être mon petit ami. Si tu le souhaites !

– Bien entendu que je le veux, grommelle-t-il d'une voix bourrue. Tu m'obsèdes au-delà de toute raison. Je ne devrais pas te le dire, mais… tu es dans toutes mes pensées, dès que je me lève jusqu'à ce que je m'endorme. Ainsi que dans mes rêves.

– Oh…

Sa déclaration me rassure, car c'est la même chose pour moi. Je me détends sensiblement dans ses bras, et lui entoure le cou. Son pouce vient frotter ma joue et efface le reste de mes larmes. C'est à cet instant que ressurgit ma conscience. Je devrais lui avouer le but de ma présence à ses côtés ; que je ne suis pas juste là pour renouer avec mon frère ; que mes années passées en prison ne sont qu'un mirage ; que je suis une taupe et que ma mission est de l'approcher pour mieux le trahir. Mon estomac se noue et je ferme les yeux pour qu'il ne lise pas en moi.

Si je lui explique, que fera-t-il ? M'en voudra-t-il ? Au point de me tuer directement ou se servira-t-il encore plus de moi ? Ou au contraire, son attachement naissant l'empêchera-t-il de me faire du mal ?

J'ai peur de faire le mauvais choix. Elias appartient à ce milieu. Le FBI peut toujours menacer de l'envoyer en prison. Il faudrait déjà l'arrêter. J'ai moi-même du mal à le retrouver. Il n'utilise pas de carte de crédit, la localisation par téléphone prend plus de temps qu'on ne le croit. Un simple appel de quelques minutes ne suffit pas pour le trahir. Il est donc en ce moment à l'abri, bien que Rick m'ait déclaré savoir où il se trouve.

Ces réflexions m'ont détournée de mon Russe. Il est toujours au-dessus de moi, à me fixer. Il essaie de décrypter mon expression, les sourcils froncés et le visage sombre.

– Si tu n'as rien à me répondre, je peux le comprendre. Je ne te force en rien. Mais ne me quitte pas juste parce que tu as entendu mes paroles au téléphone.

– Non… Je… j'ai besoin de temps. Je dois réfléchir à cette situation. Nous ne nous connaissons pas vraiment. On couche ensemble depuis peu. C'est intense et magnifique, mais j'ai besoin d'un peu de recul.

À ces mots, Anton se redresse puis revient. Ses doigts plongent dans mes cheveux.

– Tu ne pars pas, exige-t-il.

– Quand ai-je parlé de me casser ? Lâche-moi !

Il obéit, à ma plus grande surprise. Je me redresse et me lève. Je commence à marcher de long en large dans cette chambre étrange et décadente. Je jette un regard à mon amant, assis au milieu des coupures de toutes sortes. Son charisme et sa sombre colère me donnent envie de retourner vers lui, de m'asseoir sur ses genoux et de le cajoler jusqu'à ce qu'il retrouve son début de sourire si sexy. Mais non, il faut d'abord mettre au point certaines choses. Sinon je le regretterai. Ma mission est presque caduque, j'ai des doutes sur son bien-fondé. Je vais encore essayer et me laisser le temps de réfléchir à comment m'en sortir. Pour cela, je dois continuer dans la direction prévue et, le connaissant, il voudra une compensation. Si je ne me trompe pas, il va m'imposer de rester près de lui plus encore qu'avant. Je tente ma chance tant que je peux et me lance :

– J'aimerais prendre un peu de temps, voilà ce que je voulais dire avant que tu ne montes encore une fois sur tes grands chevaux.

– Et comment ? me répond-il, cynique, en fourrageant ses cheveux de ses grandes mains. En me laissant ?

– Non. Quoique… Je vais te faire une suggestion et si tu acceptes, on pourra se donner une chance.

– Laquelle ? J'aime négocier, tu dois le savoir. Si tu exiges quelque chose, j'attends en échange un geste de la même valeur de ta part.

Il fallait se douter qu'il ne se soumettrait pas à mes désirs sans rechigner.

– OK, je te demande… une semaine. Nous nous côtoierons sans coucher.

– Pas de baise ?

Il est surpris, presque choqué.

– Non, il nous faut ralentir et commencer à nous parler, comme à Fisher Island. Je vais travailler et nous pourrons sortir ou passer du temps ensemble. Comme un couple normal… ou presque.

Je hausse les épaules pour montrer que je ne suis pas dupe de sa vie. Je sais très bien qu'il ne me tiendra pas la main en ville si je veux faire les boutiques.

– Mais pas de sexe ? insiste-t-il.

– Tu es bloqué là-dessus, rétorqué-je avec un sourire sadique. Ce sera comme une punition pour tes paroles. Et puis, on peut faire plein de choses à part ça.

– Ce que tu exiges est vicieux. Tu le regretteras bien avant la fin de la semaine. Je t'en fais la promesse. Et quand tu abdiqueras, que tu renonceras à cette folie, tu seras à ma totale disposition.

Son expression, quand il prononce cette menace, me fait mouiller ma culotte. Je lis dans ses yeux tout ce qu'il prévoit, sa sensualité débridée est déjà en train de planifier sa vengeance. Douce, et surtout pleine de surprises. J'ai hâte, pour une fois, de payer mon dû.

– Et pendant cette semaine, ajouté-je, nous apprendrons à nous connaître sur un plan personnel. Non, je sais ce que tu vas dire, mais je parle de mon esprit, pas de mon corps.

– Bon, OK. Tu auras tes sept jours sans ma queue. En échange, je te veux tout le temps près de moi.

– Comment ?

Je feins la surprise face à sa demande. Il a mordu à l'hameçon.

– Tu as une promotion, tu seras ma secrétaire. Tu t'en es bien sortie pendant le dîner avec Balisteri.

Il me sort cette énormité en regardant ses ongles, l'air de rien. Il est gonflé, ce Russe.

– Promotion canapé ? Merci, je suis honorée.

J'utilise le sarcasme, mais cette proposition tombe à pic. Encore mieux que ce que j'avais prévu. Grâce à elle, je vais être plus près du bureau et des secrets d'Anton. J'ai donc une semaine pour me décider : déterrer des preuves accablantes contre le boss de la mafia ou devenir sa petite amie officielle et tourner le dos à la vie honnête. Le choix est cornélien.

CHAPITRE 28

ANTON

13 juin,
port de Milwaukee

Je claque la portière et m'assieds à côté de celui qui tient les rênes de mon empire d'une main de fer, Youri, mon bras droit. La berline démarre, encadrée par deux SUV noirs, avec mes soldats armés et aux aguets, ma protection rapprochée dont je ne me sépare jamais. Nous quittons les bords du lac Michigan où je viens de m'entretenir pendant plusieurs heures avec Alvarez, le lieutenant du cartel de la Mano de Sangre.

Youri, si silencieux d'habitude, ne peut s'empêcher de venir aux renseignements. Il a dû se contenter de me surveiller de loin, ce qui n'a pas amélioré son humeur habituellement morose.

– Alors ? Quelles sont les exigences de son boss ?

– Ils sont à fond dans le trafic de femmes. Ils ont comme objectif de vendre des jeunes filles à peine majeures enlevées à leur famille et de les soumettre à un esclavage sexuel. Ils veulent faire passer leurs otages provenant du Mexique par le lac afin de traverser la frontière entre nous et le Canada. Ils veulent mon accord. Que je ferme les yeux ou même que je leur fournisse de la main-d'œuvre.

– Et tu en penses quoi ?

– Je ne suis pas intéressé. C'est à la limite de ma conception personnelle du bien et du mal. La prostitution, le trafic de drogues, les paris et même les combats illégaux sont de bonnes sources de revenus. Je n'ai pas besoin de plus. Les prostituées qui travaillent pour notre clan aux *7 Péchés* ou dans mes autres établissements ne sont pas enchaînées à vie. Elles peuvent partir quand elles veulent, moyennant bien entendu une somme, tu le sais.

– Oui, je pensais bien que tu me répondrais ça, m'approuve-t-il en hochant la tête. Ce n'est pas dans notre code moral.

Il observe le paysage urbain, les yeux toujours à l'affût du danger, prêt à intervenir.

– Je ne veux pas voir ce groupe prendre une place sur le marché du crime dans ma ville. Je pensais n'avoir que deux options : ou je me lie à eux, ou je les concurrence en m'alliant avec la famille Balisteri. Mais depuis ce problème avec mon ex, je me dis qu'une troisième solution s'offre à moi.

Je réfléchis à mes possibilités, n'attendant pas que Youri me réponde. Il peut parfois donner son avis, mais il me connaît suffisamment pour ne pas me dire ce que je dois faire.

Je peux tout aussi bien contrer la Mano de Sangre et refuser que des femmes soient vendues sur mon territoire. J'ai conscience de l'ironie de la situation et d'être hypocrite. En apparence, je me sers de Selenne pour me venger de son frère et comme d'une garantie qu'il reviendra ramper à mes pieds. Je ne pense pas être celui qui doit donner de leçons aux membres du cartel. Je n'ai pas de famille à part celle que j'ai rassemblée autour de moi. Youri et les mecs sont mes frères. Si j'avais une sœur, elle serait enfermée, protégée, et surtout je ne voudrais jamais qu'elle soit approchée par un homme comme moi ou qu'elle risque de se faire enlever et monnayer par des salopards comme eux.

– En parlant d'Helena, que vas-tu décider ? Tu as pris ta décision ?

– Je connais maintenant les raisons de sa trahison, mais je ne pardonne pas son geste. Me voler est un sacrilège qui doit être puni.

– Oui, elle t'a humilié publiquement, confirme mon voisin. Elle s'est servie dans ton coffre, a braqué ton comptable et l'a enlevé, ce que je ne comprends toujours pas. Cet homme s'est laissé faire, ce n'est pas possible.

Il se marre en frottant les jointures de ses doigts tatoués.

– Elle a fait tout ça pour sauver sa sœur ? ajoute-t-il.

– La famille est sacrée, elle aurait dû venir me voir, et surtout me connaître suffisamment pour ne pas craindre de souscrire une dette envers moi. Pour sa sœur, j'aurais pu me montrer plus conciliant, ne pas lui demander plus que le remboursement, pas d'intérêts ni une date trop difficile à tenir. Maintenant, elle devra subir les conséquences de ses actes.

– C'est à croire que les Mexicains ont su que tu couchais avec elle et qu'ils ont pensé pouvoir se servir de cette pseudo-relation.

– Ils se trompent, car je ne suis pas un homme qui s'attache suffisamment à une femme pour sacrifier une parcelle de mon territoire. Ces Chicanos ont la mainmise sur la Californie et veulent prendre une part du pouvoir dans ma ville, il faut que je me débarrasse d'eux.

– Anton ?

Je me retourne et le dévisage. Il va ouvrir sa grande gueule, je le sens…

– Vas-y ? Crache le morceau, je vois bien que tu n'attends que ça.

– Il faut que tu reprennes ta vie en main, tu ne dois pas devenir trop mou.

– La ferme ! Je ne serai jamais faible. Mon image ne sera pas ternie par cette histoire. Pour ce faire, je vais commencer par récupérer l'argent de ces chers snobinards venus parier dans les combats illégaux. Ceux de ce week-end ont été à la hauteur de mes espérances. Quand Helena et Elias seront devant moi, je les mettrai à genoux.

– Tu veux que je te trouve un autre comptable ?

– Ah oui, je dois le remplacer celui-là. Ne t'en préoccupe pas, Youri…

Un sourire fleurit sur mes lèvres. Il doit être machiavélique, mais je n'en ai rien à faire. Un plan germe : ma belle, qui ne veut rien de moi, exige une semaine sans sexe. Je la garderai à mes côtés pendant tout ce temps, elle me verra sous mon vrai jour. Si elle tient, et je suis persuadé qu'elle a assez de nerfs pour ça, elle deviendra ma compagne officielle. Je vais commencer par lui faire découvrir la face obscure de ma vie, puis lui faire comprendre que tant qu'elle me restera fidèle et sincère, elle ne risquera rien de moi. Je ne veux pas qu'elle me craigne, mais je veux qu'elle ne se fasse aucune illusion sur ma nature.

La voiture nous dépose devant l'immeuble et mon chauffeur ouvre la portière. Il est temps de s'amuser ! Être obligé de partir à la rencontre d'Alvarez alors que je viens de conclure cet accord avec Selenne n'a pas amélioré mon humeur. Ce soir, je lui montrerai mon vrai visage. On verra si elle a assez de courage pour tenir à mes côtés.

CHAPITRE 29

ANTON

13 juin,
7 Péchés Capitaux, Milwaukee

J'entre dans mon bureau et me fige. Je détaille mon amante, regrettant déjà ma promesse de ne pas la baiser pendant sept putain de jours. Mais elle ne perd rien pour attendre. Je compte le lui faire regretter en la chauffant et en lui donnant un aperçu de toutes les caresses imaginables. Je la mènerai au bout de son désir et elle me suppliera de la faire jouir. Je refuserai jusqu'à ce que le délai soit passé. Et là, je la garderai dans mon lit pour des nuits interminables. Je rattraperai le temps perdu, et même si ma frustration est à son paroxysme pendant tout ce temps, ma récompense sera à la hauteur de mon attente. Je peux être très têtu, Selenne s'en apercevra bien assez tôt. Elle refuse de baiser, soit, mais elle a oublié de négocier le reste. Des caresses, des baisers, ma bouche sur son corps, elle n'a rien mentionné ni interdit. Elle joue à la plus maligne en imposant ses règles, perdant de vue que je suis un mafieux. Je mens, je contourne et détourne la vérité. Je peux trouver des failles dans son raisonnement et m'en servir à mon avantage.

Ma belle est sur le côté de mon bureau, penchée sur la surface brillante, une main appuyée dessus. Elle classe des dossiers et est perdue dans ses pensées. Elle ne m'a pas entendu entrer. J'ai tout loisir de la déshabiller en pensées et réfléchir à mon prochain coup. Vais-je juste la coller contre le bois de ce meuble et retrousser cette jupe crayon qui semble bien trop sérieuse sur son corps de rêve ou la pousser dans le fauteuil et lui faire écarter les jambes pour vérifier si elle aime les baisers sous la ceinture ?

Jouer au patron et à la secrétaire… Mon nouveau fantasme.

Son chemisier vert cintré s'accorde particulièrement bien avec son teint de rousse. Ses cheveux sont attachés en un chignon serré, qui fait très professionnel. Selenne s'est transformée en une employée bien sous tous rapports. Sérieuse, collet monté, bandante. Si quand elle se retourne, j'aperçois des lunettes, elle aura tout du cliché de la femme d'affaires sexy et coincée. Que je dévergonderai en moins de deux. Toutes ces pensées me font me sentir à l'étroit dans mon costume à cinq chiffres.

Merde, je n'ai même pas encore franchi le pas de la porte que je bande et que je suis obsédé par cette femme. Lui montrer la vérité sur moi et mes activités sera pour plus tard, après ce que je désire là, maintenant.

Je prends la direction de ses hanches que j'entoure de mes mains. Selenne sursaute et se redresse. Ses fesses rebondies et fermes se collent à mon entre-jambe et elle retient sa respiration en découvrant l'ampleur de mon envie. Elle jette un regard par-dessus son épaule, ouvre de grands yeux aux couleurs du chocolat fondant en voyant mon expression.

J'appuie fortement mon corps au sien, la coinçant contre le bureau. Mon torse force son dos à se pencher vers l'avant, elle se rattrape à deux mains pour ne pas s'effondrer dessus. Elle émet un hoquet, ce son me traverse. J'adore quand elle fait ces petits bruits, ils annoncent toujours sa reddition et du plaisir. Elle bascule dans un mouvement lent et sensuel sur le bureau où je prends des décisions importantes depuis des années. Son corps se cambre, ses courbes mises en avant me fascinent. Je presse son visage contre les feuilles qu'elle étudiait un instant plus tôt. Mes dents raclent sa gorge frémissante et remontent vers le lobe délicat qui la surplombe. Tout ce que j'aimerais lui faire ! Mais un doute infime obscurcit mon désir. Que fabrique-t-elle ? Je jette un coup d'œil et remarque que ce sont mes dossiers personnels.

– Alors, tu fouines ? murmuré-je dans son oreille.

Elle se tend, devient raide et sa respiration se coupe. Son attitude est ambivalente, je pourrais presque penser qu'elle est suspecte. Je relâche mon étreinte et la laisse se retourner sans lui donner plus d'espace. Son corps frotte le mien et je me raidis de plus belle. Mais je ne me déconcentre pas, le boulot avant le plaisir.

– Non…

Selenne hésite puis continue en croisant mon regard, son menton pointé vers le haut dans un signe de fierté ou de rébellion.

– Je cherche comment t'aider dans ton travail. Je suis ta nouvelle secrétaire et je veux bien exercer mon nouveau rôle, même si j'ignore encore ce que tu veux de moi.

Mon sourire revient, les idées ne manquent pas de mon côté.

– Ce que je veux, mmh…

Je prends place dans mon fauteuil en cuir et l'attire à moi. Elle résiste pour la forme, voyant très bien où mon esprit tordu est parti. Ses yeux chocolat tombent sous ma ceinture et ont la confirmation de ce qu'elle a senti contre son cul. Ses pupilles se dilatent. Oui, ma belle me désire. Elle va se refuser, reculer et jouer avec moi. Mais je lui ferai regretter ma promesse en l'excitant autant que je le suis.

– Viens là, je vais t'expliquer ce que j'attends de toi.

Ses joues rosissent délicatement et ses taches de rousseur ressortent de façon sexy. J'aime ce contraste entre son apparence tout en douceur et faussement innocente, et son caractère fort et piquant.

– Anton, souffle-t-elle. Tu es bien un mec. Tu sautes toutes tes secrétaires ?

– Je n'en ai jamais vraiment eu, je commence avec toi, lui avoué-je.

Elle se laisse entraîner sur mes genoux et je l'oblige à se mettre à califourchon au lieu de s'asseoir gentiment. Son sourire devient coquin quand elle devine mes mains sur ses cuisses, je remonte lentement le tissu de sa jupe, profitant du geste pour toucher sa peau douce. Je frôle le bord en dentelle de ses bas en observant la chair de poule que je lui procure. Ses jambes écartées me donnent libre accès à son trésor humide. Ses bras s'enroulent autour de ma nuque et Selenne plaque sa poitrine contre mon torse, la sensation est une douce torture. Une de mes mains remonte par-dessus son chemisier pour l'englober et la malaxer, puis jouer avec la pointe tendue qui se moque de moi. Ma seconde main se perd sous le tissu de sa jupe et trouve l'arrondi de sa fesse. La fermeté de son cul me tire un gémissement approbateur.

Ses lèvres tentatrices glissent sur mes joues et ma mâchoire, sans ne serait-ce que frôler les miennes. Elle tente de prendre le dessus à ce petit jeu. La maligne, qui pense m'avoir avec ses atouts.

Je pince son téton à travers les couches de tissu et passe les doigts entre ses fesses. Sous la surprise, elle colle son bassin contre ma queue et j'entame un mouvement de balancier. Sa respiration devient erratique et ses pupilles se dilatent.

– Oh !

Sa bouche s'ouvre et j'en profite pour lui mordre la lèvre inférieure puis plonger ma langue entre ses dents pour jouer avec la sienne. Elle gémit et pousse de petits cris de plaisir qui me mettent au garde-à-vous, mon sexe est tendu au maximum et, pour lui donner une leçon, je vais devoir moi aussi souffrir. Pour le moment… car j'aurai satisfaction, quoi qu'il m'en coûte.

Son corps frémit, elle appuie de plus en plus et ses mouvements se font frénétiques. Elle prend son plaisir, se servant de moi pour atteindre l'orgasme tant désiré.

La sueur coule dans mon dos, je bande mes muscles et attrape ses hanches. Allez, courage, tu es un homme, tu peux le faire, bordel ! La repousser est un vrai défi, mais je dois marquer le coup et lui démontrer qui est le maître ici.

Je la remets sur pied d'un seul mouvement, la détachant brusquement de moi. Elle érafle ma lèvre et gémit, frustrée.

– Quoi ? Mais…

– Tu m'as extorqué une promesse et je la tiens. Pas de baise.

Mais bon sang que c'est dur et je ne parle pas que de ma verge qui est au bord de l'explosion. Je garde malgré tout une expression stoïque et je lui souris.

– Tu me laisses dans cet état ?

Elle recule et s'appuie sur le bureau. L'image qu'elle renvoie est celle d'une femme presque comblée, décoiffée, rose d'excitation et sexy à mort. Je me rapproche et lui caresse la cuisse du dos de la main.

– Si tu veux que j'apaise ton désir, tu vas devoir être plus gentille et serviable.

Elle me montre les dents, les yeux brillants de colère. Ma belle ne supporte pas mon autorité et moi j'adore la lui imposer. Cela contrebalance la douleur de mon érection.

– Tu veux quoi ?

– Sois polie déjà.

Les mots claquent dans le silence de la pièce et elle sursaute, surprise.

– Tu vas tout d'abord me faire jouir, puis tu continueras ton travail jusqu'à ce que je décide de te faire du bien.

– Tu veux m'empêcher de… qui te dit que je ne me caresserai pas dès que tu auras le dos tourné ?

Sa colère la rend encore plus attirante.

– Tu vas rester près de moi pendant la journée, si tu oses te finir seule, je te ligoterai dans le donjon et te torturerai bien plus longtemps.

– Tes menaces ne me font pas peur ; pourquoi tu aurais le droit de jouir et pas moi ? Tu as accepté mes conditions.

– Oui et tu as parlé de baise, pas de caresses. Je peux donc te toucher, et réciproquement. Par contre, je décide de quand, où et surtout avec qui tu jouis.

– C'est de la manipulation !

– Je ne m'en cache pas ! Donc tu vas revenir sur mes genoux et me branler.

– C'est un ordre ? grogne-t-elle entre ses dents.

– Oui et tu vas l'exécuter comme une gentille fille qui veut garder son boulot.

– Harcèlement sexuel le premier jour de travail, c'est du joli !

Elle râle, mais obéit. Sa soumission me rend dingue. Bien que j'aie répondu par l'affirmative, je ne l'obligerai pas à des actes qu'elle refuserait et je vois dans son regard une confiance toute nouvelle en moi. Elle joue et feint de reculer, mais au final elle en a autant envie que moi.

Selenne se réinstalle sur mes genoux en libérant suffisamment de place pour que sa main puisse venir se loger entre nous. Je me penche en arrière et elle me suit, ses doigts s'affairent déjà sur ma braguette. Sa bouche reprend le jeu et quémande des baisers.

Dès qu'elle touche mon membre, je la serre plus fort contre moi. J'ai besoin de son contact et pas uniquement de ses mains. Des grognements s'échappent de ma gorge tant le plaisir est intense. Je ne tiendrai pas longtemps. Je sors un mouchoir de ma poche pour entourer la main de Selenne et mon sexe. Elle halète en se déhanchant, cherchant sa propre finalité contre ma jambe. L'orgasme me traverse comme une décharge électrique et je mords l'épaule de ma séductrice. Elle se crispe, au bord de sa propre délivrance. Dès que les dernières gouttes de mon plaisir se sont répandues hors de mon corps et que mon cerveau revient à la réalité, je la bloque.

– Anton, gémit-elle.

– Non, pas maintenant.

– S'il te plaît.

Qu'elle me supplie me ravit, mais je resterai sur mes positions.

– Non ! Respire et reprends-toi. Tu as du travail Selenne.

– Tu es un…

– Attention, si tu me jettes des insultes, tu seras punie !

Ses mains, toujours dans une position équivoque, se resserrent autour de mon membre encore érigé et me font grimacer.

– Quoi ? Tu espères que je serai indulgent si tu me l'arraches ?

– Tu ne perds rien pour attendre, mon beau !

– Mais toi, oui, ricané-je. Allez au boulot. J'ai des réunions et ce soir tu seras mon assistante.

Elle s'en va vers ma salle de bains privée et j'entends l'eau couler. Je recule mon fauteuil et surveille la porte. Si elle tarde trop, j'irai vérifier qu'elle ne contrecarre pas mes ordres. Elle doit rester frustrée le plus longtemps possible pour comprendre qu'on ne joue pas avec moi.

CHAPITRE 30

SELENNE

13 juin,
7 Péchés Capitaux, Milwaukee

Mes mains tremblent sous l'effet de la frustration. J'ai du mal à reprendre une respiration normale. Cet imbécile doit se marrer, je suis au bord de la crise de larmes. L'eau sur mon visage me fait du bien, mon corps est soumis au manque, mais je tiendrai. Je ne vais pas lui faire le plaisir de le supplier. J'ai déjà reculé face à mes objectifs en laissant échapper un « s'il te plaît », pour son plus grand plaisir. Il se moque de moi en me refusant le droit de jouir, lui ne s'est pas interdit ce plaisir. Me frotter à lui, le caresser, le faire monter puis le libérer m'a excitée plus que je ne pensais. Il ne m'a jamais laissé diriger dans nos attouchements et jeux sensuels sauf la première fois. Quand j'ai pris les devants pour lui faire une fellation, j'ai pu le dominer pour quelques instants et c'était une sensation délicieuse. Avoir le pouvoir sur un homme aussi dangereux peut être addictif.

Je souffle et prends sur moi pour retourner dans le bureau. Anton attend en souriant. Il s'est rajusté pendant mon absence et est aussi élégant qu'à son arrivée. Son costume hors de prix pourrait le faire passer pour un homme d'affaires banal et sexy, mais les apparences n'ont jamais été aussi trompeuses. Il est vraiment dangereux et je ne dois pas l'oublier.

– Tu es calmée ?

– Je n'en mourrai pas, rétorqué-je en feignant l'indifférence.

Il me tend des documents et m'invite à m'asseoir sur un siège qu'il a préparé à ses côtés.

– J'attends de toi que tu prépares ce dossier pour ce soir. C'est notre soirée de combats. Les paris seront ouverts et il me faut le nom de tous ceux qui me doivent déjà de l'argent. Comme Helena, tu dois connaître les noms des joueurs, leurs habitudes et leurs points faibles.

– Tu vas leur interdire de parier ?

Ma question le fait rire, un son grave et viril qui envoie des frissons dans le bas de mon dos. Je resserre les cuisses et me retiens de me tortiller pour qu'il ne surprenne pas ma réaction. Je prends la première feuille et parcours rapidement les lignes manuscrites annotées par Helena afin d'éviter de le regarder. Le sang dans mes veines a toujours une température proche du point de fusion et je partirais au quart de tour s'il me donnait des signes de désir.

– Bien au contraire, je vais les inciter à continuer. Et après, je leur réclamerai des intérêts.

– Mais… Comment peux-tu être certain que tu auras cet argent ?

Je sais que ma question paraît naïve. En réalité, je me doute de ses méthodes mais je veux ses confidences.

Déjà que j'ai eu chaud quand il est entré dans ce bureau ! Je n'ai pas eu accès aux carnets de comptes d'Elias. Je n'ai pu que dénicher les dossiers des joueurs. Ses soupçons apparents dès mon premier essai d'espionnage démontrent mon peu de professionnalisme. Je n'ai pas la fibre pour ce job. Je ne désirais pas le faire. C'est à contrecœur que je suis ici… Depuis ma confrontation avec Anton dans le donjon et la tentative de viol de Rick, je me pose énormément de questions. Je suis tentée de revenir vers le côté obscur de mes désirs et de réintégrer le monde du crime. Anton m'attire et ses promesses de protection font ressurgir mes rêves d'affection.

Mon corps est proche de l'ébullition, mais une étincelle de conscience réussit quand même à rester vivace dans mon esprit. Je me suis presque vendue. Anton est soupçonneux de nature et me trouver en train de lire ses dossiers lui a paru plus que suspect. Je dois être plus discrète ou sournoise. Le manipuler pour détourner son attention avec mes exigences. Il joue et essaie de contourner les règles que je lui ai imposées. Cette fois, ça s'est retourné contre moi, je suis à bout de souffle et rêve de le déshabiller pour terminer en beauté notre corps-à-corps.

Je veux, non, j'ai besoin de jouir.

– Tu veux que je travaille à côté de toi ?

– Bien entendu. Si je dois te former et t'expliquer ce que je veux de toi, je ne vais pas te laisser t'éloigner. Ce bureau est assez grand pour nous deux.

Il me sourit et j'ai l'impression de me faire avoir dans les grandes largeurs. Une lueur diabolique brille au fond de son regard bleu glacier.

– Ouais… Admettons que ce soit une raison valable.

Et j'avais raison, pendant l'après-midi, il ne se passe pas un moment sans qu'il ne me tente. Ses mains sont sur moi, tout le temps et à chaque occasion. Il ne me laisse aucune chance de garder la tête froide. Dès que je me penche vers un dossier, que je tends le bras vers une feuille, il me caresse, me titille, me pelote. Ses doigts sont partout, ils effleurent mon poignet ou ma cuisse. Son souffle réchauffe mon oreille, dévale ma nuque, me donne des frissons. J'ai beau le foudroyer du regard, lui taper sur les doigts, il rit de mes tentatives d'évitement et continue.

En dehors de ses taquineries qui ne me laissent pas de glace, bien au contraire, j'apprends le fonctionnement de son organisation. Il est très ingénieux et je ne peux m'empêcher d'être admirative. Sa place au sommet de son système mafieux est amplement méritée et je n'ai pas encore vu sa face obscure. Car pour rester en haut de la chaîne alimentaire, il est impératif d'être un carnivore, c'est-à-dire agressif, carnassier et sans remords. Agir vite et marquer les mémoires de ses ennemis et de ceux qui lui doivent de l'argent. Cette violence sous-jacente que je devine est étrangement attirante, elle lui donne une aura et un charisme fascinants. À voir si quand j'y serai confrontée, car ce sera inévitablement le cas à un moment ou à un autre, je survivrai et j'aimerai encore sa personnalité. Ou s'il m'effraiera au point que je voudrai ne jamais l'avoir rencontré.

À vingt heures, Anton me renvoie chez moi pour me changer. Il exige que je sois sexy et chic pour sa soirée de combats. Heureusement, Krystal avait insisté pour que j'achète plus d'une tenue. Pour que je revienne suffisamment vite et sois là avant le début, il me fait accompagner par Youri. J'en suis surprise, car il doit avoir d'autres chats à fouetter que jouer au baby-sitter.

CHAPITRE 31

SELENNE

13 juin,
appartement de Selenne, Milwaukee

Youri est dans le salon, assis sur mon canapé qui semble bien plus petit avec cet homme baraqué sur mes coussins. Je lui balance la télécommande sans prévenir. Même si mon geste est une surprise pour lui, il arrive à l'attraper sans sourciller dans un mouvement fluide. Pas d'hésitation ni de maladresse chez cette armoire à glace. Il paraît lourd et massif, mais je l'ai vu s'occuper de certains clients avec une agilité et une rapidité qui serait plus naturelle chez quelqu'un de moins grand et musclé.

– J'en ai pour un moment, détends-toi.

Mon sourire est crispé, superficiel, mais il n'y prête pas attention. J'ai droit à un grognement pendant qu'il étend ses jambes et pose ses chaussures, pointure quarante-huit au minimum, sur ma pauvre table basse.

– C'est ça ! Fais comme chez toi, ironisé-je en reculant vers ma chambre.

– C'est mon intention, me répond-il en se marrant.

Quel abruti !

En refermant la porte de mon refuge, j'entends qu'il change rapidement de chaîne, à la recherche d'un programme qui lui convienne, je suppose. Je prends vite une tenue que j'espère sexy et qui mettra Anton à genoux pour me venger de mes frustrations de la journée. Je suis moins à cran que dans le bureau, je ne lui ferai pas l'honneur de craquer et de me caresser, non. Je tiendrai, je peux survivre à un peu, beaucoup de désir. Et puis, qu'il comprenne que je n'ai pas été aussi désespérée par le manque ne pourra que lui rendre la monnaie de sa pièce. Il est assez orgueilleux pour ne pas être heureux de ce fait.

J'ai pour le moment d'autres projets. J'ai fouillé la mémoire du téléphone du bureau et retrouvé le numéro dont s'est servi Elias pour joindre son ex-boss. M'enfermant dans la salle de bains, je fais couler l'eau de la douche pour être certaine que mon garde du corps baby-sitter n'entende rien, et je compose le numéro en priant pour qu'il décroche. J'ignore les messages de Rick, je les lirai plus tard. Les sonneries résonnent à mon oreille comme des coups de couteau dans ma poitrine. L'espoir que j'avais de parler à mon frère diminue. Dès que la messagerie s'enclenche, je raccroche et retente un appel.

– Oui ?

– Elias ? C'est moi.

– Selenne ! Oh… Je suis heureux de t'entendre. Tu vas bien ? Est-ce que…

Mon frère cherche ses mots, je ressens son angoisse et sa peur pour moi, même à travers le téléphone. Mais c'est compréhensible, la dernière fois qu'il a été en contact avec Anton, j'ai pété les plombs et interrompu l'appel avec mes cris. Et ce que mon amant lui révélait n'était pas vraiment rose. Il lui parlait de mes exploits au lit et du fait qu'il se servait de moi en échange de l'argent pris par Elias. Rien que d'y repenser, la honte et la rage me submergent à nouveau.

– Oui, ça va, marmonné-je, embarrassée.

Comment lui dire que je couche de ma propre volonté et pour mon plus grand plaisir avec l'homme le plus dangereux de sa vie, qui veut le voir mort ou du moins en sang et repentant ?

– Je… Il ne… Yourenev n'est pas… s'il te fait du mal pour se venger, je…

– Non ! crié-je presque pour l'interrompre dans ses suppositions. Non… en fait, j'ai surpris ton coup de fil et depuis nous nous sommes expliqués. On est… euh… Comment dire…

– Tu couches avec lui ! Il t'a forcée !

– Non ! Enfin… c’est compliqué, mais je n’ai rien fait contre mon gré. Il a tenu des propos déplacés à mon sujet pour te faire réagir et que tu reviennes. C’est un piège.

– Même si je ne désire que ça, revenir et lui mettre mon poing dans la gueule pour tout, je ne le peux pas pour le moment.

Mon frère grogne et je devine au bruit derrière lui qu’il change de place.

– Où es-tu ? Comment vas-tu ? Pourquoi tu as filé avec le fric ?

– Pas moi, Helena. Elle a des problèmes familiaux, sa sœur est dans le pétrin et j’ai été une victime collatérale. Je ne l’ai pas suivie de mon propre gré. Mais maintenant, je l’aide. Et on essaie d’éviter les sbires d’Anton qui nous poursuivent.

– Il ne m’a rien promis pour toi, il affirme juste que tu dois payer, car il ne peut pas laisser passer un tel affront. Même si je suis avec lui.

– Donc tout va bien de ton côté, tu gères, souffle-t-il, visiblement soulagé. Je reviens dès que je peux. Une explication entre lui et moi est inévitable, j’en suis conscient. Ne t’inquiète pas, je ne suis pas vraiment un col blanc.

– Oui, je commence à le comprendre et…

Mon hésitation doit être flagrante, car il me coupe.

– Qu’y a-t-il ? Tu as peur, merde ! Je ne voulais pas que tu reviennes dans ce milieu. Tu mérites tellement une vie tranquille.

– En fait, je suis de plus en plus convaincue que la vie des gens normaux n'est pas faite pour moi.

– Ne fais pas de conneries Selenne, tu as déjà été en taule… Yourenev ne vaut pas que tu joues ta liberté pour lui.

Ce rappel de mes mensonges me trouble, je devrais lui avouer qu'il se trompe sur mon passé, mais je ne peux pas le faire au téléphone. Non, ce genre de discussion ne doit être engagée que face à face.

Et cela me confirme que je ne veux plus avoir de secrets pour lui, ni pour Anton. Oui, j'en ai fini de cette mission. Je ne trahirai pas, je n'espionnerai pas. Le soulagement m'envahit, je vais être franche avec mon amant dès que possible. Bon, ce soir, c'est compliqué, mais demain, je peux le faire. Forte de cette résolution, je continue ma conversation avec mon frère.

– Ne t'inquiète pas pour moi, fais attention à toi et à Helena aussi. Quand tu reviendras, j'espère de tout mon cœur avoir assez d'influence pour empêcher Anton de te tuer.

Je prie déjà pour qu'il soit indulgent face à mes révélations et assez attaché à moi pour écouter mes demandes pour Elias.

– Prends soin de toi sœurette et n'hésite pas à viser les bijoux de famille s'il fait le con avec toi.

– Je…

Des coups à la porte de la chambre parviennent jusqu'à la salle de bains. Youri frappe fort et mon cœur sursaute.

– Eh oh ! Tu en as encore pour longtemps ?

– J'arrive ! crié-je en oubliant de recouvrir le haut-parleur. Tu ne connais rien aux femmes, si tu crois qu'il ne me faut que cinq minutes pour être prête.

– Dépêche-toi, je n'ai pas toute la soirée, moi !

La voix assourdie de Youri surpasse de peu celle d'Elias, mais je le comprends bien quand même.

– Eh ! Je suis sourd maintenant, merci.

Mon frère grogne. Je ris et lui dis au revoir. Après avoir raccroché, je me regarde dans le miroir. Je murmure un mantra pour me donner du courage, un autre pour être forte et déterminée. La séduction et le franc-parler seront mes atouts ce soir… après, je croise les doigts.

Une bonne chose de faite, l'étape suivante est de gérer Rick et ses messages. Ils polluent mon téléphone et je dois lui répondre. Si je ne compte plus être aux ordres du FBI, je suis quand même obligée de temporiser en attendant de connaître la suite des événements. Comment faire pour me dégager de cette situation ?

Le premier message est laconique.

Alors ?

Le ton est plus mordant pour le suivant.

Le directeur adjoint veut des résultats
et s'impatiente. Tu me mets en défaut,
je ne supporte pas ça.

Et le dernier n'est pas mieux, avec son ultimatum et ses menaces.

Si je n'ai pas de preuves bientôt,
tu pars en taule, je te mettrai
tout sur le dos. Incapable
et malhonnête que tu es,
tu ne sauras pas prouver le contraire.

Merde ! Il me met la pression. Il faut que je lui réponde pour qu'il me donne du temps.

Je ne peux pas approcher
le coffre-fort, tout ce à quoi j'ai accès,
ce sont les dossiers des joueurs
et parieurs. Laisse-moi encore essayer.
Et arrête d'envoyer des messages,
je risque de me trahir à cause d'eux.

Mes angoisses sont de retour. L'estomac en vrac, je dois me préparer pour séduire mon amant, afin qu'il écoute jusqu'au bout mes explications avant de me rejeter, ou pire.

CHAPITRE 32

SELENNE

13 juin,
7 Péchés Capitaux, Milwaukee

Ma jupe fendue et mes talons hauts ne me sont d'aucune utilité pour descendre cet escalier. Je me retiens à la rampe comme je m'accrocherais à mon sauveur, en serrant les dents pour ne pas injurier le mec qui se marre derrière moi. Ce n'est pas prudent vu son CV de tueur. Il n'est pas galant au point de passer devant pour m'éviter une éventuelle chute, non, il préfère mater mes fesses et se moquer de mes difficultés à tenir en équilibre sur des talons. Je voudrais le voir, lui, dans la même situation. Il se foulerait la cheville en moins de deux.

J'emprunte le chemin dont on m'a strictement interdit l'accès mes premiers jours de travail. La descente aux enfers, comme disent mes collègues, vers la zone dédiée aux péchés de la colère et de l'orgueil. Les marches sont de moins en moins belles. Les premières volées sont recouvertes d'un tapis rouge, d'une rambarde en bois exotique, les luminaires sont luxueux et offrent une ambiance douce et chaleureuse. Mais plus je m'enfonce dans les entrailles de l'immeuble, plus mon malaise grandit. Le sol devient du béton brut, les murs perdent leurs couleurs. Je suppose que tout est voulu, calculé, car Anton n'est pas un homme qui laisserait son établissement tomber en décrépitude. Au contraire des autres zones des *7 Péchés Capitaux*, il a certainement cherché à provoquer ce sentiment d'angoisse qui prend le visiteur à la gorge.

En bas de cet escalier et au fond d'un couloir tout aussi flippant dans lequel je n'entends que le claquement de mes talons et ma respiration un peu trop précipitée, je me retrouve face à une porte en acier et à deux gorilles en costard cravate.

Je me sens petite et fragile, mais comme d'habitude, mon stress libère ma langue. Je ne peux m'empêcher de ricaner et d'ironiser.

– Lequel de vous deux me dira : « Vous ne passerez pas » comme Gandalf quand je vous annoncerai que je ne connais pas le mot de passe ?

Ils restent stoïques, telles deux statues de marbre. Aucun humour, ces mecs !

– Selenne !

Derrière moi, la voix de Youri gronde un avertissement.

– Celui qui est barbu ? Bon, j'avoue, sa barbe n'est pas assez longue pour en faire un magicien, mais…

Il me coupe en jurant en russe, je devine que ce n'est pas un compliment, car le gardien de la porte numéro deux soulève un sourcil. Cette réaction presque exagérée me fait sourire.

– Avant de dire encore des stupidités, entre ! ordonne mon baby-sitter. Ce n'est pas le moment !

Le barbu se décale et ouvre le battant épais de la porte. Je me fige, surprise par le bruit qui me percute. La main de Youri pousse le bas de mon dos pour m'inciter à franchir le seuil. J'entre dans une salle immense. On pourrait croire à un hangar par ses dimensions et son aspect. Au centre se trouve un ring entouré de sièges plus ou moins remplis par les spectateurs. D'autres sont rassemblés par groupes, discutant, riant et criant. Ils sont tous sur leur trente-et-un, habillés comme pour une soirée mondaine. Quelle ironie de les trouver ici, dans un sous-sol mal éclairé, en béton rugueux et au décor minimaliste ! Le bruit assourdissant rebondit sur les murs nus. De grands écrans donnent des infos sur les futurs combattants, leurs statistiques, leur poids, leurs victoires et les cotes attribuées par le bookmaker. Leurs photos tournent en boucle avec les commentaires du speaker.

Un bar permet à tout ce beau monde de boire et de noyer ses pertes dans l'oubli de l'alcool. Youri me pousse encore en direction d'une partie plus luxueuse de cette salle où je découvre Anton en pleine conversation avec un homme qu'il me semble reconnaître.

La foule me bouscule, les parfums lourds me donnent déjà la migraine. Je n'aime pas cette ambiance, surexcitée et fiévreuse avec un côté malsain. Les regards sont torves et me scrutent, me décortiquent pour décrypter pourquoi le bras droit du Russe m'escorte. Privilège ou problème ? Leur curiosité est malsaine. Les conversations changent quand on voit où me mène Youri et les regards me transpercent. Je relève le menton et rejoins celui qui partage mon lit.

Je catalogue, classe et enregistre tous les détails pour un éventuel rapport à Rick, ces miettes d'informations pourraient le calmer un peu, enfin, j'espère. Puisque je ne peux pas prendre de photos ni filmer les conversations, je dois me servir de mon cerveau. Les hommes se lèvent à mon arrivée. Anton tend le bras et me place près de lui. Il est en mode business et ne me sourit pas.

Je n'ai droit qu'à un aller-retour de mes cheveux à mes chevilles. Son regard froid comme sa Sibérie natale me glace. J'ai peur de ne pas lui plaire dans cette jupe noire et étroite qui s'arrête au-dessus du genou. Elle est d'un aspect très sérieux jusqu'à ce que je marche. Là, la fente sur ma cuisse explose le niveau de « sexitude », en découvrant par intermittence mes bas résille et leur bord en dentelle. Le choix de cette tenue est une revanche sur cet après-midi où il m'a laissée sur ma faim et a joué avec moi.

Les chaussures à lacets qui remontent sur mes mollets jouent dans la même catégorie que la jupe. Pour contrebalancer, mon haut est très classique avec un décolleté sage qui ne dévoile qu'une infime partie de ma poitrine. Le chignon bas dont j'ai coiffé ma chevelure habituellement sauvage rend ma tenue encore plus contradictoire. J'ai aimé me donner cet aspect de secrétaire sexy. Sage, mais qui ne demande qu'à se faire renverser sur une table ou prendre contre un mur.

Quand Youri m'a vue sortir de la salle de bains au moment de m'emmener aux *7 Péchés*, il a souri et a déclaré que le boss allait en faire une crise cardiaque. Sur le moment, j'en ai été heureuse, mais à présent j'ai des doutes. Son manque de réaction me froisse, je dois l'avouer. Il ne dit rien, ne fait rien. À peine s'il ne m'ignore pas.

La déception me frappe en pleine face. Je suis stupide. Attendre un compliment, au lieu de faire mon job qui est de le trahir, finira par me coûter la vie. Et le séduire, au point qu'il me garde auprès de lui, me semble à présent un projet hors d'atteinte, tel un mirage.

Les hommes reprennent place et continuent leur discussion.

J'ouvre mon porte-documents et prends des notes, bien que je ne sache pas vraiment ce qui est important ou non.

Chaque homme ou femme qui vient discuter avec le Russe est là en qualité de demandeur : pour un prêt, pour un pari, une demande de service. Jamais Anton Yourenev n'est en position de faiblesse. Il tire les ficelles et manipule.

– Écris sa demande, m'ordonne-t-il. Dix mille dollars. Il a une semaine pour me rembourser.

Se retournant vers son débiteur, il lui assène ses règles. Froid comme la glace et me faisant frissonner malgré le fait que je ne sois pas sa cible.

– Vous pouvez aller les jouer, parier ou en faire ce que vous voulez, mais si je n'ai pas la somme dans les temps, c'est vous qui serez sur ce ring contre mon champion. Et même si être laminé par lui n'est pas de tout repos, ce sera mieux que la deuxième solution. Pas de seconde chance avec moi. Vous payez ou vous perdez des morceaux.

Dès que j'ai formulé la reconnaissance de dette, Anton la signe et la lui tend. L'homme ne demande pas son reste, et se presse vers le bookmaker pour dépenser l'argent.

Je secoue la tête, effarée. Comment peut-on mettre sa vie en danger volontairement juste pour quelques minutes d'oubli ? La peur des menaces du Russe est annihilée par l'addiction.

La foule s'agite, le présentateur entame son show. Les combattants vont bientôt apparaître et monter sur le ring. Anton se lève et me tend la main. Je lui jette un coup d'œil rancunier, il me sourit. Me prenant par le coude, il me dirige vers un espace libre près de la zone de combat.

– Arrête de bouder, tu es superbe dans cette tenue. Mais je n'ai pas le temps de te montrer l'effet que tu me fais, murmure-t-il à mon oreille. Et je le regrette, crois-moi.

Je me tends, dans l'expectative. Il a compris mon manège et n'est pas aveugle. Il est juste suffisamment maître de lui pour ne rien dévoiler de ses pensées, contrairement à moi.

– Je ne boude pas, répliqué-je, parfaitement hypocrite. Je travaille.

Mon menton se lève et je lui fais une moue de mes lèvres peintes en rouge. Son regard s'égare lentement vers mon cou où mon pouls bat plus vite. Ce mec me chauffe sans rien faire, c'est tout à fait injuste.

– Tu bosses pour moi, alors regarde le combat. Selon le vainqueur, je serai encore plus riche. Et tu devras établir les reçus après. Je veux les chiffres exacts. Le reste de la comptabilité sera fait par Sasha.

– Pourquoi pas moi ?

– Ton frère m'a volé, que penserait-on de moi si je te laissais la clé de mon coffre-fort ?

– Que tu es un homme qui se fout de leur opinion ? tenté-je en lui décochant un regard ironique.

– Ou un homme stupide. Je te laisse le boulot d'Helena, soit déjà reconnaissante, tu aurais pu te retrouver dans une cave.

– Oh, je le suis ! Je préfère ma situation, n'aie aucun doute.

Je hausse les épaules et me détourne de lui. Comme si j'allais oublier que je suis obligée de remplacer son ex dans son travail ! Mon estomac se serre à la pensée de cette violence qui va s'étaler devant mes yeux. Je n'aime pas le sang, et devoir en être témoin toute la nuit me donne envie de vomir.

Les combats se suivent et se ressemblent : des cris, des coups, du sang. Le goût morbide de la foule pour ce spectacle me rend malade. J'essaie tant bien que mal de paraître insensible, mais je ne peux sourire ou devenir folle d'excitation comme ces femmes qui ne demandent qu'à voir leur champion étendre leur adversaire.

Entre chaque combat, je récupère les reçus et les reconnaissances de dettes, je les compile, les compte, les range dans une caisse métallique dédiée à cet effet. Il y en a pour une fortune. De loin, je surveille les faits et gestes d'Anton, il est très homme d'affaires. Toujours à parler, à serrer des mains. Son aura est plus sombre, plus dangereuse que dans l'intimité. Il me dévoile un autre visage, celui du mafieux sans pitié, intelligent et sans concessions. Ses hommes gèrent tout, les entrées, les remboursements, les filles qui accompagnent les parieurs. Rien n'est laissé au hasard. Aucun flic ou agent du gouvernement ne peut parvenir ici sans être reconnu. Et moi, je suis en train d'infiltrer cette organisation. Me rendre compte de la situation m'effraie. S'il comprend mon implication dans les manigances du FBI, je serai mieux morte qu'entre ses mains.

La soirée se termine, les gens sortent en riant, pressés d'aller à l'étage pour un verre, une orgie ou tout autre fantasme. Je termine mon travail, notant tout dans le cahier quand je remarque du bruit dans le fond de la salle. Un homme d'une quarantaine d'années, en costume luxueux, est entouré de Youri et deux de ses sbires.

Anton apparaît à mes côtés et s'assied. Il prend ses aises, un bras sur le dossier et une jambe croisée sur son genou.

L'homme a l'air d'avoir peur, il est pâle et il transpire. La sueur perlant sur son crâne dégagé par un début de calvitie le fait luire d'une manière assez dégoûtante. Il aperçoit le Russe et tente une approche. Les gorilles le retiennent et lui assènent chacun un coup de poing. Pliant les genoux sous la douleur, il manque de se retrouver à terre. Je me redresse de stupeur.

– Ne bouge pas et ne dis rien.

La voix d'Anton est dure et impersonnelle. Elle n'a plus rien à voir avec celle qu'il utilise d'habitude avec moi, aucune trace d'émotion, encore moins d'empathie. C'est un autre homme et je m'en rends compte. Devant moi, il n'y a que le mafieux.

– Amenez-le-moi, ordonne-t-il.

Youri hoche la tête et parle en russe. Les hommes traînent le pauvre malheureux vers nous. La nausée me rend muette, pour une fois, je ne sortirai pas de bêtises au pire moment.

– Pitié, monsieur Yourenev.

– Où est mon argent ?

– Il… Je… Je ne l'ai pas, j'ai besoin de plus de temps.

La peur qu'il ressent transpire par tous les pores de sa peau et se communique comme une maladie. Mon épiderme se hérisse de chair de poule et ma gorge se serre d'angoisse. Cet homme est conscient du danger. Anton est tel un monstre sous un beau visage. Indifférent et même satisfait du sentiment d'horreur qu'il perçoit chez sa future victime. Un requin sentant le sang.

– Je vous ai laissé une semaine. Le délai est plus que dépassé. Je ne supporte pas que l'on se foute de ma gueule !

Sa soudaine vulgarité me choque et je sursaute. Je détourne mon regard angoissé de cet inconnu et regarde mon amant. Son visage s'est assombri, ses yeux pourraient tuer par tant de froideur et de cynisme.

– Selenne, regarde dans ton cahier à la date du 17 mai. Donne-moi la somme exacte que ce… monsieur me doit.

L'hésitation marquée sur le mot est voulue pour bien noter le peu de considération qu'il a pour son statut.

– Euh… je ne connais pas son nom, dis-je d'une voix éteinte, essoufflée par la panique.

– Kristopher McKinley.

Je tourne les pages fébrilement, mon sang semble ralenti et épais dans mes veines, mon cœur bat trop fort et la tête me tourne. J'ai l'impression que ma tension joue les montagnes russes. Je retiens ma respiration et la bloque quelques secondes, il faut que je me reprenne et tienne le coup.

Ma vue se brouille puis se focalise sur la somme due.

Waouh ! Ah oui quand même !

– Il… (Je me racle la gorge pour parler correctement puis reprends :) Il vous doit trois cent soixante-cinq mille dollars.

– Non… ce n'est pas autant, gémit-il.

– Pour chaque report, vous avez eu des intérêts supplémentaires. Et j'ai été plus que patient.

Quand je pense que j'aurais pu être à sa place si Anton n'avait pas voulu de moi. C'est horrible. Sa voix est cassante, j'en ai des sueurs froides dans le dos.

– Donc, vous n'avez pas *mon* argent…

– Laissez-moi encore un peu de temps.

Cet homme supplie et pleure, il est pathétique et j'ai pitié de lui.

– Non !

La réponse claque dans le silence de la salle.

– Vous avez jusqu'à demain soir…

– Merci, le coupe son débiteur.

Son soulagement est perceptible, il se relâche, son corps se détend et sa respiration reprend un semblant de normalité.

– Je n'ai pas terminé ! Vous me devez compensation et personne, jamais, ne reçoit de passe-droit ! Je ne vais pas vous laisser vous en tirer comme ça. On ne joue pas avec moi.

Youri sort son couteau, le cliquetis de la lame qui se met en place résonne dans ma tête. Il sourit tel un psychopathe. Je veux me lever et fuir. Je ne peux pas voir ce qui va suivre. Non, je ne tiendrai pas. Anton observe la scène comme s'il buvait un verre avec des amis.

Je me retourne vers lui et ouvre la bouche pour tenter de le faire changer d'avis, pour qu'il soit magnanime. Il ne regarde pas McKinley, non, il me fixe et jauge mes réactions. Je crochète ses doigts et les écrase, muette. Il secoue la tête et vient murmurer à mon oreille :

– Je ne reculerai jamais, même pour toi. Vois ce dont je suis capable. Observe ma vie, ma vraie personnalité et ce que je suis.

– Tu…

Je ne peux pas lui dire ce que je pense, il est mon amant, mais mon ennemi aussi. Il n'aura jamais de pitié, encore moins pour ma trahison. Je suis terrifiée pour moi-même et pour mon frère. Il a beau être un amant attentif, il est aussi le chef de la mafia russe de la ville et un criminel sans remords.

L'homme – car je ne veux pas le nommer par son prénom, je ne veux pas l'humaniser et me comparer à lui et à son destin – crie et hurle. Il s'humilie en geignant et en sc tordant entre les mains des gorilles.

Ses gardiens sont stoïques devant ses épanchements, alors qu'ils me rendent malade.

Youri fait un signe et sa main droite se retrouve plaquée sur la table basse sur laquelle j'ai travaillé toute la soirée.

– Pitié, non ! Je paierai, je vous donnerai tout, plus, même !

– Oui, confirme Anton d'une voix sèche, vous allez éponger votre dette, mais vous allez aussi connaître maintenant ce qu'il en coûte de jouer au plus malin avec moi.

Il termine en aboyant un ordre en russe et Youri pose la lame sur le petit doigt de sa future victime. Il crie, je ferme les yeux.

La main d'Anton, douce et ferme, caresse ma joue et efface les larmes qui coulent sans que je m'en rende compte.

– Regarde !

– C'est horrible !

– Oui, mais c'est ma vie !

J'ouvre les paupières, mais les larmes troublent ma vision et je remercie la providence de ce fait. Je n'ai pas à voir dans les détails quand la lame s'enfonce dans la chair ni quand elle coupe d'un mouvement les deux phalanges de l'auriculaire. Par contre, mes oreilles fonctionnent correctement et j'entends tout. Le bruit de la chair qui se déchire et les hurlements aigus de ce McKinley. Les combats de ce soir et leur violence qui m'ont horrifiée ne sont plus qu'un lointain souvenir, tellement fade en comparaison de ce moment. Là, je suis si proche, je pourrais être à sa place ou pire encore… Si Elias se faisait attraper, je serais sans l'ombre d'un doute le témoin de sa torture.

– Sortez-le, hors de ma vue.

Ses hommes obéissent et me laissent seule avec ce monstre que je ne reconnais plus. Je me retiens de vomir, le goût aigre de ma terreur bloque toutes paroles qui voudraient sortir de ma gorge.

– Tu vois, Selenne. Ceux qui me trahissent en subissent les conséquences. Mais toi, tu ne risques rien, tu es à moi.

Je le fixe et mon cœur frémit. Quand il connaîtra ma traîtrise, je vais souffrir. Je le sais, rien ne pourra me protéger, rien.

CHAPITRE 33

ANTON

13 juin,
7 Péchés Capitaux, Milwaukee

Elle me regarde et me voit pour la première fois. Elle comprend finalement que je ne suis pas comme les hommes qu'elle a côtoyés. Pas un gentil toutou, pas un gentleman. Je peux revêtir un costume à cinq mille dollars et un masque de civilité, jouer la comédie, mais au fond je suis un prédateur au sommet de la pyramide alimentaire. Et je ne permettrai à personne de me détrôner.

Son regard est terrifié, choqué. Selenne recule et lâche ma main qu'elle tenait sans s'en rendre compte. Elle l'avait saisie pour me demander de l'épargner. Mais pour un bouffon pareil, jamais je ne gâcherais ma réputation pour de la miséricorde.

– Ne sois pas dégoûtée, il a mérité une leçon.

Elle se lève, ramasse les documents et le cahier sur la table en évitant le sang qui en a souillé la surface. Ses mains tremblent. Serrant les dents, elle évite mon regard comme mon corps. Pour une raison que j'ignore, le fait qu'elle passe par l'autre côté et non par ma place me donne envie de grogner. Il fallait qu'elle connaisse cette facette de ma vie, ma nature violente et le danger que l'on encourt à se moquer de moi. Mais son rejet, même si je conçois qu'elle est en état de choc, me blesse. Elle doit m'accepter entièrement, pas que mes bons côtés, et si j'arrive un jour à l'apprivoiser, à faire en sorte qu'elle m'aime et me respecte, je pourrai alors lui faire confiance et ouvrir un tant soit peu la porte qui protège mon cœur.

Ma vie n'est pas rose, ce n'est pas un conte de fées. Je suis le méchant et elle n'est pas une putain de princesse. Elle connaît la difficulté à survivre dans ce monde, un séjour en taule aurait dû l'endurcir et la préparer au spectacle de ce soir.

– Personne ne mérite un traitement pareil juste pour une dette, réplique-t-elle fièrement.

– Tu penses à ton frère en disant ça et je le comprends.

Elle tressaille puis se fige. Ses doigts se resserrent convulsivement sur les papiers pressés contre sa poitrine. Je me lève et approche. Comme à son habitude, elle fait preuve de cran et ne recule pas. J'adore son caractère fort. Elle est brave.

– Oui, c'est vrai. Si tu… je ne le supporterais pas si tu étais aussi dur envers Elias.

– Je t'ai promis de ne pas le tuer, et tu as sacrifié ta fierté pour le maintenir sain et sauf. Tu fais partie de mes proches, tu connais la valeur de la famille.

Ses yeux brillent et une expression trouble traverse son visage. De la gêne, de la peur, du remords ? Elle regrette d'avoir couché avec moi malgré la situation avec son frère et d'y avoir pris du plaisir ? Que j'aimerais pouvoir lire en elle et la cerner !

– Oui, parfaitement, et tu as passé un deal. Je travaille pour toi et j'ai rendu l'argent.

– Mais tu couches encore avec moi, lancé-je en avançant vers elle comme vers une proie.

La tension sexuelle revient tel un tsunami. Elle remplace le sang, la peur et la colère. Je la pourchasse en la refoulant vers le ring. Son corps menu et tout en courbes, moulé dans cette tenue sexy, m'excite.

– Pas cette semaine, me rappelle-t-elle, nerveuse.

Oui, j'ai promis et je commence à le regretter. Je veux la baiser ici et maintenant, mais contourner les règles pour qu'elle assouvisse son désir sera considéré par ma belle comme de la triche. Sa peau claire de rousse brille et se colore d'un rose léger, la montée de son excitation est rapide. Je suis certain que je peux la mener où je veux et qu'elle ne me résistera pas. Malgré cette facilité, une parole est une parole. Je ne la reprendrai pas.

– Pour… pourquoi tu as fait ça ?

Sa voix bute sur les mots, elle se retrouve collée contre le poteau du ring et se raidit.

– Quoi ? Que tu sois témoin ? Les dettes sont sacrées. Quiconque me doit de l'argent ou un service doit me rembourser. Et si on me ment, tente de trouver une excuse ou de m'arnaquer, je réplique… toujours violemment. Je te veux dans mon lit, te baiser et que tu cries de plaisir. Je veux que tu partages ton corps avec moi et uniquement moi, mais aussi ton âme. Tu as de l'acier dans les veines. Tu es forte bien que trop innocente à mon goût. Tu as l'étoffe d'une grande.

Je caresse sa joue et elle me fixe de ses grands yeux chocolat. Sa lèvre inférieure tremble et je ne peux empêcher mon pouce de l'effleurer. Ses pupilles se dilatent sous l'afflux de désir.

– Tu es capable de rester à mes côtés et de tenir mon rang. Tu as de la fierté, tu es belle, mais aussi intelligente. Merde, ton cerveau de génie me fascine. Tu joues le jeu des règles de la société et tentes de rester dans le droit chemin. Tu te contentes d'être serveuse au lieu de surpasser ton entourage. C'est du gâchis !

Je la domine de toute ma stature, forçant ma belle à se plaquer contre le pilier. Je lui ai coupé toute retraite. Mes doigts s'insinuent dans la fente de cette jupe torride. Sa peau douce frémit sous ma caresse. Elle est sensible à mon toucher et cette constatation apaise mon désir. Dès que je l'ai vue dans cette tenue, je n'ai pensé qu'à une chose, trouver le moyen de la déshabiller. Rester impassible a été une véritable épreuve de force. Je ne voulais pas qu'elle sache que son pouvoir de séduction me met à genoux.

Elle inspire brusquement. J'ai conscience qu'elle voudrait réfléchir, mettre à plat ses sentiments pour mieux comprendre où elle en est, surtout après la remise sur le droit chemin de McKinley. Mais je ne veux pas lui laisser le temps, elle doit me parler maintenant, quand ses émotions sont encore à fleur de peau. Rien de mieux pour avoir une totale franchise.

– Tu es capable du meilleur. Tu peux être qui tu souhaites, lui affirmé-je. Veux-tu rester dans l'ombre et te faner ou entrer dans la lumière et briller avec moi ? À toi de choisir.

Ma voix devient rauque, son contact électrise l'ensemble de mes nerfs. Selenne domine mes sensations, mes réactions, et elle n'en a pas conscience. Quand elle prendra conscience de la valeur de ce pouvoir, elle sera invincible, la reine de cette ville. Et moi, le roi qui la protégera et lui donnera tout ce dont elle aura besoin ou souhaitera.

– Je… Je ne veux pas vivre dans la peur ni me cacher, murmure-t-elle.

Elle est essoufflée, excitée, et pour la première fois, Selenne me sourit librement. Sa main agrippe le haut de mon bras, ses ongles traversent le tissu et me provoquent un frisson de plaisir. Ah, les sentir me griffer le dos pendant que je suis en elle…

– Tu m’offres une place à tes côtés ? s’étonne-t-elle.

Je savoure sa surprise et le choc de cette révélation. Je ne suis pas connu pour être partageur, encore moins avec une femme.

– Si tu te donnes à moi, si tu me jures allégeance, alors… oui. J’ai besoin d’une femme sur qui compter. Tu as l’étoffe pour.

– Ce qui s’est passé…

Elle s’interrompt et son regard retourne vers notre table, perdant ses couleurs. Elle doit revivre le moment où ce con qui ne voulait pas me payer a perdu une partie de lui-même.

– Tu viens de me tester ? Pour voir si je supporterais cette vie ?

– Oui, confirmé-je. Je ne te demande pas d’être impitoyable ni de tenir une arme. Tu ne seras pas un de mes lieutenants, tu ne devras que me soutenir, rester à mes côtés et me donner ton avis. Ne jamais me contredire en public, ne jamais trahir ma confiance et ne jamais me tourner le dos.

Je lui en demande beaucoup mais je sais tout au fond de moi, dans mes tripes, qu’elle est la seule, elle est la bonne.

Ma rousse fixe de ses beaux yeux couleur chocolat ma main qui la caresse encore, comme pour la détendre, la rassurer, puis son regard se perd dans la salle, vers le plafond, évitant le mien. L’attente de sa réponse me déplaît, je n’ai pas l’habitude.

Je n'aime pas l'incertitude dans laquelle elle me plonge.

Je ne l'obligerai pas à me choisir. Si elle refuse, je continuerai de coucher avec elle, mais je couperai court à ces sentiments qui commencent à s'insinuer en moi. Aucune femme n'a réussi l'exploit de me subjuguer avant elle. Selenne est solaire, mordante, piquante, tellement franche dans ses sentiments. Elle aime ou déteste de tout son cœur. Quand elle donne sa fidélité, elle ne la reprend pas. Être son allié, son ami, son amant est, j'en suis certain, la plus belle des récompenses. Elle donnera tout, sacrifiera tout. Comme pour son frère.

– Je dois prendre ma décision maintenant ?

Sa voix tremble de façon imperceptible, mais je suis attentif à tout ce qui vient d'elle.

– Non, réfléchis-y. Mais quand tu m'auras donné ta réponse, sois sûre de toi. Il n'y aura pas de deuxième chance. Je ne reviens jamais sur mes décisions. Ou tu seras mienne à part entière, ou tu ne seras plus qu'une des femmes que je baise.

La fin de mon ultimatum ne lui plaît apparemment pas vu la grimace qu'elle retient. Jalouse, ma belle ? Je me servirai de tout ce qui peut lui forcer la main pour qu'elle me dise oui.

– Pas de compromis ?

Sa bouche pulpeuse se tord en une moue boudeuse qui m'attire tel le chant d'une sirène. Je presse mes lèvres sur les siennes, mordille et tire. Elle halète et enroule sa jambe autour de ma hanche. Elle colle son bassin au mien, ondule et ronronne. Le frottement contre mon sexe me tire un gémissement.

Je me recule pour ne pas me fondre en elle. Sa bouche chaude et humide est un paradis, mais il me faut garder l'esprit clair pour négocier notre avenir.

– Pas de demi-mesure. Tout ou rien !

Elle sourit, séductrice, et me relâche, mais apaise mon grognement d'une caresse légère sur ma mâchoire.

– Je vais prendre en compte tout ça. Quand veux-tu ma réponse ?

– Quand tu seras sûre de toi, mais ne me fais pas languir.

– Une semaine pour se connaître, sept jours pour se décider… mais toujours sans sexe, me rappelle-t-elle.

Elle embrasse ma joue chastement puis s'éloigne. Je serre les poings et la suis du regard en détaillant ses courbes. Putain ! Son cul vaut tous les compromis, mais je ne le lui avouerai jamais.

CHAPITRE 34

SELENNE

13 juin,
7 Péchés Capitaux, Milwaukee

Je tremble. Ma peur est tellement forte que mon ventre se tord et des nausées me secouent. Comment faire pour ne rien révéler ? Je serre les dents, lisse mon expression et prie tous les saints que je connais de me venir en aide.

Cet homme pourrait me rendre heureuse. S'il m'aimait vraiment, il serait le plus fidèle, le plus dévoué des amants. Mais je dois me rendre à l'évidence, il me propose d'être à ses côtés, comme une compagne, une alliée, mais il ne m'a jamais donné d'indice sur ses sentiments ou sur la durée de notre relation. Il apprécie mes courbes et ma fichue manie de dire ce que je pense et c'est déjà beaucoup, par contre, comment survivre à sa colère quand il apprendra le pourquoi de ma présence ?

J'ai le pressentiment que je ne garderai pas le secret encore longtemps. Il se sentira trahi, et à raison.

J'ai des sentiments envers cet homme. Il me rassure et m'attire, puis m'effraie au-delà du possible. Il n'est pas tiraillé par ses deux faces. Anton est en paix avec sa façon de vivre. Il édicte ses lois et suit ses propres règles. Pour lui, pas de mal, pas de bien, juste ce qu'il décide. Jamais de remords, impitoyable jusqu'au bout des ongles.

La tentation est forte d'accepter sa proposition et de le suivre dans son monde, de ne rien me refuser et de ne plus subir cette pression continue à vouloir m'intégrer, à être reconnue pour mes efforts. Et surtout, être protégée de Rick. Que ce salopard paie pour ses actes, ce qu'il m'a fait et voulait me faire. Que je n'aie plus à regarder par-dessus mon épaule.

Mais… car oui, il y a un mais. Si j'accepte, si je plonge dans cet univers, je vais devoir me confesser à Anton et lui parler de mon passé, de ma mission.

Et le pari est risqué. Soit il me pardonne, car je ne l'ai pas encore trahi. L'intention est là, mais pas encore mise en application. C'est jouer sur les mots et tordre la réalité pour me donner bonne conscience. Soit il entre en rage, me torture, me tue, et il se venge sur Elias.

Mon malaise s'amplifie, il me suit comme une ombre et je comprends tout l'effroi que doit ressentir une antilope face à un lion qui l'a prise en chasse. Quand la terreur paralyse tant le corps et l'esprit qu'elle ne peut plus réfléchir et se fige.

Je remonte l'escalier en surmontant ma faiblesse et en l'ignorant le plus possible. Enfin… j'essaie en me dirigeant vers le bureau, je dois y déposer les documents de la soirée. Youri a déjà emporté l'argent que Sasha a collecté et me prend des mains le cahier dès que j'entre. Sans prononcer un mot, il m'enjoint à repartir en pointant la porte du menton. Je m'exécute en m'éloignant puis me retourne vivement sur le seuil de la pièce. L'homme de main ouvre le coffre à l'aide d'un code numérique, mais je ne peux le voir. J'en suis soulagée.

Je ne pourrai pas m'en servir contre Anton. Ce que je ne connais pas ne pourra pas faire de mal.

Deux mains se posent sur mes épaules et se crispent durement. La douleur fugace me fait grimacer, je sursaute sous la surprise. Toute à mes pensées d'espionnage, j'ai oublié la présence d'Anton derrière moi.

– Tu as oublié quelque chose ? ironise mon amant.

Sa voix rauque saupoudrée de son accent russe est une arme à double tranchant. D'un côté, elle promet les pires tortures et cruautés et de l'autre, la jouissance et la luxure.

Je laisse mon dos se coller souplement contre son corps dur et viril. Mes fesses viennent se caler contre son bassin et je note qu'il est toujours excité par notre tête-à-tête de la salle de combats. Son membre pousse presque instinctivement vers moi. Anton entoure ma taille d'un bras et sa main vient discrètement se poser sur mon ventre. Le pouce s'égare, l'air de rien, sous mon sein gauche. L'effleurement d'un seul de ses doigts me trouble plus que n'importe quelles caresses de mes précédents amants. Je suis mal barrée, car je ne résisterai jamais à cet homme, surtout s'il fait preuve de tendresse. Qu'il soit capable des pires crimes et d'une violence inouïe me paraît moins important, moins effrayant quand il me tient dans ses bras.

Cette situation et mes sentiments contradictoires sont paradoxaux. Mon cerveau est sens dessus dessous. Je dois donner le change.

– Je devais déposer le cahier de comptes et j'en ai profité pour vérifier si je n'avais rien oublié dans ton bureau cet après-midi.

Il redresse la tête et fixe la pièce puis reprend la pose. Ses lèvres jouent avec mon oreille et se perdent le long de mon cou. D'un geste inconscient, je m'incline pour lui donner un meilleur accès.

– Que veux-tu dire ? Et puis quelle importance ?

– Oh… je ne veux pas avoir à faire demi-tour…

Je gémis ma réponse, essoufflée et frissonnante, car le coquin mordille l'attache entre mon cou et mon épaule. La sensation est phénoménale, une zone érogène encore inconnue vient de m'être révélée.

– Où penses-tu aller ? Tu pars ?

– J'ai fini ma journée de travail, je te rappelle. Et j'ai besoin de mes huit heures de sommeil. Ce qui me fait penser… Peux-tu demander à un de tes hommes de me reconduire ? Ou faire appeler un taxi ?

Il me retourne et soulève mon menton d'un doigt. Son expression de mafieux russe est de retour. Il est fâché ou… en fait, je n'en ai aucune idée.

– Tu ne retournes pas chez toi, m'ordonne-t-il.

– Quoi ? Si… J'ai…

– Ce n'est pas une suggestion ni un sujet de discussion. Tu n'as pas voulu que je m'occupe de ton problème personnel, donc je n'ai d'autre option que de te garder à mes côtés pour ta sécurité.

Problème personnel ? De quoi parle-t-il ? Puis la lumière se fait dans mon cerveau quand je suis son regard. Il me tient le poignet et caresse un des bleus résiduels de la tentative de viol de Rick. Ah… OK. Cet homme a de la mémoire et rien ne le détourne de ses objectifs.

– Et donc je vais dormir…

Je laisse la phrase en suspens pour lui laisser le temps d'expliquer son plan.

– Avec moi, en haut. Et avant que tu ne contestes comme d'habitude, sache que ça nous permettra de passer plus de temps ensemble en dehors du bureau et des affaires. D'être plus intimes, précise-t-il d'une voix plus rauque.

– Je ne discute pas toujours, rétorqué-je, de mauvaise foi. Mais… il faut que je retourne à mon appartement. J'ai besoin de mes affaires personnelles.

– J'ai ce qu'il faut en haut.

– Des vêtements de rechange ?

Il acquiesce et me fait reculer contre le mur.

– Ma brosse à dents ?

Sa bouche se promène le long de ma mâchoire.

– Un pyjama ?

– Tu n'en auras pas besoin, me réplique-t-il en souriant de toutes ses dents.

Ses mains sont de retour sur mes hanches, et je me perds dans son regard bleu comme la glace. Je ne trouve plus vraiment d'excuses valables pour le fuir, pour mettre de la distance entre nous et pouvoir réfléchir à ma situation. L'angoisse revient, de même que l'image de Rick. Il attend mon rapport et sera contrarié du retard.

– Reste avec moi, Selenne. Je n'aime pas que tu penses à autre chose quand tu es dans mes bras. Tu ne devrais même pas être capable de la moindre réflexion.

Il grogne et se rembrunit. Il a remarqué que mes pensées ont dérivé ailleurs que vers lui.

– C'est que… Youri est toujours là et je ne suis pas à l'aise avec le fait de me donner en spectacle, biaisé-je en lui donnant une cible différente.

Je ne peux lui révéler le fond de ma pensée.

– Mmh ?

Anton revient à la réalité et constate que son bras droit est présent. Il est en train de nous fixer, les bras croisés sur sa large poitrine. Son expression est neutre, mais j'ai l'impression qu'il essaie d'analyser la situation et qu'il n'a pas confiance en moi, comme s'il sentait qu'il y a quelque chose d'anormal. Et qu'il n'apprécie pas cette obsession de son patron envers moi. Lui, je ne peux pas le manipuler en faisant les yeux doux.

– Youri ? Ferme les yeux ou casse-toi !

OK… Mon amant est en mode homme des cavernes.

– C'est toi qui es arrivé en dernier, boss. Je travaille, moi.

– Eh bien, continue !

Il me prend par la main et m'entraîne hors du bureau. Son pas est déterminé et je dois presque courir pour suivre son rythme avec mes talons hauts. Nous montons l'escalier menant à son appartement et il claque la porte brusquement. Il est à la limite de perdre son sang-froid. Quand il tourne la clé pour nous isoler du monde extérieur, je me dis que son serment de ne pas coucher avec moi ne tiendra plus très longtemps.

Il nous enferme chez lui, cette pensée me fige et me trouble. L'adrénaline, qui noyait mon organisme depuis cette horreur que j'ai ressentie face à la torture de ce McKinley, déferle à nouveau dans mes veines. Je ne le crains pas. Physiquement, il ne me fera pas de mal. Non. J'ai peur de mes réactions. Je n'arrive pas à lui résister et son charme d'homme fort et protecteur fonctionne à chaque fois. Je fonds pour lui malgré toutes les alarmes qui hurlent dans mon cerveau.

– Je suis censée faire quoi maintenant ? questionné-je en jetant un regard autour de moi.

– J'ai quelques idées, me répond-il en approchant d'un pas souple et nonchalant.

Il retire sa veste et la jette négligemment sur le dossier d'une chaise, me fixant comme pour empêcher tout mouvement de ma part à la seule force de son regard. Quand il remonte de façon méthodique ses manches, je perds un temps précieux à admirer, comme une affamée devant un buffet, ses avant-bras. Ils sont forts et virils, les muscles roulant sous sa peau dorée à chaque geste. Il décroche sa montre et la pose sur une table basse, puis il s'attaque au bracelet en cuir à son poignet gauche, dévoilant l'oiseau aux ailes déployées tatoué dans sa peau.

– Quoi ? Du nettoyage ? Ta femme de ménage s'est barrée aussi ?

Ce rappel d'Helena n'est peut-être pas une bonne idée. Je caquette comme une greluche, parlant pour ne rien dire tant mon contrôle s'effiloche. Je dois même me racler la gorge, car ma voix révèle toute mon attirance envers lui. Il s'amuse de mon trouble évident comme le démontre son sourire moqueur, mais continue de se rapprocher.

– Non. Je ne veux que quelques instants en ta présence. Des câlins et discuter.

– Tu veux des câlins.

Je suis surprise, ma mâchoire manque de se décrocher. Il aurait pu me dire qu'il voulait des bonbons que je n'en aurais pas été aussi choquée.

– Ou… t'en faire. Tu m'as demandé, non, tu as exigé plutôt, de faire plus ample connaissance et je m'exécute.

Il incline la tête dans une parodie de révérence puis continue :

– Je compte obtempérer en te massant. Nous pourrions échanger quelques histoires en même temps.

À la pensée de ses mains, de ses doigts parcourant mon corps, me caressant, me malaxant, je me liquéfie.

– Tu as perdu ta langue ! Si j'avais su qu'il suffisait de te promettre un massage pour te faire taire…

Il se moque, mais il peut continuer si c'est le prix à payer pour être au centre de son attention sensuelle. Je déglutis, puis lui souris. Je ne me laisserai pas submerger par son charisme. Je vais profiter du moment, essayer de me détendre, de ne plus penser à cette facilité qu'il a à prodiguer violence ou douleur, et me focaliser sur la douceur qu'il m'offre. Je dois faire la part des choses et jouer le jeu.

– Je n'ai rien perdu, réfléchis-je.

– Et à quoi penses-tu ma jolie ?

– Que tu n'arriveras pas à te retenir quand tu verras mes sous-vêtements !

Il se tend de façon visible, ses pupilles se dilatent. Il aime que je sois sexy, apprécie la dentelle. Anton ne sera pas déçu cette nuit.

– Je suis connu pour mon self-control, Selenne. Si je te dis que je ne te baiserai pas, je tiendrai parole.

Son sourire est carnassier. Il remet une mèche de cheveux derrière mon oreille et son toucher est tendre. Mon cœur se contracte sous cette douceur. Comment peut-il être ces deux hommes si opposés ? Dur et froid puis protecteur et dévoué ? Je n'arrive pas à le comprendre et cela me déstabilise.

Il m'entraîne dans sa chambre et me déshabille comme il ouvrirait un cadeau. Concentré sur chaque geste, il observe mes réactions et découvre ma peau en la caressant. Ses doigts me frôlent, me procurant chair de poule et frissons. Je le laisse ôter mes vêtements lentement, comme si j'étais une poupée inanimée. Enfin extérieurement, car à l'intérieur je suis au centre d'une tempête émotionnelle.

Il grogne en apercevant mon soutien-gorge. Noir en dentelle qui ne recouvre qu'une infime partie de ma poitrine. Il empoigne mes seins et les presse.

– Superbes. Ils sont faits pour être dans mes mains.

Je jette un coup d'œil et constate qu'il a raison, ils remplissent juste les paumes de ses mains. Cette vision est érotique et la sensation de ses pouces sur mes tétons me coupe la respiration. Mes genoux flanchent. Anton me retient en enroulant un bras autour de ma taille. Ses doigts me chatouillent dans le creux des reins, puis je comprends qu'il vient de détacher ma jupe qui tombe sur le sol dans un bruit doux de tissu froissé. Sa main se perd sur mes fesses, il les tâte et enfonce durement ses ongles dans ma chair. Je gémis sous cette douleur exquise.

– Couche-toi, m'ordonne-t-il. Sur le ventre.

Je m'exécute, fébrile, dans l'attente de la suite. Je lui ai fait promettre de ne pas tenter de me faire l'amour mais je le regrette maintenant. Bien sûr, je ne le lui avouerai jamais.

Secouant la tête devant ma dualité, je m'allonge et cache mon visage dans le creux de mes bras. Il n'a pas besoin de voir mes réactions, il est assez orgueilleux comme ça.

Mes muscles sont contractés par le stress de cette journée, toute cette frustration sexuelle initiée par Anton dans le bureau puis la peur et le choc des combats et enfin, l'horreur avec McKinley. Je suis au bord de la rupture. Mon corps a besoin de libérer la tension. Anton est le seul à pouvoir m'aider. Avec son toucher, sa présence et son côté dominant. Nous nous connaissons intimement, nos corps se reconnaissent. Le mien est habitué à éprouver des sensations, du bonheur à son contact, et s'en souvient. Je suis accro, je ne peux le nier.

Ses mains prennent possession de mon corps, malaxent, appuient, écrasent chaque point douloureux et noué de mon dos. Anton est concentré et silencieux. Pour m'empêcher de fondre et de me soumettre encore à son pouvoir de séduction, je dois trouver un sujet de conversation.

– Comment peux-tu être doué à ce point ? Tu as pris des cours pendant ton temps libre ?

– Quel temps libre ?

– Aucune idée… quand tu ne menaces pas quelqu'un ou quand tu ne rackettes pas ou… tu as bien un moment où tu te reposes de ton job de mafieux ?

Il rit tout bas et ce son grave remonte le long de ma colonne vertébrale comme un courant électrique.

– J'ai toujours à faire. Me servir de mes mains est un don naturel que j'ai développé au fil des années.

– Ah ?

– Oui, dans ma jeunesse, il était important de pouvoir séduire et contenter mes supérieurs. Ou leur femme.

Ça ne devrait pas être le cas, mais ses mots et ce qu'il insinue me font mal. Rien que d'imaginer qu'il s'est servi de son pouvoir de séduction pour monter dans la hiérarchie ou pour être protégé est comme un couteau qui me vrille le ventre. Ses mains fortes et viriles, qui peuvent être douces, se sont posées sur d'autres femmes, d'autres amantes… je vois rouge. Je n'en ai pas le droit, et même si je l'avais, ma position ne devrait pas me le permettre. Je suis déjà dans un bordel pas possible : avec cette mission et cette surveillance de Rick ; avec mon frère qui l'a volé et trahi. Si mes sentiments deviennent trop envahissants et me troublent à ce point, je dois tout arrêter, ne plus le voir, ne plus être dans ses bras, ne plus… je dois le trahir et partir, pas m'attacher et l'aimer, ni être jalouse de toutes celles qu'il a connues. Ce sont des sentiments que je ne dois pas ressentir.

Son souffle soulève quelques mèches de mes cheveux, son torse se plaque contre mon dos. Il est toujours habillé et moi, je suis en sous-vêtements. Ça devient une habitude. Je suis certaine que c'est un de ses fantasmes.

– Je te sens tendue, murmure-t-il. Tu n'es pas jalouse ?

– Pourquoi le serais-je ? Et de qui ?

Ma mauvaise foi s'entend dans ma réponse, ma voix est aigre et sèche. Je n'arrive pas à dissimuler mes sentiments quand il est aussi proche.

– Menteuse.

Par contre, lui est satisfait. Il me bécote la nuque et les épaules, ses dents et son début de barbe me marquent la peau. Ses doigts entourent ma cage thoracique puis descendent. Après quelques allées et venues, ils détachent mon soutien-gorge et plongent sous moi pour taquiner la pointe de mes seins. Je me cambre pour lui donner un meilleur accès et gémis. Son corps me recouvre telle une couverture chaude et pesante. Ses mains sont toujours actives et sa bouche, taquine. Mon cerveau est sur le point de fondre. Je le sens bander contre mes fesses et même dans cette position, j'aspire à ce qu'il oublie sa parole et ouvre son pantalon pour venir en moi. Mes hanches se soulèvent inconsciemment et se frottent sur son érection.

– Et toi ? reprend-il.

– Quoi, moi ?

– Tu t'amusais comment dans ton adolescence ?

Il détourne la conversation, mais je dois trouver un moyen de le faire parler de lui, si mes neurones ne grillent pas avant.

– Je passais mon temps sur les PC dans ma chambre. Je ne fricotais pas, mon frère était pire qu'un chien de garde. Toujours à grogner sur mes petits amis. Tu sais comment sont les frères ?

– Je n'ai pas de frère.

Son ton est soudain plus sec, moins chaleureux, et il se retire de mon dos. Sa brusque fuite me refroidit. Oups, sujet sensible, on dirait. Il doit penser à son ami qui l'a trahi en Russie.

– Oh… Moi qui pensais que tu considérais Youri comme un membre de ta famille. Un peu comme un cousin ou un frère. Désolée.

Je tente de me redresser pour le regarder en face. Je veux lui montrer que je suis sincère. Mais il me repousse et reprend son massage.

– Tu n'as pas tort, cet imbécile est mon plus proche ami. Il se mêle de tout, donc oui, je peux le considérer comme un frangin.

Ses caresses me détendent et je n'arrive plus à me concentrer pour lui soutirer des confidences. Je suis molle comme un marshmallow, sans force ni résistance. Je ne réagis même pas quand ses mains migrent vers le sud. Je n'ai pas l'énergie pour résister, d'autant que j'ai raté un orgasme plus tôt dans la journée. Ma frustration me rappelle que lui a eu satisfaction et que j'ai, pour ma part, dû me réfréner et ne pas terminer ce qu'il avait si bien commencé dans son bureau.

La température monte et je gémis, mes fesses se redressent, mes jambes s'écartent en une invitation silencieuse. J'ai envie de lui, de ses mains, mais aussi de son corps en entier. La peur et l'horreur ressenties moins d'une heure plus tôt s'effacent sous les frissons qu'il me soutire.

Son grognement rauque est sexy à mon oreille. Il n'attend qu'une chose, que je plonge la tête la première dans la jouissance, ses doigts frottant, jouant et titillant les endroits les plus sensibles de mon corps. La sueur perle sur mon dos, je veux me redresser pour me retourner et le prendre dans mes bras. Je le veux sur moi et en moi. Mais une de ses mains me bloque en entourant ma nuque.

– Chut, m'intime-t-il. Reste comme ça. Ferme les yeux et profite. Je vais te faire du bien. Tu as mérité ton plaisir.

Sa suffisance et son arrogance me font bondir. Je ne supporte pas son orgueil.

– Comment ? J'ai quoi ?

Mon sursaut offensé pourrait être plus réaliste si je n'avais pas la voix mourante et le souffle haché. Le plaisir qu'il m'offre comme s'il me faisait la charité en devient aigre. Mon sang se fige puis redevient bouillant. Je vois rouge.

– Je n'ai pas besoin de ton aumône !

Il me maintient toujours, donc je ne peux pas sortir du lit, mais mes ongles trouvent son poignet. Petite vengeance que je ne regrette pas.

– Tu as été une gentille fille dans le bureau et ce soir tu as été professionnelle et sexy. J'adore te voir travailler, si sérieuse et posée. Que tous les hommes de la salle bavent sur toi, fantasment sur tes courbes et ton visage de madone. Surtout quand je suis le seul qui te touche, te caresse et te baise.

– Tu es un grand malade Anton ! Je ne t'appartiens pas, je te l'ai déjà dit.

– Oui, mais tant que tu es ma maîtresse, je suis le seul qui te fasse jouir et qui décide où et comment.

Il met en application ses paroles en trouvant l'entrée de ma féminité. Merde ! C'est tellement bon. Des flashs de lumière se fracassent contre mes paupières et je ne peux retenir mes gémissements. Mon corps me trahit et se laisse aller à la puissance de ses doigts en moi. Il se soumet et je jouis.

– Voilà… tu vois.

– Tu es un connard, soufflé-je difficilement.

Il me contrôle et j'ai horreur de ça, même si j'y prends aussi du plaisir. Anton se lève et se déshabille puis se couche à mes côtés. Mon cœur bat toujours la chamade et mes poumons cherchent désespérément de l'air. Je suis dans l'attente de ses prochains gestes.

Va-t-il me faire l'amour ? Son excitation est bel et bien présente, son sexe est tendu et dur contre mes fesses. Ou va-t-il me prouver qu'il n'a qu'une parole malgré le désagrément et l'inconfort d'une érection aussi forte ? Son bras gauche glisse sous ma nuque et le droit s'enroule autour de ma taille, mon amant enfouit son visage dans mes cheveux et sa bouche parcourt la colonne sensible de ma gorge jusqu'au lobe de mon oreille.

– Je ne suis pas un gentleman, Selenne. Mais je t'avais affirmé que si tu ne te touchais pas pendant la journée, je m'occuperais de toi. Je l'ai fait. Je me suis aussi engagé envers toi et ce que je dis, je le fais. Par contre, je décide, c'est comme ça.

Ouais, dominateur, mais pas salaud. À part dans ses choix de phrases.

– Dors ! Nous parlerons demain… ou pas.

Ses doigts dessinent des cercles sur mon ventre et m'hypnotisent. Il a tenu parole jusqu'à présent, je resterai avec lui tant que je ne risque rien. Quoique… mon cœur est soumis à la tentation avec ce Russe. Je repense à mes résolutions de la veille. Je voulais tout avouer, et remettre mon avenir entre ses mains.

Je suis décidée. Depuis le début, c'est moi le dindon de la farce, personne à part Anton ne m'a laissé une chance.

Toutes ces pressions que je subis me rendent folle. Je ne supporte plus cette situation. Non ! J'arrête ! Je parlerai le plus vite possible à Anton et je croise les doigts pour qu'il comprenne les raisons de ma trahison.

Le plaisir reçu me donne envie de dormir. Mes paupières s'alourdissent et se ferment contre ma volonté. La chaleur de son étreinte me recouvre, me donnant cette sensation si rare de sécurité et de tendresse. Il est le seul qui arrive à briser mes défenses.

CHAPITRE 35

ANTON

15 juin,
7 Péchés Capitaux, Milwaukee

Une main secoue mon épaule et me tire brusquement du sommeil. Je me crispe et agrippe le poignet avant même de reconnaître l'identité de son propriétaire. Mes réflexes sont rapides, je tiens Selenne contre moi donc mon inconscient a déjà déterminé que celui qui me réveille ne peut qu'être un étranger. Peut-être un danger, pour moi, pour elle. Je passe en mode défense contre cette invasion de mon territoire. Mais avant que je ne torde le bras de mon assaillant, mon cerveau interprète le chuchotement bas émis dans ma langue natale.

– Anton, c'est moi ! Youri.

Même dans un murmure, les intonations de sa voix grondent. Je me détends et lâche mon ami.

– Qu'est-ce que tu fous là ?

Je recouvre ma compagne du drap. Bien qu'il ne regarde pas dans sa direction pour signifier son respect, je ne supporte pas l'idée qu'il puisse l'apercevoir comme ça. Elle est détendue, sensuelle et magnifique. Le repos est révélateur, son visage est lisse de tout souci et un sourire satisfait, heureux même, traîne sur ses lèvres boudeuses. Elle n'est plus séductrice, effrontée ou rebelle. Non juste Selenne, ma Selenne.

– Nous avons un problème en bas, il faut absolument que tu viennes.

Je me lève et commence à m'habiller discrètement pour ne pas gêner le repos de ma compagne.

– Anton ?

Raté ! Le ton rauque de sommeil de ma belle au bois dormant ravive mon désir. Le bruit des draps qui se froissent résonne dans le silence de la chambre, rappel érotique et charnel de nos ébats qui me pousse à montrer la porte à mon frère de gang.

– Dans le salon, ordonné-je sèchement, j'en ai pour deux minutes.

– OK.

Il s'en va sans discuter ni sourire. Il me connaît suffisamment pour savoir quand se foutre de moi et quand la fermer.

Entourant son corps de mes coudes, j'enferme mon amante dans une prison que je voudrais sinon éternelle, au moins la plus longue possible.

– Je dois y aller, une affaire qui ne peut attendre.

Mes lèvres se promènent sur sa mâchoire, mordillant et taquinant sa peau sensible. Elle ouvre la bouche à mon approche.

– Mmh, reviens vite. J'ai froid sans toi.

Je plonge entre ses lèvres, me perds en elle, dans sa chaleur et sa passion. Notre baiser est tendre bien qu'intense. Ses bras s'enroulent autour de mon cou et le drap glisse, révélant ses courbes et ses rondeurs. Je grogne en m'arrachant à ses appâts.

– Tu me tentes !

La pointe érigée de ses seins est un appel irrésistible. Je ne peux rester de marbre à cette vue et elle le sait. Son sourire malicieux et ses ondulations pour approcher sa poitrine de mon torse le prouvent.

– Reviens vite ! répète-t-elle.

Je lui donne un baiser rapide en lui titillant les tétons. Elle gémit dans ma bouche. La vibration me parcourt et tue à petit feu ma volonté.

– Ne t'inquiète pas, tu n'auras pas le temps de te rendormir.

– Je penserai à toi pendant ton absence. Et si tu tardes trop, je m'occuperai moi-même de mes besoins.

Je m'arrache à ses bras et recule. La vision de Selenne dans mon lit me rend heureux. Et tendu à l'extrême.

– Je t'interdis de te caresser sans moi ! Je veux regarder.

Ses yeux s'écarquillent à la pensée que je joue les voyeurs pendant qu'elle se donne du plaisir. Je sors de ma chambre, pressé de revenir. Cette urgence a intérêt à en être une vraie, sinon mon humeur risque de ne pas plaire à Youri.

– Alors ?

– Un visiteur dans les bureaux, le tien, plus précisément.

– Où est-il maintenant ?

– Gregor et Alexeï l'ont descendu au sous-sol.

– Bien.

Je n'encaisse pas qu'un petit crétin se croie suffisamment fort pour venir chez moi. Pour me voler ! Youri me retient d'une main sur mon bras. Il semble décontenancé. Ça m'interpelle, car il n'hésite jamais d'habitude à me dire ce qu'il a en tête ou sur le cœur.

– J'ai eu des nouvelles sur l'enquête que tu voulais.

– Oui, sur qui ? Allez balance, je n'aime pas attendre et je suis pressé de discuter avec mon invité surprise.

Et j'ai dans l'idée de me défouler sur ce stupide crétin, pas de jouer aux devinettes.

– Le rapport que j'ai reçu concerne le flic, l'agent de probation de ta chérie.

Son sarcasme me fait l'effet d'une alarme.

– Quoi ? grogné-je entre mes dents.

Je sens venir les embrouilles.

– Tu ne vas pas aimer, je voulais t'en parler après les combats mais tu étais occupé à la bécoter et la peloter.

– Accouche, merde !

Il recule prudemment, les mains en l'air. Que cette armoire à glace prenne ses distances avec moi prouve qu'il craint les conséquences de ses révélations.

– Ce n'est pas un simple flic… c'est un agent du FBI ! Sous couverture, nos experts ont mené une enquête approfondie et ils ont réussi à remonter son pedigree à la surface.

Il parle à toute vitesse pour tout me déballer d'un coup. Pour lâcher cette bombe !

– Quoi ?

– Ouais, si ce mec n'est pas un simple flic…

Et donc… Quel est son lien avec Selenne ? Son rôle ? Merde ! Elle est qui pour ce mec ? Pourquoi cette comédie ? Il se sert d'elle pour enquêter sur mon organisation, mais a-t-il de l'influence sur elle ? Ou est-ce que Selenne ignore tout ?

– OK, j'y réfléchirai plus tard, dis-je en serrant les dents. Un problème à la fois. Pourquoi tu me sors ça maintenant ?

Il frotte toute la surface lisse de son crâne de ses doigts tatoués en évitant mon regard.

– Tu t'engages trop vite dans cette relation. Je vois bien que tu es accro, bien plus qu'avec Helena ou les précédentes. Et si ce fils de chienne se sert d'elle, tu seras sa cible. Je ne veux pas que tu sois blessé ou déçu.

– Tu es en train de me faire une putain de conversation de bonne femme là ! Je gère ma vie, ne t'inquiète pas. Tu n'es pas ma mère.

– Heureusement ! Tu m'imagines te faire des cookies ?

Je ris, mais il a raison. Si Selenne est impliquée, je vais devoir sévir. Quelle merde !

En attendant, je veux voir qui ose venir me voler. C'est une bonne façon de relâcher la pression : un bon interrogatoire au milieu de la nuit.

***

Le prisonnier est assis sur une chaise, les mains liées dans le dos. Mes hommes l'ont délesté de sa veste, de son arme, de ses chaussures. Tout se trouve sur une table reculée dans un coin pour nous faire de la place. Il a déjà des marques de coups visibles sur le visage, du sang a coulé de la commissure de ses lèvres, un de ses yeux est fermé et commence à gonfler. Sa belle chevelure noire, qui en temps normal doit lui valoir du succès auprès des femmes, est désordonnée. Ce type fait partie de la Mano de Sangre : ses tatouages sont révélateurs de son appartenance au cartel, surtout cette main sanglante stylisée.

Malgré sa transpiration, il affiche un rictus méprisant quand il constate ma présence. Comme s'il avait connaissance de faits que j'ignore et qui lui permettraient de le sauver.

Mais il oublie une chose. Je n'ai besoin d'aucune preuve pour faire justice moi-même. Rien à foutre.

S'il me prend l'envie de le buter, je le ferai sans regrets ni remords.

Je tourne autour de lui en parlant en russe avec mes hommes. Son malaise augmente, car il ne comprend rien.

– Il a réussi à ouvrir le coffre ?

– Presque.

– Il a résisté ?

– Oui, il a même sorti un petit couteau comme s'il allait nous impressionner avec son joujou.

Gregor rit et frappe son poing dans le creux de sa main. Le coup résonne et fait sursauter le prisonnier.

– Ton nom ? demandé-je en anglais.

– Pourquoi je vous le dirais ? fanfaronne le prisonnier avec une pointe d'accent.

Comme moi, l'anglais n'est pas sa langue maternelle.

– Tu penses que cet entretien sera une partie de plaisir peut-être ? Je ne suis ni indulgent ni patient.

Je relève mes manches, découvrant mes poignets et mes avant-bras musclés, le tatouage que je dissimule en temps normal apparaît. Ce sera une des dernières choses qu'il verra avant de fermer les yeux pour toujours.

– Vous voulez des réponses, mais si vous me faites du mal, je ne dirai rien. *Nada*[18] !

---

18. Rien !

– Il y a toujours moyen de faire avouer. La torture ne me rebute pas. Si tu veux en sortir vivant et avec un minimum de douleur, tu devrais te mettre à table.

– Si je parle, mon patron me tuera.

– Si tu ne balances pas la raison de ta venue et qui t'a envoyé ici, tu mourras aussi, mais à choisir… tu es parfaitement au courant que ton cartel est violent, brutal, sadique…

Je laisse un blanc s'installer le temps qu'il se remémore toutes les horreurs dont les siens sont capables.

– Ne préfères-tu pas la mort rapide et presque indolore que je peux te promettre ?

– *Que*[19] *?* Comment ? se reprend-il, passant de l'espagnol à l'anglais avec un fort accent.

– Je te relâche et j'insinue que tu es une balance. Tu verras ce qu'il t'arrive auprès d'eux.

– Mais c'est faux !

– Rien à foutre, *pizdec* ! La vérité ne compte que si tu me la donnes, sinon tu subiras la vengeance de ton clan et tu crèveras la gueule ouverte, dans les cris et le sang !

Frénétique, il se débat sur sa chaise. La panique le rend aveugle à l'inutilité de son geste. J'attrape ses cheveux et lui tords le cou en arrière. Le regardant dans les yeux, je tends la main dans le vide et Youri vient y loger une lame. Je trace une ligne sur ses deux joues et le sang coule, rouge foncé, épais et

19. Quoi ?

écœurant. Ses cris résonnent dans la cave sous l'indifférence générale.

– S'il ne supporte pas ce petit test, il ne tiendra jamais devant les siens, ricane Youri en anglais pour qu'il comprenne ses paroles.

– C'est un lâche et il n'a pas de couilles, rajoute Alexeï d'un ton dégoûté. Ce n'est pas un homme, c'est *malen'kiy mal'chik*, un petit garçon, traduit-il pour humilier le prisonnier.

– Oui, je vais bien m'amuser. Qui parie qu'il pleure avant cinq minutes ?

– Moi, je dis trois, renchérit Gregor.

Le prisonnier tremble, mais tient bon. Il essaie de s'autopersuader qu'il pourra supporter la torture. Il ne connaît pas nos méthodes d'interrogatoire musclées. Nous ne sommes même pas à l'échauffement qu'il blêmit et crie comme une fillette.

– Déchire sa chemise, je vais m'occuper de ses tétons, de toute façon c'est un mec, il n'en a pas besoin. Après on passera à ses bourses.

Je joue avec le tranchant de la lame bien en face de son champ de vision. Dans la pratique de la torture, la préparation psychologique de la victime est aussi importante que les techniques physiques. Plus il aura peur en anticipant, plus il sera malléable.

– Je ne trahirai pas les miens ! *Jamás*[20] !

Sa voix tremble et il louche sur la lame, la sueur coulant de son front.

20. Jamais !

– C'est dommage que tu refuses… Gregor est un virtuose du couteau, Youri adore couper les doigts petit bout par petit bout. Alexeï est plus inventif, il aime torturer ses victimes. Plus il y a de sang, plus il est heureux. Et j'aime que mes hommes soient heureux dans leur travail.

Le pauvre type secoue la tête, blanc comme un mort. Gregor passe ses bras autour de son torse par-derrière et lui arrache les pans de sa chemise. Je fais un pas vers cette crapule qui tente vainement de reculer la chaise malgré la présence de mon homme de main. Il ne pourra pas échapper à ma lame. Le sang coule de son pectoral gauche quand je fends la peau sensible de son aréole. Ses cris perçants me vrillent les oreilles mais apaisent ma rage.

– Stop ! Non, arrêtez ! Je vais… je vais parler. *Hablaré*[21] !

Il halète sous la douleur, courbé vers l'avant, les bras contorsionnés, en extension derrière le dossier. Sa jambe tremble et son genou tressaute. Il déglutit et je me recule. Je ne veux pas qu'il me vomisse dessus. Le sang ne me dérange pas, mais il y a des limites !

– J'attends !

– C'est un flic pourri qui a donné l'info à mon boss, Alvarez. C'est le lieutenant de *señor* Emilio Gómez…

– Je connais Gómez ! le coupé-je sèchement, n'essaie pas de m'embrouiller dans des détails inutiles !

21. Je vais parler !

Youri le frappe à la nuque et le Mexicain gémit.

– D'accord ! Pardon, ne… ne me faites plus mal, pitié.

Il n'a aucune résistance à la douleur et au stress. Ce n'est même pas amusant. La terreur lui étreint si fort les entrailles que nous n'avons aucun effort à fournir pour le faire avouer.

– Son nom ?

– J'ai entendu *señor* Alvarez l'appeler Matt. Il a dit qu'il avait sous la main une poule, *una chica*[22], et que grâce à ça on pouvait vous faire tomber.

– Et elle a un nom cette poule ?

– Aucune idée, mais quand il parlait d'elle, ce mec était accro. Il bavait sur ce qu'il voulait lui faire.

– Il ne la saute pas ?

– Non, mais il n'attend que ça. Il se vantait et parlait qu'il allait la baiser bien profond avant de s'en débarrasser.

Il ricane au souvenir de la conversation salace. Un vrai porc, se marrer alors qu'il est dans une situation plus que critique.

– Quels étaient tes ordres ?

– Fouiller, voler. Prendre l'argent et fournir tous les papiers qui me tombaient sous la main au ripou. Pour qu'il vous envoie en taule.

Je croise le regard de Youri. Il est furieux.

– Qui a donné des détails, qui est la fille ?

---

22. Une fille.

– Je… Je ne connais pas son nom. Vous allez me libérer ? J'ai coopéré, je vous ai dit l'entière vérité. *Lo juro*[23] *!*

– Oui, tu seras bientôt loin des problèmes.

Je m'éloigne et attrape un essuie-mains pour effacer les traces de sang, tournant le dos à la scène. Pas besoin de regarder pour connaître les détails. Gregor a passé le tranchant de son poignard le long de la trachée du Mexicain. Il connaît la procédure, il exécute sans avoir besoin d'ordre. Pas de pitié avec les ennemis de mon clan. Personne n'entre sur mon territoire sans en payer le prix. Le bruit annonce qu'il s'étouffe dans son sang, ses borborygmes sont pitoyables. Même en mourant, il est minable.

– Que fait-on ? me questionne mon bras droit.

– Tu te débarrasses du corps, place-le en évidence sur les quais, une belle mise en scène pour que Gómez et ce connard d'Alvarez sachent de qui ça vient. Et pour la taupe, nous en reparlerons demain.

– Je ne vois pas beaucoup de filles qui peuvent correspondre… sauf…

– Demain, le coupé-je.

Je ne veux pas y réfléchir maintenant, car les conséquences seraient un ouragan sur mes convictions. Si Selenne est impliquée, je n'ai aucune idée de comment je réagirai.

– OK boss, me salue-t-il d'un sourire sardonique. Bonne fin de nuit.

---

23. Je le jure !

– Meilleure que la tienne, c'est certain.

Je retourne dans la chaleur de mon lit et des bras de Selenne alors que lui va se promener le long du lac. C'est moi le grand gagnant de l'histoire et mon frère en est bien conscient. Je préfère découvrir la vérité sous le soleil, pour la lire dans son regard et juger de son honnêteté.

CHAPITRE 36

SELENNE

15 juin,
7 Péchés Capitaux, Milwaukee

Les yeux fermés, j'essaie en vain de me détendre. Mes muscles sont tétanisés par l'effort fourni pour revenir rapidement dans la chambre et le lit. Ma respiration rapide et superficielle va me trahir si je ne la calme pas. J'avais un mauvais pressentiment et j'ai eu l'intuition de suivre Anton et Youri.

Bon sang ! Je l'avais déjà vu stoïque face à la brutalité de ses sbires mais là, c'est lui qui tenait l'arme. C'est lui qui torturait cet homme. Cette face obscure de mon amant me terrifie. Il n'a pas peur de se salir les mains. J'ai eu une chance inouïe de pouvoir apercevoir la scène de loin. Les hommes ne m'ont pas surprise en train de les espionner, mais il s'en est fallu de peu. Car si je pouvais les voir, même de loin et pas dans leur ensemble, il y avait une grande probabilité qu'eux aussi me surprennent. Donc je me suis faite toute petite et j'ai plus écouté que regardé.

Mais mon cœur est surtout pris en étau dans une tempête de frayeur à cause de ce que le prisonnier a révélé. Rick, ce salopard ! Je suis certaine que c'est lui, leur indic, le pourri qui travaille pour eux et leur revend des infos, la taupe du FBI. Il n'a pas pu attendre d'avoir des résultats de mon côté ! Non, il a préféré jouer sur plusieurs tableaux.

Je dois vérifier mon hypothèse. Pour cela, je vais devoir retourner dans les bureaux du FBI et modifier le programme que j'avais lancé avant ma mission. Il devait juste dormir et rester vigilant. Marquer les visiteurs sur les dossiers sensibles et remonter leur historique. Je vais le reprogrammer pour qu'il fouille en profondeur le passé de Rick. S'il trouve quoi que ce soit, je lui ferai payer au centuple toutes les horreurs que j'ai subies à cause de lui. Et ce sera lui qui se retrouvera derrière les barreaux. Une étincelle, une infime lueur d'espoir m'apparaît. Si je la joue fine, je pourrai enfin avoir l'avenir dont je rêve.

Cette pensée me suffit pour me détendre, je sombre dans la béatitude quand j'entends la porte de la chambre s'ouvrir discrètement. Anton est de retour. Cet homme qui a du sang sur les mains et l'âme sombre s'installe près de moi délicatement pour éviter de me réveiller. Il s'est déshabillé et la chaleur de son corps englobe le mien. Je frissonne, commence à me tortiller puis me résous à me retourner dans ses bras. Il plonge le visage dans mon cou et m'embrasse l'épaule.

Je crains qu'il ne devine qui est le flic et, pire, qui est la fille sous sa coupe. Je devrais lui révéler la vérité avant qu'une catastrophe ne surgisse. Ça fait trois jours que je cherche le bon moment pour lui parler. Je recule à chaque fois, trop peureuse de sa réaction, et trouve une excuse pour repousser mes aveux. Mais si Rick est lié à la Mano de Sangre je peux aussi tenter une dernière chose avant de me lancer dans les révélations. Je reporte donc.

Anton n'a pas perdu une seconde en revenant, il s'est installé dans le lit et sur moi. Peau contre peau. Mes mains caressent langoureusement son dos, ses épaules, ses bras. L'espoir me fait vibrer et me donne des envies. Je ne reviendrai pas sur mes exigences malgré tout. Un câlin un peu poussé rendra mon sommeil plus léger et détournera l'attention de ses réflexions sur les aveux du prisonnier. Demain, je mettrai en place le plan qui germe dans mon esprit. Je commence une nouvelle vie et Anton en sera un des points centraux.

La fièvre me prend, j'ai envie de lui faire perdre ses moyens, qu'il se lâche, qu'il arrête de se contrôler. Mes mains sont partout, joueuses, coquines et sensuelles. Je dépose une myriade de baisers sur son torse, le mordille et souffle légèrement sur ses infimes blessures. Il frissonne et grogne.

– Selenne ! Tu joues avec le feu.

– Oui, je joue avec toi, laisse-toi faire.

La température monte entre nos deux corps imbriqués l'un dans l'autre. Pour être plus près, il devrait être en moi. J'entame un mouvement de balancier, mon bassin le frôle, le tente.

Anton me bloque, les mains durement enfoncées dans mes hanches.

– Stop ! Sinon, je te baise et adieu à notre deal.

– Oh… Allez, j'ai envie…

J'hésite à lui révéler mes fantasmes.

– Tu as envie de quoi ?

Sa voix rauque est nimbée de son accent de l'Est, grave et rocailleux. Dans le noir de la chambre, l'effet est sexy et dangereux. Mon cœur devient fébrile et mes lèvres se tendent vers sa peau. Je pose ma bouche sur son torse, entre ses pectoraux, juste sur le sien. Il bat fort et vite.

– J'aimerais que tu te retiennes et que je puisse te câliner, te caresser et faire monter la pression.

Mes aveux passent mieux dans l'obscurité, j'ose me dévoiler et mes besoins deviennent plus concrets. Ses doigts se tétanisent et plongent encore plus dans ma chair, ils offriront de belles marques à ma peau demain, mais je m'en fiche. J'aime qu'il soit suffisamment excité pour oublier mon confort.

– Tu me tues en refusant que je te prenne.

– On peut se faire du bien sans baiser comme des animaux.

De sa poitrine sort un chapelet de jurons ou invectives en russe. L'intensité de cette litanie me fait fondre.

– Allez, pour une fois, laisse-moi le pouvoir et profite.

Sa main s'enroule dans mes cheveux et me rapproche de son visage. Il me cherche pour un baiser et plonge sa langue dans un échange cru. Ses dents attaquent ma lèvre inférieure puis il vient la soigner avec des petits baisers. Il respire vite, son étreinte est torride et possessive.

– OK. Viens sur moi, m'intime-t-il en roulant sur le dos.

Je le chevauche et commence un ballet sauvage. Mes jambes l'enserrent, je me frotte de tout mon corps contre lui, mes tétons durs trouvent un soulagement en étant comprimés contre ses muscles tendus. Ma main trouve le chemin de son sexe, il sursaute puis me mord le cou en grondant dans sa langue natale. Le russe est aphrodisiaque.

Je le caresse, le branle entre mes doigts et mon ventre. Ses mains s'enfoncent dans mes fesses pour imprimer son rythme. Je refuse, j'ai besoin qu'il subisse ma loi. Pour une fois, juste une fois. Notre relation risque plus que jamais d'être perdue ou entachée par le manque de confiance. Il y aura toujours un coin de son esprit qui pensera à ma trahison, mais ici, maintenant, je peux lui offrir un instant hors du temps. Il doit comprendre que je ne suis dans son lit, dans ses bras, que pour lui.

– Anton, laisse tes mains sur le matelas, ordonné-je en croisant les doigts pour qu'il joue le jeu.

– Je préfère sur ta peau.

– Si tu me touches, j'arrête.

La menace n'est pas réelle, il est plus fort, plus rapide et bien plus cruel que moi. Il a le loisir de me clouer au lit de son poids et de prendre ce qu'il veut. Il le sait, je le sais. Mais…

– Allez… soufflé-je en lui léchant la poitrine et en contournant son téton.

Au bout de quelques secondes qui semblent interminables, il soupire et pose ses mains le long de ses flancs.

– Tu es contente ?

– Très, lancé-je en reprenant mes douces tortures.

Ma bouche le parcourt minutieusement. Ma langue et mes dents suivent et j'arrive à lui tirer des gémissements. Il frissonne et se retient de me toucher. J'imagine son regard bleu, il doit être bouillant et furieux de me donner carte blanche. Ce sentiment de toute-puissance m'excite et me rend impétueuse. Je descends et trouve son sexe bandé. Ses hanches basculent et il écarte les jambes pour me laisser de la place. Je recule et commence à le taquiner.

Je me jette sur lui, le lèche et le mordille. Quand il commence à me parler, à m'ordonner de le sucer, je le contourne et refuse. C'est quand il est au bord du précipice et qu'il finit par supplier que je le prends dans ma bouche. Sa main se referme sur ma nuque, les doigts dans mes cheveux. Je ne le repousse pas, trop perdue dans la passion et la luxure. Il peut me contrôler maintenant que j'ai obtenu sa soumission. Il devient exigeant, me tient et prend son pied en coulissant entre mes lèvres. Quand il jouit, il se tend et grogne. J'adore quand il perd son masque de civilité et devient sauvage. Il est effrayant en tant que mafieux, mais à cet instant l'intensité de son caractère et de sa passion ne cible que moi. Je suis au centre de son monde et j'en suis la reine. Un sentiment de plénitude m'envahit. Je remonte et me coule dans le refuge de ses bras.

– Tu n'as pas joui, me murmure-t-il.

– Pas besoin, je ne voulais que ton plaisir.

Mon souffle retombe à un rythme normal et j'enroule mon corps autour du sien. Ses mains caressent mon dos en cercles concentriques. Ça m'apaise et me donne le sentiment que je suis protégée. J'embrasse son épaule avant de m'endormir, lui continue à frôler ma peau et à jouer avec mes cheveux.

CHAPITRE 37

SELENNE

16 juin,
appartement de Selenne, Milwaukee

Je claque la porte de mon appartement et me colle contre le battant. Comme si ça pouvait le retenir s'il voulait vraiment forcer le passage ! Je tourne fébrilement la clé et enclenche le verrou. Si je pouvais, je coincerais une armoire derrière la porte pour la bloquer complètement. Des coups résonnent contre le bois.

– Ouvre !

– Non ! Tu n'as pas besoin d'entrer pour faire ton job. Reste dehors, va t'asseoir sur le banc en face, donne à manger aux pigeons ou effraie les vieilles du quartier, je m'en moque, mais fous-moi le camp.

– Mon boulot consiste à te tenir à l'œil et te protéger.

– Gregor ! Je ne le répéterai pas, tu n'as pas besoin d'être dans la même pièce que moi pour veiller sur moi. J'ai envie de me balader en sous-vêtements dans mon salon, je ne le ferai pas avec toi qui me mates.

– Je ne regarderai pas, gronde mon ange gardien, taille boxeur professionnel.

– Va-t'en ou je dis à Anton que tu l'as fait.

– Tu me menaces ?

– Sans remords. Dégage !

– *Dryan'*[24] *!*

– Je n'ai pas compris, je m'en fous !

Il s'éloigne en tapant des pieds. Je regarde par la fenêtre et le vois en train de faire des allées et venues en fourrageant dans ses cheveux. Il a le visage sombre, les sourcils froncés et le menton rentré. Je lui fais un signe de la main et il me répond par un doigt d'honneur. Oh là là, j'ai mis un mafieux russe en pétard. Espérons qu'il ne veuille pas se venger ensuite.

Tout ça pour être seule et pouvoir travailler sans surveillance. Je vais utiliser mon ordinateur pour entrer dans le réseau du FBI. Je ne peux aller ni dans les bureaux de Chicago, ni dans ceux de cette ville, mon escorte avertirait Anton directement. De plus, ils se trouvent dans un building bien sécurisé, il y a trop d'enjeux pour que je sois découverte avant d'avoir fini ma mission. Une mission que je me suis

---

24. Espèce de saleté !

choisie, plus rien à voir avec l'espionnage d'Anton. Gregor est sur chacun de mes pas, tel un bouledogue sur son os, et Rick est pire que la peste. J'ai prévu de me connecter depuis mon appartement et de craquer les pare-feu pour entrer dans le système et reprendre la main sur mes programmes.

En temps normal, les réseaux du service fédéral sont inaccessibles depuis un PC dit « civil », qui n'est pas dans le système protégé du FBI. Mais j'ai un don pour hacker et l'avantage considérable de connaître tous les rouages mis au point comme garde-fous.

Je me mets directement au travail en ouvrant une session puis une autre, générant des codes pour infiltrer le système. Mes doigts dansent sur le clavier. Il me faut récupérer les preuves de la trahison de Rick. Cette pourriture va payer pour ses méfaits. Et me donner le prix de ma liberté.

Yes !

Je suis dedans. Dès à présent, je reprends mon identité d'expert attaché, et grâce à mon accréditation, je plonge dans les tréfonds des archives numériques du Bureau.

C'est un vrai labyrinthe, il faut connaître la destination, les codes, les diminutifs des services… Mon expérience acquise en six ans est mise à contribution, et après deux heures, j'y arrive enfin. L'accès est total au bout de mes doigts.

Maintenant, je peux récupérer mon ver, ce logiciel créé par mes soins qui se faufile derrière chaque application, chaque ligne de code utilisée. Je l'avais laissé travailler en autonomie depuis mon départ des bureaux pour cette mission auprès de mon frère et je vais le réencoder, le rediriger vers Rick, et uniquement lui. Il sera braqué sur ses faits et gestes, enregistrera et comptabilisera ses mouvements. Je crée un autre code pour fouiller ses comptes, trouver où il cache son argent pourri, les entrées, les retraits… Je lance une dernière recherche sur ses propriétés, ses biens, et je l'élargis à sa famille. Peut-être se sert-il de ses proches et de leur nom pour blanchir ses gains malhonnêtes.

Dans l'attente des premières trouvailles, je ne reste pas assise sur mes lauriers, je prépare une valise, la remplissant de mes tenues préférées. C'était mon excuse pour revenir dans mon appartement. Anton ne voulait pas que je m'éloigne, il a fallu être inventive, voire capricieuse.

Je récupère aussi les résultats de mes travaux sur le cartel mexicain, les preuves sont accablantes. Les meurtres, les témoins manipulés et achetés contre de l'argent et de la drogue, ou pire, l'enlèvement de leur famille. Je compile l'ensemble et ouvre un dossier crypté dans l'intranet du FBI, bien caché et invisible il restera là jusqu'à ce que j'aie obtenu satisfaction.

Les confirmations commencent à apparaître. Rick a touché beaucoup d'argent et a « hérité » de plusieurs domaines et maisons dans d'autres États. Il les a mis au nom de sa tante, une vieille dame malade qui coule des jours plus ou moins heureux dans un mouroir pour personnes âgées. Il est son unique héritier. La magouille parfaite. Il ne devra pas trop attendre selon les rapports médicaux. Son état de santé se détériore rapidement, et quand on compare ses baisses de vitalité avec l'agenda des visites, qui voyons-nous apparaître sur les registres ? Richard *le Pourri* Matthew. Bientôt cette gentille vieille dame ne se réveillera pas et il gagnera une fortune.

Le salaud !

Je sauvegarde l'intégralité des preuves contre lui. Je jubile, il va payer.

Prenant le taureau par les cornes, je décide de contacter directement le secrétariat du directeur adjoint à Washington. Autant en finir le plus vite possible avec cette histoire. Je compose le numéro et attends patiemment.

– Bureau du directeur Edge.

– Bonjour, c'est Selenne Garrison, je voudrais parler au directeur adjoint.

– Un instant, je vérifie s'il est disponible.

La voix de la secrétaire est froide et sans intonation particulière. Elle pourrait rester impassible même lors d'une attaque ou d'un tremblement de terre. Je n'ai jamais réussi à deviner si elle m'appréciait ou non.

– Je vous le passe.

– Oui ?

– Monsieur ? C'est Garrison.

– Ah ! Selenne. Où en êtes-vous ? Ça avance ?

– Monsieur, je n'ai pas eu l'occasion de prouver la culpabilité de Yourenev, mais je vous appelle pour autre chose. Plus grave.

Un silence s'étire au bout du fil, il réfléchit.

– Dites-moi.

– C'est au sujet de ma précédente mission, j'ai eu certaines infos qui m'ont donné à réflexion. J'ai fait des recherches et j'ai découvert la taupe dans notre service. Celle qui fournit et vend des informations sensibles au cartel de la Mano de Sangre.

– Bon Dieu ! Vous êtes certaine ? C'est inespéré. Qui est-ce ?

– Eh bien… vous savez que mon temps à votre service touche à sa fin, je voudrais en renégocier les termes avant de vous donner le nom.

J'essaie de rester ferme, la voix claire et nette. Il serait capable de renifler la peur à des kilomètres et de s'en servir pour me mettre encore à genoux.

– C'est du chantage ! Vous devriez me le fournir sans discussion ni marchandage.

– Pardon ? Vous m'avez toujours, vous et le reste du FBI, j'insiste sur ce détail, manipulée et obligée à travailler comme une malade, une esclave, presque. Sans contrepartie. Pourquoi devrais-je donner sans retour ?

– Pour votre pays et votre réhabilitation, voilà la contrepartie. Soyez patriote !

Je ricane à ce mot, « patriote » ! Quelle blague, les belles valeurs de l'Amérique !

– À chaque étape, vous avez exigé plus, encore et encore. Comment être certaine que vous allez arrêter et me relâcher ? Je veux une relaxe immédiate, une nouvelle vie avec un casier vierge, et que mon frère soit lui aussi blanchi. Après, je vous donne le nom et toutes les preuves que j'ai trouvées.

– Vous me demandez beaucoup, Selenne.

– Rien d'irréalisable, je le sais parfaitement.

– Je ne peux pas accepter comme ça.

– Je ne vous demande pas grand-chose, juste une chance de recommencer à zéro sans avoir à craindre d'être surveillée. Vous voulez faire tomber la Mano de Sangre, ce cartel est le pire fléau qui existe. Ce n'est pas comparable. Votre gain est sans commune mesure face à ma demande.

– Je le reconnais, mais… je ne peux accepter sans en informer ma hiérarchie. Proposez-moi un compromis.

Je réfléchis et me lance. C'est ma dernière chance de faire tomber cette pourriture.

– Je vous révèle son identité, mais je garde les preuves. Je les livrerai quand il sera arrêté et que j'aurai la certitude d'avoir mes papiers et une vie loin de vous et du gouvernement fédéral.

– On ne peut pas lui passer les menottes sans preuve.

– Faites-moi confiance, vous le chopez et dans la minute, vous avez le dossier complet. J'ai compilé et caché les preuves dans le réseau, je n'aurai qu'à vous donner l'accès, c'est rapide et efficace.

– Vous êtes dure en affaires, Garrison.

– J'ai appris avec les meilleurs, raillé-je d'une voix sèche.

À cet instant, des coups résonnent à la porte. C'est celui que j'attends et dont je me méfie. Je croise les doigts pour qu'il ne se doute de rien, surtout avec Gregor qui est toujours posté devant l'immeuble.

– Un moment, monsieur. Ne raccrochez pas.

Je regarde au travers du judas et aperçois mon pire ennemi. Il attend devant l'entrée et a le visage sombre. Il est ponctuel, le bougre. Je recule et chuchote au téléphone :

– Monsieur ?

– Oui, je suis toujours là.

– J'ai votre accord ?

Il me laisse mariner quelques secondes puis soupire.

– Oui, vous aurez ce que vous souhaitez. Dites-moi de qui il s'agit.

– Il est à ma porte, monsieur. C'est l'agent Matthew. J'ai fait en sorte qu'il vienne ici pendant notre appel.

– Richard Matthew ?

Il est surpris, un peu perplexe, mais son ton n'indique pas un total refus de me croire.

– Vous ne semblez pas si incrédule.

– Il a toujours trop bien réussi et ses méthodes sont parfois limites. Trop de violence cachée derrière une jolie façade. Je suis plus en colère que surpris ou peiné. J'aurais été blessé si ça avait été un autre de mes agents.

Sur le palier, les coups redoublent de vigueur et je l'entends crier :

– Je sais que tu es là, ton chien de garde est dehors, ouvre !

– Je lui ouvre, je laisse le téléphone sur la table, expliqué-je à Edge. Vous pourrez écouter, mais s'il vous plaît, ne faites pas de bruit surtout !

Je m'exécute sans attendre sa réponse et vais ouvrir, le pouls filant et le dos raidi sous l'appréhension. Une sueur froide recouvre mon épiderme. J'ai horreur de ce type, mais je dois l'affronter. Bientôt, c'est lui qui sera en taule.

Il repousse la porte violemment et je recule le plus loin possible de lui. Je parais peut-être craintive, mais je me méfie de ses poings.

– Que veux-tu, Rick ?

Je relève le menton et affermis ma voix. Il ne doit pas soupçonner que le directeur écoute la conversation.

– Je viens voir ce que tu fous, bordel ! Tu ne donnes aucune info, je perds du temps.

– Je ne trouve rien de compromettant, Yourenev ne me laisse approcher de rien.

– J'en ai rien à foutre ! Il me faut des preuves !

Rick tourne en rond et s'agite dans tous les sens. En l'observant de plus près, je remarque qu'il n'est pas aussi bien habillé que d'habitude. Son jean est sale, sa chemise est froissée. Il porte une barbe de plusieurs jours qui lui donne un air négligé et vieilli. Il n'est plus le bellâtre qui voulait me sauter au bureau. Ses mains tremblent, c'est léger, mais j'y prête suffisamment attention pour le remarquer. Il n'est pas à l'aise, je dirais même qu'il est sur le qui-vive. Il a peur, je la sens comme si elle transpirait par les pores de sa peau.

– Je ne peux pas les inventer quand même !

– Pourquoi pas ? J'ai besoin de quelque chose, maintenant !

– Pourquoi ? Le directeur adjoint te met la pression ?

Je pose la question en connaissant la réponse, juste pour le pousser à se vendre. Rick attrape une lampe sur la table basse et la balance contre le mur à côté de moi. Je crie de surprise plus que de peur, entourant ma tête de mes bras. Les éclats volent partout et retombent dans un fracas assourdissant.

– Rick ! Mais qu'est-ce qui te prend ? Tu es malade ?

– Je n'ai pas le temps de jouer. Donne-moi de quoi m'aider.

– Pourquoi t'aiderais-je ? Tu m'intimides, tu es violent, tu me frappes, tu as tenté de me violer !

– C'est ma peau qui est en jeu ! Si tu ne coopères pas, je m'occupe de ton frère.

– Comment ? Tu menaces à chaque fois de lui faire du mal ou de l'envoyer en prison, mais il n'a commis aucun délit. Tu ne peux rien faire.

Je secoue la tête en signe de dénégation. J'en ai marre, il me jette à la figure des cris, des intimidations et du chantage. Il est temps que ça cesse.

– Il n'y a pas que le FBI, je dois rendre des comptes à d'autres, bien plus dangereux que ce pauvre con de Edge.

J'ouvre la bouche de stupeur. Il ose avouer, il va me parler… Il est fini. Je me retiens de répliquer et le laisse s'enfoncer dans ses révélations compromettantes.

– Et si tu penses que le pire est que ton frangin soit envoyé en taule, tu te mets le doigt bien profond. Tu crois que je sais où il se trouve et ce qu'il fait grâce au Bureau ? Il est en cavale, mais le FBI se fout de lui. Petite conne, j'ai des infos de celui qui tient le sud du pays. Ton frère essaie de sortir d'un bordel la sœur de celle que le Ruskoff baisait. Elle est aux mains de Gómez, le patron du cartel. Donc, quand je te dis qu'il va crever si tu n'obéis pas, ce n'est pas une menace en l'air.

Il s'approche et agrippe mon cou. J'ai laissé passer ma chance de me mettre à l'abri, tant je suis secouée par les révélations de ce pourri. Mon frère est en danger, bien plus que je ne le craignais.

Rick colle son visage au mien et me mord la lèvre inférieure. Je recule la tête pour lui échapper, réprimant une grimace de dégoût. S'il tente encore une fois de me toucher, je vomis et hurle ou le contraire.

– Je n'ai pas le temps, on s'amusera une autre fois.

Son rictus me rend malade, ses yeux ont une lueur salace qui dévoile ses intentions à mon égard.

– Ton chien de garde va bientôt venir vérifier si tout va bien, j'en suis certain. J'ai rendez-vous sur les quais, cette nuit, à une heure. Tu viendras et me donneras ce qu'il faut pour faire coffrer Yourenev, sinon je plombe ton frère ou je demande à Gómez de lui concocter une mort douloureuse comme il les aime.

– Qui… Qui sera là ? Je ne…

Je fais semblant d'hésiter, pour qu'il dévoile plus de détails.

– Je ne veux pas qu'on sache que je suis avec toi.

Rick rit et me lâche après avoir serré les doigts méchamment, sadique qu'il est.

– Tu vas rencontrer le second de Gómez, Alvarez. Il est impatient de te voir en chair et en os. Fais gaffe, si tu lui plais, il risque de te garder. Ils aiment les filles à la peau claire comme toi.

Je suis pétrifiée de stupeur, incapable de lui répondre ! Je tombe de Charybde en Scylla. C'est de pire en pire.

– Tu l'as dit, se moque-t-il face à mon silence. Obéis ! Et sois à l'heure.

Il claque la porte et je m'écroule dans le premier siège venu. Je tremble, comme après chaque confrontation avec ce rat.

– Oh !

J'oubliais que Edge était encore en ligne. Je me force à me lever et à tenir sur mes jambes pour aller récupérer le téléphone sur la table. L'écran noir peut induire en erreur. Il n'est pas éteint, juste en pause.

– Monsieur ?

– Oui Selenne, je suis là, j'ai entendu. Comment allez-vous ? Il vous a blessée ?

Le ton employé pour me parler est conciliant et doux. Je n'avais jamais eu droit à autant de gentillesse de sa part.

– Non, j'ai juste eu un peu peur, il a déjà été plus violent.

– J'ai entendu votre conversation. Ce n'est pas la première fois que vous subissez ses attouchements ? J'en suis désolé et…

– Ça va, le coupé-je.

Je suis mal à l'aise. Je devrais être forte et en colère, mais le fait qu'il soit au courant me rend fragile.

– Vous allez l'arrêter ? Cette nuit ?

– Oui ! Et Alvarez aussi. On va faire d'une pierre deux coups. C'est inattendu, mais sans prix. Le bras droit de l'homme le plus dangereux d'Amérique du Nord, c'est une grosse prise. Je suis fier de vous.

Oh… ce compliment, tant attendu pendant ces six années à travailler sans compter pour lui, me rend muette. Une chaleur se répand dans mon corps. J'avais besoin de reconnaissance et maintenant je n'ai aucune idée de comment réagir.

CHAPITRE 38

ANTON

16 juin,
7 Péchés Capitaux, Milwaukee

Il est enfin devant moi. Dans un sale état, mais entier. Mes hommes l'ont un peu secoué et il s'est défendu, si j'en crois les marques de coups sur le visage d'Alexeï. Il se tient droit et fier, un œil à moitié fermé. Je croise les bras et fais mine d'attendre qu'il craque et me parle en premier. Mais je temporise, en réalité. Que vais-je faire de lui ?

Je suis dans l'obligation de sévir pour que mes hommes, mes alliés et mes ennemis ne me taxent pas de faiblesse. Je dois le punir et que ce soit brutal et à la hauteur de mon humiliation. D'un côté, je veux faire couler son sang. Il m'a mis dans l'embarras à ne penser qu'avec sa bite. D'un autre, il est le frère de Selenne et ce lien doit être pris en compte si je veux construire une relation stable avec elle.

C'est bien la première fois que j'hésite à punir un de mes hommes. La faute à cette petite rousse aux yeux couleur chocolat. Avant elle, aucune femme n'a eu l'honneur de me faire reculer ou réfléchir. Les conséquences si je tue Elias seront qu'elle ne me le pardonnera jamais et que je ne pourrai plus la serrer dans mes bras, ni la baiser où et quand je le veux.

Helena est assise sur le canapé dans le coin de mon bureau, la tête de sa sœur sur ses genoux. Elle caresse nerveusement ses cheveux en se mordillant la lèvre inférieure. Il y a quelques mois à peine le seul fait de la regarder me foutait la trique. Maintenant, je ne ressens rien. Je suis déçu de son manque de confiance, si elle n'avait pas paniqué, si elle avait attendu mon retour, je me serais occupé de son problème. Je ne lui aurais pas tourné le dos. Là, elle a peur de mes réactions, pour elle, pour Elias, pour sa sœur inconsciente et blessée. Cette gamine a souffert et est bien abîmée. Son corps est couvert de bleus et de cicatrices plus ou moins refermées.

Je soupire et fixe Youri. Je grimace, car il m'avait prévenu.

– Envoie le médecin dans mon appartement. Emmènes-y la fille et fais-la examiner. Qu'il la soigne, je ne veux pas d'un cadavre chez moi.

La dernière phrase est une vengeance mesquine envers mon ancienne amante. Sa peur de perdre sa petite sœur est flagrante et je suis assez furieux pour retourner le couteau dans la plaie. Si je ne peux pas tuer ou blesser physiquement, je ne vais pas me priver de jouer avec leurs sentiments.

– OK, boss.

Pour une fois, il ferme sa grande gueule. Je suis persuadé qu'il reviendra sur mes conneries plus tard, par contre devant les autres il ne dira rien. Je peux compter sur celui que je considère comme un frère.

Il s'avance et prend la fille dans ses bras. Il effectue la manœuvre avec des gestes délicats et presque tendres. C'est surprenant de la part de cette brute. Helena hésite à lui confier Nadya. Un regard glacial de la part de mon bras droit suffit pour qu'elle lâche les mains qu'elle serrait convulsivement.

– Helena !

Ma voix claque dans le silence et elle sursaute.

– Suis-les. Je n'ai pas besoin de toi maintenant. On verra plus tard comment tu paieras pour tes fautes.

Elle acquiesce et se lève vite. La blonde ralentit le pas en croisant mon prisonnier silencieux. Je ne perçois pas son expression à elle, mais Elias secoue la tête en signe de dénégation. Elle pose ses doigts sur son biceps et le serre quelques secondes. Ce dialogue muet me tord le ventre. Je suis, je l'admets, jaloux de leur relation.

Ils se connaissent depuis si peu de temps et ils ont l'air de se comprendre sans un mot, s'inquiétant l'un de l'autre. En comparaison de mes soupçons envers Selenne, ils semblent former un vrai couple.

L'amertume me remplit d'un goût acide et me pousse à donner des coups, à blesser et à faire mal.

Je fixe mon comptable et l'observe attentivement. Que vais-je faire de lui ? Cette question sans réponse m'emmerde.

– Tu as une sale gueule, Elias.

– Merci, je fais de mon mieux Anton.

Il a des couilles, ce salopard.

– Alors comme ça, tu t'es laissé attraper ?

Il lève les sourcils de surprise.

– Quoi ? Ne me prends pas pour un con. Tu aurais pu jouer longtemps avec mes hommes, si tu n'avais pas voulu revenir. Donc… pourquoi as-tu permis à mes chiens de chasse de terminer la poursuite ?

– La sœur d'Helena a besoin de protection, je veux revoir la mienne et puis… je suis fatigué de courir. Je n'ai rien à me reprocher. Je ne t'ai pas volé, j'ai même assuré tes arrières.

Je me marre.

– Tu as du culot d'affirmer un truc pareil, *pizdec* !

– Demande-moi comment j'ai fait pour récupérer la petite ! réplique-t-il avec une lueur froide dans le regard.

Je n'aime pas recevoir des ordres, mais ma curiosité me pousse à accéder à sa requête. Il est bien sûr de lui, les épaules rejetées en arrière et le menton pointant vers l'avant.

– Oui, comment ? Elle était où, cette gamine ?

– Elle devait du fric, une histoire de drogue et de mule. La gamine s'est fait choper à la frontière et a perdu la drogue qu'elle transportait. Pour rembourser le fric, ils l'ont jetée dans un bordel au Mexique. Sa peau blanche et sa jeunesse ont rapporté gros au salopard qui l'a vendue à Alvarez. C'est ce porc qui l'a esquintée. Il s'est amusé à la dresser comme il disait. À coups de couteau et de fouet ! Il s'est acharné sur elle, car étant le lieutenant de Gómez, il a appris son lien de parenté avec Helena. Et il a pensé que ça pouvait te foutre les nerfs qu'il joue avec la famille de ta maîtresse.

– Ses infos dataient, je ne suis plus avec elle depuis plusieurs mois.

– Personne n'en a parlé, ce n'était même pas officiel, ici.

– Ma vie privée doit le rester, qui je baise ne regarde personne.

– Oui, ils s'en sont servis pour t'atteindre, mais ils se sont plantés.

Je fronce les sourcils et retourne m'asseoir. Je connais les pratiques sadiques du lieutenant de Gómez. Cette gamine est une survivante.

– D'habitude, il les tue après avoir joué, lancé-je.

Il hausse les épaules. Toujours debout, car je ne l'ai pas autorisé à bouger, il a les poignets menottés. Il joue les indifférents.

– Il n'en aura plus jamais l'occasion.

– Comment ça ?

– Il est mort, je l'ai tué, annonce-t-il d'un ton blasé.

Bordel ! Je ne l'ai pas vue venir, celle-là. Il a des couilles en béton armé.

Je croise les doigts devant ma bouche, les coudes posés sur le bureau. Cette nouvelle va avoir l'effet d'un tsunami. Gómez cherche à prendre mon territoire, à pousser la famille Balisteri hors de la ville et même de l'État. Si je me sers de cette mort… Je peux sauver la face. Plus personne ne pensera que je me suis fait avoir par mon ex ou mon comptable.

Les idées fusent. Oui, c'est l'occasion de retourner la situation : confirmer que tout était prévu, manigancé ; qu'il s'agissait d'une stratégie ; expliquer que faire croire que j'avais des problèmes de gestion de personnel et d'autorité était une comédie dans le but d'approcher la tête du cartel ; que tout était calculé. Même si Alvarez travaillait dans l'ombre pour me supplanter, si je mets cartes sur table et dévoile les actes d'Elias comme une exécution pure et dure, ce sera une déclaration de guerre.

Je prends cette décision qui me permet aussi de ne pas devoir punir cette rébellion. Il m'a manqué de respect, j'ai répliqué en séduisant sa sœur. Nos comptes ne sont pas à égalité. Je fixe Elias, il ne se soumet pas le moins du monde. La colère et la fierté font briller ses yeux si semblables à ceux de Selenne.

– Félicitations mon ami.

– Comment ?

Il est surpris de ma réaction.

– Tu me permets d'arranger cette putain de situation dans laquelle Helena nous a foutus et à ce que je me décide enfin face aux Mexicains.

– Je ne te suis pas… Tu es satisfait de la mort d'Alvarez ?

– Quand tu es parti, je réfléchissais à un accord avec Gómez, tu peux aisément être perdu, je le conçois. Mais depuis… j'ai fait alliance avec Balisteri et refusé les traités proposés.

– Ce que j'ai fait, c'est…

– Une déclaration de guerre, oui. Et c'est tant mieux. Plus de marche arrière possible comme ça.

Je me lève et fais signe à Youri qui vient de revenir. Il retire les menottes d'Elias sans un mot.

– Tu es pour moi un homme de valeur. J'ai confiance en toi et tu as de l'honneur. Ce que tu viens de m'offrir en exécutant Alvarez est un beau cadeau.

– Confiance ? Peut-être de ton côté.

Il frotte ses poignets et se recule, le visage assombri.

– Ce que tu as contre moi est légitime. J'ai accepté de payer le prix d'une vengeance, mais tu t'en es pris à ma sœur, putain ! Tu pouvais me flinguer, me tabasser, me torturer… que sais-je !

– Elle n'est pas un jouet pour moi. J'ai profité de la situation, je le reconnais. Et j'ai couché avec elle.

Il fait un pas dans ma direction, le regard assassin. Youri le chope dans une clé de bras pour l'empêcher de me foutre son poing dans la gueule.

– Salaud ! Tu l'as…

Je le coupe en lui mettant mon propre poing dans le ventre. Il perd le souffle et se plie en avant sous la douleur. Je n'y ai pas été de main morte.

– La ferme ! Non, je n'ai ni violé ni forcé ta frangine. Nous avons passé un accord et depuis quelques jours nous avons même une relation presque normale.

– Pourquoi me frapper alors ?

– Tu penses que je vais passer l'éponge sur ton insubordination, tes propos, tes conneries en tout genre !

– Alors, vas-y, frappe. C'est facile quand on tient l'adversaire !

– Tu me traites de lâche ?

– Un peu oui, ricane-t-il. Moi aussi, je veux t'en foutre sur la tronche. Tu as touché ma sœur, merde ! Rien que de penser à elle et toi dans un lit, j'ai envie de vomir.

Youri se marre derrière, et pas discrètement. Il n'a pas tort, si je veux renouveler la confiance entre nous, il faut mettre à plat nos différends. Lui comme gardien de sa sœur et moi en tant que chef mafieux. Une bonne baston ne peut pas faire de mal au moral des hommes.

– Bien, on va faire ça dans les règles. En bas sur le ring.

– Comment ?

– Tu es en rogne, je suis furieux. Nous allons régler nos problèmes sur le ring et on n'en parlera plus.

– Juste nous et nos poings ? vérifie-t-il.

– *Da*, confirmé-je.

– Et… et Selenne ?

– Quoi ? Elle n'est pas là, je lui ai permis de rentrer chez elle ce soir. Ce qu'elle ne sait pas ne peut pas lui faire de mal.

Mon comptable se met à rire.

– Tu crois vraiment qu'elle va t'obéir sagement et surtout qu'elle n'en saura jamais rien ? Tu es bien optimiste ou… naïf.

– Je sais où elle se trouve à chaque instant. Tu verras ce que je suis dans quelques minutes, quand tu cracheras ton sang et compteras les étoiles devant toi.

– C'est tout vu, boss. Tu n'as aucune idée de la réaction de Selenne quand elle verra les marques sur moi.

– Ou sur moi. Qui te dit qu'elle ne tient pas un tant soit peu à ma personne ? Je suis un mec sexy qui connaît beaucoup de façons de faire plaisir aux femmes.

– Stop ! Je ne veux pas avoir d'images de Selenne et toi ensemble. Non merci !

Il imite un frisson de dégoût et je retrouve la complicité que nous partagions avant toute cette pagaille. Si Selenne et moi arrivons à faire en sorte que notre couple fonctionne, il fera partie de ma famille, comme un frère.

Nous descendons vers la salle des combats. Il n'a pas peur, il a plutôt hâte de me foutre une branlée. Enfin, c'est ce qu'il pense. J'ai besoin de me défouler. Je suis suspicieux, stressé aussi. J'ai le pressentiment que si d'un côté les affaires s'arrangent et redeviennent normales, cette histoire de flic pourri et de fille qui espionne n'est pas réglée. Je n'ai pas envie de me voiler la face. Le risque que ce soit ma belle rousse est bien réel. Et la douleur de la trahison ainsi que la colère qui se pointent ne me disent rien qui vaille. Comment vais-je réagir ? Je n'ai jamais eu de sentiments aussi forts pour une femme. Mes réactions seront proportionnelles à l'affection que je lui porte. Et peut-être même totalement excessives.

Je dois relâcher la pression et une bonne séance de bagarre me soulagera.

Mes hommes font reculer la foule. Elle n'est pas nombreuse à cette heure-ci, mais ces quelques privilégiés seront témoins d'une scène extrêmement rare. Je vais me battre. Moi, le leader de mon clan. Des souvenirs de mon enfance reviennent, des images de la rue, des coups portés et reçus ressurgissent. Mon sang coule plus vite et me rend plus vivant. Les murmures flottent, les visages sont perplexes. Les réflexions et supputations vont bon train. Ils se posent des questions légitimes. Pourquoi monter sur le ring ? J'ai déjà des combattants pour les matchs.

Youri prend le micro.

– Mesdames et messieurs, ce soir il n'y aura pas de combats, pas de paris. Vous êtes invités à voir comment nous gérons nos problèmes internes. M. Yourenev a un contentieux à régler avec un de ses employés. Pour votre plaisir, il vous est permis d'être les témoins de cette mise au point.

Il jette le micro au speaker et se retourne vers moi. Je retire ma veste, ma chemise. Un murmure féminin appréciateur se propage dans la salle. D'un coup de talon, je me débarrasse de mes chaussures puis de mes chaussettes. Pour me battre sur ce ring, autant être pieds nus, j'aurai une meilleure adhérence. Mon futur adversaire imite mes gestes. Je peux voir sur son corps des bleus et des marques de coups qui recouvrent une partie de ses tatouages, dont la colombe, symbole de notre clan, nichée contre sa clavicule. Mes hommes en sont en partie responsables, mais certaines sont plus anciennes et colorées de jaunes et de vert. Un souvenir de sa cavale et de sa rencontre avec Alvarez, je suppose.

Il n'est donc pas en pleine forme, ce qui ne va pas m'empêcher de lui foutre la raclée qu'il mérite.

– Tu es prêt ?

– Je t'attends, me répond-il, le sourire aux lèvres.

Il ouvre les bras dans un geste de bravade. Quel con ! Il a du caractère et le sens du spectacle.

Sans une seconde d'attente, son poing me frôle la mâchoire, les réflexes me sauvent sur ce coup. La lueur mauvaise dans son regard aurait dû me mettre sur mes gardes. Il joue peut-être, mais il est en colère. J'ai touché sa sœur, je me suis servi d'elle.

La foule se rapproche du ring, mes hommes surveillent les spectateurs et restent stoïques. Ils ont confiance en mes capacités.

Je feinte, envoie un coup vers son torse, mais il se protège comme je le prévoyais. Il découvre son côté gauche et je lui assène un direct. Ses côtes prennent une dérouillée. J'y ai mis toute ma force et ma rage. Il grogne sous la douleur et fait quelques pas pour récupérer son équilibre mis à mal. Le craquement que j'ai entendu doit provenir de ses os qui se fendent.

– Toujours aussi prétentieux ?

Je le nargue d'un sourire mesquin.

– Quoi ? C'est tout ? Tu peux faire mieux, patron, m'assène-t-il dans un souffle.

Sa fierté est toujours debout. Je le mettrai à genoux pour la peine.

– Oui, je m'échauffe là.

Nous nous tournons autour, les yeux fixés l'un sur l'autre, la concentration au maximum pour repérer la moindre indication du prochain mouvement ou attaque de l'adversaire.

La douleur et la fatigue le ralentissent, je repère ses points faibles. Un pas plus lourd, un mouvement plus lent. Je note et calcule mes futures attaques. Je ne jouerai pas avec lui comme un lion avec sa proie. Non, il mérite mon respect. Pour sa bravoure et sa fidélité envers sa sœur. Connaissant les risques d'un retour devant moi, il ne m'a pas tourné le dos et a assumé les conséquences comme un homme.

Mes coups pleuvent, le choc de la rencontre de mes poings et de son corps se répercute le long de mes bras et remonte dans mes épaules. La sueur coule dans mon dos et sur ma poitrine. Il réplique et me touche au menton dans une tentative d'uppercut.

Elias a un bon crochet. Ses muscles ne sont pas là pour la figuration. Le goût du sang se répand dans ma bouche. Je fais jouer ma langue le long de mes dents pour vérifier que rien ne bouge.

– OK, tu veux la jouer hard, je te suis… *moy drug*[25].

Je le bombarde de droites, de gauches, puis j'enchaîne avec des uppercuts. Il recule et je le coince dans un coin, entre le poteau et les cordes. Son dos rebondit et il utilise cet élan pour venir me serrer dans une étreinte d'ours.

Il n'a pas mon expérience, il n'a pas vécu dans la rue ni connu les hivers froids en Sibérie. Il ne peut pas être aussi têtu qu'un homme qui a survécu dans des conditions extrêmes, comme mes frères et moi. Nous nous sommes battus dès l'enfance et avons appris à ne jamais plier, ne jamais mettre un genou à terre et nous soumettre. Il essaie de m'étouffer, de me faire flancher. Il n'est pas assez fort. Ne le sera jamais.

---

25. Mon ami.

Je plie les genoux, il émet un rictus satisfait. Je relâche mes muscles, il hésite une infime fraction de seconde. Trop tard. Je passe mes bras par-dessus les siens dans une torsion rapide, lui crochète les poignets et le fais basculer par-dessus ma hanche.

Il roule presque gracieusement et rit en haussant les sourcils.

– Tu connais les arts martiaux, pourquoi ça ne m'étonne pas ?

– Je n'ai jamais dit que nous allions faire un match de boxe. J'utilise ce qui me semble le plus pratique. Tu vas prendre une raclée, c'est tout !

Un de mes pieds rencontre son torse et l'envoie en arrière. Je me penche sur sa jolie petite gueule et lui refais le portrait. Je frappe encore et encore. La rage du combat me submerge, je n'entends plus rien. Ni les cris de la foule, ni ceux de mes hommes. Je ne reconnais même plus mon adversaire. Le sang gicle et éclabousse mes mains, mes bras. J'ai besoin de cette brutalité, j'aime répandre la douleur.

Des mains m'arrachent à ma victime et je me retourne contre leur propriétaire.

– Ça suffit Anton, c'est Elias !

Youri me parle dans notre langue natale. Seule celle-ci peut me rendre les idées claires.

– Quoi ?

La lumière m'éblouit et je cligne des paupières, essayant de recouvrer un peu de lucidité.

– Tu as déraillé mon frère, tu t'es laissé emporter par la soif de sang.

Le corps baignant dans le sang à terre n'est pas une des brutes de mon passé, pas un tortionnaire. Non, c'est Elias, le frère de Selenne, et je l'ai massacré.

Merde ! Je…

M'agenouillant, je touche la peau moite de son poignet puis de son cou. Le pouls est fébrile, presque imperceptible, mais il est présent. Le soulagement déferle en moi.

– Youri, faut le soigner !

Mon ordre claque. Je n'ai pas le droit de paraître honteux ni de regretter. Le public est toujours en train de nous scruter. Il sera un témoin de ma dureté, de mon intransigeance et de ma dangerosité. Je ne reculerai pas et m'en servirai pour asseoir encore un peu plus ma position dans cette ville.

– Cet homme a trahi ma confiance, il a joué au plus fort et pensait s'en tirer sans conséquence. C'est un de mes employés les plus proches et les plus fidèles, expliqué-je en montrant d'un geste ample de la main le sol où mes hommes viennent de débarrasser le plancher souillé du sang de mon adversaire.

– Ceci est sa punition malgré le fait qu'il ait démontré à nouveau son allégeance envers moi. Je ne pardonne pas facilement. Vous êtes prévenus. Il pourra survivre, car j'ai conscience de sa valeur et de sa soumission à mes lois. Si vous pensez un jour me trahir, essayer de me flouer de quelque façon que ce soit, réfléchissez-y et n'oubliez pas que vous ne m'êtes pas proches. Vous êtes juste des clients, des parieurs. Ni plus ni moins.

Croisant les regards effrayés de certains, les mines perplexes des autres, je hausse les épaules. Le message est passé, à eux d'en prendre de la graine et de tirer les bonnes conclusions. Je sors du ring et prends la serviette qu'Ivan me tend. Je m'essuie et le regarde.

– Vous vouliez être au courant de tous les déplacements de la demoiselle.

– Eh bien ? réponds-je, les dents serrées, avec l'intuition que la suite ne me plaira pas.

– Elle est sortie de chez elle, Gregor la suit et vient de nous avertir qu'elle se dirige vers les quais.

– Les quais ?

Que va-t-elle foutre là-bas ?

CHAPITRE 39

ANTON

17 juin,
port de Milwaukee

La nuit est bien entamée, le froid et l'humidité nous entourent et rendent l'environnement encore plus glauque que de jour. Il n'y a pas beaucoup de lumière, les quelques ampoules qui brillent sont faibles et trop éloignées pour nous éclairer. Les quais n'ont pas bonne réputation, c'est le haut lieu du trafic, l'endroit idéal pour se rencontrer incognito. Les containers par milliers forment un labyrinthe de couloirs et de culs-de-sac. Certains quais sont occupés et des hommes travaillent à charger ou décharger des cargos. Ils sont concentrés sur leur boulot, courant après le temps et ignorant les dealers en tout genre qui se planquent plus loin.

Je suis dans un cabanon perché, au-dessus de ce désert de métal. Nous avons réquisitionné le quartier général du chef d'équipe pour nous planquer. Ce mec ne s'est pas fait prier, ma réputation, mes hommes et le fric ont eu un effet magique sur son envie de rester en vie et en bonne santé. Il est parti si vite qu'il n'a même pas fermé la porte.

Je coule un regard en biais à Youri qui s'est approché de la fenêtre. Celle-ci sert de point d'observation pour le chef d'équipe et nous ferons de même. Il n'a pas desserré les dents depuis que je lui ai dit que je voulais surveiller Selenne.

Sa mâchoire est presque soudée et ses dents grincent. Il est en train de ruminer. C'est moi qui devrais être dans cet état. Je soupçonne ma rouquine de me trahir. Je suis pourtant d'un calme étrange. Comme si j'étais dans l'attente, l'expectative : tant que je n'aurai pas les preuves devant moi, je ne pourrai pas réagir.

– Vas-y, balance-moi ce que tu as sur le cœur et arrête de tirer la gueule, ordonné-je, à bout de nerfs.

– Je t'avais prévenu.

– Oui, je le reconnais.

– Putain ! Je t'ai dit pour mes soupçons et tu as entendu comme moi le Mexicain nous avouer pour le faux flic pourri, cet agent du FBI.

– Je veux connaître la vérité.

Je hausse les épaules et m'approche. Je ne vois toujours pas ce que Youri observe. Je temporise.

– Eh bien, ça va venir. Elle est là, en bas, et devine qui est avec elle ?

Je consens finalement à regarder. Dans ma poitrine, la douleur me frappe et je pose mon poing sur l'endroit où je pensais que mon cœur dormait. Elle est debout dans un manteau court et foncé, avec un jean et des baskets. Ses cheveux sont attachés en une tresse stricte qui lui donne un air sévère. Elle a les mains dans les poches et se balance de gauche à droite. Je suis trop loin pour bien voir son expression, mais son langage corporel me révèle qu'elle n'est pas du tout à l'aise. Elle suit les mouvements de celui qui l'accompagne. Comme s'il était une bête dangereuse et qu'elle n'avait aucune confiance. Les muscles de ma nuque se tendent sous l'effet d'un sentiment de rage mêlé d'une volonté de protection.

Je reconnais ce mec, le flic qui est venu l'emmerder aux *7 Péchés Capitaux*. Celui sur qui Youri m'a fait un compte-rendu. Celui qui lui a laissé des traces sur le corps.

– Je t'avais prévenu qu'elle ne t'apporterait que des emmerdes.

– Ta gueule !

Oui, il a raison, mais quoi ? Je ne peux pas croire qu'elle soit heureuse de me vendre. Elle a partagé mon lit et a d'elle-même été plus qu'entreprenante avec moi. Elle ne simulait pas. Pas quand elle m'a crié dessus, pas quand elle a pleuré. Non, il y a plus… Je dois savoir, je dois connaître la vérité.

– Merde ! s'exclame Youri, qu'est-ce qu'il fout ?

Je me colle à la vitre et vois ce salopard attraper le poignet de ma belle rousse. Même d'ici, la grimace de douleur est visible sur son beau visage.

Il la secoue et la pousse contre une caisse. Elle se débat comme un chat sauvage. Il la gifle sèchement.

– Je vais le tuer, grogné-je.

La main de mon frère de clan se pose sur mon épaule et l'écrase pour me remettre du plomb dans la cervelle et m'empêcher d'y aller.

– Attends ! Elle ne risque rien, nos hommes sont en bas, ils pourront intervenir si ça tourne mal. Sois patient !

Il a de nouveau raison, je serre les poings et tente de calmer mon esprit et ma respiration.

En bas, Selenne a réussi à se libérer et ce fils de chienne se tient le bas-ventre. Je grimace en pensant à son genou en plein dans ses couilles. Même s'il l'a mérité, j'éprouve une once de pitié, pendant une microseconde. Car il s'approche d'elle la main levée dans l'intention évidente de la frapper encore une fois. Elle est à moi, personne ne peut lui faire de mal, personne ne la fait souffrir. Je cogne la vitre, le verre s'effrite en une multitude de fissures qui apparaissent telles des toiles d'araignées. Nous sommes trop loin pour qu'ils m'entendent, mon geste ne m'a servi qu'à libérer ma frustration.

– Youri !

– Encore un instant.

Putain que je le déteste ! Mon corps vibre d'impatience, je ne peux rester sans agir, à la regarder se faire malmener par ce salaud.

Ma nuque se raidit sous l'effet de la montée de colère. Il est venu sur mon territoire. Il a cru avoir assez de cran pour me narguer. En plus, il se sert de Selenne et la brutalise. Elle n'a rien dit, mais à part lui, qui a la possibilité de l'approcher ? Personne. Depuis que j'ai décidé qu'elle serait à moi, elle a des gardes. Ils la surveillent dans l'ombre, la suivant sans jamais s'immiscer dans sa vie. Mais ils me font un rapport détaillé et journalier et doivent me prévenir immédiatement si quelque chose sort de l'ordinaire.

Je sais donc de source sûre que ma belle n'a pas d'autres visiteurs ou amis, non, juste son agent de probation qui est violent. Celui qui laisse des bleus et des marques sur son corps, celui qu'elle a refusé de m'offrir en pâture quand j'ai réclamé un nom. Ce mec la tient, il la soumet à un chantage et donc se croit protégé et intouchable. Il pense qu'elle ne dira rien. Peut-être à raison. Ma Selenne est secrète, je le reconnais. Si elle ne m'a rien révélé, est-ce pour l'argent, par peur ? Pourquoi travailler pour ce chien ? Pas pour ses beaux yeux ni sa gentillesse. Il y a plus, si trahison il y a ; la raison doit être plus importante qu'une basse volonté de se faire du fric.

Une voiture arrive et interrompt l'action sur les quais. C'est une limousine noire, aux vitres teintées. Je reconnais l'homme qui sort de cette bagnole. Le *señor* Emilio Gómez, le chef du cartel de la Mano de Sangre.

Je retiens mon souffle et un blanc se fait dans mon cerveau. Comment Selenne peut-elle être impliquée dans cette affaire avec les Mexicains ? Est-elle complice ou victime ?

CHAPITRE 40

SELENNE

17 juin,
port de Milwaukee

Rick abaisse lentement la main en me fixant d'un air rageur. L'arrivée de cette limousine me sauve.

– Ce n'est que partie remise, salope.

– C'est toujours un plaisir Rick, j'ai hâte.

Je lui envoie ma réponse avec un baiser pour le narguer.

Mauvaise idée de titiller un animal enragé, mais ce n'est pas dans mon caractère de baisser les yeux devant mon tortionnaire.

Le chauffeur s'arrête à proximité, un homme descend de la place du mort et ouvre la portière arrière. Il est grand, porte une veste qui dévoile la bosse caractéristique d'un flingue. Il a un visage de tueur, aucune expression, le regard vide. Ça me fait froid dans le dos. Je jette un coup d'œil autour de moi sans pour autant repérer mes « collègues ». Ils sont censés être suffisamment près pour pouvoir intervenir rapidement. J'espère qu'ils le feront avant que je ne me prenne une balle.

Celui qui sort n'est pas Alvarez, comme je m'y attendais suite aux révélations de Rick. Non, c'est pire et en même temps, mieux.

Emilio Gómez, le patron de la Mano de Sangre, un des hommes les plus recherchés et craints du pays. Je le reconnais grâce à ces centaines d'heures de travail passées derrière un ordinateur à fouiller et à tenter de trouver des preuves suffisantes pour le foutre en taule. C'est un quadragénaire plutôt petit, un peu enrobé avec un début de calvitie. Un physique banal si on fait abstraction de sa tenue à plusieurs milliers de dollars et de son regard. Ses yeux font peur, je peux y voir que sa réputation de brutalité et de cruauté n'est pas surfaite. Il n'y a aucune lueur d'humanité ou d'empathie. Rien que du vide et du calcul. Il se tient comme si le monde lui appartenait, sûr de lui et de son pouvoir. Il allume un cigare en prenant son temps. La lueur de la flamme éclaire un instant les traits durs que cet homme arbore. Il recrache la fumée au visage de Rick. Celui-ci toussote et recule. Il est très pâle, effrayé et muet.

L'angoisse me tord l'estomac, je ne pensais pas me retrouver face à ce type et mon collègue non plus. Deux nouvelles voitures arrivent, des berlines sombres aux vitres teintées. D'autres hommes du cartel sortent et nous entourent silencieusement.

Ils se positionnent pour sécuriser l'endroit où leur patron se trouve. Je suis dans le pétrin. Mon sang se glace, la peur monte encore d'un cran.

– *Señor* Gómez ! Mais… Je… Comment ?

– Tais-toi ! ordonne l'homme avec un accent prononcé. Arrête de bredouiller comme un minable.

– Oui monsieur, je ne m'attendais pas à votre présence, c'est tout.

Son ton mielleux m'horripile. Je suis d'accord avec Gómez, c'est un minable petit insecte qui fait de la lèche. Il me dégoûte à un point ! J'essaie de me rendre transparente pour qu'ils oublient ma présence et donc je me mords l'intérieur de la joue pour ne pas lui balancer une vanne sur son comportement.

– Je suis de très mauvaise humeur, agent Matthew. Je suis obligé de faire le sale boulot, car mon lieutenant, mon meilleur homme, est mort.

– Quand ? s'étonne Rick, je lui ai parlé hier matin. Alvarez allait bien et n'avait pas de problème… pour ce que j'en sais, ajoute-t-il en se frottant les cheveux.

– Ça s'est passé la nuit dernière. Un des hommes de Yourenev lui a plombé la tête.

Il me regarde et mes dents claquent. Je commence à en avoir marre. Je ne suis pas qu'une cible ou un punching-ball ! Il me détaille de la tête aux pieds et je me tends, dans l'attente de me prendre un coup.

– Tu es la sœur d'Elias Connolly ?

– Oui, acquiescé-je du bout des lèvres.

Je ne peux mentir, il connaît la réponse, ça ne servirait à rien. Ses yeux cruels me rendent nerveuse. Je ne lui demanderai pas comment il sait qui je suis, ce serait une perte de temps. Dans ce milieu, l'information donne le pouvoir.

– Il a tué mon second.

Elias… Mes paupières se ferment un instant, je ne pouvais pas avoir un moment de répit, non, il a fallu que ce soit lui qui abatte ce criminel ! Et pourquoi ? Comment ? Je suis fatiguée de cette vie.

– Et tu es la pouffiasse du Russe ?

Je recule. Doucement. Je suis vraiment dans un guet-apens. Au centre d'un nœud d'embrouilles. Quand ce n'est pas mon frangin le problème, c'est l'homme avec qui je couche !

– Oui… mais je ne suis pas que ça.

J'essaie d'expliquer ma situation avant qu'il ne me charcute.

– Rick vous le dira, je travaille avec lui… pour faire tomber le Russe.

Des mains dures écrasent mes épaules et je ravale un cri. Derrière moi, le garde du corps et portier de Gómez me retient d'une poigne de fer. Je vais avoir des bleus énormes si je survis à cette nuit.

Rick ricane méchamment et secoue sa sale gueule de pourri.

– Elle n'est qu'une pauvre taularde en sursis. Elle doit coucher pour nous donner des preuves que Yourenev est à la tête de son clan. Mais elle n'est pas très motivée, je dois dire.

Il m'enfonce et cela lui plaît. Il tient sa vengeance pour mes refus. Je voudrais me ruer sur lui et lui arracher les yeux, lui cogner à mort les bourses à coups de genou.

– Elle pourra me servir à plus, si sa vie vaut quelque chose pour le Russe, je vais bien m'amuser avec elle.

– Rick ! Tu ne peux pas le laisser faire ! crié-je. Tu es un agent du FBI, ne l'oublie pas.

Je me débats sans succès, Gómez me frappe à la joue et je tombe violemment sur les genoux. L'autre homme m'a lâchée exprès pour que je m'étale comme une loque. Le rire de mon ancien collègue accompagne ma chute. Il agrippe mes cheveux et me tire la tête vers le haut. Croisant son regard qui brille de jubilation, je comprends qu'il n'aura aucune pitié. Il n'attend que ça, en fait.

– Si ton cadavre remonte à la surface, je pourrai accuser Yourenev. Ça fera d'une pierre deux coups.

Il me relâche en me poussant et je me retiens des deux mains pour éviter que mon visage ne rencontre le sol. Le sang coule de ma bouche et tombe sur un de mes doigts. La douleur me remonte le long du bras, aiguë et brutale. Le rouge est la seule couleur que je voie pour le moment. Ma vision est centrée dessus et le reste devient flou. Seuls les battements de mon cœur résonnent dans mes oreilles, mes poumons sont en feu de trop pomper d'oxygène sous l'effet de la panique. Je craque, les larmes coulent, elles aussi. Je voudrais tellement en finir ; partir loin pour oublier la douleur et la peur, et si mourir peut me soulager de cette vie qui ne m'apporte rien d'autre que du malheur, alors je suis d'accord, la mort ne peut pas être pire.

J'oublie dans mon désespoir que le directeur adjoint Edge est en place avec d'autres agents. Ils ont entendu cette conversation, enregistrée grâce au micro que je porte. Les ombres qui passent dans mon champ de vision, les lumières bleues intermittentes, les cris, les mouvements saccadés… Ce sont eux qui débarquent. Ils courent et viennent à mon secours, empoignent Gómez et ses hommes. Des coups de feu résonnent, des hommes sont à terre, d'autres se planquent derrière des caisses pour s'en servir comme d'une barricade. Je me relève difficilement. Rick s'enfuit en direction des containers. Il va s'échapper. Je crie et le poursuis sans réfléchir. J'ignore si un agent m'a entendue ou si on me soutient. La colère me submerge, il ne doit pas en réchapper. Ce serait injuste. Il doit payer !

– Rick ! Stop !

Il s'engouffre dans ce dédale de couloirs en métal. La lumière diminue, seul le son de ses pas qui claquent sur le béton me donne une idée de la direction qu'il a prise. Il va pouvoir s'enfuir et ça, je ne le supporterai pas. Il doit payer ! Je dois l'arrêter !

CHAPITRE 41

ANTON

17 juin,
port de Milwaukee

Je cours entre les caissons de métal, un seul objectif en tête. La sauver. Je l'ai vue se retrouver au centre d'une réunion des pires malfrats que je connaisse. D'un côté, Gómez et ses hommes sont ceux qui effraient les hors-la-loi, de l'autre, le mec qui est censé être un flic chargé de la probation de Selenne et qui est un agent du FBI sous couverture. Ce pourri la moleste et la manipule. Il la tient et l'oblige d'une quelconque façon à obéir. Selenne nage au milieu de ces requins et ils ont soif de sang.

Gómez l'a frappée, le flic l'a maintenue par les cheveux. Mon sang n'a fait qu'un tour. Je ne supporte pas qu'elle soit blessée. Qu'importe si elle m'a trahi, et à quel point. Rien ne doit lui arriver. Je bous de colère. Je veux blesser, écarteler, démembrer et me baigner dans le sang de ceux qui la font souffrir. C'est primaire, mais je m'en fous complètement !

Je cours et essaie de la rejoindre. Les fédéraux ont débarqué, il y a eu des échanges de coups de feu. Elle est au milieu. Je suis sorti à découvert, Youri et mes hommes, à un pas derrière moi. Je vais la mettre à l'abri. Il sera encore temps de connaître la vérité après.

Quand je suis sur le point de l'atteindre, elle se relève, la rage visible sur son visage souillé par le sang. Elle ne m'a pas vu. Son attention se focalise sur le pourri qui s'est vendu à Gómez. Son corps tremble sous l'effort puis elle bondit dans sa direction. Il court et elle le poursuit. Mais quelle folle ! Où pense-t-elle aller ? Elle n'est pas armée sinon elle aurait déjà un flingue à la main. Traversant le champ de bataille sans prendre garde aux balles perdues, elle ne le lâche pas d'une semelle.

– Rick ! Stop ! hurle-t-elle.

Je ne réfléchis pas plus qu'elle et les poursuis. Si je suis assez rapide, je peux les dépasser. D'un geste, je montre d'autres couloirs aménagés entre les containers à mes hommes et ils se séparent pour couvrir plus de surface.

Ma respiration se fait plus profonde, ma foulée devient constante. Je me concentre sur cette seule idée, les rejoindre et la protéger.

Après des tours et des détours, j'ai l'impression de les perdre puis me retrouve dans un cul-de-sac.

Merde ! Où sont-ils ? L'obscurité n'aide en rien, la déception déferle en moi, et je frappe du plat de la main une paroi. Il faut que je me calme. Si je me précipite, si je me laisse submerger par des idées noires à penser à ce qu'elle peut subir face à cette raclure… Je me concentre, j'écoute et… Un cri, un bruit de choc, là ! Dans cette direction. J'arrive juste à temps, il lève un flingue, la tient à la gorge. Elle se débat comme une furie et ne baisse pas les yeux. Toute cette fierté et cette colère n'ont qu'une cible. Je vais me faire un plaisir de l'anéantir, qu'il disparaisse de cette terre.

Je le bouscule et le plaque au sol. Il ne m'a pas vu arriver et la surprise joue en ma faveur. D'un coup de pied, je repousse l'arme au loin. Je me redresse sur les genoux et pour la deuxième fois cette nuit, je frappe un homme jusqu'à oublier la raison de cette violence.

Mon adversaire se défend comme un lion enragé, ne laisse aucun temps mort et me rend coups pour coups malgré sa position d'infériorité.

Son genou ébranle mon équilibre en s'enfonçant dans mes côtes. Je roule et me redresse rapidement, il imite ma manœuvre. Respirant vite, il crache devant moi. Répugnant !

– Alors ? Tu viens chercher ta chérie, ricane-t-il, tu joues au sauveur ?

– Ne la touche pas ! Je te l'interdis !

D'un geste de la main, je tente d'attirer l'attention de Selenne qui est bloquée dans un coin. Elle se trouve derrière le flic et doit donc le frôler pour me rejoindre. Elle secoue la tête, ouvre la bouche pour me dire quelque chose, quand l'autre me jette :

– Quoi ? Mais c'est déjà fait. Tu n'es pas le seul pour qui elle ouvre les jambes.

– Ce n'est pas vrai ! Anton, ne le crois pas !

Selenne nie vivement, mais le doute s'insinue en moi. C'est vrai qu'elle n'a pas tellement hésité avant de coucher avec moi. Je la fixe, puis le flic. Mes mâchoires se serrent et mon envie de meurtre revient.

– Oh si, tu devrais voir, elle aime qu'on lui donne des ordres, elle aime la brutalité.

Il rit en donnant des détails. Elle me tend la main en une supplique. Je secoue la tête pour en déloger mes soupçons et ma méfiance.

– Les bleus, elle adore en avoir, elle dit que ce sont les preuves que j'ai bien fait mon travail, que je l'ai bien baisée, continue-t-il en riant. Une belle salope ! Ne te laisse pas avoir par ses beaux yeux.

Il parle des marques laissées sur son cou. Je pensais qu'il l'avait malmenée ou même brutalisée. L'idée que ce ne sont que des souvenirs de baise plus sauvage ne m'était pas venue à l'esprit. Les soupçons refont surface. Je les mets de côté pour y réfléchir plus tard.

– Qu'elle couche ou non avec toi, ce n'est pas le problème, ne la touche plus.

Selenne sursaute et me regarde comme si je l'avais frappée. Mes paroles ont l'air de l'ébranler.

– Elle t'a baisé pour te vendre, elle travaille pour moi depuis le début et tu t'es fait avoir dans les grandes largeurs.

Dans un cri, Selenne ramasse une barre en fer et l'abat sur la nuque du connard. Il chancelle, frotte la blessure puis ses yeux se floutent. Il s'effondre, inconscient.

– Tu n'as rien à répondre ? demandé-je à Selenne, curieux et furieux de ce qu'elle va me dire pour sa défense. Tu m'as trahi pour ce mec ?

– Comment peux-tu douter de moi ?

Son regard brille, elle est choquée.

– Je ne suis pas né de la dernière pluie. J'ai eu des informations selon lesquelles une fille espionnait pour le flic et le Mexicain. Et je t'ai trouvée en train de fouiller dans mes papiers !

Je me souviens de son attitude, elle semblait mal à l'aise et a tout fait pour me détourner de mes soupçons.

Mais elle n'ouvre pas la bouche. Son visage ne montre qu'une grande déception. Ses épaules retombent et elle semble supporter le poids du monde sur son dos.

– Tu travailles pour lui ? Ça t'a plu de me manipuler ?

Je l'accuse en lui jetant des horreurs à la face. Ma douleur est immense de voir que ce que Youri et moi pressentions est vrai.

– Que dois-je te dire ? Je n'ai rien à me reprocher. Je voulais te parler, mais j'ai manqué de temps ou de courage. Et là… elle secoue la tête, tu t'es déjà fait ton opinion. Tu n'as pas envie d'entendre la vérité.

La tristesse du ton employé m'arrache le cœur. Selenne se penche et ramasse l'arme du flic. La pointant sur lui, elle me regarde sans me fixer dans les yeux. Une grimace tord sa jolie bouche.

– Tu sais Anton, j'étais prête à beaucoup pour toi. Je ne voulais plus de ma vie, plus de tout ça. Et là, tu préfères croire à sa version, que je couche avec lui, que je n'ai aucun scrupule à t'espionner…

Elle soupire. Je me sens comme une merde.

– Je ne t'ai accusée de rien ! Mais il faut que tu me prouves ton innocence.

– Non, ton regard a parlé pour toi. Tu doutes et penses le pire de moi. Je n'ai aucune chance que tu me croies. J'en ai marre de me justifier et d'essayer de plaire, cette fois, je ne ferai plus d'efforts. C'est terminé !

– Tu dois bien reconnaître que la situation prête à confusion, marmonné-je.

Mon malaise est une nouveauté. Je sens que j'ai commis une erreur. J'aurais dû la défendre contre ce mec. Ne pas hésiter. Rejeter ses affirmations. Ne pas oublier tout ce qu'on a vécu depuis la fuite de son frère. Que je puisse croire en une trahison de sa part est légitime, mais qu'elle me trompe… c'est ce qui semble l'avoir le plus affectée. J'aurais dû être certain de sa fidélité et j'ai hésité.

– Oh oui, un vrai bordel ! Mais ne t'inquiète pas, c'est fini. Je me barre ! Tu auras ta tranquillité. Tu pourras vivre sans problème.

– Comment ?

– J'ai négocié pour être libre. Tu n'auras plus à me supporter.

Elle se tourne vers l'autre, qui reprend conscience et se redresse, et le pousse avec le canon de l'arme.

– Toi ! Avance ! Edge t'attend et la taule aussi !

Son regard glacé me fait reculer. Je tends la main vers elle, mais elle m'évite dans un écart brusque.

– Non, tu as raté l'occasion, maintenant c'est trop tard. Nous allons rejoindre les fédéraux, tu devrais partir et les éviter. J'ai affirmé à mon patron que je n'avais aucune preuve contre toi. Ne me fais pas mentir en te faisant prendre.

Elle s'éloigne en tenant en joue cette pourriture et je reste là… comme un con. Elle a abandonné. Je l'ai perdue.

CHAPITRE 42

SELENNE

17 juin,
port de Milwaukee

Je m'éloigne, le cœur brisé, calciné sous les cendres de notre relation. Dirigeant Rick entre les containers pour revenir vers les fédéraux, je frotte mes joues d'une main, effaçant les larmes qui dévalent sans ma permission. Cet homme se fout que je le vende aux flics, aux Mexicains, que je sois obligée de travailler avec un mec comme Rick, mais il ne me croit pas quand je lui affirme ne pas coucher avec d'autres que lui. Je ne peux pas supporter ce manque de confiance. Encore plus s'il s'agit de lui. Cette situation ne m'a apporté que des ennuis et des désillusions.

J'avais l'espoir qu'il prenne ma défense. Raté ! Son regard a changé face aux paroles de ce pourri. Pas un instant il n'a eu une lueur de certitude me concernant. Comment a-t-il pu supposer que je préfère cette vermine, que j'aime subir ses violences ? Lui qui m'a embrassée dans le noir, qui m'a dominée et m'a fait découvrir d'autres horizons de plaisir, il connaît les réponses de mon corps, je lui ai ouvert mon âme et mon cœur.

Les fautes sont partagées, je dois m'éloigner et oublier les rêves qui pointaient le nez. J'ai plus besoin de confiance que de sécurité.

Les lumières bleues clignotantes des voitures de police et des services fédéraux nous accueillent quand nous émergeons sur les docks. Les prisonniers encore vivants sont allongés, les bras maintenus dans le dos par des menottes. Quelques corps ont été déplacés sur le côté et je déduis que ce sont les victimes des échanges de coups de feu. Il me semble ne pas reconnaître d'agents des forces de l'ordre parmi eux et ça me soulage. Des ambulances sont garées à quelques mètres et les infirmiers soignent les blessures légères directement sur place.

Il y a énormément de monde. Tout semble chaotique, mais en y regardant de plus près, un homme seul, au centre, coordonne les actions. C'est le directeur adjoint Edge en personne. Je me dirige vers lui, l'arme calée entre les omoplates de Rick, ex-agent fédéral.

– Selenne ! Comment allez-vous ? J'ai eu un moment peur de vous perdre. Ce n'était pas du tout prudent de vous éloigner seule. On a retrouvé votre micro sur le sol.

Heureusement que j'ai eu le réflexe de l'arracher avant de le poursuivre, sinon Edge aurait eu un joli enregistrement à charge contre Anton.

– Je me devais de l'empêcher de fuir, monsieur.

– Bien joué !

Il fait signe à des policiers qui embarquent ce pourri. Ils le menottent et le poussent dans une voiture de service en lui tenant la tête pour éviter qu'il ne se cogne. Dommage ! Ça m'aurait fait plaisir qu'il prenne encore un coup.

Son regard narquois croise le mien et il mime un baiser. Il sourit, certain qu'il ne risque rien. Connard !

– Tu le paieras Selenne ! jette-t-il avant que la porte ne se referme sur lui.

Un frisson dévale mon échine, même hors d'atteinte, il me fait peur.

– Bon, l'opération est plus que réussie.

– Je suis soulagée que ce soit terminé.

J'ai réussi à garder un ton neutre malgré ma gorge nouée par les sanglots que je retiens. Oui, cette mission est finie, je vais enfin pouvoir être libre de mes mouvements, j'ai payé ma dette. Mais ce moment marque aussi la fin de ma relation avec Anton, je ne le verrai plus. Je serre la mâchoire, redresse le menton et cligne des yeux pour retenir ces foutues larmes. Je ne perdrai pas mon sang-froid maintenant. Si je dois pleurer, je le ferai derrière les portes closes de mon chez-moi. Un rire désabusé essaie de franchir mes lèvres. Où est-ce, chez moi ? Ce point reste à définir !

– Ah ! fait-il en me dirigeant vers une berline banalisée. Il me faut aussi votre dossier sur Gómez et votre déposition. Donc, vous êtes encore avec nous pour quelques jours.

Je soupire, bien que je me sois doutée que je ne passerais pas au travers de la paperasse et des procédures du Bureau. Dans un sens, ça me permettra d'oublier ma peine en poussant Rick et le cartel au fond du trou. D'une pierre, deux coups.

CHAPITRE 43

SELENNE

19 juin,
appartement d'Elias, Milwaukee

Marquant un arrêt sur le pas de la porte, je sens mon cœur se fendre un peu plus. Après un raté, il repart de plus belle. Mes jambes flageolantes ne me soutiennent pas. La fatigue qui m'accompagne depuis deux jours me prend, me submerge comme une lame de fond et me rejette, laminée et sur les genoux. J'ai passé ces dernières quarante-huit heures à établir des rapports, à écrire et à être interrogée par les services du Bureau fédéral. Je suis venue dès que j'ai été libre de mes mouvements et certaine qu'ils ne me rappelleraient pas pour une énième confirmation de mes dépositions. Rick et Gómez, ainsi que la plupart de ses hommes, sont inculpés et dormiront bientôt dans une prison de haute sécurité. C'est fini. Une larme coule sur ma joue et je la fais disparaître avant que celui qui est sur le lit ne la remarque. Enfin, s'il pouvait me voir correctement ! Son état est déplorable.

Je m'avance doucement, sur la pointe des pieds, et m'installe sur une chaise près de lui. Il a les yeux fermés, mais ne dort pas. Son visage est parcouru de spasmes que je suppose être provoqués par la douleur.

Des hématomes le recouvrent partout ou presque. Les paupières gonflées, le nez caché sous un pansement compressif, c'est à peine si je reconnais mon propre frère. Je scrute le reste de son corps. Ses mains sont bandées, son torse aussi. Il n'a pas de T-shirt, à l'évidence pour faciliter les soins. Je remarque des traces sur son cou, d'autres disparaissant par-dessous le bandage qui lui enserre les côtes.

Mon Dieu, qu'est-ce qu'Anton lui a fait subir ? Dois-je me réjouir que ce ne soient que des bleus et des contusions ? Je pourrais être à la morgue en train de reconnaître son corps.

J'effleure en douceur les phalanges de sa main gauche, n'osant pas lui prendre la main de peur de lui faire encore plus de mal. Mon geste lui fait comprendre qu'il n'est plus seul dans cette chambre. Il soupire et me souffle :

– Ça va…

– Non ! Rien ne va.

Il entrouvre une paupière et tourne la tête vers moi.

– Selenne ? Je pensais que c'était Helena.

– Non, c'est juste moi. Elle m'a invitée à entrer, mais m'a autorisée à te voir en tête à tête à la condition que je ne te fatigue pas.

– Elle me surveille comme une poule, ses poussins… Aïe…

Nous sourions à cette tentative d'humour et il grimace sous la douleur.

– Arrête de faire le malin, frérot.

– Où étais-tu ? Je pensais te voir plus tôt !

Je détourne le regard et croise les bras devant moi. J'ai conscience que cette position démontre ma culpabilité. Je suis là pour expliquer à mon frère ma situation, mes ennuis et ce que me réserve le futur. Il est temps pour moi de parler en toute franchise.

– Je dois t'avouer quelque chose Elias, mais promets-moi de m'écouter jusqu'à la fin avant de te fâcher et surtout de ne pas t'énerver ni te faire mal en t'agitant.

– J'ai horreur des secrets et des mystères. Balance, vas-y ! m'ordonne-t-il. Et si Yourenev t'a fait du mal, dès que je sors de ce lit, je le bute.

– Ah non ! Tu ne tueras plus personne. Merde ! Tu as déjà assez fait avec Alvarez.

– Tu es au courant ?

– J'ai manqué de crever à cause de ça ! lancé-je brutalement.

Il sursaute et essaie de se redresser. Je l'arrête d'un geste en secouant la tête. Il grogne de douleur à cause de son mouvement brusque.

– Attends ! Ne t'inquiète pas, je vais bien, mais ça aurait pu très mal tourner.

Il repose sa tête sur l'oreiller et me regarde avec une expression de regret.

– Je ne pouvais pas faire autrement. C'était lui ou nous.

Je hausse les épaules et lui caresse la main en un geste d'apaisement.

– Je te dois plus d'excuses que tu ne le penses alors… ne t'en fais pas pour ça. Voilà…

Je me lance avant de perdre courage.

– Quand j'ai été arrêtée il y a six ans, je ne suis pas allée en prison.

– Qu'est-ce que tu racontes ? Mais…

– Le FBI m'a enrôlée de force en me proposant un contrat que je ne pouvais pas refuser. Ils ont profité de mon jeune âge et de mon casier. Ils m'ont offert un travail en échange d'une peine de vingt ans derrière les barreaux.

– Tu aurais dû les envoyer chier.

– Ce n'était pas le principal… ils m'ont obligée à bosser pour eux, car ils avaient un argument de choc.

J'hésite, comment lui avouer que c'est pour lui et uniquement lui que j'ai accepté ces conditions ? Je dois le lui dire maintenant, je ne peux plus reculer.

– Qu'est-ce qui pouvait être plus important que ta liberté ? Rien ! Tu n'aurais jamais dû t'abaisser à aider ces vermines de fédéraux et…

– C'est toi ! crié-je pour l'interrompre. C'est pour toi ! Ils m'ont montré ton dossier, tu risquais tellement. Ils m'ont promis de te laisser tranquille si je bossais pour eux.

Je me lève et je fixe l'extérieur par la fenêtre. Je ne veux pas voir son expression quand il comprendra que c'est lui qui a été l'argument pour me manipuler. Je ne veux pas décrypter son regard et y lire la surprise, la stupeur, et puis peut-être aussi de la culpabilité ? C'est au-dessus de mes forces.

– Selenne ?… Selenne ! Regarde-moi ! Putain, retourne-toi !

– Pardon, c'est difficile de te le dire, car ce n'est que le début. Le pire est encore à venir.

– Reviens près de moi. Tu as besoin de moi et moi de même. Approche petite sœur, tu n'es pas seule.

Un rire sarcastique s'échappe de mes lèvres. Je suis seule depuis si longtemps que c'est une douleur permanente ancrée en moi. Et après avoir retrouvé mon frère et aimé Anton, cette blessure s'était refermée. Pas complètement, pas correctement, mais elle commençait doucement à cicatriser.

– Je ne suis pas sortie de taule, comme tu peux le déduire, vu que je n'ai jamais mis un pied là-bas. Et au fait, je n'ai pas eu tes lettres, si j'en avais eu la possibilité, j'aurais gardé le contact avec toi. Ils m'ont fourni une autre identité, j'étais en permanence surveillée et suspectée. Mon travail était scruté et vérifié à tout moment. Je pouvais le supporter en sachant que tu vivais libre. Et puis… j'ai été envoyée vers toi pour espionner et dénicher des preuves contre ton patron.

Je reviens vers le lit et regarde partout sauf dans sa direction.

– Je comprends mieux pourquoi tu ne gardais pas tes boulots. C'était pour que je te fasse engager aux *7 Péchés*, ironise mon frangin.

– Oui, désolée. J'ai profité de notre lien pour ça. Je suis tellement honteuse de t'avoir utilisé. Et en même temps, sans cette mission, je ne t'aurais pas revu.

– Ils t'ont mis la pression ?

– Si tu savais… Ils devaient me rendre ma liberté. Si je refusais, ils n'auraient pas hésité à t'embarquer. Puis j'avais en cours un autre dossier que je devais terminer.

– Laisse-moi deviner… La Mano de Sangre ?

– Ils sont partout ceux-là, ricané-je. Oui, ce sont eux. Tout s'est imbriqué.

– Donc tu devais te rapprocher du boss et quoi ?

– Rassembler des preuves pour faire tomber son clan et le cartel mexicain. Mais c'est devenu un beau bordel quand tu as disparu avec Helena. Les Russes ont pensé que tu avais volé l'argent et trahi Anton.

Mon cœur se serre à chaque fois que je prononce son prénom.

– Désolé, tu as dû subir la colère du patron. Est-ce qu'il t'a…

Il bloque sur les mots, impossible pour lui de prononcer sa question.

– Non, je te l'ai déjà dit. Nous avions trouvé un terrain d'entente et… j'ai même éprouvé des sentiments pour lui.

– Pourquoi en parles-tu au passé ? À cause de ce qu'il m'a fait ?

Il montre son corps dans un geste raide et faible.

– Non, j'ai l'intime conviction qu'il aurait pu te tuer ou, pire, te torturer. Bien que je sois furieuse contre lui. C'est… entre nous. Il n'a pas cru suffisamment en moi et…

Ma voix se brise et les larmes que je retiens depuis deux jours déferlent. Le barrage se brise, laissant un tsunami d'émotions se déverser sur un frère ahuri et désemparé. Il ne m'a jamais vue pleurer, j'ai toujours été forte, utilisant le sarcasme et l'attaque verbale pour contrer la souffrance.

– Eh ! Ne pleure pas pour ce salaud. S'il t'a fait du mal, il ne te mérite pas.

Il secoue la tête d'une façon totalement coincée. Il n'est pas à l'aise avec mes émotions, tapotant ma main sans savoir comment me réconforter.

– C'est à cause de Rick, ce salopard de fils de chienne, m'écrié-je entre deux sanglots.

– Qui est Rick ? Je suis perdu.

– Un agent du FBI, mais aussi un pourri vendu à Gómez. Il voulait le fric et le pouvoir et en plus il a menti.

Je parle comme une gamine et je suis pathétique.

– Reprends depuis le début. Arrête de pleurer comme une petite fille et explique-moi correctement, exige-t-il en prenant un ton plus ferme, le même que pendant mon adolescence, quand il voulait me faire obéir.

L'habitude prise dans ces années difficiles, mais plutôt heureuses est comme un réflexe qui m'apaise et me détend. Je respire plusieurs fois et attends que le hoquet provoqué par mes sanglots se calme.

– Rick était chargé officiellement de me soutenir pendant ma mission. Il n'en a jamais rien eu à battre, de mes problèmes. Je devais me débrouiller pour rembourser la somme disparue, sans avoir d'apport du Bureau fédéral. Il me menaçait : si je me procurais l'oseille illégalement, il me dénonçait et je retournais en taule ; si je ne le faisais pas, c'était Anton qui me punissait. Rick voulait bien ne rien dire à condition que… que… que je couche avec lui.

Mon hésitation n'est pas passée inaperçue et mon frère se tend.

– Et ? demande-t-il, les dents serrées.

– J'ai refusé, à plusieurs reprises puis il a…

Je ferme les yeux pour ne pas voir mon frère pendant que je lui révèle le pire moment de ma vie :

– Puis il a tenté de me violer.

Il écrase ma main et grogne.

– Bordel ! Je vais le tuer !

– Il n'a pas réussi et après j'ai toujours eu la chance qu'il ne puisse pas rester longtemps en ma compagnie. Du coup, il ne pouvait plus rien essayer.

– Ce n'est pas une excuse ! Et Anton ? Pourquoi il n'a rien fait ? Il aurait dû s'en débarrasser après l'avoir castré, ce fils de pute !

Elias est hors de lui. Helena entre dans la chambre et me regarde comme si j'étais responsable d'un meurtre.

– Tu ne devais pas l'énerver ! me jette-t-elle, cassante.

– Laisse-la ! Ce n'est pas sa faute !

Helena sursaute, choquée, puis s'enfuit sans un mot.

– Tu pouvais être encore plus froid avec elle ?

– Ce n'est pas ton problème ! Continue. Pourquoi Anton ne l'a pas tué ?

– Il n'est pas au courant, il croit la version de Rick.

– Quelle version ?

– Celle où il racontait que je baisais avec lui en même temps qu'avec Anton, comme une salope ; que j'aimais me faire malmener ; que j'avais apprécié et même réclamé les bleus qu'il m'avait faits. Et Anton n'a rien rejeté, comme s'il faisait plus confiance à sa parole qu'à la mienne. Jamais il ne m'a défendue !

Énoncer ces faits à voix haute est encore plus douloureux que les coups de Rick.

– Pas à un seul moment ? s'insurge-t-il.

Je secoue la tête en signe de dénégation et continue mon récit avant de perdre le reste de mon courage. Plus vite j'aurai fini, plus vite je serai partie.

– Quand j'ai compris que Rick vendait son âme à Gómez, j'ai contacté le directeur adjoint du Bureau et j'ai passé un accord. Je fournissais les preuves contre lui et le cartel mexicain, et les fédéraux nous oubliaient, toi et moi. Je suis même allée jusqu'à affirmer n'avoir rien trouvé sur Anton. Puis le soir de leur arrestation, Gómez est venu en personne, car tu avais flingué son second Alvarez. Il voulait ma peau, car j'étais ta sœur et la maîtresse du Russe.

– Quand tu te mets dans les embrouilles, tu ne fais pas semblant, se moque-t-il.

– Plus de la moitié de mes ennuis sont uniquement de ta faute !

Je suis amère et ça s'entend dans ma voix.

– Pardon sœurette.

Les remords s'inscrivent sur son visage. Mes lèvres recommencent à trembler sous l'émotion. Je dois être forte et arrêter de pleurnicher sur mon sort.

– Pendant l'arrestation, j'ai poursuivi Rick qui tentait de se barrer et Anton était présent. Je ne sais pas comment il a appris pour cette entrevue secrète sur les quais, mais il se trouvait là. Il m'a suivie et s'est battu avec Rick. Puis il a gobé tout ce qu'il lui a dit.

– Il a préféré croire un agent corrompu plutôt que toi ? s'indigne mon frère.

– J'ai bien vu que s'il avalait tout ce que Rick déballait, c'est parce que le doute était présent dans son esprit depuis longtemps. Il n'a jamais eu confiance en moi. Et pourtant, s'il savait tout ce que j'ai refusé pour le protéger !

Je ris amèrement, ma naïveté confine à la bêtise. J'ai risqué ma vie et ma liberté pour rester auprès de lui.

– Je n'ai rien dit, reprends-je pour en terminer une bonne fois pour toutes, j'en ai eu assez, je ne voulais plus me justifier, ni devoir essayer d'être ce qu'on attend de moi. Même si je souffre, car je… je l'aime, je ne vais pas rester et le supplier de me croire. Non, plus jamais je ne serai la cinquième roue du carrosse. Je suis venue te voir pour m'assurer que tu allais bien, après je pars. Je déménage pour vivre enfin ma vie.

– Ce mec tient à toi, de ce que j'ai pu voir avant qu'il ne m'éclate sur le ring. Tu devrais lui laisser une seconde chance. Et ne pars pas sans me laisser ton adresse. On vient juste de se retrouver, je veux faire partie de ta nouvelle vie.

Je laisse mes larmes couler et lui réponds d'un signe de tête. Un vague « oui » qui peut signifier plein de choses comme ne rien vouloir dire. Me penchant vers lui, je dépose un baiser à la lisière de son front, seul endroit exempt de coups. En sortant, je lui souris bravement, car je ne veux pas que la dernière image qu'il aura de moi soit celle de sa sœur en pleurs.

CHAPITRE 44

ANTON

15 août,
7 Péchés Capitaux, Milwaukee

Le verre éclate en des milliers de morceaux, le liquide ambré éclabousse le mur. Mon grognement est le seul autre son dans la pièce, mes hommes retiennent même leur respiration. La tension est à son paroxysme. Personne n'ose me regarder dans les yeux.

– Je me fous de ce que vous avez comme excuses ! Foutez-moi le camp et trouvez-moi cette vermine ! Je le veux devant moi ce soir, sinon c'est vous qui aurez à en subir les conséquences.

Ils sortent à reculons, en un minimum de mouvements pour éviter de déclencher à nouveau ma colère. Tournant mon fauteuil vers la vitre sans tain, je souffle pour recouvrer mon calme. Mes poings refusent de s'ouvrir, restant crispés sur mes cuisses. Je suis en permanence sur les nerfs.

– Alors ? J'espère qu'au moins, ça a eu le mérite de te soulager ?

L'ironie dans la voix de Youri remet une couche à mon agressivité.

– Si tu viens me faire la leçon, dégage !

– Non, tu es suffisamment intelligent pour reconnaître que tu traverses une mauvaise passe et que ton comportement n'est plus du tout cohérent. Effrayer tes ennemis et tes débiteurs, c'est bon pour le commerce. Être sévère envers tes hommes aussi. Mais être violent sans raison, c'est contre-productif, tu ne réussiras qu'une chose : ils se retourneront contre toi.

– Tu es en train de me faire la leçon ! Je viens de te dire…

– Je ne dis que la réalité des faits, me coupe-t-il. Tu es instable et dangereux.

– Et alors ? Tu crois que je ne m'en rends pas compte ?

Je ne le regarde toujours pas, fixant sans les voir les filles qui se trémoussent dans la salle et les clients qui s'amusent. Mon comportement s'est détérioré depuis deux mois. Soixante jours pour être précis. Je les compte et les vis au ralenti. Putain de temps ! Je n'ai plus aucune patience.

– Tes hommes te sont fidèles et se couperaient un bras pour toi s'il le fallait. Arrête tes conneries.

– Ils n'ont qu'à trouver ce minable qui essaie de me filer entre les doigts pour ne pas payer ses dettes.

– Il y a deux jours, tu as puni Vladimir pour une erreur minime.

– Il a perdu dix mille dollars comme un débutant. Je n'ai fait qu'appliquer mes règles.

– Il était inconscient quand tu en as terminé avec lui et ne sera pas sur pied avant un bon moment. Un homme valide en moins, ce n'est pas bénin. Tu étais déchaîné.

– Je te le répète pour la dernière fois… J'applique *mes* règles !

Je me lève et m'approche de lui pour le frapper. Mais il comprend mon intention et me prend par surprise. Il me plaque contre le mur, l'avant-bras collé à ma gorge. L'air passe difficilement. Étrangement, cette suffocation me rend lucide comme je ne l'ai plus été depuis bien trop longtemps. Au lieu de lui enfoncer mon poing dans le ventre, je serre son poignet et le fixe droit dans les yeux. Je relâche les muscles et il décode mon attitude. Je laisse tomber. La fatigue me submerge d'un seul coup. Le sommeil me fuit, trop de pensées et de souvenirs gâchent mon repos.

– Tu te maîtrises ? Si je te libère, tu ne vas pas me cogner ?

Il est sur ses gardes. Je dois reconnaître que je suis devenu tellement retors et impulsif ces derniers temps qu'il a bien raison de se méfier.

– Je ne te balancerai pas mon poing dans la gueule, assuré-je d'une voix posée.

Mais il ne me relâche pas et donc je continue avec un sourire ironique :

– Ni… ailleurs que dans ta face d'enfoiré.

Il rit et recule, les mains levées devant lui, en mimant l'innocence.

Reprenant son sérieux, mon frère de cœur soupire un bon coup et se frotte la nuque. Il est embarrassé par ce qu'il a à me dire. Je serre les dents, car j'ai l'impression que moi, je ne veux pas l'entendre. Je secoue déjà la tête en signe de dénégation, mais ce con est têtu.

– Tu évites Elias. Il a repris son poste, rempli son devoir, ne rechigne pas à la tâche malgré la raclée que tu lui as donnée.

– Je ne veux pas en parler.

– Je m'en doute, tu deviens ingérable, Anton. Il est temps de crever l'abcès. Convoque-le. Tu n'as même pas besoin de discuter de… de qui tu sais. Faut juste remettre les choses à plat sur le boulot.

J'ai cru qu'il allait prononcer son nom. Mon corps s'est crispé dans l'attente de la douleur, du choc habituel qui le traverse dès qu'il est cité. Mon cœur bat fort malgré cette blessure en plein milieu, comme s'il était ouvert et perdait à chaque pulsation des litres de sang. C'est insupportable pendant quelques secondes puis la plaie se referme. Une partie manque, disparue, arrachée par Selenne quand elle m'a quitté. La plaie ne cicatrise pas, chaque pensée d'elle, chaque image, chaque souvenir la rouvre et me met à genoux face à la souffrance. Je ne pensais pas être aussi attaché à cette femme. Une rousse à la réplique facile et au menton toujours levé haut, par orgueil ou pour se protéger des coups que la vie lui a assénés. J'ai douté d'elle et n'ai pas essayé de connaître la vérité. Non, je l'ai déçue et elle est partie.

C'est pourquoi j'évite son frère. Le voir, avec ses yeux identiques, est bien trop difficile. Comment travailler aux côtés de celui qui me rappelle toutes mes fautes ?

J'ai découvert mes sentiments trop tard et le mal que j'ai fait à Selenne n'est pas pardonnable. Elle est partie facilement, a baissé les bras sans se battre. Elle ne devait pas avoir tant d'affection pour moi. Depuis son départ, je n'ai pas eu de nouvelles et n'ai fait aucun effort pour la rechercher. Mon orgueil est trop fort pour que je m'abaisse à la supplier de me revenir, de me pardonner et surtout d'apprendre à aimer un homme comme moi.

– Je ne peux pas supporter la présence d'Elias, finis-je par avouer. Il est compétent, c'est un élément clé de notre organisation, mais je ne peux *pas* le voir.

– Eh bien, tu devrais. Elle est venue le voir quand il était encore alité et ils ont parlé. Helena m'a dit que ce qu'elle avait révélé à son frère l'avait foutu dans une rage noire et l'avait perturbé longtemps après son départ. Elle n'a rien pu me raconter, car elle n'était pas dans la chambre et Elias refuse de révéler ce dont Selenne et lui ont discuté.

Refusant de réagir à cette perche tendue par mon second, je retourne dans mon fauteuil et chasse Youri de mes pensées. Je préfère l'ignorer jusqu'à ce qu'il abandonne et sorte de mon bureau.

CHAPITRE 45

ANTON

19 août,
7 Péchés Capitaux, Milwaukee

Le couple se mange littéralement, les jambes de la femme sont enroulées autour de la taille de son amant, ses ongles enfoncés dans ses cheveux. Ils ont oublié où ils se trouvent. Tout ce qu'il leur importe, c'est leur désir et leur plaisir. Ils s'embrassent et respirent l'un pour l'autre. Il grogne, elle gémit.

L'ambiance est chaude, je frémis à les regarder. Pourtant, je ne peux supporter de les voir. Ils sont le rappel de ce que j'ai perdu. Mon corps ne réagit pas plus qu'un simple frisson. Il fut un temps où rien qu'à mater les clients avec certaines des filles du club, je bandais et me trouvais une femme prête à me satisfaire. Ici, je cumule les visions qui tuent ma libido. Cette femme n'est pas Selenne et donc ne m'intéresse pas, ou plus, devrais-je dire. Et surtout, l'homme qui est à deux doigts de la sauter est Elias. Mon comptable est trop occupé à déshabiller Helena pour avoir remarqué ma présence. La jeune femme est assise sur la balancelle qui occupe un coin de la plage factice, perdue dans ses sensations. Son visage est le miroir de ses émotions, en extase et dégoulinant de bonheur et de mièvrerie. Tout en elle, de ses cheveux blonds à ses pieds enserrés dans ses chaussures à talons de luxe est le reflet d'un bien-être et d'un sentiment de sécurité. Elle se sait aimée et protégée.

Le souvenir d'un regard triste et déçu se superpose et me tord une fois de plus le cœur. Une flèche empoisonnée dans la poitrine ne me ferait pas souffrir davantage. Savoir que j'ai échoué est mon pire ennemi, mon fléau.

Pizdec !

Il a fallu que ce soient ces deux-là qui baisent dans la chambre Caraïbes. Cette pièce est devenue comme un refuge pour moi. Je m'y retrouve souvent avec mes souvenirs et mes regrets. Chaque fois que je m'installe sur le lit, je repense à ma nuit avec Selenne. Quand elle a laissé parler son corps et m'a donné accès aussi bien à celui-ci qu'à son âme. Mais n'ai-je jamais réussi à l'atteindre ?

Qu'ils soient dans cette chambre à profiter de la vie m'énerve. Pourquoi seraient-ils heureux, si moi, je ne le suis pas ?

Je frappe l'encadrement de la porte d'un coup sec qui résonne. Ils sursautent. Elias se redresse et se campe devant sa maîtresse dans un réflexe pour la cacher à la vue de l'intrus que je suis. Elle se réajuste vivement et se lève. Elle ne devrait pas jouer à la timide, j'ai déjà vu et touché ce qu'elle tente de soustraire à mes yeux.

Depuis son retour, elle a fait amende honorable en devenant mon agent de liaison avec les Ritals. Balisteri est un coureur qui apprécie de converser avec une jolie femme, intelligente de surcroît. Elias a râlé et tempêté que je l'assigne à cette mission. On pourrait croire qu'il est jaloux. Bien entendu, il n'est pas venu m'en faire part de vive voix, je n'ai eu que les échos de ses remarques par Youri. Cette vengeance est mesquine, mais me fait le plus grand bien. Je suis plus clément que je le croyais.

Et voilà que je les surprends dans ma pièce, mon refuge. Je ne tolère personne ici. Ils devraient le savoir. Ça me fait chier et mon humeur se dégrade encore plus.

– Anton !

Le sourire de mon ex est crispé. Elle tend la main dans ma direction puis, voyant mon expression sombre, la laisse retomber. Pour se donner bonne figure, elle lisse sa robe et fait un pas de côté.

– Nous t'attendions, déclare son amant.

Lui n'a pas l'air nerveux. Plutôt concentré et sérieux, il enroule son bras autour de la taille fine d'Helena. Il embrasse la jeune femme sous l'oreille et lui murmure un mot que je n'entends pas. Elle acquiesce et sort de la chambre sans ajouter quoi que ce soit.

– Vous étiez bien occupés, mais tu devrais savoir que j'ai donné des ordres pour que personne n'entre ici. Alors… ou tu cherches les ennuis, ou tu es stupide !

Je croise les bras d'un air sévère pour m'empêcher de lui coller mon poing dans la tronche.

– Je t'ai entendu et j'ai aussi compris les consignes, patron. Mais, insiste-t-il, je voulais te voir, te parler, et pas moyen de t'approcher. Donc… je t'ai tendu une embuscade.

Je ris et me sers un verre du premier alcool venu. Je ne lui en propose pas. Il est mon débiteur et employé, mon humeur est telle que je ne veux pas faire le moindre effort de civilité.

– Oui, je reconnais que me retrouver avec Helena n'est pas le moyen le plus efficace et le plus discret pour réussir un guet-apens, car je ne reste pas longtemps sans la toucher, me répond-il en haussant les épaules. C'est plus agréable pour passer le temps.

Il sourit et j'ai envie de vomir devant cet étalage de bonheur.

– Que veux-tu Elias ? Pourquoi faire tout ça ?

– Tu es intenable, violent et un foutu connard depuis que ma sœur…

– Ferme-la ! le coupé-je.

Je n'ai aucune envie de parler de celle qui me manque à chaque seconde et qui m'a trahi. Qui m'a tourné le dos et m'a oublié aussitôt.

– Non, je te parlerai jusqu'à ce que tu te secoues et que tu redeviennes comme avant. Merde, Anton ! Tu l'as laissée tomber !

– C'est elle qui est partie.

Je vide mon verre et le remplis à nouveau, meilleur moyen pour ne pas le balancer à la tête de mon interlocuteur. Elias se marre et fourrage dans ses cheveux roux.

– Elle ne se serait pas barrée si tu l'avais crue elle et pas cet enfoiré d'agent fédéral.

– Je la soupçonnais de me trahir, il n'a fait que confirmer mes doutes.

– Putain ! Tu as tout gobé. Même qu'elle couchait avec lui ! Ce que tu peux être stupide !

– Fais gaffe, je peux encore t'envoyer au cimetière. N'oublie pas que tu me dois le respect.

– Je serai respectueux quand tu te serviras de tes neurones. Comment as-tu pu penser qu'elle puisse t'être infidèle ? Il n'y a pas plus honnête que ma sœur. Elle s'est sacrifiée pendant six ans pour me permettre de rester libre. Et elle a recommencé, dit-il en haussant le ton. Pourquoi est-elle revenue vers moi ? Te l'a-t-elle dit ? Non, tu n'as pas demandé, tu as préféré douter d'elle.

Il donne un coup de pied dans une chaise en bambou puis la redresse et s'assied dessus. Ses épaules se relâchent et j'entends un profond soupir lui échapper. Les mains jointes et les coudes sur les genoux, il est l'image du désespoir.

– Selenne a subi des pressions, murmure-t-il, au-delà de ce que tu peux imaginer. Elle voulait me protéger, c'est ce qu'elle fait quand elle aime. Ce pourri qui t'a affirmé la *baiser*, il bute sur le mot, semblant dégoûté par le terme, il devait l'épauler pour te foutre en taule. Si elle ne récupérait pas de preuves, elle allait en prison et moi aussi. Elle n'avait pas le choix, mais elle a traîné, a reculé et même biaisé pour que tu ne sois pas traduit devant la justice.

– Mais pourquoi ?

Je ne peux que demander, mes pensées sont dispersées entre ces révélations et les souvenirs de ma belle rousse qui semblait parfois triste et perdue.

– Pourquoi ? Parce que même si tu l'as traitée comme une de tes pouffiasses, même si tu l'as menacée pour te venger de moi et garder la face… elle avait des sentiments pour toi. Et c'est bien la seule chose qui compte pour elle : tout faire pour le bien-être de ceux qu'elle aime.

– Elle m'a trahi…

– Non, elle a refusé le plus longtemps possible et en a subi les conséquences. Elle a conclu un deal avec le FBI pour arrêter Gómez et Rick. Lui… ce porc mérite pire que la taule. Elle ne t'a rien dit, car depuis des années, elle doit toujours faire des efforts, s'excuser, montrer qu'elle est honnête et jamais personne n'a pris son parti, ce que tu aurais dû faire sans la moindre hésitation, malgré les indices contre elle… Tu n'as pas été à la hauteur et ça fout un coup à ta réputation de leader. Fais-toi une raison, tu as merdé.

Il se relève et fait les cent pas dans la pièce, sa rage et la violence de ses propos se propagent d'un coup. Je suis surpris qu'il en veuille plus à ce flic qu'au chef du cartel. Il a pourtant fait beaucoup de dégâts dans la famille d'Helena. Un mauvais pressentiment me prend et m'oblige à poser la question.

– Qu'est-ce qu'il a bien pu faire pour que tu sois si véhément ?

Il me jette un regard, hésite, ouvre la bouche pour me répondre puis secoue la tête en signe de dénégation.

– Non, si tu veux la vérité, tu devras la demander à la principale concernée.

– Putain ! J'ai horreur que l'on fasse des mystères ! Tu vas me répondre, oui !

Comme il reste muet, je me précipite sur lui et le plaque contre le mur, une main sur la gorge et mon flingue contre son œil. Il ricane malgré le peu d'air qu'il peut inspirer.

– Tu ne me feras rien… et puis c'est une bonne excuse pour la revoir… non ? Tu n'es pas curieux de ce qu'elle devient ? Savoir si tu lui manques comme elle te manque ?

Il tousse et vire au rouge. Je relâche la pression et émets une série de jurons en russe.

– Tu es un salopard de manipulateur, *govnyuk*[26] !

---

26. Connard !

– Oui, je le reconnais. Mais… tous les moyens sont bons pour te remettre sur le droit chemin et puis, il termine en posant sa main sur mon épaule et en me fixant droit dans les yeux, elle mérite d'être heureuse. Elle plus que quiconque et à ma plus grande surprise, il semblerait que tu sois une pièce majeure de son bonheur. Alors, vas-y, trouve-la et excuse-toi.

– Je ne sais pas m'excuser, je ne l'ai jamais fait.

Je reconnais que pour elle, si ce qu'Elias m'a révélé est vrai et surtout pour ce qu'il a refusé de me dire, je serais prêt à tout.

– Eh bien, apprends à plier le genou, c'est déjà pas mal, les femmes aiment les hommes qui savent reconnaître leurs fautes.

Ce mystère, ce refus de me révéler les agissements de l'agent fédéral, est vraiment suspect. J'ai conscience que si Elias insiste pour que je découvre la vérité auprès de Selenne, c'est que ça doit être important. Plus que laisser sa sœur refaire sa vie loin de moi et de mes mauvaises influences. J'ai l'intime conviction d'être au centre de la tempête, dans l'œil du cyclone. Et ce que je vais apprendre changera ma vision des faits à tout jamais. Cette fois-ci, j'écouterai et ne laisserai pas mes doutes et mes craintes de trahison prendre le pas sur ma confiance. Et si ce pourri lui a fait du mal, il regrettera d'être né.

CHAPITRE 46

SELENNE

20 août,
appartement de Selenne, Chicago

J'ai à peine le temps de refermer la porte que le téléphone sonne.

Je suis fatiguée de ma journée passée derrière un bureau. Je pensais que servir à boire sur des talons ne me manquerait pas mais, et j'en suis la première surprise, le besoin de bouger se fait toujours sentir au bout de quelques heures. La boîte qui m'a engagée est une start-up en pleine expansion et mon boulot consiste à protéger des sites de cyberattaques, ce qui est ironique au vu de mon passé. Ce travail est bien payé mais pas assez prenant pour me faire oublier ce qui m'a amenée jusqu'ici.

– Salut, comment vas-tu ?

– C'est moi qui devrais te poser la question, tu es partie sans me laisser la possibilité de te faire changer d'avis, ronchonne Elias d'une voix bourrue.

– C'est bien pour ça que je n'ai pas attendu que tu sois remis sur pied.

– Ouais, tu as fui plus vite qu'une tornade. Et moi qui croyais que tu allais me chouchouter. Raté !

– Tu as ta chérie pour ça, non ?

Je ris et mon moral remonte un peu. Ça fait du bien d'entendre la voix de mon frère. À chacun de ses appels, il me serine la même rengaine. Il boude et marmonne, essaie de m'avoir par les sentiments et de me donner des remords.

– Et puis, je ne suis qu'à une heure et demie de route. Ce n'est pas si loin. Tu peux me rendre visite quand tu veux, vous êtes les bienvenus, Helena et toi.

Je retire mes chaussures et m'effondre dans le fauteuil. Ce n'est pas aussi cosy que l'appartement qu'Elias m'avait trouvé, mais suffisant pour que j'y vive confortablement. Et étant seule, je n'ai pas besoin d'espace. Juste le minimum et rien qui me rappelle ces derniers mois. Aucun souvenir : ni Russe ni vêtements que je portais là-bas. Même ma sublime robe grise qui lui avait tellement plu, je l'ai abandonnée sans un regard en arrière. Je ne suis pas une femme qui pleure sur ce qu'elle ne peut avoir ou ce qu'elle a perdu. Non, je suis de celles qui redressent les épaules, serrent les dents et vont de l'avant. Enfin, j'arriverai à m'en persuader avec un peu de temps. La douleur dans ma poitrine est toujours présente, quels que soient l'heure ou le moment de la journée.

– Je ne voudrais pas me mêler de ce qui ne me regarde pas, mais… Tu manques à beaucoup de monde à Milwaukee.

– Bien sûr que tu te mêles de mes histoires sans gêne. On dirait une vieille commère qui n'a rien à raconter, balancé-je, presque hargneuse. Sois direct, ne tourne pas autour du pot.

Il soupire dans le téléphone et reprend son souffle avant de gémir.

– Selenne, tu sais de qui je parle. Il… il n'est plus comme avant depuis ton départ. Il erre sans but et quand, par hasard, il sort de son apathie, c'est pour péter un plomb.

– Ce n'est pas mon problème.

Je ne veux pas penser à lui ni au vide qu'il a laissé dans ma vie. Il avait investi toute la place disponible en si peu de temps, envahissant les recoins sombres et solitaires pour les remplir de sa présence et de son tempérament dominateur, mais aussi protecteur. Et maintenant, j'ai renoncé à me battre pour le garder.

– Je ne voulais plus me justifier, me défendre et toujours prouver ma bonne foi. Ni à lui ni à personne. Plus jamais ! ajouté-je.

– Il tient à toi, tu lui manques… et pour tout te dire, il a compris qu'il aurait dû te faire confiance. Il regrette.

– Il te l'a dit ?

Je serais vraiment surprise si c'était le cas. Anton le mafieux, l'homme qui ne recule devant rien, qui ne reconnaît ses torts que difficilement, serait-il vraiment capable de regretter un acte ? Et de l'avouer tout haut ? Non, impossible ! Je ne compte pas assez à ses yeux pour ça !

– Non, admet-il à contrecœur, mais tout le démontre.

J'émets un rire dans lequel même mon frère et sa sensibilité proche de zéro peuvent entendre le doute qui l'habite.

– Et quoi ? Tu veux que je revienne, que je lui pardonne, qu'il me donne son approbation et qu'il me dise qu'il comprend ? Allons… Il ne pourra jamais me refaire confiance et moi j'en ai assez de me fondre dans des moules qui ne me correspondent pas. Il n'avait qu'à m'écouter avant. Mon cœur a assez souffert, j'en ai marre des gens qui se servent de moi puis me rejettent. S'il me veut, il n'y a qu'une façon de me le prouver et ce n'est pas en se servant de mon frère comme messager.

– Houlà ! Non, il n'a aucune idée de cet appel. Il me dégommerait encore une fois à coups de poing s'il savait que je me mêle de votre histoire.

– De toute façon, je recommence une nouvelle vie, je dois passer à autre chose.

– Comment ? Tu as un mec en vue ? Tu…

Il est tellement surpris par mon propos qu'il en bafouille.

– Comme si j'allais te parler des mecs que j'ai en vue ! Mes histoires de cul seront privées à partir de maintenant. J'ai déjà eu mon compte avec le dernier et c'est un peu grâce à toi. Si l'occasion se présente, je n'hésiterai pas. Voilà tout ce que tu auras comme info.

Je soupire, exaspérée. J'attaque et mords pour ne pas reconnaître que mon coup de cœur pour Anton était sérieux, que je ne suis pas prête pour un autre. Honnêtement, je ne pense pas me trouver un autre petit ami ou amant avant un certain temps. Mais je ne vais pas pleurer sur mon sort.

Je lui mens, il le sait, je le sais. Pourtant aucun de nous deux ne relève cette affirmation. Tant mieux, je ne veux pas m'étendre sur mes problèmes de cœur. Ma vie a été assez compliquée comme ça, maintenant un peu de tranquillité ne me fera pas de mal, sans homme pour me réchauffer ou m'enlacer. Mon cœur n'a qu'à s'endurcir et oublier la chaleur du corps d'Anton quand j'étais dans ses bras.

– Bon… je te rappelle bientôt, en attendant, oublie mes histoires et profite de ta compagne.

– Ouais, ça, je peux le faire, rigole-t-il avant de me laisser à mes pensées.

CHAPITRE 47

SELENNE

27 août,
appartement de Selenne, Chicago

Les jours passent, lentement, comme dans un brouillard. Mon cœur endolori est en mode veille. Je parle, travaille, dors et même me surprends à sourire, mais je n'arrive pas à commencer la vie dont je rêvais. Je suis libre, ne dois plus rendre de compte ni à un mafieux, ni à l'État qui surveillait mes moindres faits et gestes. Mais… maintenant je n'ai plus d'envies ni de projets. Je reste chez moi à ressasser le passé sans bouger ni essayer de me faire des amis, des connaissances ni encore sortir et trouver un homme qui puisse surpasser Anton. Non, mon âme a reconnu en lui son égal ; celui qui avait les épaules suffisamment solides pour supporter et même apprécier mon caractère ; me donner le courage de sortir de cette vie qui n'était pas la mienne et me montrer la voie d'une main ferme ; qui pouvait me rassurer et me soutenir ; et surtout, qui ne me jugeait pas. Mais maintenant, je ne sais plus vivre sans lui. Son regard bleu comme les glaciers et son charme slave me manquent ; même sa tendance à donner des ordres et à penser que je lui obéirai sans sourciller me rend nostalgique.

Je regrette pour une fois de ne pas avoir ouvert ma bouche et dit ce que j'avais sur le cœur. Non, ce n'étaient ni l'endroit ni le moment, au milieu des échanges de coups de feu et des arrestations.

Qu'aurais-je dû faire ? Le revoir, le supplier d'écouter ma version ? Me rabaisser encore et encore ? Non, je rêvais d'un homme qui fasse passer mon bonheur et mon honneur en premier. J'ai besoin de ne plus me sentir traitée comme une moins que rien. Que si un jour on m'accuse, mon compagnon n'hésite en aucun cas et prenne ma défense. Jamais je n'ai connu ça et pourtant je le mérite ! Merde ! J'ai passé six ans à me sacrifier, même si mon frère ne l'a pas demandé. J'ai manqué de perdre ma liberté et mes chances de vivre normalement. J'ai refusé de vendre mon âme en livrant Anton à Gómez ou aux fédéraux. Je mérite le bonheur et je le trouverai. Si je dois renoncer à Anton parce qu'il n'est pas capable de reconnaître ses torts et de venir me le dire en face, je le ferai. Pour une fois dans ma vie, j'ai décidé d'être orgueilleuse. C'est à lui de faire le premier pas, pas à moi.

Mes pensées sont interrompues par un fracas. Ma porte frappe le mur. Je sursaute et bondis dans un réflexe de fuite.

Deux hommes entrent et se précipitent vers moi. Dans ma panique, je ne les reconnais pas. Mon cœur battant à tout rompre envoie dans mon cerveau un maximum d'adrénaline. Je frappe, me débats et finis contre le mur. La prise est ferme, mais sans brutalité. Je ne m'en rends compte qu'après avoir lutté pour me dégager. Je manque de me démettre l'épaule, je n'arrive à rien sauf à être encore plus serrée dans l'étreinte de ces mains qui me tiennent. Ma respiration est erratique, mon pouls pulse dans mon cou et mes cheveux me cachent la vue.

Un rire bas se fait entendre et une voix à l'accent prononcé murmure quelque chose à mon oreille.

– Du calme, *malen'kaya kukla*. Le patron veut te voir, et il a insisté sur le fait qu'on ne devait pas te faire de mal. Alors… du calme.

Quoi ?! OK, la situation me ramène quelques mois en arrière quand Anton m'avait « convoquée » dans son bureau après la disparition plus que suspecte de mon frère, mais là… Il n'aurait pas osé ! Non ? Si ?

– Lâche-moi ! ordonné-je d'une voix posée en articulant de façon exagérée pour me faire comprendre.

Les mains se desserrent et je me retourne. L'homme qui me tenait dans cette clé de bras tel un ours m'est inconnu. Par contre, le second qui se marre plus loin, et que je n'ai pas immédiatement reconnu dans mon affolement, est ce cher Youri. Ce con rit tout bas en croisant les bras.

– Quoi ?

Ce n'est pas possible, la poisse me collera jusqu'à ma mort. Je ne peux pas y croire.

– Il veut te voir.

– Eh bien qu'il vienne jusqu'ici. Je suis occupée.

– À quoi ? me répond-il en jetant un coup d'œil dans mon appartement.

– Manucure, me laver les cheveux, plein de trucs féminins qui demandent du temps et de la patience. Tu sais : ranger mes chaussettes, trier mes chaussures.

– M'en balance complètement. Il a donné un ordre et j'exécute.

– Comme un bon chien, répliqué-je, mordante.

Le gorille numéro deux sursaute et me fixe comme si j'étais folle. Je viens d'insulter le bras droit de Yourenev, son exécuteur, sans sourciller. Je suis soit totalement stupide, soit très brave. Un peu des deux, je suppose.

– Il est gonflé de t'envoyer me kidnapper.

– Il ne sait pas comment te recontacter, alors il utilise les moyens à sa disposition.

– Et tu crois que je vais obéir ?

– Non, se marre-t-il à nouveau, et c'est pourquoi je suis venu en personne. Pour qu'il ne t'arrive rien de plus que quelques bleus et puis… voir ta tête vaut bien ces semaines avec lui et sa mauvaise humeur.

– Tu es un connard Youri, tu le sais ?

– Oui, et fier de l'être. Allez ! Viens, on a de la route. Anton est impatient.

– Pas assez pour se déplacer lui-même, je vois ! Il veut me voir, peut-être même essayer de recoller les morceaux, mais est-ce qu'il en a besoin au point de ne plus en vivre, de ne plus respirer correctement, que les battements de son cœur ne résonnent plus dans sa poitrine et qu'il n'en dort plus ? Comme moi ? Malheureusement, si j'étais importante à ce point à ses yeux, il serait dans mon appartement au lieu d'avoir dépêché son homme de confiance pour me convoquer devant lui.

J'ai l'impression de n'être qu'une basse besogne de plus comme n'importe quel type qui lui doit du fric et non pas une ancienne amante. La peine que je ressens devant ce constat me brise encore une fois le cœur. Mais je garde mon visage le plus serein possible. L'ironie sera mon arme, l'indifférence, mon armure. Anton n'aura pas la possibilité de se rendre compte du mal qu'il provoque en moi encore aujourd'hui. Je serai forte et il ne verra rien. Tant pis pour lui. Il n'y a qu'une heure et demie de route entre Chicago et Milwaukee, j'ai le temps de me reprendre et de reconstruire les murs de protection autour de mon cœur fragile.

***

Le voyage jusqu'aux *7 Péchés Capitaux* m'a paru bien trop court. J'angoisse de le revoir, de connaître les raisons pour lesquelles il veut de moi dans son antre au lieu de se déplacer et de faire l'effort d'un premier pas dans ma direction. Les hypothèses fusent dans mon cerveau, rebondissent comme des balles de flipper et me rendent malade. Le silence de Youri et son sourire ironique me mettent sur les nerfs et n'aident en rien.

Son refus de me révéler ce qu'il se passe pourrait être amusant. Il a toujours été un rempart entre Rick et moi. Il m'a soutenue et est presque devenu un ami. Mais sa loyauté est et ira toujours à Anton. Après plusieurs essais pour le faire parler, j'ai donc abandonné et me suis réfugiée dans mes pensées, à ressasser les événements et les conséquences de mes choix.

Mes souliers s'enfoncent silencieusement dans le tapis du couloir qui mène à mon ex-amant. La porte fermée me paraît effrayante. J'angoisse, mais ne panique pas. La première fois, mon cœur battait des records de vitesse et essayait vainement de s'échapper de ma poitrine. Aujourd'hui, j'ai l'intime conviction que même si Anton m'en veut encore pour ma « trahison », je ne risque pas ma vie pour autant. Je suis capable de gérer sa rancœur ou sa vengeance.

Je tressaille en approchant de l'endroit préféré de mon Russe. Oui, voilà la raison. Peut-être désire-t-il, encore une fois, se venger. De moi, au lieu de mon frère, pour ce qu'il croit que j'ai manigancé contre lui.

Un sentiment d'impatience et d'anticipation me prend, me retourne le cœur et la tête. Je frissonne et respire trop vite. Sa première vengeance fut torride et érotique. Je n'ai pas souffert de mauvais traitements. S'il décide de me remettre dans son lit de force, je suis prête à négocier. Si… S'il ne pense qu'à lui, à sauver la face après mon départ, s'il est fâché, amer ou dangereux, j'ai toujours le moyen de m'enfuir. J'ai refusé de disparaître et de prendre une nouvelle identité, offre généreuse du FBI après ma déposition contre Rick et Gómez. Cette proposition tient toujours. J'ai une issue de secours, une échappatoire.

Youri pousse la porte, la lumière de la pièce m'aveugle un instant. Je cligne des yeux pour m'habituer. J'hésite en marquant le pas et le gorille sans nom qui me colle par-derrière – comme si j'allais m'enfuir ! – me pousse pour que j'avance. Mon pied se prend dans la chaussure de Youri et je trébuche. Il me rattrape de justesse en ricanant. Je me dégage d'un mouvement sec et le fusille du regard. Me retournant vers l'autre stupide chien de garde, je le dévisage et grimace.

– Toi, tu ne perds rien pour attendre, grogné-je.

Il croise les yeux de son chef et paraît désappointé. Youri lui parle en russe – une habitude prise en ma présence pour m'emmerder, j'en suis persuadée – et il recule, les mains levées en un geste d'innocence.

– Ferme cette porte et que je ne te revoie plus de la journée !

L'ordre claque derrière le bureau. Cette voix rauque et sexy ne m'est pas adressée et bien que le ton employé soit dur et sec, un frisson dévale ma colonne vertébrale. Les souvenirs de murmures dans le noir entre les draps reviennent hanter mes pensées.

Prenant mon courage à deux mains, j'avance en ignorant les signaux d'alerte. À cet instant, je veux le revoir, être dans ses bras, me sentir aimée et soutenue. Malgré notre passé, les incompréhensions et les non-dits, j'ai envie qu'il me demande, non, me supplie de revenir. Je ne me fais pas d'illusions, bien au contraire, mais parfois mes rêves prennent le pas sur la réalité, qui me reviendra en pleine figure, comme d'habitude.

– Dehors !

Je n'arrive pas à croiser ses yeux puisqu'ils sont toujours fixés sur mon ami le gorille.

– Sois sage *dochka* et laisse-le parler.

Seul le chuchotement moqueur de Youri accompagne la fuite de l'homme de main.

Bien sûr, il va me demander pardon, je vais accepter et on vivra heureux jusqu'à la fin. Un vrai conte de fées. J'y crois ! Pour marquer mes doutes, je lève les yeux au ciel et Youri grogne de dépit. Je sens un courant d'air qui m'indique que la porte se referme sur moi.

Je reprends ma respiration, souffle puis avance. Il est installé dans son fauteuil de cuir. Toujours aussi sombre, aussi beau et ténébreux. Il est peut-être un peu plus négligé avec sa barbe de trois jours. Malgré cela, son maintien démontre son pouvoir et le fait qu'il se sait aux commandes. Il est le maître officieux de cette ville et son aura me submerge. Plusieurs semaines à essayer de l'oublier et en quelques secondes, je suis de nouveau sous son charme. Je suis foutue !

Anton se lève en appuyant ses mains sur le plateau du bureau. Il ne dit rien, ne prononce aucun mot. Seul un grognement sort de sa poitrine et me percute comme s'il venait de m'injurier.

– Quoi ? Je ne te plais pas ?

Je fais un signe vers ma tenue que j'ai peaufinée à dessein. Quitte à être forcée de revenir vers lui, autant être à mon avantage et lui faire regretter notre relation. J'ai mis un haut échancré et fin qui me colle à la peau. Et une jupe assez minimaliste. Ce n'est pas mon genre, je n'aime pas ce style, mais rien que le voir s'étouffer à imaginer que je passe mes journées habillée ainsi vaut tout l'or du monde. Il doit penser que je mène une vie libérée et que je chauffe les mecs. S'il savait que même cette idée ne me tente pas. Que ce ne sont que ses yeux bleus qui me donnent envie de paraître sexy…

CHAPITRE 48

ANTON

27 août,
7 Péchés Capitaux, Milwaukee

Selenne est diablement sexy et ne semble pas avoir souffert plus que ça de notre séparation. Rien qu'à imaginer les mecs qui l'ont vue, déshabillée du regard et qui ont imaginé la prendre, je sens monter la colère. La jalousie me bouffe les entrailles. Sa tenue est trop près du corps, trop ajustée et bien trop révélatrice. Mes poings se serrent pendant que je contourne le bureau et avance à sa rencontre. Ma démarche est décidée, je ne vois qu'elle. Elle est mon seul objectif. Je suis toujours le même, arrogant et dominateur, mais depuis son arrivée dans ma vie, il existe un soupçon de tendresse qui, bien qu'il soit caché au plus profond de moi, peut parfois se percevoir dans mes gestes. J'essaie le plus possible de l'étouffer et de ne rien révéler. C'est une faille, une faiblesse, et je ne peux pas me permettre de baisser la garde dans mon monde.

Je me colle à elle, la dominant de toute ma hauteur, jouant de ma carrure que je sais impressionnante, enserrée dans mon costume de marque. Elle ne montre aucune peur. Seules ses pupilles, qui se dilatent, indiquent une réaction corporelle. Si elle n'avait pas passé autant de temps dans mes bras, elle se serait liquéfiée de peur. Elle me connaît, son esprit me rejette, mais son corps a confiance en moi. Je ressens son attirance pour moi, même si je sais que son instinct doit lui hurler de me fuir. Mon cœur, lui, revit et me supplie de combler l'espace qui reste entre nous, de l'étreindre pour qu'elle se fonde dans mes bras.

Ce n'est pas encore le moment, il faut d'abord que l'on règle nos différends, que je l'informe des raisons pour lesquelles je l'ai convoquée. Après… je l'embrasserai jusqu'à ce qu'elle en perde le souffle et qu'elle se laisse aimer. Qu'elle me croie et qu'elle me rende mes sentiments.

Mais avant, je dois mettre les points sur les i.

– Tu penses que je vais mordre à l'hameçon et croire que tu ne me provoques pas avec ta tenue ?

Je gronde plus que je ne parle, ma voix déjà rauque baisse d'un ton, rendant l'atmosphère brûlante. Mes doigts se promènent d'eux-mêmes le long de son décolleté et lui procurent des frissons. Sa peau se parsème de chair de poule à leur passage.

– Je ne comprends pas de quoi tu parles, réplique-t-elle en relevant le menton.

Elle essaie tant bien que mal de cacher son trouble et son mensonge ne convainc personne. Ni moi ni elle. Je lui offre mon plus beau sourire ironique en réponse.

– Pourquoi tu m'as fait escorter jusqu'ici ?

– Escorter ? relevé-je en riant.

J'aime ce terme, surtout sous le feu de son regard chocolat rempli de colère.

– Oui, sauf si tu veux que je dise la vérité et que j'utilise le verbe « enlever » ?

Elle me fait face, sans reculer, toute petite, mais fière et sans peur. Elle n'a même pas mis de distance entre nous pour que je ne puisse pas affirmer plus tard qu'elle a battu en retraite devant moi.

– Non, car tu n'avais rien à craindre de mes hommes.

– Peut-être pas moi, mais va dire ça à ma porte. Tes sbires ont un sérieux problème. Ils ne connaissent pas les sonnettes et pour eux, frapper avant d'entrer revient à défoncer ma malheureuse entrée.

Je ris et caresse sa mâchoire. Sa peau si douce avait laissé un vide que je comble par petites touches. Selenne se dégage d'un mouvement sec. Message reçu !

– Ton humour et tes sarcasmes m'ont manqué !

– Tu ne peux t'en prendre qu'à toi-même. Si je suis partie, c'est ta faute.

Elle attaque pour avoir des réponses, des réactions de ma part. C'est le moment de lui révéler mes craintes et ce que j'ai dans le cœur. L'attrapant par le haut des bras, je la pousse contre le mur pour l'empêcher de s'échapper.

– Je t'ai fait revenir, car je te veux ici, près de moi, à moi !

– Trop tard ! J'ai refait ma vie.

Elle me balance cette bombe sans me fixer dans les yeux. Je ne peux croire que c'est trop tard. Ce n'est pas possible, je ne le permettrai pas ! D'une main, je lui agrippe les cheveux, l'obligeant à ployer la tête en arrière. La douleur infime que je lui procure lui tire un gémissement rempli de sensualité qui me met en feu. Mon visage se contracte sous l'effet d'un désir dévorant, chaud et brûlant. Le plan que j'avais élaboré pour lui avouer mes regrets et mes espoirs s'envole et j'oublie toute stratégie. Je ne suis plus qu'instinct sauvage et primaire. Je veux sa bouche, ce besoin me dévore. Je me penche pour récupérer ses lèvres bien trop distantes.

– Il t'en a fallu, du temps ! Tu en as eu marre de sauter d'autres pouffes ? Tu pensais que je reviendrais te supplier de me reprendre ? Ton orgueil refusait de plier ?

Ses questions brisent l'élan de mon désir et je me force à lui répondre.

– Je t'ai laissé du temps pour te calmer et comprendre mon point de vue. Ce n'est pas une question de fierté. Tu es partie sans essayer de défendre ta cause. Pour moi, c'était à toi de faire le premier pas.

– Ose dire que tu n'as pas été en colère que je te quitte. Toi, le grand parrain de la mafia russe ! Tu as encore une fois perdu la face à cause de moi. Tu n'as pas supporté d'être celui que l'on quitte, qu'on laisse tomber !

Je la secoue sans lui faire de mal. Ses paroles touchent une part sensible de mon amour-propre. Oui, Selenne est la première qui est partie, me laissant seul. J'ai toujours mis fin à mes relations. Cette rupture a été encore plus dure de ce fait.

– Je le reconnais, mais ce qui a été le plus dur, c'est de voir mes soupçons se confirmer sur ces quais. Que tu sois avec le FBI ou à la solde des Mexicains… jamais je n'aurais pensé ça. Que tu sois obligée de te soumettre à un flic pourri, c'était logique et même prévisible. Mais ça… Je ne voulais pas croire que tout depuis le début était faussé entre nous. Que tu étais une taupe venue avec pour seule ambition de me trahir. Les dires du flic m'ont conforté dans mon idée et la jalousie m'a empêché de réfléchir. Je ne supportais pas de te savoir son amante à lui aussi.

– Tu as préféré penser le pire de moi plutôt que reconnaître que j'avais peut-être…

Elle hésite et me repousse pour récupérer un peu de liberté. Je refuse et la maintiens dans la cage de mes bras.

– Que j'avais essayé de me sauver, de protéger mon frère, de ne pas te trahir et surtout éviter de me faire lyncher ou tuer par le cartel !

Ses mots me percutent. Oui, la vie est compliquée et dangereuse. Elle n'a pas eu de choix faciles et elle a été obligée de se débrouiller avec les cartes qu'elle a reçues. Mais il y a encore un détail de taille qui me réfrène.

– Et ce Richard ?

– Quoi ? Ce salaud !

Elle se crispe d'un seul coup et son teint prend la couleur du papier mâché. Ce mec la dégoûte et lui a laissé des séquelles. Merde ! J'aurais dû le remarquer plus tôt. Et comprendre les sous-entendus d'Elias.

– Comment peux-tu croire que je puisse vivre notre relation et en même temps baiser ce pourri, violent et pervers ? Que tu n'aies pas confiance en mes motivations, je peux le comprendre, me murmure-t-elle en détournant le regard. Mais tu es assez sûr de tes dons de séducteur pour ne pas avoir peur de la concurrence. Rick n'a jamais eu la moindre chance avant toi, et après toi… encore moins. Il n'a jamais existé une infime possibilité que je couche avec lui. Il me dégoûtait, me faisait peur, même…

Ses révélations sont pour moi un soulagement malgré le malaise qu'elles induisent. Elle semble me cacher encore un détail, quelque chose que je dois connaître avant de lui présenter mes excuses.

Sa voix recèle des peurs enfouies. Qu'a-t-il pu lui faire pour que ma guerrière soit si traumatisée ?

– Dis-moi ce qu'il t'a fait ! Je te croirai sans plus jamais hésiter.

Elle secoue la tête en signe de refus, et change de sujet.

– Je refuse de t'accorder le bénéfice du doute. Tu ne veux que garder la face, on ne te quitte pas, on ne refuse pas d'être ta maîtresse.

Si je veux la garder près de moi, je dois faire un pas en avant. Je souffle et me lance :

– Je suis prêt à m'abaisser devant toi, Selenne, à montrer à tous que tu es importante. Ce n'est pas un déshonneur d'afficher que je tiens à toi et je viens de le comprendre. Je ne nierai plus que tu m'es essentielle, même si dans ce milieu, c'est une forme de faiblesse. Je serai plus fort avec toi à mes côtés. Je ne te mettrai plus de pression, il n'y aura plus de menaces. Tu choisiras.

– Comment choisir quand tu es enlevée de chez toi et que tu es conviée *délicatement* jusqu'ici ?

Je lui souris tendrement et lui dis :

– Si je t'avais invitée, tu serais venue ?

Comme elle secoue la tête, je continue :

– Non, alors j'ai employé les méthodes de mon monde mais c'est la dernière fois.

– Vraiment ? Si je refuse et que je sors de ce bureau sans l'intention de revenir, tu laisseras tomber ?

Elle se détend et se laisse aller contre mon torse. Ses mains me caressent les poignets et j'ai l'intime conviction qu'elle ne s'en rend pas compte. Elle me provoque en me parlant de me rejeter, mais son corps et son subconscient m'ont déjà choisi.

– Non, je continuerai, mais je trouverai d'autres moyens de te convaincre.

– Tu ne connais rien de moi, juste quelques fragments de ma vie et des mensonges. Comment peux-tu vouloir de moi ?

– Ton frère m'a raconté une partie de ton passé et ce qui me manque, je veux l'apprendre de toi. Je veux passer le reste de ma vie à te connaître, à t'écouter et te protéger. Je serai ton refuge et ton seul rempart contre le monde.

– Tu croiras tout ce que je te confierai ?

– Sans hésitation.

– Et que feras-tu de ces infos ?

– Je mettrai tout en œuvre pour que plus jamais tu ne pleures, ne sois triste ou apeurée.

– Je n'ai pas confiance.

– Je te prouverai le contraire.

– Je ne voulais que la sécurité pour mon frère et moi, je n'ai jamais voulu te trahir ou t'espionner… j'ai payé le prix fort pour mes refus.

La tristesse sur son visage et la fêlure dans sa voix me fendent le cœur, à moi, le dur à cuire.

– Je… j'ai compris que Rick a été cruel et violent.

Je lui offre la possibilité de me parler. Nos voix murmurent comme si nous échangions des secrets. Au final, elle finira par me laisser entrer dans son cœur et son âme si j'ai assez de patience.

– Il… me voulait, à genoux ou dans son lit, c'était devenu une obsession.

Je serre les poings et lui demande, sans changer la tonalité de mon intonation pour qu'elle ne comprenne pas toute la colère qui m'habite :

– Il t'a violée ?

Mon palpitant manque un battement dans l'attente de sa réponse.

– Non…

Mon soulagement est palpable.

– Mais je dois te dire la vérité, même si elle fait mal. Pour moi, pour toi.

– Oui. Vas-y.

Je masse son dos et son cou. Son pouls est rapide comme celui d'un petit oiseau effrayé. J'ai besoin de la câliner.

– Il a tenté de le faire, balance-t-elle d'un coup.

Je me recule, sous le choc, et elle s'entoure de ses bras dans un réflexe de consolation. Je grogne et frappe le mur. Je suis en rage, elle recule.

– Je n'ai rien fait, j'ai essayé de le repousser, je ne t'ai pas trompé…

Elle se défend comme si elle était coupable. Ses paroles me rendent lucide. Je dois arrêter de ne penser qu'à moi et à ma colère. D'abord, m'occuper d'elle, après, je tuerai ce salaud ! Il paiera, il mourra à petit feu et suppliera longtemps avant de crever.

Je l'interromps dans sa tirade hystérique et la prends dans mes bras, relève son menton pour pouvoir la regarder droit dans les yeux.

– Je le sais, et même si c'était le cas, tu n'aurais pas eu le choix. Tu n'es pas infidèle si tu es violée, putain !

La rage revient dans mon regard. Je contracte les muscles et je l'écrase contre mon torse.

– Il ne me fera plus jamais de mal maintenant, il est en prison pour ses actes. C'était un pourri, vendu au cartel mexicain, il a tué, violé, enlevé… il en a pour la vie. Condamné à perpétuité.

Elle tente de se convaincre qu'elle ne risque plus rien. À moi de faire en sorte que plus jamais elle ne le revoie vivant.

– Ce n'est pas encore assez, répliqué-je, ombrageux.

Son front se pose sous mon menton et je soupire. Elle renifle d'avoir pleuré et mes doigts viennent essuyer ses larmes. Son maquillage, bien que léger, a coulé et j'efface ces traces du pouce tendrement.

– Je veux vivre avec toi. Dis oui, accepte.

– Mais… je viens de te dire que l'on ne se connaît pas, que je n'ai plus confiance et que toi, tu ne pourras plus jamais croire en moi.

– Tu ne décides pas de ce que je fais ou non, rappelle-toi : je suis le boss, si je dis que j'ai foi en toi, tu le crois.

– Tu es prétentieux et orgueilleux.

– Je dis juste la vérité.

Mes doigts se fondent dans ses cheveux et se crispent. C'est douloureux et possessif. Il y a tellement longtemps que nous n'avons pas fait l'amour.

– Donne-moi, donne-nous une chance.

– Je pourrai te dire non ? T'envoyer sur les roses quand tu auras la tête gonflée et que tu penseras que tout est à toi, que tu me balanceras des ordres et que je te nierai le droit de me les donner ?

– Oui.

Un seul mot, mais qui contient tout mon avenir, et l'entière certitude que j'ai sur notre couple. Je suis persuadé que nous serons comblés, et même plus, ensemble.

Que Selenne m'aime est mon objectif, s'il faut que je m'abaisse, que je m'incline, je le ferai. Elle seule est plus importante que mon empire. Je la veux, je l'aurai à nouveau. Selenne aura ce qu'elle mérite, un endroit où se sentir en sécurité et être certaine d'être aimée, appréciée pour ce qu'elle est, et non pour ce qu'elle peut apporter.

Elle sourit et se laisse embrasser. Je prends sa bouche comme un affamé après la disette. J'ai soif d'elle, de son corps, de son caractère, de son âme si forte et à la fois fragile. J'ai besoin de prendre soin d'elle, de la protéger et de veiller sur son bonheur. Le temps m'a paru long sans elle, ma vie, vide de sens et même ma libido ne se réveillait que quand son image revenait sous mes paupières. Je n'ai pas eu l'envie de baiser une autre pendant son absence. Je ne l'ai trahie qu'avec ma main et avec une pointe de regret. Si ce n'est pas de l'amour, je ne sais pas ce que c'est. Je devrais le lui dire, mais je préfère remettre cela à plus tard. Cette déclaration viendra en son temps. Reprenons notre relation et je trouverai le moment idéal pour lui avouer mes sentiments.

J'approfondis mon baiser, mordillant ses lèvres et plongeant ma langue en elle. Mes bras la soulèvent facilement et ses jambes entourent ma taille avec souplesse. Je retrouve ma Selenne sauvage et décomplexée. Elle désire et prend ce qu'elle veut. En l'occurrence, moi. Je me retourne et l'assieds sur le bureau. Les dossiers tombent dans un grand fracas, mais nous n'y prêtons pas attention. C'est une habitude de toute façon, dès que nous sommes ensemble près de ce meuble, il n'y a rien qui reste sur la surface plane. Je me frotte contre elle, ma queue tendue à l'extrême appuie sur le point le plus tendre de ma belle. Elle inspire subitement face à l'afflux de sensations. Mes mains ne sont pas en reste et passent sous le peu de tissu qui la recouvre. Ses courbes comblent le vide de mes paumes. Je grogne dans sa bouche puis la relâche. Je pars à l'attaque de son cou et de son épaule, parsemant le chemin de baisers et suçons.

Ma main plonge entre ses cuisses pour écarter son string, mais elle referme les jambes dessus. Mon amante me repousse doucement, mais fermement.

– Attends, tu vas trop vite… me souffle-t-elle.

– Je ne trouve pas, tu en as autant envie que moi.

– Il me faut un peu de temps, j'ai encore des doutes. C'est trop compliqué et trop récent… J'ai un travail, je vis à Chicago maintenant.

Je me recule pour lui laisser un peu d'espace. Pour m'empêcher de la reprendre dans mes bras, je contourne le maudit meuble et m'assieds dans mon fauteuil. Elle se retourne et me suit du regard. Je la fixe, assise sur ce bois rouge, les jambes dénudées, croisées. Elle est belle à en mourir, échevelée et les lèvres enflées par mes baisers. La satisfaction que me procure sa simple présence face à moi dans cette pièce arrive à me détendre un peu. J'ai le temps. Un peu de patience ne me tuera pas. Elle pose une main sur la surface plane et joue à y tracer des arabesques sans me regarder.

– J'ai besoin de temps. Il me faut retourner chez moi. Je ne peux pas pardonner si facilement.

– Bien sûr que si, il suffit que tu le décides. Je te veux ici, près de moi… de ton frère aussi.

Un argument de poids depuis que j'ai appris les sacrifices qu'elle est prête à faire pour lui.

– Tu veux ? J'ai aussi une vie, un job. Et ce n'est pas parce que tu as décidé que je devais revenir que ça se passera comme ça.

Mon sourire réapparaît, je ne peux que manigancer pour la récupérer.

– Je peux te procurer ce que tu désires dans cette ville. Pas besoin de t'éloigner.

– Tu veux m'acheter pour que je revienne ? Nous avons déjà eu cette conversation, je me fous du fric et des cadeaux.

– Je me souviens de tout, de tes mots et de tes gestes. Tout le monde a un prix, je suis suffisamment patient et intelligent pour trouver le tien.

– Je n'en doute pas, répond-elle avec un sourire moins assuré. En fait, j'en ai marre d'être toujours incertaine de mon avenir, de cacher mes sentiments et de devoir rendre des comptes. Je suis fatiguée de ces jeux.

Elle se redresse et soupire. Mon cœur bondit, voulant la rejoindre et la consoler.

– Si tu arrives à me prouver que tu tiens réellement à moi… que ce n'est pas juste une affaire de fierté, j'essaierai moi aussi de te pardonner.

– Que veux-tu ?

L'espoir revient, je peux lui donner tout ce qu'elle désire, elle n'a qu'à dire et j'exécuterai.

– Ce n'est pas comme ça que ça fonctionne, réplique Selenne en secouant la tête. Tu dois le trouver tout seul, je ne vais pas te faciliter la tâche.

– J'aime les défis, ma jolie. Laisse-moi un peu de temps et je te prouverai que nous deux, ce sera fabuleux. En attendant, tu peux déjà donner ton préavis, je te trouverai un job ici, en ville.

– Je n'ai pas besoin que tu fasses pression sur les gens, je suis capable de me trouver un employeur toute seule.

– Non, je proposerai ton nom, et ce sera à toi de faire tes preuves. Par contre, s'il a le malheur de te faire des avances, je le bute.

Elle éclate de rire. Un son franc, plein de bonheur. Ses yeux brillent, je me sens immédiatement plus heureux, moi aussi. Je suis vraiment accro.

– Pourquoi je trouve sexy que tu sois si possessif ? me demande-t-elle.

– Parce que tu aimes te sentir désirée. Reviens ici, nous n'avons pas terminé, lancé-je en lui tendant la main.

Elle refuse et se lève, remet en ordre sa tenue. Un juron s'échappe de mes lèvres sans que je puisse l'arrêter.

– Allons Anton, je reviendrai… peut-être. Mais si tu veux que cela fonctionne entre nous, tu dois me donner ma liberté promise. C'est le premier test.

– OK, retourne chez toi.

Je la laisse partir à contrecœur. Je dois lui prouver que je tiens parole, même si ça me frustre déjà. Quand elle reviendra, je l'occuperai pendant une bonne semaine sans sortir de la chambre, donc je peux me permettre d'être généreux maintenant.

– Tu ne viens pas me voir demain ? me demande-t-elle en essayant tant bien que mal de masquer sa peine.

– Non, j'ai encore pas mal de travail en rapport avec les Mexicains. Je trouverai du temps dès que j'aurai fini avec eux.

Je lui mens, car je veux lui faire la surprise de la rejoindre. Qu'elle ne s'y attende pas pour que je voie sur son visage expressif ses émotions. Un peu pathétique, mais elle ne m'a pas avoué le moindre sentiment. Oh, je sais qu'elle me veut, mais je désire entendre les mots, pour pouvoir à mon tour exprimer tout ce que je ressens pour ce petit bout de femme.

Elle n'insiste pas, m'embrasse légèrement et s'enfuit vite. Pour se donner le courage avant de changer d'avis et de rester avec moi ou de peur que je la retienne ? Un peu des deux, je dirais.

– La nuit va être longue. J'attends ton retour avec impatience.

Elle me souffle une imitation de baiser depuis la porte qu'elle referme doucement. Je reste encore une fois dans cette pièce, seul et frustré.

CHAPITRE 49

SELENNE

28 août,
appartement de Selenne, Chicago

La sonnette tinte et je me fais la réflexion qu'Anton a passé le message : ses hommes sont plus délicats avec ma porte d'entrée.

Je n'ai pas confiance en ce revirement de situation. Anton m'a servi des excuses assez maigres. Vite prononcées et presque inexistantes. Il m'a plutôt ordonné de revenir et de reprendre notre relation comme avant. Je ne veux pas de ce rapport de force entre nous. Lui, le patron, le puissant mafieux et moi, la pauvre serveuse qui lui devait de l'argent. Qui regardait toujours par-dessus son épaule de peur de commettre une erreur ou que chacune de mes paroles soit mal interprétée.

Il connaît la vérité, je ne serai plus une espionne. Mais je veux être une partenaire qu'il ne rejettera pas au premier doute. Il doit être certain que je ne lui serai pas infidèle. De mon côté, à chaque fois qu'il sera trop suffisant, trop froid, je ne devrai pas craindre qu'il me repousse ou me quitte. Ça se fera sur le long terme. Ce sera difficile, bien que possible.

Je suis prête à lui pardonner, mais pas tout de suite. Avant, je veux des preuves : comme être une de ses priorités. La déception qui m'a traversée, quand il m'a annoncé être occupé et ne pas pouvoir venir me voir, m'a démontré que je suis encore et toujours attachée à ce mafieux.

Je suis revenue hier et j'ai pris mes dispositions en prévenant mon proprio que je partirais bientôt, sachant que mon Russe trouvera le moyen de me faire déménager rapidement. Je me fais désirer et je ne le regrette pas. Anton doit encore me prouver que ses intentions sont sincères et qu'il me fera confiance. Il me manquait au point que j'ai été faible et j'ai accepté ses baisers. Heureusement, j'ai retrouvé mes esprits et j'ai réussi à le repousser.

La sonnette tinte à nouveau. J'ouvre et me retrouve devant un mur de cartons porté par un livreur.

– Selenne Garrison ?

– Oui, c'est moi.

L'homme me tend un porte-documents pour que je signe la réception.

– Je n'ai rien commandé, commenté-je, un peu perplexe.

– L'expéditeur a laissé une lettre, la voici.

Je la prends pendant que le livreur pousse les cartons dans l'appartement. J'attends qu'il ait fini pour ouvrir l'enveloppe. Mon cœur manque un battement quand je reconnais l'écriture d'Anton.

Selenne,

Un petit cadeau qui, j'espère, te fera plaisir. Tu vas m'accuser de t'acheter et je le reconnais sans honte. Si ce qui se trouve dans les cartons ne te plaît pas, que ce soit le modèle, la puissance, ou même la couleur, n'hésite pas à me le dire. Je serai, comme à mon habitude, dans mon bureau.

A.

PS : J'ai hâte que tu me remercies.

Je me précipite pour ouvrir les cartons et je découvre, ébahie, qu'il m'a offert plusieurs ordinateurs, tous plus puissants et chers les uns des autres. C'est une folie, je rêvais d'en acquérir un sans me faire trop d'illusions.

Mes souvenirs d'avant le FBI tiennent dans un sac à dos. Ce ne sont que des photos et quelques livres. Mes biens amassés pendant ma période sous tutelle du Bureau n'étaient pas chers à mon cœur et je m'en suis déjà séparée quand je suis partie à la rencontre d'Elias. Je n'avais pas le droit de toucher à un PC dans le cadre de ma vie privée. Depuis la fin de ma collaboration forcée avec les fédéraux, j'économise dollar après dollar. Et voilà que mon Russe m'offre la Rolls de l'informatique pour me plaire.

Il va tenter de me gâter outrageusement pour me garder dans de bonnes dispositions. Je ne peux pas le laisser faire.

Je suis immobile depuis quelques minutes devant ce cadeau hors de prix, à me demander comment je vais pouvoir lui rendre, quand la sonnette me tire de mes pensées.

Je croise les doigts pour que ce ne soit pas un autre livreur.

– Selenne.

Anton est devant moi, en chair et en os. Il s'appuie d'une main sur le chambranle, un sourire séducteur sur les lèvres. Il est venu !

– Menteur ! lui lancé-je.

J'ai envie de lui claquer la porte au nez, juste pour voir sa réaction. Je me retiens, car je suis trop heureuse de ce qu'il a manigancé pour me surprendre.

– Tu me laisses entrer ou je dois retourner à Milwaukee ?

– Ne me tente pas, répliqué-je en reculant pour le laisser passer.

Il jette un coup d'œil distrait sur les meubles loués avec l'appartement. Son regard s'arrête sur les cartons éventrés dans mon salon. Ses épaules se détendent, il doit être soulagé que le colis soit déjà arrivé.

– Tu as reçu mon cadeau.

– Tu ne pouvais pas attendre que je te remercie. Non, il faut que tu lances le sujet directement.

– Je veux savoir si ça te plaît. Le reste n'a aucune importance.

Il hausse les épaules, mais je vois qu'il prend à cœur ma réponse.

– Oui, c'est même trop beau, merci Anton. Je ne devrais pas accepter.

– Rien n'est trop beau pour toi, tu mérites bien plus… Je voudrais que tu reviennes, se lance-t-il en avançant dans la pièce.

– Tu as fait la route juste pour me donner des ordres ?

– Non, je suis venu pour te faire une promesse. Tu me connais, je ne reviens jamais sur ma parole.

Je dois reconnaître qu'il a toujours été franc avec moi.

Je m'assieds dans le fauteuil, mes jambes ne me portent plus. Je suis dans l'attente de sa déclaration. Un tremblement se déclenche au plus profond de moi. J'ai peur de ses futures paroles et en même temps j'ai hâte de les découvrir.

Anton s'approche de moi et pose un genou à terre. Je me redresse, choquée. Ce geste est impensable.

– Que fais-tu ? bredouillé-je.

– Ce que j'aurais dû faire hier, au lieu d'essayer de te séduire. Ou même il y a deux mois quand j'ai douté de toi.

Il prend mes mains dans les siennes. Ses doigts pressent doucement mes paumes devenues moites.

Ses yeux aussi bleus que les glaciers me fixent intensément.

– Selenne, pardonne-moi. Je me comporte souvent comme un connard. Je suis parfois un imbécile qui pense tout savoir et veut toujours avoir raison. Et rarement, je peux être un homme bien. Le passé m'a appris à me méfier des autres. Il me faut beaucoup de volonté pour apprécier et croire en quelqu'un. Tu es arrivée comme une tornade dans ma vie et tu as tout foutu en l'air. Je ne douterai plus jamais de toi. Je… je tiens à toi au point d'être à genoux, moi qui avais juré de ne jamais l'être. Reviens vivre avec moi.

Je n'arrive pas à prononcer un seul mot tant ma gorge est serrée par les sanglots que je retiens. Mon cœur brisé se recolle et mon cerveau me crie de lui pardonner.

– Tu n'es pas obligée de me répondre tout de suite, mais j'aimerais bien, ajoute-t-il.

Cette dernière phrase me libère, je pleure et je ris en même temps. Me jetant dans ses bras, je dépose des baisers sur sa mâchoire par dizaines jusqu'à atteindre sa bouche. Je me retrouve sur ses genoux, les bras autour de son cou, à lui répéter « oui » en boucle.

Il m'embrasse jusqu'à ce que nous devions reprendre notre souffle. Ses mains ont voyagé sur mon corps et dans mes cheveux. Elles ne me quittent pas bien que je me redresse.

– Il faut qu'on parle avant…

Je reprends mon souffle, cherchant mes mots.

– Avant de fêter notre réconciliation ? Tu aimes poser tes conditions, dit-il en me faisant un clin d'œil, tu peux négocier autant que tu le désires, je serai gentil avec toi.

– La dernière fois, tu as réussi à déformer mes paroles. Ne me rappelle pas comme tu peux être manipulateur ou je ne reviens pas vivre avec toi.

– Tu n'as qu'à bien réfléchir aux termes de tes conditions. Je n'y peux rien, c'est ma nature de vouloir garder l'avantage. Et puis, une semaine sans sexe, c'était trop sévère.

Je le frappe sur le haut du bras pour me venger puis me réinstalle dans le fauteuil. Il me sourit, fier de lui.

– Je ne travaillerai pas pour toi.

– Accordé.

– Tu ne te mêleras pas de ma vie professionnelle.

– Accordé, répète-t-il, grand seigneur.

Je plisse les yeux, soupçonneuse.

– Ni aucun de tes hommes.

Il acquiesce avec un sourire. J'ai bien fait de préciser. Il est capable de jouer sur les mots.

– Si on se dispute, je devrais plutôt dire : quand on se disputera, tu ne t'en prendras pas à mon frère.

– Pas de prise d'otage, OK. D'autres demandes ?

– Non, je pense que c'est tout mais je me réserve le droit d'ajouter certaines choses avec le temps.

– À mon tour, déclare-t-il en me caressant la joue avec tendresse. Tu es à moi. Je suis à toi. Tu ne me cacheras ni tes colères ni tes peurs. J'accepte ton frère dans la famille. Tu seras gentille avec mes hommes.

– Jusqu'à quel point ? Ils sont amusants à ennuyer.

– Tu seras sage.

– D'accord. C'est tout ?

Je lui offre ma moue boudeuse et mon regard coquin. J'ai envie de l'embrasser et d'oublier tout le temps de notre séparation. Trop de jours et de nuits sont passés sans lui dans mes bras.

– Pour le moment, concède-t-il. Quand tu seras aux *7 Péchés Capitaux*, nous aurons tout le temps pour écrire noir sur blanc notre contrat.

– Deal.

– Deal.

Donc dès que je serai là-bas, j'édicterai des règles, tout en étant certaine qu'il trouvera comment les contourner et en faire ce qu'il veut. Ça m'amuse à l'avance, de savoir que cet homme acceptera mes désirs mais sera assez malin et machiavélique pour tordre mes propos afin de n'en tirer que son profit.

– Une dernière chose avant que je ne te fasse l'amour.

– Oui ?

– Richard est en prison, tu n'as qu'un mot à dire pour qu'il ait un malheureux accident dans les douches ou la cour pendant la promenade. Je te le dis, tu as le choix. Je sais que tu ne veux pas de sa mort sur la conscience, mais il mérite le pire.

– Non ! Non, je ne veux pas ça !

– Je ne ferai rien sans ton accord. Je veux juste que tu saches que si tu changes d'avis, il disparaîtra vite fait. Si ça ne tenait qu'à moi, il serait déjà mort.

Son détachement me donne des frissons. La proposition d'Anton me glace d'effroi. Je ne suis pas habituée à tant de violence, alors que cela fait partie de son quotidien.

– Tant qu'il reste derrière les barreaux, je suis heureuse. Je ne veux pas sa mort.

Rick ne se serait jamais arrêté, je suis soulagée que sa peine de prison soit à vie. Je ne le verrai plus en face.

Anton hoche la tête, pensif.

– Si c'est ton souhait. Il restera en vie, mais s'il est libéré sur parole un jour, je te jure qu'il ne fera pas un pas dehors.

Que répondre à cette affirmation ? Je ne peux empêcher Anton de le tuer. Je peux juste retarder ce meurtre le plus possible. De plus, je ne dois pas me voiler la face. Je vais prendre part à une vie mafieuse où le sang et les morts seront courants. Je garderai mes valeurs tant que ça ne mettra ni Anton ni moi en danger. Le bien et le mal devront trouver une nouvelle définition dans mon existence.

– Nos négociations sont finies, maintenant j'aimerais conclure notre accord par un baiser.

Il se lève et me prend dans ses bras. Anton est décidé à me conquérir.

– Il y a trop longtemps que je ne t'ai pas touchée. Ce manque avait creusé un fossé dans mon âme.

Mon Russe me rend folle avec ses mots. Il est impatient et brusque, mais ça me plaît. Il me laisse à peine de quoi respirer entre deux baisers, j'ai du mal à réfléchir. Le bonheur de nous savoir ensemble me submerge et je l'entraîne dans ma chambre.

Ses mains sont partout et me déshabillent. Je lui rends la pareille et tire sur son veston, arrache les boutons de sa chemise. Je grogne de frustration car il me serre trop et je n'ai pas assez de place pour manœuvrer.

L'arrière de mes genoux cogne contre le lit. Anton appuie juste ce qu'il faut pour que je bascule et m'effondre sur le matelas. Il reste un instant debout, me surplombant de sa stature. Il a les poings crispés, le visage dur. Il retient en lui les émotions qui le dévorent.

– Quand je l'ai vu te tenir sur les docks, j'ai cru moi aussi mourir. Je voulais être à ta place, je me serais pris une balle pour toi ! Putain ! S'il t'était arrivé malheur, je ne… je ne sais pas ce que j'aurais fait, reconnaît-il, affolé. J'ai passé des semaines à ressasser cette scène où tu as risqué ta vie pour le rattraper ! Je suis presque devenu fou.

Il passe la main dans ses cheveux et commence à retirer ses vêtements de façon précipitée. Posant un genou à côté de ma hanche, il se penche et tire sur mon pantalon, le retirant d'un coup sec. Mes chaussures tombent dans le mouvement. Il se soumet totalement à la frénésie qui s'empare de lui, nos deux mois de séparation l'ont rendu fébrile. Ses doigts tremblants caressent mon ventre, remontent vers ma poitrine et soulèvent ma chemise. Il se jette sur mon sein recouvert par mon soutien-gorge. Il pince le téton au travers et je me cambre sous la sensation. Sa langue humidifie cette pauvre armure qui tente de protéger ma vertu.

Il murmure des mots dans sa langue natale, grondement rauque et sexy qui m'enflamme encore plus. La peur de mourir sans lui avoir révélé mes sentiments démultiplie mon besoin de lui.

Il est vivant, je suis vivante. C'est le moment de nous rappeler le meilleur de cette existence. J'ai besoin de lui, de sa force et de ses bras. Je gémis mon désir et le fais tomber en entourant sa taille de mes jambes. Sa bouche retrouve la mienne, nos langues jouent à cache-cache. Je ne contrôle plus mon corps qui se déhanche contre lui. Je ne sens plus que lui, ne vis plus que par lui. Son membre dur se presse contre mon corps, envoyant des vagues de plaisir vers mon ventre, mon cœur, mon âme.

– Je t'aime Anton.

L'aveu murmuré est comme un coup de canon. Il résonne dans la pièce et mon amour se fige. Ses pupilles bleu clair se fixent aux miennes et me rendent prisonnière de son regard. Je bloque ma respiration, dans l'angoisse qu'il me rejette ou se moque. Je ne pouvais plus me taire ni retenir mes sentiments.

Un sourire comme je ne lui en avais jamais vu fleurit aux coins de ses lèvres. Sincère et empli de bonheur.

– Il était temps que tu me l'avoues Selenne ! J'ai failli attendre.

– Quoi ?! crié-je, presque de surprise sous cette pique de sa part. Tu as…

Il me cloue le bec avec un baiser tendre et respectueux. Il me bécote puis m'embrasse profondément. J'aime cette façon d'être interrompue, c'est bien agréable. J'oublie ma colère et ma déception.

– Je me moque parce que je suis soulagé, m'avoue-t-il. Comment vivre ce que je ressens pour toi si ce n'est pas partagé ? Tu es forte et indépendante mais notre histoire a mal commencé.

– La faute à qui ? Qui a voulu se servir de moi comme otage au lieu de m'inviter au restaurant ?

Je peux le taquiner, maintenant que je comprends que cette lueur dans ses yeux est de l'amour.

– La mienne, reconnaît-il. Mais nous avons eu notre dîner.

– Un repas de travail avec ce si gentil Balisteri.

La lueur se transforme en éclair de jalousie. Il n'aime pas avoir de concurrents, même imaginaires. Je ris et lui caresse la mâchoire en un geste d'apaisement.

– Je t'ai emmenée sur une île, tu as eu ton rendez-vous.

J'acquiesce car ce séjour loin de tout est un merveilleux souvenir.

– Allez… dis-le toi aussi.

Il me fait attendre, sondant mon regard tout en se positionnant entre mes cuisses. Je suis surprise de sentir que nous sommes nus. Il est très fort, je n'ai même pas remarqué qu'il nous avait tout retiré.

– Je t'aime, m'avoue-t-il en prenant possession de moi.

Il me pénètre profondément en un seul mouvement fluide. Il ne s'arrête pas et commence des va-et-vient à couper le souffle. Et il me répète à chacun d'eux qu'il m'aime. Il n'est pas tendre et moi non plus. Dans nos gestes, seuls les mots et les baisers transmettent notre dévotion. Le plaisir qui sommeillait en nous déferle comme un raz-de-marée et nous noie dans un paradis de sensations.

ÉPILOGUE

SELENNE

Six mois plus tard,
7 Péchés Capitaux, Milwaukee

Je m'installe sur un des hauts tabourets qui longent le bar, croisant les jambes. Ma jupe remonte et révèle beaucoup de peau, mais je ne m'en soucie pas. Personne ne viendra m'emmerder ou me draguer. C'est bon d'être la chérie du boss.

Je soupire et commande un verre. Le retour a été long. Je suis partie une semaine à New York pour le travail et Anton m'a manqué, malgré nos appels téléphoniques quotidiens. Je n'étais pas toute seule là-bas : j'avais deux baby-sitters avec moi, pour mon plus grand bonheur. Je ne risquais rien, mais je n'ai pas eu voix au chapitre. Ou j'acceptais sans broncher, ou je restais à la maison. Mon patron, qui connaît les activités de mon compagnon, n'a pas soulevé la moindre objection à cet apport musclé et armé dans son équipe.

Mon travail, obtenu par mes propres moyens et surtout sans l'assistance persuasive de mon Russe, est dans la création de sites informatiques à la pointe de la technologie. Je bosse pour le moment dans la remise à niveau de la sécurité du métro de New York. Le maire veut que sa ville soit protégée avec ce qui existe de mieux de nos jours. Je peux travailler depuis chez moi en temps normal mais je n'ai pas pu refuser de me déplacer cette fois-ci. Au programme : réunions obligatoires avec des politiciens et visites des sites pour se rendre compte *de visu* des problèmes de leur système.

– Alors ? C'est fait ? me questionne une voix féminine dans mon dos.

Helena vient prendre place à ma droite, sa posture distinguée est reconnaissable entre toutes. Ma belle-sœur, ou presque, est en beauté. Une robe dorée à faire pâlir d'envie les plus belles femmes de la ville, des ongles manucurés à la perfection et, bien entendu, des cheveux splendides. Ils ondulent le long de son dos et semblent tellement doux.

Je m'entends vraiment bien avec elle, à ma plus grande surprise. Pas une once de jalousie ne pointe son nez. Elle a été la maîtresse d'Anton et je pourrais comparer mon physique à son corps parfait, ses cheveux blonds, ses yeux bleus de poupée. Mais elle ne regarde que mon frère, n'a jamais de gestes ou d'attitudes ambigus qui me donneraient envie de la tuer à petit feu. Non, Anton ne l'attire plus et lui n'a d'yeux que pour moi.

– Oui, c'est terminé et cicatrisé.

Je laisse flotter ma réponse sans en révéler davantage. J'aime de plus en plus taquiner mon entourage.

– Tu as vu Anton ? me demande-t-elle, curieuse.

– Non, il est occupé en bas et je viens juste d'arriver.

Je grimace, j'ai encore des difficultés à ne pas réagir quand j'apprends qu'il a des invités non consentants dans les tréfonds des *7 Péchés Capitaux*. Cette facette sombre me fait un peu peur, mais en même temps, je ne me suis jamais autant sentie protégée. J'ai donc pris la décision de ne pas en discuter ni chercher à connaître plus de détails.

– Et Elias ? Comment ça va, vous deux ? questionné-je pour changer de sujet.

Elias et Helena sont en pleine crise. C'est amusant de voir comme ils se tournent autour. Mon frère pouvait bien se moquer d'Anton et moi quand on s'est remis ensemble ! Un peu grâce à lui, je dois l'avouer. S'il n'avait pas parlé avec Anton, celui-ci serait resté campé sur ses positions et n'aurait pas fait un pas vers moi pour que l'on se pardonne. Car les torts étaient partagés : moi, avec mes secrets et ma peur de faire confiance, et lui, avec sa possessivité et son orgueil qui l'obligeaient à refuser toute explication ou excuse.

– Il me rend folle ! Il pense sincèrement que je vais arrêter de travailler pour Anton, simplement parce qu'il est jaloux !

J'éclate de rire. Elle est vraiment choquée des réactions de mon frère.

– Tu te sers de ton corps et de ton sex-appeal, c'est normal qu'il voie d'un mauvais œil tous ces hommes qui te bavent dessus.

– Mais je ne couche pas avec eux, quand même ! s'exclame-t-elle d'un ton tellement exaspéré que j'éclate de rire.

– Sois gentille avec lui, c'est bien la première fois qu'il est accro à une femme. Il ne sait pas comment réagir, c'est tout.

J'attrape mon verre et prends une première gorgée. L'alcool réveille mes papilles et me détend.

Helena a repris sa place dans l'organisation, tout comme Elias. Et ça fait des étincelles. Anton sourit souvent en les regardant se prendre la tête. Je pense que c'est sa vengeance : que mon frère doive serrer les dents et laisser sa femme flirter avec les clients.

– Eh bien, s'il continue, il sera bientôt célibataire, réplique-t-elle en reniflant de façon peu élégante.

– Ça lui fera peut-être du bien, concédé-je. Il pense tout savoir. Se rendre compte qu'il risque de te perdre lui ouvrira les yeux. Enfin… j'espère.

Une main caresse soudain mon dos, descend vers ma taille, glisse vers mes fesses puis remonte et se pose sur ma hanche. Un souffle lent et chaud soulève les quelques cheveux évadés de la tresse qui repose sur mon épaule. Des lèvres, que je reconnais, embrassent le côté de mon cou, que je dégage pour leur donner plus d'accès.

Je me perds dans les sensations, ma conversation avec Helena oubliée. Je sursaute de surprise quand mon amant me mord presque durement.

– Eh !

– Tu te laisses caresser par n'importe qui ?

Ses doigts se crispent dans ma chair.

– Bien sûr que non ! J'ai reconnu ton toucher, ton parfum et même ta présence. Et tu sais très bien que ton personnel aurait déjà mis l'imprudent à terre.

Je me retourne et le fusille du regard. Comment peut-il me soupçonner d'être volage ? Ses yeux sont emplis de colère, de jalousie et aussi d'une touche de manque.

– Anton… soupiré-je en laissant ma légitime exaspération s'éteindre. Il n'y a que toi, rien que toi ! Allez, viens ! Que je te dise bonjour.

Je tends la main, une pointe de doute toujours présente me tiraille. Va-t-il me rejeter ? Il se rapproche et je l'enlace, reconnaissante et heureuse. Sa bouche écrase la mienne et sa main se perd dans ma chevelure. Il m'embrasse plus doucement que je ne le voudrais. Je le tente de ma langue, mais il se recule. Ses pupilles bleu glacier me promettent des retrouvailles chaudes et sexy. Mais pas tout de suite.

Mon homme se retourne et salue son ex.

– Helena, tu es superbe comme d'habitude. Je te laisse les rênes ce soir, je ne serai pas libre. Occupe-toi bien de nos visiteurs venus du Canada.

– Pas de problème. Je suis prête. Amusez-vous bien.

Elle nous laisse seuls, glissant sensuellement de son tabouret avec un sourire entendu et aguicheur. À son passage, les regards masculins se rivent sur le balancement de ses hanches. Mon frère va encore endurer une très longue soirée !

En pensant à sa jalousie, je reviens à mon compagnon. Je ne comprends pas pourquoi il est toujours aussi possessif et méfiant. Il est temps de mettre nos différends à plat. J'entrelace mes doigts aux siens et l'entraîne dans le loft.

Depuis que nous sommes à nouveau ensemble, il y a eu des hauts et des bas, des cris de ma part et des coups de gueule de la sienne. Des regards assassins et des sarcasmes. Mais nous avons aussi eu nos bons moments. Les réconciliations sur l'oreiller, sur le bureau ou dans la douche… sont fabuleuses et torrides. Il adore me donner des ordres et j'aime les suivre dans ces moments intimes. Pour le reste, je n'accepte ses demandes que s'il les formule correctement. C'est amusant de le voir serrer les dents et être contraint à la patience.

– Selenne, commence-t-il. Tu m'as manqué.

Il tente de me prendre dans ses bras dès que la porte se referme. Je le repousse et m'éloigne.

– Toi aussi. Mais je ne suis pas contente du tout.

– De quoi ? Tu étais de dos, tu ne voyais pas qui te caressait et tu es étonnée que je sois un peu courroucé !

– Un peu ? Tu m'as mordue !

Je porte la main à mon cou et son regard suit le mouvement. Je vois le moment où il remarque ce dont je voulais lui faire la surprise. Ses pupilles se dilatent et son souffle s'arrête quelques secondes.

– Selenne ? Ma belle ?

Je recule et lui fausse compagnie. Feignant l'indifférence, je m'avance vers la cuisine. Il me rattrape devant l'énorme frigo en alu brossé.

– Tu as soif ? Si tu sors tout juste d'une séance de tabassage, comme un bon petit mafieux, tu dois être déshydraté.

– Arrête ! Ne joue pas la comédie. Montre-moi !

Une soudaine timidité me prend. Mes doigts tremblent lorsque je dégage mes cheveux pour lui dévoiler la marque à l'encre noire qui se loge sous mon oreille. Plus petite que celle de ses hommes, moins voyante mais d'une portée tellement grande.

– C'est la marque de mon clan ! Tu l'as finalement fait !

Son pouce contourne mon tatouage : une minuscule colombe qui s'envole. Il a une attitude sereine et en même temps fascinée par ce tout petit dessin.

– Oui, pour te prouver une fois pour toutes que je suis à toi.

Mon cœur palpite en lui avouant la raison de ce tatouage.

– Oh Selenne !

– J'ai une famille, grâce à Elias. Mais je vous ai toi, Youri, et tes hommes aussi. Nous appartenons au même clan. Je ne suis plus seule, et je serai toujours avec toi.

– Comme je suis tien.

Il se jette sur ma bouche, me tenant le cou des deux mains. Il me dévore, mordille, lèche et me provoque jusqu'à ce que j'entrouvre mes lèvres. Nos vêtements s'éparpillent dans tous les sens, je lui arrache sa chemise hors de prix. Il casse la fermeture Éclair de ma jupe qui tombe sur le carrelage noir et blanc de la cuisine.

Il se met à genoux, le torse nu et en pantalon noir. Il est à tomber, ses muscles roulent sous son épiderme. Ses mains remontent en effleurant la peau de mes mollets, caressant l'arrière du genou puis l'intérieur des cuisses. Il parsème mon corps de baisers fiévreux. Mon dos se plaque contre la surface froide du réfrigérateur, me tirant un gémissement. Anton relève la tête et aperçoit mon deuxième cadeau. Juste au-dessus de mon string, à la lisière de mon mont de Vénus, deux colombes s'enlacent.

Il fronce les sourcils, tire sur le tissu et observe les lignes délicates.

– Tu n'aimes pas ?

– Si, c'est magnifique.

– Mais ?

– Qui t'a tatouée ? Que je le tue ! grogne-t-il, à nouveau jaloux.

– Tu ne peux pas tuer tous ceux qui provoquent ton instinct territorial, le taquiné-je en souriant.

Il fronce les sourcils puis acquiesce à contrecœur.

– Ou je lui arrache les yeux, négocie-t-il.

Je ris et passe les doigts dans ses cheveux pour le détendre.

– Tu es stupide, Anton. C'est une femme, ne sois pas suspicieux.

– Alors… j'adore.

Il pose son front sur mon ventre et entoure ma taille de ses bras. Il m'enlace tendrement et je ne peux que lui rendre son étreinte. Mais la douceur ne dure pas. Le string disparaît presque par magie, remplacé par la langue d'Anton. Je crie sous l'effet du plaisir. Mes genoux tremblent et manquent de lâcher.

– Anton !

Il ne tient pas longtemps avant de se relever et de me porter dans notre lit. Je profite d'être dans ses bras pour lui mordiller le cou et taquiner ses tétons. Ses muscles se tendent et il accélère. Il me dépose sur le matelas et se déshabille complètement, retirant ses chaussures en s'aidant de ses talons.

Il se penche sur moi mais je ne le laisse pas prendre les commandes. J'ai envie pour une fois de le dominer. Je l'entoure de mes jambes et le fais rouler. Dès qu'il est sur le dos, je le chevauche. Ses doigts malaxent mes fesses et sa bouche trouve mes seins. C'est pour lui une façon d'accepter mes désirs.

Les mains sur son torse, je me frotte contre sa queue. Les sensations sont fortes, me tirant des frissons, des gémissements. Je brûle de le laisser entrer en moi, mais je me retiens. Je veux faire durer l'attente jusqu'à la folie, l'obliger à supplier. Il me marque la peau de suçons, tire sur les pointes de mes seins puis les suçote pour se faire pardonner sa brutalité. La transpiration recouvre nos peaux, nous rendant glissants et moites. La chaleur monte, mon ventre se crispe, ma respiration se fait courte. Je lui plante mes ongles dans les pectoraux et il rend les armes.

– Ma belle ! Viens ! Baise-moi !

J'accède à sa demande, le caresse et puis lui donne la permission de me pénétrer. Il plonge en moi et nous nous figeons. Le plaisir nous submerge, violent et intense. Mon corps prend le contrôle et entame des va-et-vient.

– Je ne tiendrai pas longtemps, m'avoue-t-il.

– Moi non plus…

Soudain, mon amant me retourne et me surplombe. Ses coups de reins deviennent brutaux et rapides. Mon orgasme déferle sans prévenir, je me contracte et crie. Mes yeux voudraient se fermer, mais je me force à croiser le regard d'Anton.

– Je t'aime !

Il jouit sans me quitter des yeux. Le bonheur se lit sur son visage.

– Tu m'aimes, répète-t-il en reprenant son souffle.

Son étreinte est possessive et tendre.

– Et ?

– Et… je t'aime.

– Et ?

– Je te fais totalement confiance, ma chérie.

Cela fait des années que je n'ai pas été aussi heureuse. Je ne regarde plus par-dessus mon épaule pour vérifier si quelqu'un me surveille. J'ai des amis qui m'acceptent telle que je suis, mordante, sarcastique et pas toujours honnête. Et un homme, mafieux et amoureux, que j'aime.

REMERCIEMENTS

C’est un étrange sentiment que d’écrire des remerciements. Il n’y a pas si longtemps, je ne faisais que lire ceux de mes auteurs préférés et n’imaginais pas que ce pourrait être un jour mon tour.

La Dette a été ma première histoire quand j’ai recommencé à écrire. La première à être partagée sur Fyctia. Grâce à elle et à l’accueil qu’on lui a réservé sur la plateforme, j’ai eu la chance de connaître des personnes merveilleuses. Folles mais uniques.

Merci à mes amies, qui de virtuelles sont devenues bien réelles et dont je ne pourrai jamais me passer. Votre soutien en toutes circonstances, votre humour et votre fidélité (à vos idées et à vos amitiés) sont devenus essentiels dans ma vie.

Merci, Flora, pour ton œil d’aigle et tes conseils avisés, sans toi je n’aurais jamais été au bout de mes idées.

Merci aux Émilie, à Luna, Manon et Camille. Il y en a toujours une pour aider, se marrer ou papoter.

Bien entendu, Maloria, tu es à la première place (désolée les filles !). Ton soutien et ton amitié m'ont poussée à terminer l'écriture de ce livre. Heureusement que tu es là. Merci, ma jumelle.

Je dois encore dire un petit mot sur ceux qui, au jour le jour, me donnent envie d'écrire, ils sont toujours près de moi, même quand j'ai la tête dans mes textes, merci mes amours, pour tout. Mon compagnon et mon garçon. Ne changez pas, vous êtes les meilleurs.

Aux lectrices (et lecteurs, pourquoi pas ?), merci de votre fidélité et n'hésitez pas à venir me dire ce que vous avez pensé de l'histoire de Selenne et Anton. Je serai heureuse d'en discuter avec vous.

Kiss

Marjy

Composition et mise en pages
Nord Compo à Villeneuve-d'Ascq